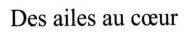

Des ailes au cœur

Claire Caron

Des ailes au cœur

www.quebecloisirs.com

UNE ÉDITION DU CLUB QUÉBEC LOISIRS INC.
© Avec l'autorisation des Éditions Libre Expression
© 2000, Éditions Libre Expression ltée
Dépôt légal — Bibliothèque nationale du Québec, 2001
ISBN 2-89430-489-7
(publié précédemment sous ISBN 2-89111-909-6)

Imprimé au Canada

*Je dédie ce livre à mon oncle, Michel Caron,
héros de mon enfance, ainsi qu'à tous les
artistes méconnus.*

Remerciements

Merci à mes parents pour leurs souvenirs si riches;
à Arlette Cousture, ma presque sœur, pour son amitié attentive;
au sculpteur Jean-Charles Charuest pour l'inspiration fournie
par son talent;
à Nicolas, Roxane et Sylvain pour leur patience.

1

— Vous pouvez être fier, monsieur Dupuis, votre fils, c'est un grand artiste !

La réplique de Thomas Dupuis au notaire Bouchard allait frapper Charles de plein fouet et faire perdre toute saveur à cette soirée dont il était pourtant le héros.

— Ouais, vous pensez?...

Thomas prit pendant quelques secondes un air dubitatif puis lança, accompagnant ses mots d'un geste du revers de la main :

— En tout cas, c'est pas en faisant des cadeaux comme ça qu'il va pouvoir faire vivre une famille ! J'espère qu'il va devenir adulte puis oublier ces niaiseries-là un jour...

Charles se figea et pâlit. Son frère Louis, qui avait tout entendu, le poussa en avant en lui soufflant :

— C'est ta soirée, prends les compliments quand ils passent et laisse faire le reste !

Dans un sursaut d'orgueil, Charles releva le menton et fonça, évitant le trio formé par ses parents et le notaire, pour entrer dans la salle paroissiale bondée. En cette fin de septembre 1944, on fêtait les vingt ans de la fanfare de Saint-Damien. Les membres de la formation firent un ban à Charles et certains d'entre eux le soulevèrent sur leurs épaules sans lui demander son avis, pour le trimbaler en une marche triomphale autour de la salle. Revenu au sol, le jeune homme fut assailli de toutes parts ; plusieurs jeunes filles remarquaient soudain sa taille élancée, ses épaules larges, son visage fin et ses grands yeux gris. Ébloui par cette gloire inespérée, encore secoué par la gifle que venait de lui infliger son père, Charles ne savait plus où se mettre, et ne sut plus où regarder quand sa mère s'approcha de lui en trottinant de son pas menu de souris de sacristie.

— C'est pas mal beau, ce que t'as fait, mon garçon. Mais il faudrait que tu m'expliques ce que ça représente. Je comprends pas grand-chose dans ces affaires-là!

— Maman, c'est pas nécessaire de comprendre si vous trouvez ça beau... De toute façon, ça représente pas mal de temps perdu, je suppose...

Charles avait offert un cadeau royal à la fanfare, faisant découvrir à tout le village de quoi il était capable, mais son père, en quelques mots, venait de jeter une douche glacée sur son moment de gloire. Tout en parlant à sa mère, il ne put s'empêcher de lancer un regard en coin du côté de Thomas, et Marie-Reine devina qu'il avait entendu les commentaires de son père. Pour la première fois, à la connaissance de Charles, elle parut comprendre l'étendue de sa déception. Mais le mal était fait et la blessure, profonde.

— Tu sais, Charles, on est du monde ordinaire, on a travaillé fort toute notre vie. On a jamais eu le temps de s'intéresser à l'art. Il faut pas nous en vouloir.

Du haut de ses cinq pieds deux pouces, elle lui tapota un peu la joue en un geste affectueux avant de retourner docilement vers son époux qui lorgnait déjà la sortie. Ce dernier fit un petit signe de tête à Charles et lui lança :

— On retourne à la maison, ta mère et moi. Rentrez pas trop tard, on a de l'ouvrage en masse demain!

Thomas agissait comme si cette soirée n'avait aucune importance ; Charles eut l'impression que sa propre existence était niée. Il dut faire un effort surhumain pour se replonger dans la fête. À quoi lui servaient les compliments des voisins si, à dix-huit ans, il n'avait toujours pas réussi à obtenir l'approbation de son propre père ? Dans l'espoir d'oublier momentanément la vexation, il se tourna vers Charlotte Bouchard, la fille du notaire, qui ne demandait pas mieux que de faire plus ample connaissance. Mais le cœur n'y était plus et Charles s'épuisa vite dans ses efforts pour charmer la demoiselle. Dès qu'il le put, et malgré les protestations des fêtards, il se faufila vers la sortie et passa une grande partie de la nuit assis sur les marches, devant la maison, à regarder le ciel plein d'étoiles en se demandant si ailleurs la vie était plus simple.

* * *

Pratiquement depuis sa naissance, Charles avait été une source d'exaspération pour Thomas. Issu d'une famille où l'on était terre-à-terre de père en fils, celui-ci n'arrivait pas à comprendre ce grand garçon toujours dans la lune, dont les activités favorites consistaient à regarder voler les oiseaux et à sculpter des bouts de bois. Charles avait beau essayer de toutes ses forces, il ne faisait jamais rien assez bien, n'agissait jamais assez vite au goût de son père qui avait sans cesse envie de le secouer comme un prunier. Enfant, Charles avait été un joueur maladroit dans les parties de ballon agitées des garçons de son âge. Un jour, encouragé vertement par son père à se jeter dans la mêlée, il avait fait semblant de s'amuser pendant quelques minutes, jusqu'à ce que des joueurs impatients devant son manque d'entrain le prient d'aller chauffer le banc. Pas mécontent, Charles avait alors ressorti son canif pour terminer l'hirondelle en pin dont la tête dépassait de sa poche. Après tout, si son père pouvait le forcer à travailler, il ne pouvait pas l'obliger à s'amuser ! Et l'odeur du pin le grisait bien plus que celle du vieux ballon de caoutchouc...

Depuis qu'à l'âge de onze ans son père l'avait retiré de l'école pour qu'il l'aide dans l'atelier où il coulait et gravait des monuments funéraires, Charles subissait constamment les brimades de Thomas, à grands coups de «paresseux», de «flanc mou» ou de «bon à rien». Il arrivait à celui-ci de se demander où il était allé pêcher un fils pareil et il ressentait un peu de méfiance devant son visage qu'il trouvait trop beau. Il finissait par se dire amèrement que Charles n'aurait pas dû tant ressembler à sa mère. La pauvre Marie-Reine, si elle n'avait pas eu six enfants à élever, aurait passé une bonne partie de sa vie dans la lune... Mais Charles était l'aîné et Thomas avait besoin de bras supplémentaires ! Il devrait donc se contenter de cet apprenti jusqu'à ce que Maurice et Louis soient assez costauds pour prendre la relève.

Thomas ne s'était jamais demandé si Charles avait envie de continuer d'aller à l'école : ses enfants devaient apprendre à lire et à écrire, le reste était une perte de temps. Ils n'auraient besoin de rien d'autre pour graver les noms des clients dans la

13

pierre ou le ciment et faire quelques additions sur les factures. Au temps de la grande dépression, l'argent était difficile à gagner, et on avait intérêt à se mettre à l'ouvrage le plus tôt possible. Thomas travaillait dur, nourrissait sa famille à la sueur de son front et envisageait le même avenir pour ses quatre fils, dont le dernier, René, venait à peine de quitter les couches. Quant à Jeanne et Fernande, leur destin de mère et d'épouse était déjà tout tracé, à moins bien sûr que l'une d'elles se sente appelée par le bon Dieu. Une religieuse dans la famille, ça ferait bon effet, et une bouche de moins à nourrir. Mais pour l'instant bien sûr, il était trop tôt pour y penser; les filles n'avaient que six et quatre ans.

Le nouvel univers de Charles avait pris la forme d'un ancien garage de planches à peine équarries et badigeonnées plusieurs années auparavant d'une couche de peinture grisâtre; la double porte, à l'avant, ne s'ouvrait que pour les grosses livraisons de matériaux. Le reste du temps, on entrait dans le garage rebaptisé «atelier» par la petite porte de côté. Cette cabane un peu branlante était le royaume du graveur de pierres tombales, Thomas Dupuis.

À l'intérieur, là où aurait dû être garé le camion, s'accumulaient les sacs de ciment, les moules en bois, deux ou trois établis couverts d'outils divers, une brouette et une petite plate-forme sur roues pour le transport des stèles, de la cour à l'atelier. Au fond, une échelle donnait accès à un autre palier, une étroite mezzanine où s'entassaient du matériel et toutes sortes de vieilleries oubliées, comme le vieux moïse de rotin mille fois repeint dans lequel avaient dormi les six bébés de Marie-Reine et qui, maintenant, servait à ranger de vieux catalogues de fournitures funéraires. Charles, s'avisant un jour de la présence incongrue du moïse dans cet endroit poussiéreux, en avait conclu, un peu troublé, que sa mère n'aurait sans doute plus de bébé.

Avec les années, une poussière collante et une odeur persistante de ciment frais avaient fini par imprégner l'atelier dans lequel Charles passait dorénavant ses journées à gâcher du mortier, puis à le couler dans des moules grossiers. Une fois durcies, les ternes stèles surmonteraient les tombes des morts dont la famille n'avait pas les moyens de payer pour de la pierre, autrement dit la plupart des familles du village. Un jour, transi jusqu'aux os par l'humidité poisseuse de l'atelier, Charles se dit que les morts, sous la terre, devaient ressentir cette même sensation de lourdeur et d'oppression. Puis il frissonna encore en se rappelant que les morts, au moins, ne pouvaient rien ressentir.

Pendant ce temps, Thomas gravait les stèles de granit, plus rares, plus chères, donc interdites aux mains prétendument maladroites de Charles qui se contentait de caresser et d'admirer ces pierres tombales élégantes, dont les couleurs variaient du noir à l'ocre en passant par un rose surprenant et dont l'aspect poli procurait au toucher une fraîcheur agréable. Les stèles de granit étaient regroupées dehors, derrière l'atelier, dans un endroit accessible au camion de livraison et que le graveur appelait la *cour à monuments*.

Les pierres scintillaient au soleil, étalant avec fierté leurs croix et leurs rosaces finement ciselées qui n'étaient pas dues au travail de Thomas. Il les commandait déjà tout ornées dans un catalogue et, étant donné leur prix, il achetait avec parcimonie, après avoir tenté d'établir de vagues probabilités quant aux décès à venir chez les notables de Saint-Damien. Il avait aussi commandé trois petites stèles de marbre blanc, destinées à surmonter des tombes d'enfant. Heureusement pour le village, deux de ces stèles s'empoussiéraient encore au fond de la cour.

Un jour, Charles observa discrètement son père en train de graver les nom et prénom d'une vieille dame décédée quelques jours auparavant et qui avait demandé par testament une pierre tombale en granit rose. Thomas était un graveur sans style ni imagination, mais son travail était toujours propre et soigné. Seul fournisseur de Saint-Damien et des environs, il considérait cette exclusivité comme une responsabilité qui l'obligeait à une qualité constante.

Charles s'approcha, fasciné. Sans s'en rendre compte, il courba l'échine à l'image de son père, s'associant ainsi à son ouvrage. Armé d'un petit marteau et d'un burin très aiguisé, l'homme exécutait avec précision des tailles en biseau qui donneraient un beau relief à son lettrage. Ses gestes étaient sûrs et extrêmement mesurés; il ne fallait pas gâcher une pierre qui valait très cher. C'était d'ailleurs l'une des raisons pour lesquelles Thomas gravait le même genre de lettrage depuis des années; il avait tant bien que mal réussi à maîtriser une technique et ne voulait prendre aucun risque inutile en s'attaquant à un autre style.

Charles se dit qu'il aurait bien vu des courbes s'enrouler autour de la première lettre d'Ange-Aimée. La vieille madame Côté, si pimpante avant sa maladie et si gentille avec les enfants, aurait bien mérité un peu de fantaisie sur sa tombe. Hésitant, Charles s'approcha de son père et lui demanda :

— Quand je serai plus vieux, allez-vous m'apprendre à graver, papa?

Thomas tressaillit. Inquiet à l'idée qu'il aurait pu abîmer sa pierre en sursautant, il rabroua Charles, lui ordonnant de ne jamais le déranger quand il gravait.

— Va plutôt faire du ménage dans les outils!

* * *

Charles profitait du moindre répit que lui laissaient les durs travaux imposés par son père. Il se sauvait alors de l'atelier, aspirant goulûment à la sortie une bouffée d'air, comme le ferait un rescapé de la noyade. Fuyant le contact froid de la pierre et du ciment, l'odeur visqueuse des mélanges en train de sécher, il se précipitait vers le parfum chaud et vivant d'un morceau de pin ou de bouleau. Il lui arrivait même de lécher son bois après avoir gratté l'écorce, pour en connaître mieux l'essence, avant d'attaquer le grain avec son canif. Pendant qu'il sculptait une grenouille ou un lièvre, il partait en voyage dans sa tête, visitant les pays dont il se rappelait avoir vu les noms sur le globe terrestre de l'école ou dans le vieil atlas que leur montrait parfois le frère Gratien. Charles se rappelait avec nostalgie le jour où, devant toute la classe, il avait affirmé que quand il serait grand il irait en France voir *La Joconde*. Malgré l'éclat de rire général et les nombreuses moqueries qui avaient suivi sa déclaration, il ne regrettait pas de l'avoir dit, même si, au fond, il doutait de pouvoir un jour réaliser son rêve.

Il travaillait depuis quatre ans auprès de son père quand il trouva assez de courage pour lui redemander de lui apprendre à graver. Il se permit même avec témérité de laisser entendre qu'il avait quelques idées pour rafraîchir leur image. L'affront était de taille; Thomas pâlit devant l'outrecuidance de son fils et, d'une voix tremblante de colère, le chassa de la table familiale.

— Quand on est pas capable d'apprécier l'ouvrage qui met du manger dans son assiette, on mérite pas de manger!

Charles monta dans le grenier qui servait de chambre aux garçons, la tête basse pour dissimuler à la fois sa honte et sa colère. Les lèvres serrées, sa mère se contenta de prendre l'assiette encore pleine et d'en redistribuer le contenu aux petits qui attendaient d'être servis. Il ne serait jamais venu à l'esprit de Marie-Reine d'intervenir entre Thomas et ses fils.

Charles dut se faire discret, le temps que l'ire paternelle s'apaise. Ses frères le protégèrent à leur façon, Maurice le moins possible, Louis avec générosité. À trois, ils mirent une ardeur accrue dans l'exécution de leur travail, à tel point qu'un visiteur aurait pu croire que Charles avait une passion pour le ciment! Par la suite, il évita toute allusion à la gravure et continua de mélanger son ciment avec une rage étouffée qui faisait parfois se mêler quelques larmes à l'eau grise.

Mais il lui arrivait, sortant de la moiteur sombre de sa «prison», de caresser au passage une stèle de granit noir dont la surface brillait au soleil. Il s'imaginait alors sculptant un corbeau de granit. Une telle brillance dans la pierre rendrait avec éclat les reflets bleutés des ailes; les yeux du volatile seraient animés d'une vie presque réelle!

Il aurait fallu pour cela qu'un accident se produise, qu'une pierre tombale éclate : Thomas l'oublierait alors dans un coin. Mais d'une prudence extrême, le graveur avait jusque-là réussi à éviter les dégâts et se vantait de n'avoir encore jamais gaspillé ses pierres. Charles continuait donc simplement d'en rêver, tout en flattant la pierre qui se réchauffait à son contact.

À défaut de mettre la main sur du granit, il développa une remarquable dextérité avec le pin et augmenta sa galerie animalière, ajoutant à sa collection des canards, des hiboux, une outarde. Il montrait rarement ses travaux, vaguement honteux de ce passe-temps futile, honteux aussi de donner raison à son père qui disait à qui voulait l'entendre :

— Charles ? Ça fera jamais rien de bon dans la vie !
Toujours dans les nuages, pas de force dans les bras, pas de
plomb dans la cervelle, je ne le vois pas fonder une famille.
C'est bien parce que c'est mon plus vieux que je le fais
travailler avec moi !

Charles s'était si bien habitué à ces constants rabrouements
qu'il n'imaginait pas autrement ses rapports avec son père. Il
ne recherchait plus sa compréhension ni son approbation, pas
plus qu'il n'attendait quoi que ce soit de sa mère. Marie-Reine,
fragile, docile et timorée, lui apparaissait comme un miroir
effrayant de ses propres faiblesses et il se serait méprisé d'aller
chercher chez elle la moindre consolation.

La seule personne au monde avec qui Charles se sentait
parfaitement à l'aise, c'était son frère Louis, de deux ans son
cadet. Il lui enviait son tempérament très enjoué, son assurance
et son éternel optimisme, alors que Louis éprouvait une admiration sans bornes pour son grand frère, qu'il considérait
comme un être à part. Sans pouvoir mettre en mots ses sentiments, il savait reconnaître en son aîné les capacités d'invention
qui lui manquaient et il était impressionné par le magicien du
bois qu'il avait pour frère. Quant à Charles, il savait que leur
retrait prématuré de l'école avait été bien plus dur à accepter
pour Louis que pour Maurice ou lui-même. Le garçon avait une
intelligence vive et un don particulier pour les mathématiques.
Ils avaient en commun l'amour de la nature, des yeux pétillants
et rêveurs, et une complicité pleine d'humour face aux diverses
contraintes de leur vie familiale. Mais alors que Louis mordait
dans la vie avec voracité, Charles se demandait toujours si elle
aurait meilleur goût ailleurs.

Charles voyait avec stupéfaction et un peu d'effroi son
frère Maurice, deuxième des enfants, se transformer rapidement, depuis qu'il travaillait avec leur père, en un second
Thomas. D'un tempérament hargneux, Maurice pouvait se
montrer d'une redoutable flagornerie quand il s'agissait
d'amadouer son père, et il prit très vite une place privilégiée,
devenant en quelque sorte, aux yeux de Thomas, le véritable
aîné des Dupuis.

* * *

C'était un samedi de mars au ciel gris et lourd. Charles arrivait tout juste de la maison de son oncle Jean, où il avait pris possession d'un cadeau inespéré : une pièce d'érable de taille imposante, au grain riche, à la couleur chaude et qui dégageait un parfum sucré. En chemin vers l'atelier, tirant la luge de ses sœurs sur laquelle était posé son trésor enveloppé dans une vieille couverture, Charles repensa à son oncle qui, contrairement au reste de la famille, partageait sa passion pour le bois. S'il arrivait à Jean Dupuis de mettre la main sur des essences intéressantes, il en faisait fréquemment profiter son neveu. Cette fois-ci, le cadeau était royal et Charles voulait en tirer le meilleur parti possible.

Il entra dans l'atelier et, tenant la porte ouverte du bout du pied, tira vers l'intérieur la luge dont les skis grincèrent sur le sol raboteux. Une fois son fardeau à l'abri, il retira son manteau et ses mitaines et déplaça quelques objets pour se faire de la place.

Charles saisit l'énorme pièce d'érable toujours enroulée dans la couverture et la posa sur le monte-charge improvisé qu'il avait conçu la veille. Manipulant doucement ses cordages, il le fit monter à la force de ses bras en espérant que la corde, un peu trop grosse, ne glisserait pas hors de la gorge de la poulie. Il fallait maintenir la plate-forme stable, éviter que le madrier ne penche trop à gauche ou à droite. Si jamais le morceau de bois chutait, il se fendrait sûrement. Quand la charge atteignit finalement la mezzanine qui surplombait l'atelier, Charles grimpa dans l'échelle, se rua vers le monte-charge et, doucement, amena vers lui l'étroite plate-forme qui soutenait son morceau de bois. Il souleva ce dernier en ahanant et le posa au centre de l'établi. Alors il le débarrassa de sa housse et le renifla en connaisseur.

Maintenant, Charles devait faire honneur à son cadeau. Depuis quelque temps, il se réfugiait souvent dans cette mezzanine poussiéreuse, qu'on appelait «la remise d'en haut». On n'y avait accès que par une vieille échelle bancale, ce qui constituait une protection contre les intrus. Depuis qu'il avait atteint ses dix-sept ans, son père semblait lui avoir consenti

19

tacitement cette portion de territoire. Puisque six ans de travail dans la pierre et le ciment n'avaient jamais réussi à lui faire passer son goût pour la sculpture, autant lui laisser un petit coin pour s'amuser tranquillement.

Charles resta plusieurs minutes en contemplation devant la pièce de bois, les mains moites, le ventre noué. Il se demanda ce que son oncle Jean en aurait fait s'il l'avait gardé pour lui. Un boîtier d'horloge? Un coffret pour ranger le bréviaire du curé? Sûrement quelque chose de pratique en tout cas; son oncle n'avait pas de temps à perdre... Bedeau le jour et ébéniste le soir pour pouvoir nourrir et habiller convenablement ses huit enfants, Jean avait un jour confié à son neveu qu'il aurait aimé faire autre chose que des tables, des chaises ou des prie-Dieu avec ce matériau fabuleux que la nature leur offrait en abondance. Mais peut-être, dans ses vieux jours... Ils avaient bien ri en s'avouant leur manie commune : avant d'entamer le moindre petit bout de pin ou de chêne, ils ne pouvaient s'empêcher de le sentir puis de le goûter du bout de la langue!

Charles se mit à tourner doucement autour de l'établi, regardant le morceau d'érable d'un air méfiant. De temps en temps, il se grattait la tête avec nervosité, posait son ciseau à bois sur l'établi, puis le reprenait pour le reposer l'instant d'après. Il en était à son dixième tour de table quand Louis vint pointer son nez en haut de l'échelle.

— T'as pas encore commencé? Qu'est-ce que t'attends?

Cela faisait près d'une semaine qu'ils étaient au courant de l'existence du morceau d'érable. Charles, en attendant d'aller le chercher, avait rebattu les oreilles de son frère avec d'innombrables projets qu'il semblait maintenant avoir oubliés. Louis finit de grimper, croisa les bras et regarda son frère d'un air accusateur.

— Ça fait assez longtemps que tu te plains, tu devrais être content d'avoir enfin une belle grosse pièce comme celle-là! Je te dis qu'il s'est pas moqué de toi, l'oncle Jean!

— J'sais pas ce qui m'arrive, on dirait que j'ai peur. J'ai pas d'idée, c'est... trop gros! Je serai jamais capable. Et puis si je manque mon coup, ça sera une maudite belle pièce gaspillée!

— Tu peux pas manquer ton coup ! Si c'est pas à ton goût, t'auras qu'à gosser encore un peu plus ! Et puis des idées, c'est pas ce qui te manque... Je te rappelle que t'en as même déjà écrit une liste !

— Cette fois, c'est différent. Ce bois-là, il est pas comme les autres. On dirait qu'il est vivant, qu'il y a quelque chose dedans. Et c'est ça que je dois faire sortir !

Il reprit sa marche autour de l'établi sous l'œil intrigué de Louis. Ce dernier eut l'impression d'assister à un rituel secret qui relevait à la fois de la danse et de l'affrontement. Charles lui fit penser à un sorcier indien comme il en voyait parfois dans les westerns. Celui-ci commença à allonger encore plus ses longues jambes et ses longs bras, étirant ses doigts, tendant le cou et faisant craquer ses vertèbres. Il cherchait à assouplir ses articulations, à réchauffer ses muscles avant de se lancer dans un corps à corps. Il créa sans le savoir une vibration, une énergie qui se répandit bientôt dans toute la pièce. Louis observa silencieusement ce manège pendant quelques minutes, puis ne put s'empêcher de remarquer, sur un ton moqueur :

— T'as l'air d'un chasseur qui tourne autour de l'orignal !

Charles s'arrêta net. Tout son corps se figea, sauf ses yeux qui s'écarquillèrent sous le choc de la révélation. Louis, mal à l'aise, s'apprêtait à s'excuser de son intervention quand le visage de Charles s'illumina d'un sourire comblé. Tout son corps se mit en mouvement avec une légèreté et une grâce qui ne lui étaient pas habituelles. Le ciseau se mit à glisser sur le bois avec une telle aisance que Charles parut simplement emporté par le mouvement de son outil, habité d'une vie propre.

Louis recula d'un pas, se sentant soudain de trop dans une scène si bouleversante qu'elle resterait dans sa mémoire toute sa vie. Jusque-là, le cerveau farci des images du petit caté-chisme et des pages couvertures des cahiers de musique que sa mère conservait dans le banc de piano, il avait cru que les véritables artistes ne pouvaient venir que d'Italie et n'avoir vécu que trois ou quatre cents ans auparavant. Mais aujourd'hui, sous ses yeux, venait de naître un artiste et Louis acceptait cette évidence comme une révélation. Il ne regarderait plus jamais son frère de la même façon.

— Alors ça y est? T'as eu une idée?

— J'ai *vu* ce qu'il y a à l'intérieur...

* * *

Quelques mois plus tard, à la salle paroissiale, on allait fêter le vingtième anniversaire de la fanfare de Saint-Damien. Du tambour-major au dernier des clairons, tous les membres du corps arboraient avec fierté leur uniforme de parade et déambulaient dans la salle avec la fière arrogance que les mâles portent généralement en même temps que l'uniforme. On était en 1944; depuis le débarquement presque quatre mois auparavant, la guerre dans les vieux pays semblait prendre une nouvelle tournure et les Allemands battaient en retraite. Les jeunes hommes commençaient à croire qu'ils échapperaient peut-être à la conscription, ce qui leur permettait de se pavaner la conscience tranquille dans un uniforme presque aussi prestigieux et beaucoup moins menaçant... Charles avait vu Louis quitter la maison, resplendissant de fierté dans son costume d'apparat. Pour fêter ses seize ans, son jeune frère s'était joint à la fanfare et un talent naturel insoupçonné l'avait vite promu au titre de premier tambour. De plus, quand on avait évoqué la possibilité d'une fête pour marquer l'anniversaire de la formation, Louis s'était proposé avec enthousiasme comme organisateur. Cette soirée était donc son heure de gloire, et le moment idéal pour procurer à Charles le triomphe qu'il méritait.

Louis jeta un œil appréciateur sur les installations; il lui avait fallu pas mal d'imagination et de débrouillardise pour transformer cette vieille bâtisse en salle de fête, mais le résultat était satisfaisant. Des banderoles jaunes et blanches décoraient le tour des fenêtres et des portes et couraient autour des petites tables couvertes de nappes blanches, sur lesquelles brillaient des lampions jaunes et blancs. Quelques fougères empruntées à l'église achevaient de donner de l'élégance au décor.

Les deux frères avaient vécu les dernières semaines dans une grande fébrilité : pendant que Charles vivait les affres du trac, Louis apprenait beaucoup de choses sur l'art de l'organisation. Il avait aussi découvert que, si on voulait obtenir quelque chose de quelqu'un, il fallait d'abord l'amadouer. Et il pouvait dire qu'il avait le curé dans sa poche!

Pour l'instant, la salle n'était éclairée que par les lampions et par deux lampes torchères empruntées au presbytère et qui encadraient la porte. Louis était tout excité à l'idée de la commotion que l'œuvre de Charles provoquerait. Son regard se porta vers la drôle de masse, couverte d'une feutrine sombre. Personne ne semblait l'avoir remarquée. Il espérait bien qu'au moment où on dévoilerait son œuvre Charles saurait mettre de côté sa trop grande modestie. Mais il n'en était pas trop sûr.

Au cours des derniers mois, Charles avait consacré tout son temps libre à cette sculpture et Louis avait assisté au travail de création de son frère avec tant de passion et d'enthousiasme qu'il avait la sensation d'en être le parrain, d'autant plus qu'ils avaient décidé de garder l'entreprise secrète. Et puis, après tout, même si Charles ne l'aurait admis pour rien au monde, Louis lui avait pratiquement fourni l'idée de départ de son œuvre!

La fête pour l'anniversaire de la fanfare battait son plein; les musiciens avaient déjà interprété quelques-unes de leurs meilleures pièces devant un public gagné d'avance, y allant même d'un peu de swing, question de permettre à la jeunesse de danser. À cause de la présence du curé qui les surveillait d'un œil soupçonneux, les danseurs restaient néanmoins assez guindés! À un moment, on entendit un cri aigu se mêler à la musique. Deux garnements de neuf ou dix ans, voulant mettre à profit l'ambiance décontractée pour faire quelques découvertes, s'étaient faufilés entre les jambes des danseurs. Une jeune femme les découvrit à quatre pattes sous sa robe, en train de parfaire leurs connaissances en matière de dessous féminins!

Tous les notables étaient présents, de même que les familles des membres de la fanfare. Louis avait d'ailleurs beaucoup insisté pour que la famille Dupuis y soit au grand complet, même le père, qui avait pourtant horreur de se coucher tard et, encore plus, de mettre une cravate. Thomas et Marie-Reine Dupuis étaient bien là, endimanchés, et parlaient avec le nouveau vicaire qui découvrait avec plaisir tous les liens qui unissaient la famille Dupuis à la paroisse. Un bedeau, un graveur de monuments, plusieurs enfants de chœur et même, en la personne de Marie-Reine, une organiste pour la messe de Noël!

Avant de se couler hors de la salle pour essayer de calmer les battements violents de son cœur, Charles regarda son frère qui grimpait sur la petite estrade. Rouge comme une tomate, Louis s'empara du micro pour annoncer que la musique allait maintenant laisser la place au protocole. Le tohu-bohu soulevé par le cri de la femme et la réprimande aux enfants mit quelques minutes à s'éteindre, mais finalement on céda la parole au curé.

Celui-ci félicita chaudement les organisateurs et salua avec lyrisme «l'ardeur de ces jeunes gens qui consacrent à la musique leurs belles années de jeunesse et sans qui notre procession de la Fête-Dieu aurait moins de panache». On entendit ensuite le notaire, parrain officieux de la fanfare depuis qu'il avait réussi à obtenir les fonds nécessaires pour acquérir de nouveaux uniformes, puis le directeur de la formation, un agent d'assurances passionné de musique militaire et dont l'ambition à peine cachée était d'augmenter sa maigre clientèle. Chacune de ses apparitions était donc une opération-charme auprès d'une population qui avait peu d'intérêt pour les assurances! La portion officielle de la soirée s'acheva donc sur ces quelques mots :

— Ayez l'assurance, chers amis de Saint-Damien, que vous pouvez toujours compter sur moi, autant ici à la fanfare qu'à mon cabinet de la rue Saint-Hubert. Bonne soirée à tous!

À travers les applaudissements impatients des jeunes qui souhaitaient en finir au plus vite avec les discours, on put percevoir quelques fous rires mal contenus. Le maraudage peu subtil de l'agent d'assurances était légendaire!

Charles s'était adossé au mur extérieur, à côté de l'entrée. Par la porte restée entrouverte, il entendit le bruit d'un bout de papier tout chiffonné d'avoir été cent fois relu. Louis allait reprendre la parole. Pendant que son frère s'éclaircissait la voix, Charles sentit une sueur froide couvrir son front. Quand il desserra sa cravate, il s'aperçut que ses mains tremblaient et les glissa dans ses poches, expulsant du même coup de sa poitrine un souffle chargé d'appréhension. Sa gorge se serra de plus en plus à mesure qu'il entendait le petit discours de Louis.

— Monsieur le curé, maître Bouchard, membres de la fanfare de Saint-Damien, chers parents et amis. En ce jour de fête, j'ai l'honneur de vous annoncer que notre salle paroissiale, qui est en même temps la salle de répétitions de la fanfare, sera dorénavant décorée d'une magnifique sculpture réalisée par nul autre que mon frère Charles Dupuis. Nous allons maintenant procéder au dévoilement de son œuvre!

Sous les regards stupéfaits de la foule, Louis sauta au bas de l'estrade, tendit le bras en direction du plafond et tira d'un coup sec sur le drap de feutrine, au moment même où un complice actionnait un commutateur. Des «Oh!» et des «Ah!» accueillirent une vision baroque et surprenante.

De l'imagination débridée de Charles avait surgi un lustre inspiré du panache de l'orignal. Comme des trophées de chasse enchevêtrés, les bois stylisés de quatre bêtes s'affrontaient, surmontés de plusieurs dizaines de petits lampions électriques. L'œuvre était audacieuse, mystérieuse aussi pour certains qui ne savaient comment la regarder, mais à coup sûr, c'était magnifique!

Passé les premières secondes de stupeur, il y eut un tonnerre d'applaudissements, alors qu'on réclamait à grands cris ce grand efflanqué de Charles Dupuis, qui leur faisait la surprise d'avoir du talent. Même son frère Maurice, dont le regard sombre et inquiétant faisait dire aux voisins : «Celui-là, c'est de la graine de voyou», même Maurice donc, habituellement avare de compliments et plutôt jaloux par nature, y alla d'un «Bravo, mon Charles!» et se rengorgea devant sa petite amie du moment, fort du prestige que lui conférait le succès de son frère.

Mais l'artiste restait introuvable. Alors qu'on le cherchait dans toute la salle et même dans les toilettes, Louis finit par le dénicher, dissimulé derrière un arbuste et retenant à grand-peine un trop-plein d'émotion. Charles avait entendu les exclamations, mais ce devait être pour quelqu'un d'autre, s'était-il dit. Il regrettait d'avoir cédé aux pressions de Louis, persuadé que tout le village le considérait comme un incapable. Son frère eut beau lui répéter que les applaudissements lui étaient destinés, Charles refusa d'abord d'y croire. Quand Louis réussit à le persuader, l'émotion fut si forte qu'il eut peur d'affronter tout ce déversement d'admiration, lui qu'on avait souvent dénigré. Mais au fond, Charles savait que ce lustre sur lequel il avait travaillé pendant des mois méritait l'attention. Peut-être même que son père trouverait ça beau! À cette idée, il se redressa d'un seul coup et bomba le torse.

— Attends, essuie tes yeux puis mouche-toi. On dirait que t'arrives d'un enterrement! Il y a des belles filles qui t'attendent!

Charles s'empressa de camoufler son émotion dans son mouchoir. Il avait honte de s'être ainsi laissé aller et d'avoir pleuré devant son frère. Heureusement que Louis n'était pas du genre à se moquer de lui...

Les deux jeunes gens entrèrent dans la salle en se tenant par les épaules. Louis rayonnait, Charles dissimulait sa gêne derrière un sourire crâneur. Ils firent une entrée triomphale, applaudis par les adultes, chahutés avec affection par les jeunes de leur âge. Charles remarqua avec un certain embarras la présence de Charlotte Bouchard, la fille du notaire. Cela faisait déjà plusieurs mois qu'il la trouvait de son goût, et les seins fermes et généreux de la jeune fille avaient de nombreuses fois été le sujet de rêves tumultueux. Il rougit en y repensant, surtout quand Charlotte, qui ne l'avait jamais regardé jusqu'à cette soirée, le dévisagea avec des paupières palpitantes. Charles se promit de saisir l'occasion et d'engager la conversation dès qu'il aurait fini de recevoir les compliments de tout un chacun. En attendant, il la salua d'un geste qu'il espérait élégant et lui offrit un sourire de vainqueur. La jeune fille répondit à son sourire en minaudant. Cette soirée promettait d'être mémorable!

Au moment où il terminait une tournée d'accolades et de poignées de main, Charles ralentit le pas en voyant son père. Celui-ci lui tournait le dos, en pleine conversation avec le notaire. Maître Bouchard s'exclama :

— Vous pouvez être fier, monsieur Dupuis, votre fils, c'est un grand artiste!

2

Le printemps de 1945 fut plus excitant que tous les printemps précédents. La fin de la guerre, comme un gros nuage sombre balayé d'un seul coup par un vent bénéfique, vint décupler l'effet régénérateur d'une saison déjà considérée comme un miracle. L'apparition des narcisses et des tulipes constituait chaque année une surprise de taille, comme si on avait oublié que c'était possible de voir naître des fleurs là où quelques jours auparavant il y avait eu de la neige.

Le 8 mai, dans un concert improvisé et plein d'allégresse, les cloches de toutes les églises du Québec se mirent à sonner en même temps et des avions Hurricane venus d'une base militaire située à quelques dizaines de kilomètres de Saint-Damien survolèrent la région à basse altitude. Plusieurs années plus tard, on parlerait encore de cette envolée de la victoire, signe de la fin d'un cauchemar.

Assis sur le petit promontoire qui surplombait le village, pompeusement baptisé le Grand Mont, Charles sentit sa poitrine se dilater devant la beauté toute neuve du paysage. Saint-Damien, vu de cette hauteur, se parait des plus jolies couleurs : les bourgeons venaient à peine d'éclater et le vert tendre des petites feuilles en train de se déplier, mêlé à la lueur rosée du soleil couchant, donnait au village une luminosité exceptionnelle. Il se dit que de là-haut on ne voyait plus les rues sales et mal entretenues, les maisons délabrées et sans coquetterie, et surtout la petite misère quotidienne, ordinaire et omniprésente. À condition de rester toujours sur le Grand Mont, on pouvait presque croire que Saint-Damien était un village de conte de fées. Les narines remplies de la savoureuse odeur de terre fraîchement dégelée, Charles se laissa aller à une débauche d'émotions contradictoires. Depuis toujours, il s'était vaguement inquiété des sensations qui s'emparaient de lui devant le spectacle de la beauté, celle d'un paysage, d'une joue soyeuse de bébé ou d'un dessin habile reproduit sur une affiche.

Cette impression de gonflement, presque d'étouffement, comme une noyade sans eau ou comme si son cœur était trop gros pour sa cage thoracique, le laissait perplexe. Ça ne pouvait pas être normal d'admirer une fleur jusqu'à en être épuisé; il fallait être fou pour sentir son cœur exploser dans sa poitrine devant l'harmonie parfaite d'une cascade scintillante sous le soleil, dans laquelle se baignent des geais bleus. Charles, ne pouvant empêcher ses élans de passion, s'en était toujours méfié comme d'une maladie mystérieuse.

Et puis, une sorte de confirmation d'anormalité lui était venue, la veille, dans des circonstances accablantes. Ce printemps si beau, qu'il avait tant envie de savourer, laisserait une tache indélébile sur son cœur.

Le contraste brutal entre l'exubérante renaissance de la nature et sa propre tristesse accabla Charles. Il se coucha sur le rocher où il était venu chercher l'apaisement et, pensant à son petit frère, il laissa enfin couler les larmes qu'il retenait depuis des heures de peur que, mêlées à celles déjà abondantes de sa mère, elles ne finissent par les emporter tous dans leur flot. Durant le dernier hiver, on s'était interrogé, puis inquiété, à propos des comportements étranges de René, le dernier-né des Dupuis. Le garçon de douze ans, l'éternel bébé de Marie-Reine qui avait pu le couver plus longtemps que les autres quand sa machine à procréer s'était détraquée, le charmant petit René au sourire coquin était en train de se transformer en une sorte de monstre que plus personne ne reconnaissait.

Depuis plusieurs semaines, il ne mangeait presque rien, s'oubliait fréquemment dans ses sous-vêtements, avait l'air hagard de ceux qui s'efforcent d'habiter plusieurs mondes en même temps. Mais le pire, c'était de l'entendre, jour et nuit, parler sans cesse sur un rythme saccadé à des interlocuteurs invisibles qui paraissaient changer de personnalité en même temps que lui, le terrorisant et l'ensorcelant tour à tour.

Au début, ses parents prirent la chose à la légère. Mais quand Marie-Reine commença à s'inquiéter jusqu'à en perdre le sommeil, Thomas lui reprocha d'avoir trop couvé son petit;

ensuite il lui ordonna d'amener celui-ci chez le docteur. Ce dernier, imaginant bêtement une crise de croissance, ne songea d'abord qu'à prescrire des fortifiants pour aider le garçon à franchir avec moins de difficulté l'étape périlleuse de la puberté. Mais les crises se rapprochaient et les choses prirent une tournure dramatique.

La veille au soir, René, dans un accès de rage qui décuplait ses forces, s'était mis à frapper sa mère sans raison apparente. Malgré ses traits encore enfantins, il était déjà aussi grand qu'elle et lui assénait des coups de poing désordonnés pendant que la pauvre femme se débattait en pleurant, incapable de se défendre. René hurlait à un maître invisible qu'il avait mal aux bras mais ne pouvait plus s'arrêter. De l'atelier où il empilait des sacs de ciment, Charles entendit les hurlements et accourut pour arracher Marie-Reine à l'emprise du garçon, serrant sa mère dans ses bras pour l'apaiser pendant que Maurice et Louis, arrivés derrière lui, retenaient péniblement René. Thomas s'en fut en courant chercher le curé : il ne voyait qu'une chose, son fils avait le diable au corps. Seul un prêtre pourrait venir à bout des forces démoniaques qui s'étaient emparées de René.

Le curé eut beau appeler toutes les bénédictions du ciel sur René et sa famille, il savait fort bien qu'il ne pouvait pas grand-chose pour le petit. Il avait déjà entendu parler de ce genre de cas et se prépara pour une conversation pénible. Après une heure orageuse, René finit par se calmer et même par s'endormir, laissant ses frères et sœurs hébétés. Le curé parla longuement à Thomas et à Marie-Reine de certaines institutions où l'on devait parfois enfermer les personnes qui risquaient de devenir une menace pour elles-mêmes et pour les autres.

— Dans bien des cas, c'est la meilleure chose à faire.

Il leur proposa de prendre lui-même contact avec les autorités concernées, de concert avec leur médecin de famille, et dans la plus grande discrétion possible pour éviter qu'on ne jase trop dans le village. Thomas, estimant que René venait de jeter l'opprobre sur la famille, décréta qu'il fallait l'enfermer. Il n'y avait jamais eu de fou auparavant à Saint-Damien. Ou alors, on l'avait bien caché…

Ce n'était plus qu'une question de temps avant que René disparaisse de leur vie. S'il fallait le placer dans un asile, autant que ce soit le plus vite possible. Pour Thomas, après le premier choc, ce fut une affaire réglée et, dès le lendemain, il prit le parti, peut-être pour rendre la séparation moins pénible, de considérer son fils comme un étranger. Il ne lui adressa plus la parole que pour le strict minimum, le regardant d'un œil méfiant. Si le principal intéressé ne paraissait pas s'en rendre compte, cette attitude fut perçue comme un mot d'ordre par le reste de la famille, qui observa la même réserve.

Seul Charles, qui n'avait vu jusque-là en René qu'un enfant turbulent et trop gâté, lui montra au contraire une sollicitude nouvelle, faite de compassion et de complicité. Il s'était toujours senti bizarre, différent surtout, et il se disait que la folie qui frappait René ne lui était pas, au fond, si étrangère. Que peut-être elle se manifestait simplement chez lui d'une manière un peu plus douce…

La nuit tombée, le cœur vidé de toutes ses larmes, Charles redescendit du Grand Mont, les mains dans les poches et les épaules affaissées. Il lui fallut encore un bon bout de temps avant de se résoudre à rentrer à la maison. Il pressentait que l'atmosphère y serait encore plus irrespirable que d'habitude : son père serait fuyant, Marie-Reine, effondrée mais stoïque, René, le regard égaré et les autres, l'évitant comme la peste. Même Louis ne pourrait offrir le moindre réconfort. Image même de la santé, ce dernier se montrait totalement désarçonné et mal à l'aise devant la première manifestation de folie qu'il voyait. Toute la journée, Louis avait saisi le moindre prétexte pour s'évader, incapable de faire face à la situation.

Charles continua donc de marcher sans but à travers le village, évitant les regards des rares passants. Il retrouva Louis sous la véranda, vers dix heures, quand tout le monde fut couché. Ils avaient besoin de parler, mais ne savaient par où commencer. Finalement, Charles pensa que son frère avait peut-être vu René et lui demanda des nouvelles.

— Bof, pas pire qu'hier, pas mieux que demain… J'ai entendu papa dire que ça sera pas très long avant que quelqu'un vienne le chercher…

Charles sursauta; d'un seul coup, les choses s'éclaircissaient dans sa tête et un déclic se produisit. Prenant conscience que René serait le premier enfant à quitter la maison, il sut hors de tout doute qu'il lui faudrait partir aussi. Pas à l'asile, mais ailleurs, là où il ne sentirait pas cette lourde chape d'incompréhension sur ses épaules. Là où il se sentirait libre de marcher la tête haute, sans crainte d'être méprisé ou pris pour un fou. La vie qu'il menait au village était comme un long tunnel qui rétrécissait sans cesse et dans lequel il finirait par étouffer. Il se mit à parler très vite, d'un air surpris comme s'il n'avait pas su lui-même ce qu'il allait dire une seconde auparavant.

— Tu sais, Louis, je pense que je ferai pas long feu ici, moi non plus... Il paraît qu'ils engagent pas mal d'hommes sur les chantiers ferroviaires à Montréal, et j'ai envie de partir. Je pourrais sûrement me faire embaucher comme manœuvre, ça sera mieux que la cour à monuments... Si je reste ici trop longtemps, j'ai peur qu'il m'arrive la même chose qu'à René.

— Maman va trouver ça dur d'en voir partir deux en même temps.

— Ça fera peut-être deux fous de moins dans la maison!

— Charles, dis jamais des choses pareilles!

Charles vit que son frère était bouleversé. Louis serrait les poings et regarda vers le ciel pour empêcher ses larmes de couler.

— C'est une très grosse malchance qui arrive à notre famille, Charles, mais c'est René qui est devenu fou, pas toi. Toi, tu as reçu un don! Je comprends que tu aies envie de partir à cause de papa, mais si je t'en vas à Montréal, faut pas que ce soit juste pour devenir ouvrier. Là-bas, il doit y avoir de l'avenir pour les artistes comme toi! Tu vas pas me laisser tout seul ici pour rien...

Dans un journal qu'il avait feuilleté récemment chez le dentiste, Charles avait lu qu'à Montréal des artistes se regroupaient parfois pour présenter leurs peintures et leurs sculptures dans des galeries. N'importe qui pouvait aller voir les œuvres, et même les acheter! Il ne croyait pas avoir l'étoffe pour pénétrer dans cet univers, mais, pour consoler Louis, il lui parla de ce qu'il avait lu.

— Il y a peut-être de l'argent à faire...

— Si tu le veux vraiment, je suis certain que tu peux faire quelque chose. Je te dis que t'as un don! Peut-être qu'un jour j'irai voir une de tes expositions!

Une pensée agréable vint soudain éclairer son regard humide.

— Je pourrais même amener ma blonde, ça l'impressionnerait! Et puis, peut-être qu'elle accepterait de se marier avec le frère d'un grand artiste...

Charles lui rendit son sourire avec réticence et balaya d'un geste les idées de grandeur de Louis. Même s'il avait en tête quelques beaux projets de sculpture, il n'arrivait pas à se voir dans le milieu des artistes. Pas un gars de Saint-Damien! Mais quelque chose vint le distraire de sa préoccupation... La fille à laquelle son frère avait fait allusion. Louis ne devrait jamais savoir que la belle Françoise lui était tombée dans l'œil, à lui aussi! Il aurait bien aimé l'avoir vue le premier...

S'éprendre de la même fille que son frère, c'était bien sa chance! Charles ne se sentait aucune envie de rivaliser avec Louis dans le domaine du charme. Il avait bien quelque talent pour faire rougir les filles de Saint-Damien par une phrase bien tournée, mais il refusait d'entrer en compétition avec son propre frère, à qui il avait enseigné le peu qu'il savait sur l'autre sexe. Et puis, cette Françoise venait d'ailleurs et n'était pas comme les autres. Ayant déjà compris qu'elle ne résisterait plus longtemps au contagieux amour de la vie qui émanait de son petit frère, Charles préférait se retirer et céder la place à Louis. Ce n'était pas le moment de se créer de nouvelles attaches...

L'arrivée de Françoise et de sa famille avait provoqué une commotion chez les garçons Dupuis, et même dans tout le village. Il faut dire que les Murphy avaient eu le bon goût d'entrer à Saint-Damien le jour de l'armistice!

Le 8 mai, au moment où la radio annonçait officiellement le retour de la paix, les filles Murphy, fières porteuses de chevelures que leurs ancêtres irlandais leur avaient léguées dans une gamme de couleurs lumineuses, arpentaient les rues du village à la recherche d'un marché où trouver quelques provisions. Pendant que leurs parents installaient le nouveau logis, les filles ouvraient des yeux curieux sur le village. Puis les cloches se mirent à sonner et quelqu'un descendit dans la rue en hurlant : «La guerre est finie!» Tous les commerçants fermèrent boutique, occupés à célébrer la fin de six ans d'angoisse et de privation.

C'est ainsi que les jeunes filles n'avaient trouvé personne pour leur vendre la moindre nourriture. Heureusement, des voisins charitables et trop heureux de partager leur joie offrirent à la famille désemparée de quoi tenir le coup jusqu'au lendemain. Depuis ce jour, les sœurs Murphy faisaient figure de messagères de bonnes nouvelles : elles n'avaient qu'à se promener dans les rues de Saint-Damien, auréolées de leur prestige et de leurs crinières flamboyantes, pour rameuter les adolescents qui se découvraient de nouvelles envies de séduction. On se mit à se lisser les cheveux d'un rapide coup de peigne avant d'aborder ces étrangères!

Charles et Louis furent immédiatement éblouis par l'aînée, Françoise. Vive, la démarche souple et la conversation pleine d'esprit, la jeune fille de dix-sept ans semblait décidée à mettre le monde à sa main. La réserve imposée aux jeunes filles de l'époque ne pouvait lui convenir : par orgueil autant que par instinct de survie, Françoise voulait se sentir chez elle à Saint-Damien, comme en tout autre endroit où pouvait les conduire l'emploi de leur père, fonctionnaire au ministère des Transports. C'est elle-même qui avait engagé la conversation quand, une semaine auparavant, elle avait croisé Charles et Louis sur le trottoir. Pendant que ses trois sœurs en uniforme de couventine rougissaient et baissaient le nez, Françoise se lança :

— Bonjour, je m'appelle Françoise Murphy. Maintenant que la guerre est finie, pensez-vous que la jeunesse de Saint-Damien va pouvoir s'amuser un peu cet été?

— Françoise! T'es pas gênée!

Sa sœur Lise, rouge comme une pivoine, regardait ailleurs avec une furieuse envie de se glisser sous les lattes du seul trottoir de bois de Saint-Damien. Alors que Charles se sentait à peu près dans le même état que les jeunes sœurs de Françoise, Louis sauta sur l'occasion.

— Sûrement, parce qu'ici on aime beaucoup s'amuser. Vous savez, on a même une fanfare...

La conversation se poursuivit quelques minutes, principalement entre Françoise et Louis, alors que Charles se contentait d'admirer silencieusement la jeune fille d'un air détaché. Il fut question du printemps, du prochain concert de la fanfare, de l'arrivée des Murphy au village, qui restait un souvenir impérissable pour Françoise.

— On aurait dit que les cloches sonnaient pour nous!

Louis mourait d'envie d'en savoir plus sur elle, Charles rêvait de caresser ses cheveux. Quant à Françoise, elle était bien contente de voir de plus près ces deux membres de la famille Dupuis, qui finalement n'avaient pas l'air si fous. Elle avait entendu parler du plus jeune qui, disait-on, n'était pas normal. Elle pourrait rassurer ses parents : quelle que soit la maladie, elle ne semblait pas contagieuse... Les deux garçons lui plurent tout de suite; elle trouva à Charles un air mystérieux très séduisant, mais elle prit sa réserve pour de la froideur et préféra miser sur l'enthousiasme de Louis.

Toutes les filles de Saint-Damien à qui Louis avait pu faire la cour jusque-là disparurent de sa mémoire pour faire place à Françoise. Il ne cessait d'ailleurs de glisser son nom dans toutes les conversations, affirmant à qui voulait l'entendre qu'elle serait très bientôt sa petite amie. Charles était le témoin maussade de l'émoi de son frère, mais il était déterminé à ne pas lui mettre de bâtons dans les roues. Voir Louis heureux, même à ses dépens, lui mettait du baume au cœur et ils auraient besoin de se serrer les coudes dans les prochains jours. Toute cette horrible histoire autour de René ferait jaser et les mauvaises langues se régaleraient. Thomas, avec son caractère ombrageux et ses sourcils menaçants, ne s'était pas fait que des amis dans le village.

* * *

Après s'être retranché pendant quelques jours dans un état presque catatonique, le corps raide, le regard fixe et indifférent, René entra dans une nouvelle phase d'agressivité qui laissait présager un avenir terrifiant.

Ce samedi soir, Jeanne et Fernande s'étaient lancées dans une partie de cartes et accompagnaient de leurs voix fraîches la radio qui présentait *In the Mood*. Les deux jeunes filles, emportées par la gaieté de la musique, chantaient avec ardeur quand René fit irruption dans la cuisine. Malheureusement, tout à leur jeu, elles ne le virent pas tout de suite, sinon elles auraient peut-être pu, devant son air hagard et ses yeux profondément cernés, sentir venir la catastrophe. Pris d'une rage folle, René agrippa ses sœurs par les cheveux, les tira violemment et se mit à les frapper à la tête, leur enjoignant de cesser leur vacarme. Il cria plusieurs fois qu'il y avait trop de monde dans la maison, pourtant tous les autres étaient dehors.

Thomas et Marie-Reine se berçaient sur la galerie pendant que Charles, Maurice et Louis, dans la rue, se lançaient une balle de baseball. Alertés par les cris, ils se ruèrent tous dans la cuisine et parvinrent à arracher les filles à cette furie. Pendant que les garçons ceinturaient René de leurs bras pour l'empêcher de frapper, Marie-Reine apaisait ses filles, rouges, échevelées et en larmes.

Charles dit à sa mère qu'il allait chercher le médecin et partit en courant. Il trouva le docteur Lambert prenant le frais devant sa porte en fumant sa pipe. Voyant arriver Charles, bouleversé et hors d'haleine, le vieux médecin devina que René venait de grimper un autre barreau dans l'échelle de la folie.

— Vite, docteur, René est en train de frapper mes sœurs, il faut venir le calmer!

Le médecin saisit sa vieille trousse après y avoir glissé quelques fioles et une seringue, et trottina aux côtés de Charles dont les enjambées nerveuses se faisaient de plus en plus rapides. Le vieux praticien, qui côtoyait tout Saint-Damien depuis trente-deux ans et avait assisté à la naissance des enfants Dupuis, connaissait bien Charles, dont la grande sensibilité l'avait toujours touché. Il pouvait déceler son désarroi, mais ne savait comment le rassurer.

— Après plus de trente ans de pratique, je suis obligé d'admettre que la science a des limites. J'ai beau fouiller dans mes livres, la psychiatrie, c'est pas mon fort. J'ai écrit une lettre au directeur de St-Michel-Archange, à Québec. J'ai insisté sur le fait que René commençait à être dangereux. Là-bas, peut-être qu'il pourrait avoir de l'aide.

Quand il termina sa phrase, ils étaient assez proches de la maison pour entendre des cris de forcené. Il y avait quelque chose d'étrange dans les hurlements du garçon et, pendant une seconde, le médecin crut entendre deux voix. Puis il réalisa que la voix de René muait, provoquant une curieuse alternance de cris haut perchés et de sons graves. Le docteur s'étonna : René était encore un peu jeune pour changer de voix. Mais selon ce qu'il avait lu ces derniers jours dans un traité de psychiatrie, le garçon était aussi un peu jeune pour la schizophrénie. René serait un fou précoce... Les grands pontes de Québec, quand ils le verraient arriver, trouveraient sûrement chez lui un cas d'étude passionnant...

Charles et le médecin se précipitèrent en entendant un vacarme de verre brisé. Voulant empêcher René de se frapper la tête contre un mur, Maurice venait d'essuyer un assaut violent qui l'avait précipité contre le buffet. Son coude, en passant à travers l'une des portes vitrées, avait fracassé quelques-unes des belles tasses à thé anglaises de Marie-Reine, seuls articles précieux de son trousseau. Des éclats de porcelaine et de verre étaient éparpillés sur le sol et Maurice saignait, pâle comme un mort. Le docteur Lambert donna des ordres :

— Charles et Louis, tenez René le plus serré possible. Jeanne, amène Maurice au robinet et passe son bras sous l'eau froide. Madame Dupuis, faites-lui un garrot au-dessus du coude avec un torchon pendant que je donne une piqûre à René. Je regarderai la coupure après. Fernande pourrait ramasser les morceaux de verre avant que quelqu'un d'autre se fasse mal.

Il ouvrit sa trousse et prépara une seringue tout en parlant d'un ton apaisant.

— T'inquiète pas, René, on va prendre soin de toi, tu vas te sentir mieux.

Tout le monde s'activait pour faire disparaître au plus vite toute trace de l'incident. Seul Thomas n'avait rien à faire; il observait la scène avec l'impression désagréable que le contrôle de sa famille lui échappait. Il prit un ton péremptoire pour lancer au médecin :

— Donnez-lui-en assez pour l'assommer, docteur. Je veux pas qu'il nous démolisse la maison. Faut espérer qu'on va avoir des nouvelles de Québec avant longtemps!

La forte dose de calmant agit très vite : une ou deux minutes suffirent pour que René paraisse plus calme. Le médecin alla vers Maurice qui semblait près de tomber dans les pommes. Il examina le blessé tout en réfléchissant à la réponse qu'attendait Thomas.

— Avant que ma lettre arrive dans le bon bureau, qu'on l'étudie et qu'on y réponde, il va encore se passer plusieurs jours.

Après avoir achevé le pansement de Maurice dont le coude n'était qu'éraflé, le médecin se rapprocha de Thomas et se mit à parler pour lui seul, sur un ton n'admettant aucune réplique :

— Peut-être que tu trouves ça dur, mais c'est sûrement bien plus dur pour lui. C'est tout mêlé dans sa tête, comme un gros nœud. Profites-en bien, de ton gars, pendant qu'il est encore là. Ça m'étonnerait que tu ailles souvent le visiter à l'asile...

Le docteur Lambert s'installa ensuite au bout de la table et rédigea une ordonnance, tout en expliquant à Marie-Reine comment administrer le laudanum qui permettrait à René, et par conséquent à toute la famille, de vivre une accalmie jusqu'à son internement.

Dès qu'il put lâcher René, Charles s'éloigna jusqu'à sortir presque complètement de la cuisine, avec la conscience de briser un cercle infernal. La tension subie durant cette dernière heure l'avait laissé pantelant. Il reprit son souffle, laissa son cœur s'apaiser et observa sa famille avec une sorte de répugnance.

Maté par la piqûre, le malade semblait déjà oublié et gisait mollement sur une chaise berçante. À part sa mère, personne ne semblait se préoccuper de René depuis que le médicament avait commencé à faire son effet. Les filles reluquaient déjà la porte pour se sauver, Louis tournait en rond alors que Maurice ne s'inquiétait que de l'épaisseur de son pansement. Charles entendit l'échange entre son père et le docteur et se dit que le médecin ne devait pas avoir une très haute opinion de sa famille... Il prit alors conscience de la faiblesse des liens qui les unissaient. Chacun cherchait à se protéger, et pas un seul membre de la famille, à part Marie-Reine, ne paraissait avoir de véritable compassion pour René, devenu un fardeau honteux dont il fallait au plus vite se débarrasser. Charles eut envie de pleurer de désespoir : il y avait si peu d'affection entre eux ! Les liens fragiles qui le liaient à sa famille étaient en train de se défaire et la douleur qu'il en ressentait n'y pourrait rien changer. René vivait déjà dans un autre monde qui le rendait inaccessible ; les deux sœurs de Charles lui avaient toujours été plus ou moins étrangères ; Maurice, avec son tempérament brutal et primaire, lui faisait un peu peur ; et Charles devait s'avouer qu'il avait renoncé à aimer son père, ou à s'en faire aimer. Trop de rancœurs accumulées, trop de frustrations et d'incompréhension les séparaient. Et les paroles dures que Thomas venait de prononcer au sujet de René avaient irrémédiablement sectionné les quelques fibres de respect filial qui subsistaient encore.

Au bout de quelques minutes, Charles vit que René s'était endormi sur sa chaise. Il le souleva et l'emporta dans ses bras jusqu'à son lit.

* * *

Dix jours plus tard, un curieux véhicule, moitié ambulance, moitié fourgon blindé, fit son entrée dans le village. La camionnette servait au transport des aliénés, comme on les appelait alors, vers l'asile situé à Québec. Les deux infirmiers qui en sortirent, des mastodontes, paraissaient fourbus. Plus de huit heures sur un chemin de terre rendu encore plus cahoteux par le récent dégel ne leur semblait pas la meilleure façon de passer la journée. La perspective de repartir de la même manière le lendemain, avec deux passagers en plus, ne leur souriait pas. Ils étaient donc un peu bougons quand ils frappèrent à la porte des Dupuis.

Après de longs conciliabules entre les époux, il avait été décidé que Marie-Reine accompagnerait son fils jusqu'à sa destination finale. Thomas avait décrété que le jeune garçon serait mieux avec sa mère qu'avec lui, qu'il avait trop de travail dans l'atelier pour partir et que les filles s'occuperaient de tenir la maison. À la vérité, Thomas ne supportait plus la proximité de son fils, et la pensée de veiller sur un fou, même âgé de douze ans, lui donnait froid dans le dos. Il aurait voulu que Charles accompagne sa mère, mais les deux infirmiers refusèrent de prendre un passager de plus.

La veille du départ, Marie-Reine était déboussolée. Elle qui n'avait pratiquement jamais quitté Saint-Damien allait affronter la grande ville et y abandonner son enfant. Mais la ville ne pouvait être plus effrayante que le monstre qui s'était attaqué à l'esprit de son fils... Elle devrait trouver en elle une force désespérée pour mettre son petit en sécurité.

Les infirmiers purent profiter d'un bon repas et d'une nuit de repos avant de reprendre la route : Marie-Reine n'aurait jamais accepté que des gens venus chez elle de si loin puissent en repartir sans avoir une bonne tranche de rôti de porc dans le ventre. Elle et ses filles s'affairèrent donc autour de la tablée d'hommes silencieux qui se goinfraient de ses patates jaunes et de son rôti. Un silence lourd persista pendant tout le repas pour plusieurs raisons : la présence intimidante d'étrangers à table, l'air renfrogné de Thomas qui ne savait exprimer autrement son malaise, et surtout, l'attitude de René. Faussement paisible grâce au puissant médicament qu'on lui administrait, le garçon ne manifestait pas le moindre intérêt pour ce qui se passait autour de lui et la présence des deux inconnus ne le troublait pas le moins du monde. Il souriait béatement dans le vide et entretenait une conversation passionnée avec ses pommes de terre. Charles l'observa du coin de l'œil et son imagination s'imprégna peu à peu d'images sombres, alors qu'il tentait de concevoir l'avenir de reclus qui attendait son jeune frère.

Plus tard, on sortit les deux lits pliants réservés aux invités-surprises. Ils étaient encore presque neufs dix ans après leur acquisition. Les infirmiers dormirent au grenier avec les garçons. Étendu dans le noir, incapable de trouver le sommeil, Charles sentit se bousculer dans sa tête des tas de questions qu'il n'osa poser aux deux hommes, à propos de la vie qui attendait René. Sa curiosité était moins grande que sa peur de savoir...

Quand vint l'heure de prendre la route, Marie-Reine s'avança vers l'ambulance, pâle, la tête haute et le menton

39

tremblant. N'eût été son petit sac de toile, rempli de quelques effets pour le voyage, elle aurait eu l'air d'une condamnée s'approchant de la potence. Celui des deux infirmiers qui ne conduisait pas emporta le mince bagage de René à l'arrière du véhicule pendant que la famille faisait ses adieux. D'un coup furent oubliés tous les incidents, les crises des derniers mois, l'exaspération que provoquaient les éclats du garçon. Jeanne et Fernande pleuraient en cajolant celui qui redevenait pour un moment leur petit chouchou. Maurice et Louis tentaient de se rassurer en lui offrant des paroles apaisantes. Charles attendit que son père eut terminé sa courte étreinte, puis, et prenant René par les épaules, il l'entraîna un peu à l'écart.

— Je t'ai sculpté un petit oiseau. Si jamais tu es triste, tu as juste à le regarder. Ses ailes sont ouvertes. Imagine-toi que tu t'envoles avec lui et ça va aller mieux.

Abruti par les médicaments généreusement administrés par les infirmiers, René ne dit pas un mot et se contenta de regarder son grand frère avec l'air affolé d'un animal pris au piège. Charles lui mit dans les mains son oiseau de bois et le laissa aller. Quand René grimpa à l'arrière du véhicule, accompagné de l'infirmier, Charles ne put voir qu'une forme vague, noyée dans les larmes qui lui voilaient les yeux. L'avenir de son jeune frère volait en éclats et Charles eut conscience que sa propre enfance venait de s'achever dans une douleur sourde qui mettrait longtemps à s'estomper. Une seconde plus tard, ce qu'il lut dans les yeux de sa mère en croisant son regard ramena son propre chagrin à quelque chose d'infiniment banal…

* * *

La Marie-Reine qui revint de Québec par le train était une autre femme, plus vieille de dix ans. Il lui aurait été impossible de dire le moindre mot sans laisser sortir de son cœur meurtri des torrents de larmes, des cris de regret et de détresse, des reproches et peut-être même de la haine envers ce mari dur et froid, envers ce monde cruel qui avait fait de son enfant un paria, un fou dont la jeune vie était brisée.

De retour à la maison, elle se cantonna donc dans un silence qui lui ressemblait et n'étonna personne; elle enfila son tablier dans la poche duquel un chapelet avait creusé son nid et reprit sa routine. Seul Charles réussit à lui soutirer quelques informations sur la nouvelle vie de René. Elle décrivit sans trop de détails la petite chambre sévère qu'il partageait avec un autre adolescent, de même que les soins qu'on lui prodiguait, puis elle entrouvrit son cœur.

— Je pensais pas que ça pouvait faire aussi mal de perdre un enfant... J'espère que le bon Dieu sait ce qu'il fait, parce qu'il me semble que René méritait pas une chose pareille !

Elle se tamponna les yeux avec son mouchoir et se leva de sa chaise berçante en détournant le regard. Pendant qu'elle fouillait fébrilement dans son garde-manger pour préparer le prochain repas et pour cacher son désespoir, Charles redécouvrait les réserves inépuisables de l'amour maternel, oubliées depuis qu'il était sorti de ses jupes. Pour que sa pieuse mère mette soudain en doute les desseins de son créateur, il fallait que sa blessure soit terriblement profonde. Il se demanda comment il pourrait lui asséner un autre coup en quittant la maison familiale.

Mais peu de temps après, deux soldats de Saint-Damien qui étaient allés se battre en Europe furent ramenés au village pour y être enterrés, et ce que Charles apprit à leur sujet le secoua. Perdus dans un univers cauchemardesque, ils s'étaient retrouvés dans la même patrouille, abasourdis par leur chance de tomber, au cœur de l'enfer, sur quelqu'un de leur propre patelin. Ce prodigieux hasard n'avait pourtant pas suffi à les protéger. Victimes d'un bombardement sauvage pendant les derniers jours du conflit, on les avait rapatriés dans un hôpital d'Ottawa, dont ils sortirent les pieds devant.

Le cocon rassurant du village n'avait pas suffi non plus à protéger René contre des forces encore plus ténébreuses. La vie, par quelque bout qu'on la prenne, était sans merci et Charles se dit qu'il n'avait d'autre choix que de faire face, d'apprivoiser le monde, le vrai. Il sculpta un petit moineau pour sa mère, semblable à celui qu'il avait offert à René. Quelques semaines après son retour de Québec, quand il eut l'impression que Marie-Reine s'était habituée à sa douleur, Charles lui offrit l'oiseau pour qu'elle puisse de temps en temps s'envoler vers son enfant perdu. Et par la même occasion, il lui apprit sa décision.

— Dans quelques mois, j'aurai vingt ans, maman. Ça m'étonnerait que papa m'empêche de partir.

3

En dépit de la banquette à peine rembourrée et de l'éclairage glauque, le wagon sans confort apparut à Charles comme l'antichambre du paradis ! Il avait eu vingt ans la veille, et s'était senti grand et fort en embrassant sa mère et ses sœurs dans la petite salle de gare, en serrant la main de Maurice et de son père. Louis avait écarté sa main tendue et l'avait carrément pris dans ses bras.

— Il va falloir que tu m'écrives souvent ! Je vais trouver ça dur... C'est sûr que maintenant j'ai Françoise, mais c'est pas pareil...

La gorge nouée, Louis avait ensuite glissé ses mains dans ses poches pour examiner les tableaux des départs et des arrivées avec autant d'attention qu'un inspecteur des chemins de fer. Malgré toute l'affection qu'il lui portait, Charles avait eu envie de lui mettre son poing sur le nez ! Encore une fois, il avait laissé Françoise s'immiscer entre eux... Charles s'était plutôt retourné vers sa mère, résignée et silencieuse comme toujours, et lui avait dit :

— Essayez de me donner des nouvelles de René de temps en temps.

Quand le train quitta la petite gare de Saint-Damien, le cœur de Charles battait si fort qu'il eut peur et appuya ses deux mains avec force sur sa poitrine, tentant de rassurer la bête affolée qui se débattait entre ses côtes. Le front collé à la vitre, il regarda disparaître son village et, une fois la panique passée, il sentit presque littéralement un fardeau quitter ses épaules. Ça devait être ça, la liberté...

Sa nuit fut pourtant mouvementée ; de courtes périodes de sommeil le jetaient dans les filets de Françoise qui assistait, souriante, à des duels sanglants entre les deux frères.

Comme l'avait prévu Charles, Thomas n'avait opposé aucune résistance à l'idée de son départ. Il était même allé jusqu'à lui donner une paie hebdomadaire au cours de ses deux derniers mois de travail dans la cour à monuments, ce qu'il s'était toujours refusé à faire auparavant, le gîte et le couvert gratuits lui paraissant un dédommagement suffisant pour des garçons presque adultes qu'il avait élevés à la sueur de son front. Charles ignorait que si Maurice n'avait pas d'abord demandé un petit salaire, pour pouvoir régaler deux ou trois filles qu'il cherchait à impressionner en même temps, il n'aurait sans doute pas pu bénéficier d'une telle largesse. Mais Thomas, en rémunérant ses fils de manière équitable, se donnait l'illusion d'être un père juste et bon... Charles avait pourtant dû reporter son départ jusqu'au 21 juin 1946, le temps d'accumuler assez d'économies pour ne pas se retrouver à la rue au bout de deux semaines.

Au matin, Charles ouvrit les yeux en espérant pénétrer dans le cœur de la ville, mais le train s'enfonça plutôt dans le ventre de Montréal et il en fut quitte pour imaginer ce qui se déroulait au-dessus. Son premier choc, il le vécut dès sa descente du train. Pendant quelques secondes, Charles crut être victime d'une erreur d'aiguillage qui l'aurait mené dans une autre province, ou peut-être même aux États-Unis. Pourtant, levant les yeux, il aperçut un panneau où on pouvait lire *Welcome to Montreal*. Autour de lui, on ne parlait qu'anglais et les annonces des arrivées et des départs, diffusées par un haut-parleur, étaient toutes en anglais.

La veille, à Saint-Damien, il avait remarqué avec une certaine gêne que le porteur de bagages était noir. C'était la première fois qu'il avait l'occasion de voir un homme de couleur. Impressionné et n'ayant qu'une valise de taille moyenne à trimbaler, il n'eut pas recours à ses services. Mais ce matin-là, Charles était désorienté, engourdi de sommeil, et tous les porteurs du Canadien National, noirs et anglophones, semblaient s'être donné rendez-vous autour de lui. Il ressentit un malaise inexplicable, comme s'il s'était trompé de destination et n'allait pas tarder à être rappelé à l'ordre. Il avait toujours cru que Montréal était une ville française...

Le hall de la gare Centrale lui étant soudain hostile, Charles s'empressa d'en sortir, et se retrouva sur des trottoirs larges, et en béton! Dans le soleil du matin, il entendit deux hommes converser sur la douceur du temps, en français. C'étaient des ouvriers sans doute, du moins ils en avaient l'allure, et Charles leur demanda la direction de la Pointe-Saint-Charles où il savait se trouver le bureau d'embauche des ateliers du Canadian National Railways.

— Si c'est de l'ouvrage que tu cherches, tu ferais mieux de te dépêcher! À cette heure-ci, il doit déjà y avoir beaucoup de monde. C'est la dernière journée où ils engagent pour le nouveau chantier.

Les deux hommes lui firent un itinéraire simple qu'il suivit facilement, de mémoire. Le trajet n'était pas si long pour quelqu'un qui avait l'habitude de la marche et Charles le franchit allègrement, à longues enjambées, les yeux grands ouverts sur toutes les nouveautés qui s'offraient à lui. Sa valise de carton bouilli ne serait jamais aussi lourde que tout le ciment qu'il avait mélangé depuis des années et il la porta avec autant d'aisance que si elle avait été vide. Qu'il arrivât juste à temps pour la dernière embauche lui sembla de bon augure et il entendait bien profiter de ce coup de pouce providentiel.

Habitué aux maisons de bois à l'architecture sommaire, le jeune homme sourit de plaisir devant certains immeubles. Un savant travail de briquetage montrait un camaïeu de couleurs ocrées, d'où se dégageaient des formes géométriques élégantes. Parfois, un édifice en pierre de taille lui arrachait un sifflement d'admiration. Mais son plaisir fut de courte durée; à mesure qu'il descendait la rue Peel vers le fleuve, l'allure générale du quartier changeait. Il s'enfonça dans un secteur d'entrepôts, d'usines, de rues étroites et sombres qui sentaient la misère. Puis il bifurqua vers l'ouest sur Wellington et retrouva l'odeur des trains. Il sut qu'il venait d'arriver à la Pointe-Saint-Charles et son enthousiasme se mua en dépit.

Dans ces rues sales et sans verdure, la brique ne montrait aucune fantaisie, et les façades, souvent collées aux trottoirs étroits, n'avaient rien d'autre à offrir au coup d'œil du passant qu'une porte banale, garnie parfois d'une pauvre dentelle. Pendant un court instant, Charles se crut revenu dans une des petites rues les plus pauvres de Saint-Damien et il eut envie de prendre ses jambes à son cou. Mais il était déterminé à voir les choses du bon côté : un regard plus attentif lui permit de constater que quelques personnes avaient sorti une chaise devant leur maison et y bavardaient à l'aise et dans la bonne humeur. Entre deux maisons, il remarqua un lilas dont les fleurs n'étaient pas encore toutes fanées et perçut, en regardant autour de lui, l'ambiance affairée d'un quartier ouvrier où il y avait du travail pour tout le monde. On s'interpellait avec gaieté, commentant le retour tardif de certains soldats, l'arrivée de l'été ou la santé chancelante d'une voisine qui venait d'accoucher... Il régnait dans le quartier un parfum étrange, mélange du pire et du meilleur ; Charles reconnut sans peine celui des cretons en train de cuire, s'interrogea sur une odeur âcre et sirupeuse qui lui disait quelque chose mais qu'il n'arrivait pas à identifier, et, levant le nez, saisit un autre effluve qui lui parut à la fois écœurant et agréable.

Les maisons semblaient surpeuplées. Des grappes d'enfants se poursuivaient avec des cris qu'aucune mère ne venait interrompre. En apercevant des hommes sur un toit en train de boucher des fissures, Charles reconnut l'odeur de goudron chaud qui l'avait assailli quelques minutes plus tôt. Puis il entendit les hommes rire et s'envoyer des piques :

— Roland, je sais pourquoi t'as pas eu de misère à te lever à matin : le vent vient de la brasserie. Ça sent la bière à plein nez !

Voilà, se dit Charles, d'où provenait cette odeur à la fois nouvelle et familière.

L'atmosphère bon enfant du quartier lui sembla aussi rassurante que la soupe aux pois de sa mère et, de nouveau, il se sentit bien. Quand une femme aux formes plantureuses, affalée sur sa chaise berçante, lui indiqua du doigt l'entrée du chantier, accompagnant son geste d'une longue tirade, Charles retint un sourire. Cet accent rocailleux, dans lequel la langue, par une curieuse vibration, faisait rouler le *r*, lui faisait penser à certains animaux qui déroulent leur langue pour gober une mouche ! Il remercia la femme en se pinçant les lèvres pour ne pas rire et se dirigea vers le chantier.

Comme il l'avait espéré, il restait encore quelques postes et Charles fut engagé comme manœuvre à vingt dollars par semaine. C'était le pactole! Il n'avait d'autres qualifications que des bras solides et une bonne volonté à toute épreuve, mais la guerre avait laissé des traces, et la main-d'œuvre n'était pas si abondante.

Il n'était pas encore midi; arrivé en ville depuis quelques heures à peine, Charles avait déjà une place légitime dans le quartier, y ayant trouvé du travail. Il ne lui restait plus qu'à trouver un logis et il deviendrait un vrai Montréalais! Le mieux serait évidemment de rester dans les environs. Il retourna donc déambuler dans le quartier, effaré d'y voir autant de monde. Il avait lu quelque part, sans trop y croire, qu'il y avait plus d'un million de personnes à Montréal. Un million... D'un seul coup, ce nombre devenait réel. C'était donc à ça que ressemblait une ville d'un million d'habitants!

Il remarqua, sur le trottoir opposé, une famille qui avait l'air aussi perdue que lui : le père, la mère et trois enfants, qui portaient chacun un sac ou une valise. Leurs vêtements trop épais ne convenaient pas à la saison. Ils s'arrêtaient de temps en temps pour consulter un papier que l'homme tenait à la main. Charles se dit que puisqu'ils cherchaient probablement à se loger, tout comme lui, ils pourraient peut-être unir leurs ressources. Il traversa la rue étroite et, tenant toujours sa valise de la main gauche, leva la main droite en un salut embarrassé.

— Cherchez-vous un logement, vous aussi?

L'homme le regarda d'un air interrogateur. Après avoir consulté sa femme qui haussa les épaules dans un geste d'impuissance, il bafouilla quelques mots dans une langue que Charles ne put identifier. Il comprit qu'il s'agissait d'une famille d'immigrants qui venait s'installer, comme des milliers d'autres. Il s'éloigna d'un pas faussement pressé.

À l'angle des rues Wellington et Charon, la porte ouverte d'un petit restaurant laissait échapper une bonne odeur de soupe et Charles sentit son estomac se réveiller. Il compta soigneusement les quelques sous qu'il avait dans sa poche et redressa les épaules avant d'entrer dans l'établissement qui ne comprenait, comme seul mobilier, qu'un long comptoir bordé de tabourets. Il s'assit et commanda un bol de soupe aux légumes à l'homme trapu et suant qui s'affairait aux fourneaux.

L'homme prit quelques secondes pour dévisager Charles sans façon.

— Je t'ai jamais vu par ici, toi.

Le jeune homme lui raconta en quelques mots son arrivée, profitant de l'occasion pour mentionner qu'il cherchait une chambre. Le cuisinier, d'un ton bourru, commença par le décourager.

— Pauvre toi, tu ferais mieux d'aller tout de suite voir le curé pour qu'il te réserve un banc dans l'église pour dormir! Ces temps-ci, il y a pas assez de logements dans le quartier pour toutes les familles qui arrivent. Que veux-tu, il y a de l'ouvrage en masse, avec les nouveaux ateliers. Faut dire que, depuis que la guerre est finie, les femmes sont retournées à la maison!

L'homme jeta son torchon sale sur son épaule puis, fixant le jeune homme comme s'il le jaugeait, il lança :

— Ça me fait penser... J'ai peut-être une idée, mais t'excite pas trop vite, c'est pas sûr que ça va marcher. T'as l'air d'un bon garçon. Peut-être que ça ferait du bien à ma sœur d'avoir un chambreur... Va donc faire un tour du côté de la rue Jardin.

Habitué d'aller chez sa sœur les yeux fermés, le cuisinier fut incapable de donner à Charles l'adresse exacte.

— Prends la rue Shearer et tourne à gauche sur Sullivan, puis tu vas arriver à la rue Jardin. T'auras juste à demander Laurette Charron. Tout le monde la connaît!

Charles repartit, trimbalant sa valise avec moins d'aisance. La fatigue se faisait sentir et un peu d'inquiétude cherchait à se faufiler dans son bel enthousiasme. Il fallait à tout prix que madame Charron accepte de lui louer une chambre. Mais Charles avait cru comprendre que la partie n'était pas gagnée d'avance.

Parvenu à la rue Jardin, il trouva le nom joli et décida que c'était bon signe. Une dame d'un certain âge balayait paisiblement le pas de sa porte et Charles tenta sa chance auprès d'elle.

— Excusez, madame, savez-vous où je pourrais trouver Mᵐᵉ Charron? Je voudrais louer une chambre.

— C'est pour qui?

La femme releva la tête et le regarda droit dans les yeux. Son regard bleu vif était à la fois maternel et impitoyable, et lui rappela quelqu'un. Charles sentit que la question avait pour but de savoir à qui elle avait affaire.

— Ben, c'est pour moi. Si vous connaissiez quelqu'un qui a une chambre pas trop chère et pas trop loin, ça m'intéresserait. J'ai entendu dire que Mme Charron aurait peut-être une chambre…

La femme l'interrompit brusquement :

— Qui vous a dit ça?

Charles lui décrivit le cuisinier de qui il tenait l'information. La femme sourit avec indulgence et poussa un soupir.

— Je ne sais pas si c'est comme ça dans votre famille, mais on dirait que mon frère lit dans mes pensées!

— C'est vous, madame Charron?

Pas étonnant qu'elle lui ait rappelé quelqu'un : elle avait le même regard que son frère! Il se fit aussi charmant que possible et son sourire franc eut un effet immédiat.

— Je pensais attendre encore quelques mois avant de louer la chambre, mais peut-être que c'est le ciel qui vous envoie!

La femme s'appuya sur son balai et examina Charles avec l'air de se demander si elle pouvait lui faire confiance, s'il était vraiment un envoyé du ciel ou de la mauvaise graine prête à semer le trouble… Au bout de quelques secondes, elle sembla prête à poursuivre la conversation.

— Malheureusement, mon garçon est pas revenu des vieux pays. Le bon Dieu est allé le chercher dans le fin fond de la France. Maudite guerre!… Mon mari est plus capable de travailler à cause de son cœur. Il me semble que ça ferait pas de mal, un petit supplément… Si vous pouviez revenir dans une heure, je lui aurai parlé puis vous aurez votre réponse. Vingt piastres par mois, est-ce que ça ferait votre affaire? Logé, nourri, blanchi!

De toute évidence, la femme avait déjà pris sa décision et son mari n'aurait pas intérêt à la contrarier! Elle regarda Charles d'un air rêveur, comme si elle l'imaginait déjà dans sa maison.

Une heure plus tard, l'affaire fut conclue. Laurette Charron et son mari Émile montrèrent à leur pensionnaire son nouveau domaine : une chambre petite mais douillette, lui offrant une intimité qu'il n'avait jamais connue à Saint-Damien. De la fenêtre de sa chambre, il pouvait voir un minuscule jardin au fond duquel se dressait une petite cabane destinée sans doute au rangement et, tout autour, d'autres maisons plus ou moins semblables, mais aussi des immeubles résidentiels en pleine construction. Charles, qui ne connaissait absolument personne dans le quartier, fut surpris de constater que cet anonymat lui plaisait.

— Quand vous aurez fini de vous installer, venez nous rejoindre dans la cuisine, on va pas tarder à souper. J'espère que vous aimez le boudin, c'est ce qu'on mange aujourd'hui. Il va falloir vous habituer à mon manger, ça sera peut-être pas comme chez votre mère!

— Chez nous, on mangeait du boudin toutes les semaines! Faites-vous-en pas, je suis pas difficile et j'ai bon appétit!

C'est le cœur léger que Charles rangea ses quelques affaires dans la petite commode. La chambre, avec son papier peint défraîchi et son simple lit de fer dont la tête était surmontée de boules de laiton, lui semblait digne d'un palais et ses hôtes, aussi charmants et bien élevés que le roi George VI et son épouse. Décidément, sa nouvelle vie démarrait de belle manière! Il n'arrivait pas à croire que tout ait pu se régler aussi vite : en moins d'une journée, il avait déjà un travail et un logis. Le hasard avait sans aucun doute quelque chose à y voir, mais Charles ne pouvait se défendre d'éprouver une certaine fierté et aurait bien aimé que son père puisse le voir se débrouiller, seul dans la grande ville.

Dès le lendemain, muni d'une boîte à lunch bien garnie par sa nouvelle logeuse qui lui avait prêté la boîte en fer-blanc de son mari, Charles se présenta au travail. Il lui fallut à peine dix minutes de marche pour parvenir à l'entrée du chantier. À la guérite, un gardien lui demanda son nom, en anglais. L'homme avait un accent français si fort que Charles faillit pouffer de rire. Mais le prenant en pitié, il lui répondit en français avec un grand sourire. L'homme l'orienta vers le contremaître, toujours en anglais. De toute évidence, le gardien se croyait investi d'un pouvoir qui le forçait à parler dans la langue des dirigeants. Charles fit semblant de le comprendre, mais sentit un malaise s'installer en lui. Fallait-il parler anglais pour être pris au sérieux?

En quelques jours, il prit des habitudes et se glissa dans sa nouvelle vie, rythmée par le bruit strident de la sirène qui appelait au travail, et par les divers accents des ouvriers, venus d'un peu partout, qui vibraient comme une musique à ses oreilles.

Le travail n'avait rien de passionnant; il s'agissait d'une besogne ordinaire, dure pour le corps, mais qui laissait l'esprit vagabonder à sa guise. Charles exécutait ses tâches avec la bonne volonté de celui qui a choisi lui-même sa corvée. D'abord désarçonné en entendant le *foreman* crier ses ordres en anglais, il réalisa vite qu'il devait en prendre son parti. Cette situation paraissait immuable et naturelle à tous ses compagnons de travail. Un homme de l'âge de son père, à l'emploi de la compagnie depuis une vingtaine d'années, le prit un jour à part. Ayant remarqué l'air outré de Charles qui venait, en pure perte, d'essayer d'expliquer en français quelque chose à son contremaître, il lui fit comprendre où était son intérêt.

— Mon gars, il faut que tu te fasses à l'idée qu'ici les patrons sont anglais, et que nous, on est payés par eux. Si tu veux pas avoir de problèmes, tu ferais mieux de commencer à apprendre l'anglais. Nous autres, on est nés pour un petit pain, puis c'est eux qui nous le vendent...

Charles mit du temps à accepter cet état de fait et se sentit floué. Il avait le sentiment que pendant que, tout petit, il jouait en français, lisait, pensait et se querellait en français dans son petit village français de Saint-Damien, son pays lui avait joué un vilain tour.

* * *

Deux ou trois «importés», comme on surnommait les immigrés, devinrent les compagnons favoris de Charles, ceux avec qui il s'installait de préférence au moment d'ouvrir la boîte à lunch. Il lui suffisait qu'ils manifestent un peu de bonne volonté pour baragouiner le français. En une demi-heure à peine, le sandwich vite avalé, ils trouvaient un peu de temps pour régler le sort du monde. Pour Charles qui venait d'un milieu où tout le monde pensait de la même manière et partageait les mêmes expériences, ces quelques minutes de discussions parfois houleuses, où chacun exprimait différemment sa vision des choses, étaient des moments précieux dont il ne perdait pas une miette.

Il y avait d'abord l'«Irlandais» : Charles l'avait rarement entendu appelé autrement. Sa famille était arrivée au pays pendant la grande famine qui avait sévi en Irlande au siècle précédent, et même si son aïeul avait été accueilli par des Canadiens français, on continuait dans la famille, comme par tradition, à «casser» le français. Il s'appelait Jean Mulroney et avait quitté un an auparavant son petit village de Shannon, près de Québec, pour s'installer dans Griffintown, avec pour tout bagage un humour si savoureux et une bonne humeur si constante que Charles lui pardonnait volontiers d'être une «tête carrée». Son accent faisait rire Charles, qui souvent lui faisait répéter deux ou trois fois le même mot parce qu'il trouvait cet accent amusant; l'autre entrait dans le jeu, ravi d'avoir un public conquis.

Le deuxième compagnon s'appelait Carl Jablonski, mais tout le monde l'appelait le «Pollock». Jablonski était arrivé au Canada à peine quelques mois auparavant, avec sa femme et deux enfants en bas âge. Catholique fervent, ce qui avait bien sûr joué en faveur de son acceptation en tant qu'immigrant, il remerciait Dieu plusieurs fois par jour de lui avoir permis de sortir indemne avec sa famille de l'enfer de la guerre. Il était déterminé à se montrer à la hauteur de cette faveur insigne. Aussi, les quelques rudiments de français qu'il avait réussi à maîtriser depuis son arrivée dans la Pointe-Saint-Charles lui servaient à faire le bien autour de lui. Travailleur acharné, il était attentif aux autres, prêt à donner un coup de main ou à prendre la relève, attentif aussi à voir le bon côté des choses et les qualités de chacun. À vrai dire, l'homme était impressionnant de bonté, jusqu'à passer parfois pour *bonasse*. Il lui était impossible d'expliquer à ses compagnons de travail le bonheur que l'on ressent à faire le bien autour de soi quand on a reçu le plus beau cadeau du monde, la chance de pouvoir recommencer sa vie. Et Jablonski savait que ce serait inutile de chercher à s'expliquer; certains se méfiaient de lui, se disant que sa générosité devait forcément cacher quelque chose. Carl se contentait donc de vivre pleinement sa vie et de répandre le bien dans son entourage.

Il trouva en Charles un professeur de français patient et passionné. Devant ce grand gaillard solide, à la carrure rassurante et au regard franc, Charles se sentit tout de suite à l'aise, comme en terrain connu. Au bout de quelques mois, les deux hommes partageaient une relation bien proche de l'amitié. Cette relation ne ferait que s'approfondir avec les années.

Charles passa tout l'été à explorer la ville. Pointe-Saint-Charles n'avait pas grand-chose d'exotique à offrir, aussi usa-t-il les trottoirs de la rue Sainte-Catherine, ébahi devant l'abondance et la variété des commerces. La rue Sherbrooke lui fit d'abord un peu peur; ses édifices imposants, ses hôtels particuliers à l'aspect mystérieux, ses hauts immeubles d'habitation devant lesquels se pavanaient des portiers en uniforme lui firent l'effet d'un monde fermé et inaccessible. Un édifice en particulier l'attirait comme un aimant; sur le fronton d'une magnifique façade de marbre, on pouvait lire «Art Association of Montreal». N'ayant pas de notion concrète du contenu d'un musée, il ressentait une curiosité immense pour le luxe qu'il devinait derrière les grandes portes de chêne massif. Mais il savait encore moins ce qu'était le luxe, n'ayant jamais connu une personne riche. Sauf peut-être le docteur Lambert, qui selon lui devait avoir des moyens puisqu'il avait acheté, durant la même année, une voiture neuve et un poste de radio.

Dans sa traduction approximative du nom de l'édifice (Association de l'art), Charles imaginait un intérieur peuplé d'êtres éthérés, se consacrant toute la journée à peindre des fresques fabuleuses remplies d'angelots voilés et de jardins fleuris, ou décorant à l'or fin des statues impressionnantes. Mais gêné de sa tenue d'ouvrier, il n'osait y mettre les pieds.

Le dimanche soir, après avoir arpenté les rues de la ville, Charles s'asseyait sur le pas de la porte et mettait en ordre, mentalement, ses découvertes pour les raconter à Louis dans des lettres très colorées. Ses abondantes fautes d'orthographe étaient compensées par un style flamboyant; son sens de la description s'aiguisait au souvenir de certains monuments, du rythme poussif des tramways et de l'allure parfois étrange des usagers. Il découvrait un plaisir nouveau dans l'écriture, et se rendait compte qu'il pouvait ainsi raconter sa nouvelle vie à son frère d'une manière plus intéressante qu'il ne l'aurait fait lors d'une banale conversation. Dans ses lettres, il évitait toute allusion à Françoise et ne posait aucune question à Louis sur sa vie amoureuse. Sans se l'avouer, Charles espérait que cette relation s'éteindrait d'elle-même.

Il lui arrivait souvent de confier ses impressions sur Montréal à Mme Charron, qui ne demandait pas mieux. La pauvre femme paraissait avide de conversation et Charles se demandait si c'était la règle, chez les couples mariés depuis longtemps, de ne pas se parler… Mais Émile avait simplement peu de facilité avec les mots et préférait écouter; il ne croyait pas avoir d'opinions assez intéressantes pour se fatiguer à les partager.

Si Émile était d'un naturel impassible, ce n'était pas le cas de Laurette Charron, née Castonguay, qui, ayant vécu ses quarante-six ans dans le même quartier, aimait bien en vanter les mérites à un nouveau venu, faire par la même occasion un peu de commérage inoffensif et, surtout, raconter ses souvenirs d'une autre vie. Après le souper, quand Émile piquait du nez dans son fauteuil en digérant ses patates fricassées, Laurette mettait sa chaise sur le trottoir et, tout en saluant les voisins, elle causait avec Charles de tout et de rien, évoquant des bribes de sa vie passée que le jeune homme savourait comme une nourriture exotique et épicée.

Elle raconta à Charles qu'à quatorze ans elle était entrée au service d'une riche famille venue d'Angleterre au début du siècle et y était restée jusqu'à l'âge de vingt-quatre ans. D'abord chargée de la lessive, elle était ensuite devenue femme de chambre, et jusqu'à sa grossesse, était restée à Westmount, au service personnel d'Abigail Morton. Pendant cinq ans, elle avait suivi sa patronne dans tous ses déplacements, qui étaient nombreux et variés. La femme, âgée d'à peine cinq ans de plus que Laurette, était très mondaine et adorait recevoir dans ses trois résidences. Elles passaient donc plusieurs semaines chaque été dans un magnifique manoir de Pointe-au-Pic, et prenaient parfois le train, au cœur de l'hiver, pour descendre vers la Floride où Mme Morton avait de nombreux amis, tous plus riches, amusants et extravagants les uns que les autres.

C'étaient les années folles, et Laurette courait follement derrière Abigail Morton, ramassant sur son passage les robes de cette dernière, qui les portait courtes et légères et se changeait plusieurs fois par jour. C'est souvent en soupirant de fatigue que la jeune bonne redonnait forme aux petits chapeaux cloches que sa patronne lançait négligemment dans sa chambre, quand elle était épuisée par sa course aux plaisirs dans les résidences cossues du *Square Mile*, ce quartier huppé grâce auquel Montréal pouvait prétendre au titre de ville la plus riche du Canada.

Laurette avait beaucoup aimé cette période de sa vie et en conservait des souvenirs vivaces. Mais Émile et elle, entre-temps, s'étaient mariés à la sauvette. Son mari, qui s'était montré d'une patience angélique pendant la première année de leur mariage, alors que Laurette continuait d'accompagner madame Morton dans ses voyages, avait finalement imposé sa volonté quand il avait été question de l'Europe. Laurette était enceinte et Émile ne supportait pas l'idée qu'elle puisse voyager dans cet état. C'est la mort dans l'âme que Laurette avait annoncé à sa patronne qu'elle devait quitter son service pour des «raisons familiales». Elle passerait les dix années suivantes à raconter à qui voudrait l'entendre qu'elle avait «bien failli aller dans les vieux pays».

Charles se fit ainsi une idée de ce qu'était la richesse : certaines descriptions le laissaient pantois. Il faut dire que Laurette, n'ayant plus jamais depuis lors trouvé sa vie aussi excitante, chérissait ses souvenirs et, en les racontant, les dépoussiérait comme on frotte l'argenterie pour la garder étincelante. Ainsi, elle décrivait avec une précision maniaque le décor victorien du manoir de Charlevoix, ou repassait dans le détail tout le menu d'une réception grandiose qui avait marqué les vingt-cinq ans d'Abigail Morton, s'arrêtant à peine quelques secondes, le temps de fouiller sa mémoire pour retrouver le nom du dessert qu'avait créé pour l'occasion le chef pâtissier de l'hôtel Ritz-Carlton. Charles la regardait, les yeux écarquillés, absorbant en quelques minutes une foule d'informations ahurissantes. Lui qui était passé plusieurs fois devant l'illustre établissement essayait de se représenter les scènes qui s'étaient déroulées derrière les portes richement ornées; son imagination pourtant fertile avait du mal à suivre Laurette dans cet univers scintillant. On pouvait donc être propriétaire d'un grand manoir et avoir un dessert créé en son honneur par un grand chef, dans la même province où l'on cessait d'aller à l'école à dix ans pour couler du ciment, et où l'on enfermait un garçon de douze ans dans un asile de fous?

Laurette laissait entendre qu'elle avait vécu un conte de fées pendant ces quelques années. Manifestement, le temps lui avait fait occulter les petites humiliations subies à l'occasion, au service d'une patronne frivole et arrogante. Laurette préférait oublier les ordres et les contre-ordres, les longues heures passées à attendre le retour de Madame en repassant ses robes de batiste et les draps de lin brodés qu'il fallait changer tous les jours parce que sa patronne, en rentrant «*literally exhausted*» d'une soirée dansante, voulait dormir les pieds aux frais. Sa mémoire avait atténué les caprices saugrenus, les sautes d'humeur dont elle faisait parfois les frais.

— Elle était pas méchante, mais pour elle je faisais partie des commodités de la maison.

Elle n'avait plus jamais eu la chance de toucher des satins aussi soyeux, de sentir des parfums aussi capiteux que les fragrances de Guerlain dont s'aspergeait copieusement Abigail; jamais plus elle ne savourerait les restes de plats fins, reliquats des réceptions spectaculaires auxquelles Abigail conviait fréquemment ses relations. Pour tout dire, Laurette savait que plus jamais elle ne serait en contact avec la richesse, et cette certitude la désolait. Aussi Charles ne lui montra pas à quel point toutes ces découvertes le bouleversaient. Dans cette ville où des hommes passaient toute leur vie à suer sang et eau pour leur salaire, il y avait aussi des gens qui formaient des associations pour l'amour de l'art ou qui prenaient sans hésiter le train vers New York simplement parce qu'ils avaient été invités à un bal.

Cela faisait beaucoup de nouveautés à avaler en même temps; Charles se trouvait envahi par une foule d'informations si troublantes qu'il sentait son cerveau constamment en ébullition, ce qui rendait ses promenades solitaires indispensables. C'est là qu'il pouvait faire le tri et tenter de comprendre le monde autour de lui, vaste, touffu, compliqué. Il développa à cette époque l'habitude de se masser frénétiquement la tête, pour tenter de détendre son esprit enflammé. Les gens qui le voyaient marcher dans la rue en se triturant le cuir chevelu devaient penser qu'il avait des poux !

* * *

Lorsque arriva l'automne, Charles changea d'humeur. Il craignait d'avoir épuisé les itinéraires de promenade et la solitude commençait à lui peser. Ses relations avec Jablonski ou Mulroney n'avaient pas encore franchi les limites du chantier. Un soir, il s'assit sur le pas de la porte avec son couteau de poche et un morceau de bois qu'il avait ramassé dans la journée au travail et commença à le sculpter. Mais au bout de quelques minutes, il se rendit compte avec dépit que ses efforts étaient vains; il n'avait pas vu d'oiseaux depuis si longtemps qu'il avait oublié comment les faire. La campagne lui manqua violemment. Dans ce chantier bruyant, puant et sale où il ne faisait rien d'autre que gagner sa croûte en serrant des écrous, en huilant des essieux ou en transportant des machines, il payait cher sa liberté.

Le lendemain, en mangeant son sandwich en compagnie du Pollock, il parla de son envie de revoir des forêts avant que toutes les feuilles ne soient tombées. Jablonski comprit que Charles se sentait déraciné.

— Je suis arrivé ici quand les feuilles tombaient, l'année passée. Très beau, ton pays. Je vais t'emmener voir la campagne si tu veux !

Il lui raconta que, peu de temps après leur arrivée, lui et sa famille avaient traversé le fleuve par le pont Victoria pour

57

aller voir la campagne. Depuis ce temps, ils étaient souvent retournés sur la rive sud du Saint-Laurent, découvrant les beaux paysages d'hiver de Longueuil, les cabanes à sucre de Saint-Isidore, les champs de maïs à La Prairie. Dans leur vieux tacot, ils avaient même un jour poussé une pointe jusqu'à Bellevue, découvrant ainsi un village beau comme un décor de conte de fées. Le Polonais s'anima en racontant ces excursions qui lui faisaient découvrir et aimer son pays d'adoption. Son vocabulaire s'était considérablement étendu durant les derniers mois et il confia à Charles que maintenant il lisait tous les jours en français, des livres écrits par des Canadiens français.

— Comment ça se fait que tu as choisi le français, Carl? La plupart des Polonais qui travaillent dans le bas de la ville parlent anglais.

— Parce que quand on est arrivés ici, ce sont des Canadiens français qui nous ont aidés à trouver un logement. Il fallait bien qu'on essaie de les comprendre! Après ça, ça m'a semblé naturel d'apprendre le français.

Le dimanche suivant, il y avait un passager de plus dans la vieille bagnole de Jablonski, une Ford récupérée juste avant qu'elle n'aille à la ferraille. C'était un après-midi d'octobre comme on en rêve, doux et ensoleillé, idéal pour regarder tranquillement les feuilles rougir et s'envoler en tourbillonnant. Assis au pied d'un grand érable à l'orée d'un boisé de Varennes, dégustant un délice offert par Sofia, la femme de Carl (un gros morceau de saucisson polonais dans un petit pain savoureusement parfumé), Charles observait avec attention le vol plané d'une feuille au contour délicatement ciselé. Il interpella son compagnon :

— Tu vois la petite feuille, là? Elle a passé toute sa vie sur un arbre, bien accrochée; et dans quelques minutes, elle va se retrouver par terre, où elle va sécher puis pourrir. Mais entre l'arbre et la terre, elle a le temps de faire un beau voyage. Il suffirait que le vent se lève et elle pourrait se retrouver pas mal loin d'ici! Penses-tu qu'elle se rend compte que pendant un petit bout de temps elle a juste à se laisser porter par le vent pour voyager? C'est ça, la vraie liberté!

— Ha, ha, ha! Il faut espérer que Dieu est assez bon pour lui donner quelques secondes de conscience! C'est beau, ce que tu dis. Mais c'est aussi un peu triste… Comme si tu étais jaloux de la feuille…

— Des fois, ça m'arrive! Les seuls moments où je me sens vraiment bien, c'est quand j'ai un bout de bois et mon canif dans les mains. Je regarde le bois, je le sens, et quand tout à coup je devine ce qui va en sortir, c'est comme si je tenais le monde dans mes mains! Mais depuis que je suis arrivé à Montréal, j'ai bien peur d'avoir perdu ça… Je suis même plus capable de me servir de mon couteau parce que je regarde plus voler les oiseaux! Peut-être que la vraie liberté n'existe pas à moins d'être un oiseau. Voler, ça doit être quelque chose!

Jablonski resta songeur. Pour lui, la question ne s'était pas posée de la même manière; il avait su une fois pour toutes ce qu'était la liberté lorsqu'il avait eu la possibilité de quitter la Pologne. Malgré les risques, malgré la situation précaire dans laquelle il allait placer sa famille, il avait su que c'était la seule chose à faire. Il avait saisi sa chance et ne l'avait jamais regretté. Tout au long de son périple, Jablonski avait senti Dieu derrière son épaule. Mais il était fier d'avoir traversé cette épreuve avec autant de confiance aveugle. Depuis ce temps, il se sentait libre.

— La liberté est dans ton cœur, Charles. Mais peut-être trop de choses sont posées par-dessus… Des fois, il faut faire un peu de ménage dans le cœur et dans la tête. Enlever les choses inutiles : la peur, la méfiance, l'orgueil, tout ce qui t'empêche d'avancer…

Charles regarda son ami d'un œil sceptique. Tout ce que disait celui-ci était plein de bon sens, mais il avait l'impression d'entendre le curé durant son sermon. Il eut envie de répliquer que les agneaux se faisaient souvent dévorer par les loups et qu'il avait envie de se faire pousser des crocs. Mais c'était impossible de parler comme ça à Carl; Charles aurait eu peur de le blesser et, au fond, il savait bien que son ami avait raison.

— Je dois avoir pas mal de ménage à faire!

Leur conversation fut interrompue par les enfants de Carl. Ils avaient fait un gros tas de feuilles et voulaient que leur père les jette dedans. Charles les écouta crier de plaisir et, machinalement, comme il l'avait fait si souvent depuis son enfance, il sortit son canif et le tripota dans tous les sens. Puis d'un geste décidé, il se leva et se mit en quête d'un morceau de bois. Les deux petits s'approchèrent pour le regarder travailler. Charles écorça la bûchette qu'il avait dénichée et la respira avec volupté. Ensuite, il fit un clin d'œil aux enfants et lécha le morceau de bois qui conservait encore un peu de son suc, feignant de déguster du nanan. Les petits rirent et chuchotèrent entre eux en polonais. Trop jeunes pour fréquenter l'école, ils ne s'étaient pas encore mis au français ni à l'anglais et n'avaient pour tout interlocuteur que leurs parents. Ils vivaient dans leur petit monde, qui semblait à Charles mystérieux et amusant. Ce dernier leva les yeux vers Jablonski pour lui demander de quoi les enfants parlaient.

— Ils pensent que tu es un magicien!

Flatté, Charles leur adressa un autre clin d'œil complice. Il lui fallut à peine une demi-heure pour donner vie à une hirondelle aux ailes déployées. Il la tendit aux enfants en leur disant : «Cadeau!» Comme leurs parents rangeaient dans la voiture les restes du pique-nique, les enfants n'obtinrent pas immédiatement la traduction de ce mot et la confusion persista longtemps. Chaque fois qu'ils voyaient voler un oiseau, ils criaient en chœur : «Cadeau!» Mais en fait, le vrai cadeau, c'est eux qui l'avaient offert à Charles, en lui permettant de retrouver la saveur du bois...

* * *

Le 24 décembre, quand Charles descendit du train, Louis et Maurice l'attendaient. À cause d'une tempête, le train avait pris du retard et les frères étaient déjà venus deux fois pour rien. Maurice avait commencé à s'énerver, trépignant sur ses orteils gelés et grognant contre la grande ville qui n'était «quand même pas le bout du monde pour qu'on mette presque deux jours pour en revenir». Louis était excité comme une puce; il avait beaucoup de choses à raconter. Les retrouvailles furent chaleureuses et Maurice oublia vite son mouvement d'humeur.

Charles regarda autour de lui et prit une grande bouffée d'air froid et sec. Le son de ses pas sur la neige lui rappela qu'à Montréal il n'avait vu que de la bouillie grise dans les rues et que l'humidité l'avait transi jusqu'aux os. Ici, on chauffait encore au bois et de toutes les cheminées montaient des colonnes de fumée blanche aux relents d'érable. C'est vrai qu'à Saint-Damien l'hiver sentait bon... Louis se saisit de la valise de Charles et lui débita à toute vitesse les petites nouvelles du village : la ménagère du curé s'était cassé une jambe en déboulant l'escalier, la fanfare avait donné un beau concert la veille, le notaire avait changé de voiture et depuis ce temps sa femme ne cessait de le tanner pour qu'il lui apprenne à conduire... Rien de surprenant, seulement le petit train-train d'un village paisible. Depuis un an et demi, c'est surtout la famille Dupuis qui avait fait les frais des conversations avec les départs successifs de René et de Charles, mais, autrement, les habitants de Saint-Damien affirmaient avec satisfaction que chez eux il n'y avait pas d'histoires. C'est précisément ce qui avait fait fuir Charles...

Les yeux de sa mère se mouillèrent quand Charles la souleva, légère comme une plume, pour la serrer dans ses bras et lui plaquer deux gros baisers sur les joues. Au fond d'elle-même, Marie-Reine était soulagée que son fils ait survécu à la grande ville et elle le regarda avec attention, cherchant un changement visible. Mais il avait l'air simplement plus grand, plus fort, plus sûr de lui. Elle en conçut une immense gratitude et, silencieusement, en remercia le ciel.

Marie-Reine posa sur la table une grosse omelette au lard, sachant que c'était l'un des plats préférés de Charles. Pendant que ses fils se servaient de généreuses portions, elle s'assit en face de son aîné pour l'écouter raconter la grande ville. Thomas était dans l'atelier et les filles décoraient l'arbre de Noël, ce qui permettait à Marie-Reine de poser les questions les plus naïves sans craindre les commentaires moqueurs de ses deux adolescentes. Il faut dire que les courtes lettres que lui adressait son fils, si elles étaient pleines de tendresse, ne péchaient pas par excès de détails. Elle se fit donc décrire les tramways, les trottoirs de ciment, les menus de Mme Charron et la foule, qui lui paraissait si dense. Charles parlait sans cesse, racontait les décorations de Noël des grands magasins, l'ascenseur du magasin Eaton où il était entré une fois (mais où il n'avait rien acheté, car «toutes les vendeuses parlaient juste en anglais : c'est insultant!»), le rosbif de la taverne Magnan où il était allé souper une fois avec l'Irlandais, un jour de paie.

Louis, qui connaissait déjà une partie des aventures urbaines de son frère grâce aux lettres plus élaborées qu'il recevait, joua les initiés et relança Charles : «Raconte-lui la fois où tu as mangé de la saucisse polonaise!» ou bien «Parle à maman des animaux que tu as vus au parc Lafontaine!» Charles parla donc des ratons laveurs et des porcs-épics en captivité, ainsi que des innombrables écureuils et pigeons dans les parcs, qui profitaient de la générosité des flâneurs. Quand il eut décrit pendant de longues minutes ses journées à la campagne avec la famille polonaise et les envolées spectaculaires des grands migrateurs observés au cours des dernières semaines, Maurice lui lança :

— Écoute-toi donc, on dirait que tu es allé en ville pour regarder des oiseaux! Y a pas de belles filles, là-bas?

— Je sais pas, j'ai jamais vu de filles à Montréal.

Charles avait lancé cette phrase sans réfléchir. L'immense éclat de rire qu'il provoqua, même chez sa mère, le fit rougir jusqu'aux oreilles.

— Voyons donc, en ville, ils cachent quand même pas les filles! À moins qu'ils roulent les trottoirs aussi, tant qu'à y être…

— Ce que je veux dire, c'est que j'ai pas eu l'occasion de rencontrer des filles pour le moment. Je travaille seulement avec des hommes et chez Mme Charron il n'y a pas de filles.

— Mais tu sors jamais?

— Le soir? Non, pas tellement… Tout seul, c'est pas drôle. Je sors pendant le jour et je marche dans la ville. Je me remplis les yeux. Et quand Carl Jablonski m'invite, je vais faire un tour à la campagne. Peut-être que si j'arrive à ménager assez je pourrai m'acheter une automobile dans un an ou deux. Comme ça, je pourrai sortir de la ville plus souvent! Pour ce qui est des filles, elles veulent toutes se marier et moi, je suis pas pressé!

— Tu as encore le temps, mon garçon. Pas besoin de te presser pour trouver une femme! C'est pas comme ton frère

62

Louis. Il est toujours tellement pressé qu'un jour ça va finir par lui jouer des mauvais tours.

Louis se tortilla sur sa chaise, puis dit, en levant les bras au ciel :

— Charles, j'ai une grande nouvelle à t'annoncer. Ce soir, à la messe de minuit, je vais me fiancer avec Françoise, puis tu es invité aux noces l'été prochain!

— Eh ben! Félicitations, je suis bien content pour toi!

Charles lança sa réplique à toute vitesse pour donner le change. Mais la nouvelle l'avait secoué. Il s'était efforcé de penser le moins possible à Françoise au cours des derniers mois, mais la perspective de la revoir le préoccupait. Aurait-il encore les genoux flageolants et les mains moites? Il fallait souhaiter que non. En attendant, il considérait comme un devoir de partager le bonheur de Louis. Et de s'informer des réticences de Marie-Reine...

— Maman, ça n'a pas l'air de faire votre affaire.

— Je trouve qu'ils se connaissent pas encore assez. Dans mon temps, les fréquentations étaient plus longues.

— Mais, maman, on sort ensemble depuis un an et demi! Je sais que Françoise est la fille qu'il me faut!

— En tout cas, je trouve que ça fait pas si longtemps que ces gens-là sont dans le village. On les connaît pas tellement.

Charles et Maurice échangèrent un clin d'œil pendant que Louis et sa mère poursuivaient une vieille discussion.

— Toi, Maurice, t'as pas de blonde?

— Pour l'instant, j'en ai deux. Je suis pas pressé de choisir...

Louis se retourna vivement.

— Le problème, c'est que Maurice cherche une blonde qui va lui obéir au doigt et à l'œil!

— C'est normal, il faut qu'elle comprenne que c'est l'homme qui mène!

Un silence gêné accueillit cette phrase. Charles ne se voyait pas dominer qui que ce soit. Quant à Louis, il avait trop de respect pour le tempérament fougueux de Françoise pour lui dicter sa conduite. Marie-Reine retrouvait son mari en Maurice : l'ordre séculaire des choses ne serait pas de sitôt bouleversé. De tout temps, l'homme avait mené et cela était sans doute normal. N'empêche que... La mère s'égara dans ses réflexions. Charles la ramena sur terre en lui demandant des nouvelles de René.

Sa mère prit un air résolument optimiste pour dire que son petit allait de mieux en mieux et qu'au dire de son médecin traitant il était plus calme et paisible grâce à un nouveau traitement... Charles n'était pas dupe, mais il sourit doucement à sa mère et lui tapota la main.

— Tant mieux, maman, tant mieux...

Puis il se leva avec une certaine raideur. Il lui fallait aller saluer son père dans l'atelier. Il se demanda ce que Thomas pouvait bien y faire; on n'installait pas de pierres tombales en décembre, alors que tout le cimetière n'était qu'une vaste étendue de neige. On ne pouvait enterrer personne dans cette terre gelée et les morts seraient conservés jusqu'au printemps dans un charnier. Normalement, les hivers de Thomas étaient plutôt consacrés à faire des comptes sur la table de la cuisine et à passer des commandes qui lui seraient livrées en mai. Peut-être que Thomas n'avait pas envie de le voir. C'est ce dont Charles s'était persuadé. Mais en bon fils respectueux, il saisit son manteau encore imprégné de froid et courut vers l'atelier.

Thomas paraissait totalement absorbé par son travail et ne sembla pas entendre Charles frapper et entrer. Le graveur, armé d'un marteau court et d'un burin, étudiait attentivement un modèle de calligraphie plein de fioritures dont une partie avait déjà été reproduite à la craie sur un morceau de granit noir. Thomas promena son regard plusieurs fois entre la feuille de papier et la pierre avant de se décider à y faire glisser ses outils. Son front se plissa sous l'effet de la concentration, et sa respiration se limita à un souffle ténu. Mais ce jour-là, Thomas n'était pas simplement victime d'un excès de zèle; il avait besoin d'occuper son esprit parce que Charles était de retour et qu'il ne savait comment se comporter avec lui. Déjà, quand son fils vivait sous son toit, il le comprenait si peu... Que serait devenu Charles après plusieurs mois à Montréal? Il se sentait plus inquiet que content à l'idée de le revoir.

Charles aussi retint son souffle, autant pour soutenir l'effort de son père que par discrétion. Il avait l'impression de pénétrer dans une intimité inconnue. De vieilles images lui revinrent en mémoire, réminiscences de l'époque pénible où il servait de portefaix à son père ; il se rappela avoir été chassé de l'atelier quand Thomas était assis à cette même table, sous prétexte qu'il dérangeait. Mais il se rappela surtout avoir suggéré quelques modifications au style de gravure de son père. Il avait fallu à Thomas du temps et l'absence de son fils pour qu'il amorce un changement, mais Charles était persuadé que son père n'avait jamais oublié ses suggestions et il en ressentit une grande fierté.

Au bout de quelques minutes, Thomas vint à bout de terminer une fine courbe dans la pierre et se redressa pour reprendre son souffle et examiner son travail. Du bout de la langue, il mouilla ses doigts pour essuyer les traces de poussière qui déparaient la rainure et continua de caresser le granit froid et lisse comme s'il se fût agi d'une chevelure de femme. Il paraissait savourer le contact de la pierre... Malgré lui, Charles émit un bref sifflement de surprise. Quand Thomas tourna la tête et le vit, il rougit comme s'il venait d'être surpris dans une position gênante. Son regard habituellement fermé exprima en rafale divers sentiments. La confusion, la colère d'avoir été surpris en flagrant délit de plaisir, la méfiance et en même temps une forme subtile de bonheur passèrent dans ses yeux.

— Excusez-moi, papa, je ne voulais pas vous déranger. Je venais vous saluer.

— Bonjour, Charles. As-tu fait bon voyage ?

Le père posa vite ses outils et se détourna de l'établi. Après une poignée de main maladroite, les deux hommes entamèrent une conversation banale sur la tempête de neige qui avait sévi au cours des derniers jours, mais le dialogue fit long feu. Après quelques secondes de flottement, Charles s'enhardit à commenter ce qu'il venait de voir.

— C'est beau, ce nouveau lettrage-là. C'est une commande spéciale ?

Thomas eut un vague geste de recul comme s'il refusait d'aborder la question. Puis il admit :

— Oui, c'est le maire qui m'a demandé de préparer un monument à la mémoire des soldats morts à la guerre. On va l'installer dans le parc municipal... J'ai commandé un obélisque en granit noir pour le printemps, mais il faut que je m'exerce avec le style de lettres que le maire m'a donné.

— C'est tout un honneur!

— Peut-être, mais j'ai pas l'intention de refaire souvent du lettrage comme celui-là. C'est trop compliqué...

Par cette phrase, Thomas dressait une barrière qui empêcherait son fils d'aller plus avant. Il n'était pas question qu'ils discutent du bonheur de faire glisser son ciseau dans la pierre ou le bois, et d'en tirer quelque chose de nouveau et parfois de merveilleux. Mal à l'aise, Thomas se retourna pour balayer de la main la poussière de pierre accumulée sur l'établi.

— Va dire à ta mère qu'il faut qu'on soupe de bonne heure. J'ai promis à ton oncle Jean d'aller lui donner un coup de main pour décorer l'église avant la messe de minuit. Et puis tu m'enverras Maurice. J'ai de l'ouvrage pour lui.

Charles se dépêcha de transmettre les messages à sa mère, puis retourna dehors sous prétexte de respirer enfin l'air pur de la campagne. Il avait besoin de réfléchir, et surtout de comprendre sa propre confusion. Il était entré dans l'atelier avec crainte et humilité, comme on demande une audience; il en était ressorti les épaules plus droites, avec au coin des lèvres un sourire retenu à saveur de victoire.

Il devinait que son père avait réclamé Maurice parce que sa présence familière lui serait rassurante. Il se doutait aussi que si Thomas prenait la peine d'apprendre quelque chose de nouveau, il utiliserait ses nouvelles connaissances au mieux pour en justifier l'apprentissage. Tout cela lui donnait raison; il voulait du moins s'en persuader. Grâce à ces quelques minutes passées à observer son père à son insu, il sentit qu'il ne le regarderait plus jamais de la même façon. Toute sa vie, il s'était senti jugé, mais aujourd'hui il portait lui-même un jugement sur son père. L'effet libérateur était d'une intensité incroyable. Il s'offrit même le luxe de goûter à une certaine ironie : curieux, tout de même, que Thomas ait choisi le jour de son retour pour se prêter à ce travail...

À quatre heures et demie, il faisait déjà nuit quand toute la famille se retrouva dans la maison. Pendant que Marie-Reine et ses filles s'affairaient à préparer un léger souper et surveillaient la cuisson de la tourtière pour le réveillon, Charles se laissa entraîner dans la grande chambre du grenier par Louis. Celui-ci voulait lui montrer la bague de fiançailles qu'il offrirait à Françoise pendant la messe.

Depuis près de huit mois qu'il travaillait à la scierie, le jeune homme avait économisé sou par sou pour acheter cette petite bague. Ce que Charles payait chaque mois pour sa chambre et ses repas chez les Charron, Louis le payait aussi en pension à ses parents. Sur ce qu'il restait de son petit salaire, Louis ne touchait pratiquement rien, se contentant de quelques sous pour les sorties avec Françoise. Jointe aux économies que la jeune fille entassait grâce à son travail de secrétaire, la somme accumulée permettrait au jeune couple de s'installer dans un petit logement après leur mariage. Pour Louis, la vie ne pouvait être plus belle. Charles l'envia pour sa capacité d'envisager l'avenir avec tant d'optimisme.

— C'est une belle bague...

— J'espère, Françoise mérite ce qu'il y a de mieux !

Louis replaça dans son écrin la fine bague d'or blanc sertie d'une perle et de deux minuscules saphirs. Dans un geste nerveux, comme s'il avait envie de dire quelque chose qu'il n'osait pas dire, il fit sauter d'une main à l'autre la petite boîte de velours rouge. Puis, relevant la tête, il dit à Charles d'un air contraint :

— Je l'aime tellement, si tu savais... J'aurais pas pu laisser un autre gars tenter sa chance avec elle... Même pas toi !

Charles baissa la tête, les joues en feu. Il se sentait démasqué, mis à nu. Il cacha ses mains derrière son dos et serra les poings. Puis il leva les yeux vers son frère qui attendait une bénédiction qui tardait à venir. Charles se dit que l'amour de Louis pour Françoise avait autant de valeur et méritait autant de respect que leur affection commune. Il lui tendit les bras, puis, avec des grandes claques dans le dos, lui fit comprendre qu'il ne voulait que son bonheur.

— Je suis sûr que vous allez avoir de beaux enfants !

À la messe de minuit, Charles fit de son mieux pour lutter contre ses propres sentiments. Françoise lui parut toujours aussi ravissante, mais il tenta de se faire croire que sa flamme s'était apaisée. Il voulait partager un moment de bonheur avec deux êtres qui resplendissaient de joie.

Il n'eut pas besoin de faire d'effort pendant le réveillon; Louis étant dans la famille de sa fiancée, Charles pouvait respirer à l'aise. Il offrit à sa mère un chapelet de nacre acheté à l'oratoire Saint-Joseph. Les larmes aux yeux, Marie-Reine déclara qu'il lui servirait à prier pour ses enfants.

Après trois jours dans l'atmosphère débridée des grosses fêtes de famille, à se remplir la panse de ragoût de pattes de cochon et de beignes au sucre, à tenter d'apprendre à giguer avec son oncle Jean, Charles reprit le train pour Montréal. Pas mécontent de sa visite mais soulagé de regagner ses pénates, Charles se sentait comme un oiseau qui, ses ailes étant devenues trop grandes, n'avait plus de place dans le nid... Et jouer l'indifférence devant Louis et Françoise l'avait épuisé! Au bout de quelques heures de voyage, affalé sur sa banquette, il eut soudain la désagréable intuition que son père, après leur rencontre dans l'atelier, avait tout fait pour l'éviter.

4

Charles attendait son tour avec des fourmis dans les jambes ; la perspective de passer un examen pour avoir la permission de conduire le rendait un peu nerveux, mais les nombreux aller-retours qu'il avait effectués entre la maison familiale et le cimetière au volant du vieux camion de son père lui donnaient à penser qu'il s'en sortirait bien. Sa nervosité avait un autre motif.

À l'entrée de la salle d'attente, la jeune secrétaire qui accueillait les futurs conducteurs et leur donnait des formulaires à remplir profitait de toutes les occasions pour observer Charles à la dérobée. Celui-ci avait très vite senti son regard et commençait à se demander s'il n'avait pas une tache sur la figure. Furtivement, il examina sa tenue mais n'y vit rien qui vaille la peine d'être remarqué, surtout à cette distance. Qu'est-ce qu'elle avait à le regarder comme ça ? Charles avait beau promener son regard dans toute la pièce pour éviter de rencontrer les yeux de la jeune femme, il ne pouvait s'empêcher de sentir son insistance. Il se demandait à quoi pouvait bien rimer ce petit manège quand il entendit une voix volontairement douce et profonde l'appeler par son nom. Il eut un sursaut en s'apercevant que la jeune fille s'adressait directement à lui.

— Monsieur Dupuis, voulez-vous vous approcher, s'il vous plaît ?

Charles se dirigea vers le bureau en sentant avec embarras tous les regards tournés vers lui.

— Monsieur Dupuis, vous êtes arrivé le dernier et le bureau ferme dans une vingtaine de minutes. Je ne pense pas que les inspecteurs aient le temps d'arriver jusqu'à votre nom avant la fermeture. Je crois que le mieux serait de revenir demain ou après-demain. Venez donc le matin, à l'ouverture.

Il n'y aura pas grand monde. Peut-être que votre femme pourrait vous préparer un petit lunch si vous n'avez pas le temps de déjeuner...

En prononçant ces derniers mots, la jeune femme regarda Charles par en dessous, l'air de vouloir lui tirer les vers du nez.

— Heu, je ne suis pas marié, et j'habite dans la Pointe-Saint-Charles. Ça me fait un peu loin pour venir jusqu'ici. Êtes-vous sûre que je pourrai passer demain matin? Parce que je peux pas tellement avoir de congés.

Satisfaite des informations qu'elle avait réussi à obtenir, la jeune femme lui offrit son sourire le plus désarmant.

— Ne vous inquiétez pas, tout sera réglé demain matin. Si jamais je n'étais pas assise ici, demandez-moi; je m'appelle Fleurette Courchesne...

Éberlué, Charles la salua poliment et sortit. Ce n'est qu'une fois dehors qu'il réalisa ce qui venait de se passer. Pour la première fois depuis longtemps, une jolie fille lui faisait les yeux doux, et d'une manière tellement directe que ça en était gênant! Il avait été si sage au cours des derniers mois qu'il en avait presque oublié cette sensation grisante. Les filles de Montréal avaient l'air pas mal plus dégourdies que celles de Saint-Damien. Chez lui, les jeunes filles bien n'étaient pas aussi audacieuses... Assis sur la banquette du tramway, il revécut en pensée les dernières minutes et tenta d'analyser les messages transmis par la jeune fille. «Franchement, j'ai même pas encore vingt et un ans! Est-ce que j'ai l'air d'un gars marié?» Fleurette Courchesne avait l'air de le penser... Mais s'il se trompait sur les intentions de la secrétaire? Si jamais il l'invitait à faire une promenade et qu'il ait mal interprété ses sourires invitants, il risquait de se faire rembarrer. Peut-être même n'obtiendrait-il jamais son permis de conduire!

Et pourtant lui revenaient en mémoire avec précision ce sourire ravissant, cette voix douce, ce prénom poétique et surtout cette chevelure... Il s'avisa soudain que la jeune femme lui avait laissé une forte impression. Il avait remarqué bien plus de détails qu'il ne l'aurait cru : sa jolie robe bleue, sa taille fine, ses cheveux bruns et ondulés. Elle n'avait pas l'air très grande, mais évidemment il ne l'avait vue qu'assise. En tout cas, elle semblait propre et soignée! Mais son permis de conduire dépendait-il d'elle?

Le lendemain matin, après avoir obtenu de peine et de misère de son contremaître une autre autorisation de pointer avec deux heures de retard, Charles se rendit encore une fois au bureau des permis, déterminé à faire comme si rien de particulier ne s'était produit la veille. Fleurette était à son poste, coiffée avec soin, les lèvres un peu plus rouges que la veille et la tenue vestimentaire un peu plus étudiée. Quand elle vit entrer Charles, elle se leva pour l'accueillir et le conduisit avec une courtoisie extrême jusqu'au bureau d'un inspecteur. Ce dernier échangea un regard avec la jeune fille et dit à Charles que les examens étaient de plus en plus sévères et qu'il n'était pas rare que les candidats dussent s'y reprendre à deux ou trois fois avant d'obtenir leur permis.

Charles perçut une connivence entre les deux employés; empêtré dans une situation qu'il jugeait embarrassante, il répondit avec raideur :

— J'espère que ça va marcher du premier coup. J'ai pas mal d'expérience. Et puis j'ai l'occasion de profiter d'une aubaine pour acheter une automobile de seconde main. Je ne voudrais pas passer à côté...

La jeune fille retint un petit rire.

— M. Côté est un inspecteur très compétent. Il sait qu'il doit respecter les règles, mais on n'est pas là pour vous faire perdre votre temps.

Charles fit donc un test routier en compagnie de l'inspecteur Côté. Il avait révisé son code de la route le dimanche précédent avec son ami Jablonski, qui lui avait accordé une bonne heure au volant de sa propre voiture. Mais la circulation matinale de même que le souvenir de la peau laiteuse et des yeux lumineux de Fleurette Courchesne nuisirent à sa concentration. Il fut distrait et oublia deux fois de s'arrêter à un panneau rouge et blanc pourtant bien visible. Il fut d'autant plus facile à l'inspecteur d'accéder à la demande de sa collègue. Fleurette, qui savait y faire pour obtenir des petites faveurs, l'avait supplié dans un battement de cils de lui donner un peu de temps pour faire connaissance avec ce beau grand jeune homme, quitte à le faire revenir...

Charles était très embêté quand il revint dans le bureau pour prendre un autre rendez-vous. Il se sentait ridicule et craignait que la jeune fille ait une mauvaise opinion de lui.

— Je pense que je n'ai pas fait très attention. Ça m'arrive d'être distrait... Faut dire que je viens de la campagne et qu'il y a beaucoup moins de panneaux de signalisation là-bas!

— Ne vous en faites pas, ça arrive très souvent. Peut-être n'avez-vous pas eu l'occasion de conduire depuis longtemps. Il vous faudrait un peu plus de pratique!

Les yeux fixés sur cette bouche gourmande qui lui adressait tant d'encouragements, Charles écoutait à peine ce que disait Fleurette, se demandant comment lui faire comprendre son intérêt. Il admit qu'il avait effectivement trop peu l'occasion de conduire et que dans les rues animées de Montréal il fallait être très attentif... L'audacieuse Fleurette, qui n'attendait que le bon moment, sauta sur l'occasion en ajoutant une légère dose de pudeur à son sourire.

— Je ne voudrais surtout pas avoir l'air effrontée, mais depuis que je travaille ici j'ai obtenu mon permis et mon père me prête assez souvent son automobile. Si ça peut vous rendre service, je pourrais peut-être passer vous prendre un soir, et je vous laisserais conduire un bout de temps... pour vous permettre de pratiquer! Je pense que mon père n'y verrait pas d'objection, à la condition que je rentre de bonne heure.

Charles était bouche bée! Jamais il n'aurait cru qu'une jeune fille bien puisse ainsi se jeter à la tête d'un inconnu... Évidemment il n'était pas dupe : elle lui offrait bien plus que le volant de la voiture de son père. C'était inquiétant, mais aussi très flatteur et sacrément excitant! Le temps pressait, il devait retourner au travail au plus vite. Il fallait d'abord saisir l'occasion; il aurait bien le temps de réfléchir après.

— Eh bien, c'est très généreux de votre part. Est-ce que jeudi vous conviendrait?

Ils échangèrent leurs numéros de téléphone et Charles rentra le cœur léger au chantier. Il sifflait comme un merle depuis une bonne vingtaine de minutes quand Jablonski l'aborda.

— Tu as l'air bien joyeux. As-tu déjà réussi ton examen?

— Non, j'y retourne la semaine prochaine. Mais ça ne fait rien, j'ai tout mon temps.

* * *

Même dans un quartier un peu sombre comme la Pointe-Saint-Charles, où les rues étroites aux façades ternes réussissaient à peine à retenir le soleil, le printemps parvenait à vous faire son effet... Charles découvrit, en ce beau mois d'avril, qu'en raison du climat doux le sud du Québec voyait poindre les bourgeons plus tôt qu'à Saint-Damien et que la fièvre du printemps y était aussi plus précoce. De retour d'une journée de travail qui ne lui avait laissé pour seuls souvenirs que les histoires crues de Mulroney, l'estomac plein de papillons à la pensée de son rendez-vous du soir avec Fleurette Courchesne, Charles appréciait plus que jamais sa nouvelle vie.

L'année 1947 avait bien débuté pour Charles. À son retour de Saint-Damien après Noël, il avait passé le Jour de l'an chez les Jablonski avec quelques-uns de leurs amis polonais, ce qui lui avait permis de découvrir une culture fascinante, de goûter à des plats surprenants et d'admirer pour la première fois de sa vie des œuvres d'art touchantes et mystérieuses. Sur un mur de la chambre des enfants, au-dessus de leurs petits lits, veillaient deux magnifiques icônes, peintes par la tante roumaine de Carl. L'une représentait la Vierge, l'autre le Christ. Jablonski raconta à son jeune ami comment sa tante avait appris d'un vieux moine roumain cette technique vieille de plusieurs siècles. Elle peignait des scènes religieuses sur un morceau de bois, en employant des teintures naturelles, puis les enluminait de feuilles d'or ou d'argent et les ornait d'incrustations de pierres.

— Chez les Roumains, quand un enfant naît, on lui offre une icône pour lui porter bonheur. Parfois, je me dis que c'est grâce aux cadeaux de ma tante que mes enfants ont pu avoir une nouvelle vie ici...

Au cours de cette petite fête, Charles fit la connaissance d'un autre exilé polonais, M. Umanski, comme tout le monde l'appelait. Un homme à la cinquantaine émaciée, à la voix douce et feutrée de ceux qui ont appris au fil des années que la discrétion est parfois un moyen de survie, et qui apprécient le simple fait de pouvoir respirer librement. David Umanski paraissait susciter un grand respect autour de lui, et chacun s'efforçait de lui être agréable et de le ménager comme s'il relevait d'une longue maladie. Répondant aux questions discrètes de Charles, Carl lui apprit que David Umanski était un homme aux multiples talents qui avait échappé par miracle au sort abominable réservé aux Juifs de toute l'Europe durant la guerre. Il exerçait la chiropractie et sa science, appliquée à son corps défendant sur le dos endolori du commandant du camp de concentration où il était interné, lui avait valu de survivre en tremblant jusqu'à l'arrivée des Alliés. Depuis son entrée au Canada, Umanski tentait de peine et de misère de se refaire une santé; il était rongé par la douleur et la culpabilité, car sa femme et ses fils n'avaient pu bénéficier de la même chance que lui... Pour arrondir ses fins de mois, mais surtout parce qu'il aimait la peinture plus que tout, il donnait des cours de peinture à quelques élèves. Carl était fier de présenter son nouvel ami canadien-français à Umanski; il aimait les artistes, leur enviait leur talent et leur imagination débridée, et mettre en contact un peintre et un sculpteur était pour lui un honneur.

Charles avait d'abord sursauté à la mention du mot «Juif». Imprégné malgré lui de l'ignorance obtuse de ceux qui ont toujours vécu dans le même petit monde sans surprises et homogène, il s'était formé une image caricaturale du Juif au nez et aux doigts crochus, à l'œil sombre et perçant. Seul Jésus, évidemment, en raison des images saintes qui avaient peuplé son enfance, échappait à cette représentation! Aussi fut-il désarçonné en faisant la connaissance de cet homme au regard d'un bleu presque transparent et à l'aspect si inoffensif. Il échangea quelques mots avec l'homme, qui parlait un français élégant, mais leur différence d'âge et la remarquable modestie de David Umanski donnèrent à Charles la sensation intimidante qu'il se trouvait en présence d'un saint. Quand Umanski lui tendit la main pour le saluer, Charles faillit même la baiser, comme il aurait baisé la bague d'un évêque! Il stocka dans un coin de sa mémoire le souvenir de cette rencontre, qui lui parut importante.

Et voilà qu'aujourd'hui, un peu grâce à cet homme, Charles avait la possibilité, bien plus tôt que prévu, d'acheter une voiture. La dame qui louait un petit appartement à David Umanski venait de perdre son mari et, ne sachant pas conduire, elle voulait se débarrasser au plus vite de la vieille Ford qui encombrait l'allée et puait le cigare. Encore une fois, Charles se sentait redevable à son ami Carl qui lui avait refilé l'information. Mulroney, qui se targuait de s'y connaître en automobiles autant qu'en femmes, avait accompagné Charles lors d'une courte inspection du véhicule et avait confirmé que c'était une véritable aubaine.

Charles avait donc toutes les raisons de se réjouir, à condition d'obtenir le fameux permis! Son rendez-vous avec Fleurette Courchesne, à bien y réfléchir, était une arme à deux tranchants. La jeune femme avait l'air de savoir ce qu'elle voulait et ne s'empêtrait pas dans des hésitations. Si jamais il la décevait, Charles se verrait-il refusé son permis de conduire par un inspecteur trop sensible aux volontés de la jeune femme?

Quelques enfants qui jouaient sur le trottoir le virent poser sa boîte à lunch entre ses pieds et se masser la tête avec vigueur. Alors que les enfants riaient dans le creux de leurs paumes, Charles réfléchissait à l'issue de cette affaire. Mais, n'entrevoyant pas de réponses claires à ses questions, il reprit sa marche. Il verrait bien...

Charles entra chez les Charron en coup de vent et, après un salut un peu désinvolte, fila vers sa chambre. Laurette resta sur sa faim, elle qui avait pris l'habitude du brin de causette «apéritif» avec son pensionnaire. Elle se contenta de lui crier du bas de l'escalier que le souper serait prêt dans un quart d'heure, puis elle alla réveiller son mari assoupi sur ses mots croisés. Quelques minutes plus tard, Charles redescendit, lavé, rasé et vêtu comme pour la messe, cravate en moins. Il expliqua en bafouillant que quelqu'un allait venir le chercher après le souper pour faire un tour d'auto, puis plongea presque dans son bol de soupe.

— Je suis bien contente que vous ayez enfin trouvé un peu de distraction. On ne peut pas dire que vous sortiez souvent! Mais quand même, rentrez pas trop tard. Vous savez comme Émile a le sommeil léger.

Comme toujours, Émile Charron écoutait la conversation sans s'y mêler. Il se contenta d'un hochement de tête pour approuver les dires de sa femme. Sa nature lymphatique le faisait passer pour paresseux. D'une santé fragile depuis l'enfance, Émile avait accepté avec une résignation proche de la reconnaissance le diagnostic d'un médecin zélé. Ce dernier lui avait appris qu'il avait un souffle au cœur et avait précisé que, s'il croyait pouvoir vivre de sa petite pension de vétéran de la Grande Guerre, il rendrait un bien grand service à son organe en limitant ses efforts. Depuis ce jour, Émile avait peu à peu démissionné de la vie quotidienne qui, de toute manière, ne l'intéressait pas. Il se déchargea des corvées et des décisions sur sa vigoureuse épouse qui, plus jeune que lui de quelques années, ne demandait pas mieux que de s'occuper de tout. Grâce à ces rôles bien définis, leur vie conjugale était harmonieuse et Émile n'avait qu'à montrer son appréciation pour l'efficacité de Laurette, pour sa cuisine et sa maison impeccables. Son épouse se sentait heureuse et surtout utile.

Laurette était un peu préoccupée par la nouvelle de la sortie de son pensionnaire en plein milieu de la semaine, quoiqu'elle le cachât sous une bonne dose d'enthousiasme. La perspective que Charles ait une petite amie fit défiler dans son esprit des images dont la suite logique et implacable la fit frémir. Elle imagina les sorties régulières et de plus en plus rapprochées, la familiarité grandissante avec la jeune fille, le voyage obligé vers Saint-Damien pour la présenter à la famille, les fiançailles puis le mariage. Un autre fils envolé du nid... Laurette secoua la tête pour chasser ces idées noires. Elle se rendit compte que pendant quelques secondes elle avait semblé totalement désemparée. Pour justifier son air de tomber des nues, elle se leva brusquement de table.

— Je pense que j'ai oublié ma tarte dans le four!

Cette cavalcade de son imagination fit réaliser à Laurette combien elle avait reporté sur Charles, dans les derniers mois, l'affection maternelle qui étouffait en elle depuis que son seul petit était allé se faire tuer en Normandie... Quatre ans après l'arrivée du télégramme officiel, il lui manquait encore douloureusement, son Yvon-Marie, ce trésor de bonne humeur et de vivacité, ce bon garçon passionné de mécanique et qui se voyait déjà, avant que la guerre ne vienne le cueillir, installant un atelier de mécanique automobile dans le hangar derrière la maison. C'était d'ailleurs un peu pour parfaire ses connaissances qu'Yvon-Marie avait accepté de bonne grâce d'aller faire le soldat dans les vieux pays...

Laurette étouffa un autre des innombrables sanglots ravalés depuis quatre ans, prit sa tarte aux pommes et s'avoua qu'elle avait maintenant un fils «rapporté» à nourrir et à dorloter. Et elle ne le laisserait pas filer comme ça; elle avait un atout dans sa poche...

— J'ai pensé à quelque chose aujourd'hui. Ça fait un bon bout de temps que je vous vois sculpter vos petits bouts de bois sur le pas de la porte. Peut-être que vous aimeriez ça avoir plus de place pour travailler. Le hangar derrière la maison sert plus à grand-chose maintenant. Qu'est-ce que tu en penses, Émile?

Charles regarda Laurette d'un air surpris et tenta de lire sur son visage. Avait-il bien compris? Il se tourna vers Émile, qui approuva l'idée à sa manière.

— Vous pourriez vider l'atelier de toutes les traîneries qu'il y a dedans. J'ai jamais trouvé le temps de le faire.

Charles était étourdi de reconnaissance.

— C'est une grande faveur que vous me faites! Merci, merci!

Laurette Charron était de plus en plus excitée par le projet et ses yeux brillaient du bonheur de faire plaisir à Charles et de s'assurer sa présence un peu plus longtemps. Quant à Charles, il était très touché par cette générosité; depuis maintenant près d'un an qu'il se contentait d'exercer son doigté et sa précision en sculptant oiseaux, poissons ou diverses autres petites bêtes, il pourrait se lancer dans des projets plus ambitieux. Quand il se tourna vers Laurette pour la remercier encore, il se dit qu'elle avait l'air encore plus contente que lui et faillit lui demander ce qui avait provoqué cette générosité soudaine. Mais à cheval donné, comme disait sa mère, on ne regarde pas la bride!

— Madame Charron, vous êtes une vraie mère pour moi...

Émile vint pourtant mettre un bémol à l'enthousiasme de Charles et à la victoire de Laurette, qu'il devinait, lui aussi:

— Je pense que ça aurait été un peu trop petit pour l'atelier de mécanique d'Yvon-Marie de toute façon…

Charles engouffra son dessert en trois bouchées et passa le reste du repas les yeux dans le vague, mais ce n'était plus à cause de Fleurette. Il n'avait en tête que l'installation de son atelier.

Quand la jeune fille arriva, ponctuelle, dans la voiture de son père, l'artiste avait pris la place du galant dans les yeux de Charles. Fleurette le trouva de très bonne humeur et un peu… ahuri. Elle mit cela sur le compte de l'émoi qu'elle devait lui causer, à cause de l'allure sophistiquée qu'elle avait dans sa nouvelle robe verte, dont elle avait cousu les derniers petits boutons très tard la veille. Elle se dit qu'elle devrait remercier sa tante pour le magnifique coupon de taffetas.

Elle tint la portière ouverte et, d'un geste invitant, céda le volant à Charles; contournant la voiture avec la légèreté artificielle d'une ballerine débutante, elle s'installa du côté du passager. Charles souriait béatement, le regard brouillé par la vision d'une jolie robe verte sur laquelle se superposait une sculpture encore floue. Son esprit bouillonnait de projets et il n'en pouvait plus d'attendre jusqu'à samedi! Postée discrètement derrière le rideau du salon, Laurette eut un petit sourire de satisfaction au souvenir de la réaction de Charles. Puis ce sourire se chargea d'une certaine suspicion devant la jeune femme à la robe verte. «Mon Dieu qu'elle a l'air effrontée, celle-là…»

Charles tenta de revenir sur terre; il ne fallait surtout pas saboter son premier rendez-vous avec une fille de Montréal! Il lui vint à l'esprit qu'il n'avait pas souvent été seul avec une fille; pas que l'envie lui en ait manqué, évidemment, mais il se présentait toujours une contrainte. Charlotte Bouchard, qu'il avait brièvement courtisée après la soirée mémorable du lustre, était plus chaperonnée qu'une princesse, et Françoise Murphy et ses sœurs ne se déplaçaient qu'en bande… Il dut admettre que ses frères avaient eu raison de se moquer de lui à Noël, quand il avait avoué ne pas avoir vu de filles depuis son arrivée à Montréal. Comme si elles étaient inaccessibles… Il pensa à son frère Maurice, qui aurait sans doute déjà fait des ravages parmi les filles du quartier, et aux conseils que Louis ne manquerait pas de lui donner s'il était là : «Sois calme, elle ne va pas te manger! Et surtout, intéresse-toi à elle, fais-lui des compliments, les filles aiment ça!»

— Votre robe est très jolie. Ça vous va bien, le vert!

— Merci, je l'ai faite moi-même!

— Vous êtes une vraie artiste!

Charles fut peu loquace pendant leur promenade en voiture. Il expliqua à Fleurette qu'il craignait d'abîmer la voiture de son père et que, dans les circonstances, il valait mieux être trop prudent que pas assez. Ils roulèrent près d'une heure dans les rues tranquilles du vieux Montréal, admirant les anciens immeubles de la rue Saint-Paul et s'arrêtant quelques instants en haut de la place Jacques-Cartier pour voir le fleuve changer de couleur au soleil couchant. Puis Charles ramena Fleurette dans la Pointe-Saint-Charles, rue Charon, et l'invita à déguster un sundae au petit restaurant d'Alphonse Castonguay, le frère de Laurette, grâce à qui il avait trouvé à se loger en arrivant à Montréal.

— Si vous aimez les sundaes au caramel, c'est Alphonse qui prépare les meilleurs!

Alors qu'ils revenaient dans le quartier par la rue Wellington, Charles avait surpris une légère grimace sur le visage de la jeune femme. Elle ne paraissait pas très rassurée de rentrer dans la Pointe-Saint-Charles à la nuit tombante. Évidemment, les abords du quartier étaient lugubres à cette heure, mais Charles y était en territoire familier et il essaya de la mettre en confiance.

— C'est pas un beau quartier, c'est sûr, mais il y a du bon monde ici, comme ailleurs!

Un peu nerveux, il parla beaucoup pendant qu'Alphonse préparait leur commande. Il raconta son arrivée à Montréal, ses premières impressions sur la ville, passant vite sur le sujet de son travail qu'il jugeait peu digne d'intérêt. Il décrivit avec emphase ses projets d'atelier et sa passion pour la sculpture. Comme il ne pouvait se mettre en valeur avec son emploi peu glorieux aux ateliers ferroviaires, il préféra mettre en lumière ce qu'il considérait comme le seul événement important de sa vie : la soirée du dévoilement de son lustre. Cela lui fit penser à son frère Louis, qui lui aurait sûrement enjoint de s'intéresser un peu plus à sa compagne.

— Parlez-moi un peu de vous...

Pendant que Fleurette babillait, donnant des renseignements sur sa famille, son travail et ses amies, Charles l'examinait discrètement dans le miroir terni qui leur faisait face. Ils étaient assis côte à côte sur des tabourets alors qu'Alphonse discutait avec un client solitaire à l'autre bout du comptoir. Le cuisinier, en les servant, n'avait pu s'empêcher de cligner de l'œil furtivement vers Charles. Il avait l'air d'apprécier sa compagne. Il faut dire qu'elle était jolie. Charles voyait ses cheveux briller sous l'éclairage cru du restaurant, et elle dégageait un air de santé, comme si elle était nourrie aux vitamines. Peut-être qu'avec son père pharmacien... En tout cas, il la trouvait charmante ; elle semblait savoir ce qu'elle voulait et avoir des opinions sur tout. Et elle les expliquait en long et en large ! Soûlé de paroles, il cessa un moment de l'écouter et se retrouva en train de nettoyer son futur atelier. Il avait tellement hâte ! Mais quelque chose chez Fleurette attira son attention : malgré ses efforts pour manger élégamment, un peu de crème fouettée s'était faufilée au-dessus de sa lèvre supérieure, lui donnant un air de petite fille boudeuse. Charles eut une furieuse envie de l'embrasser, de lécher cette crème fouettée si bien placée. Mais Fleurette fut plus rapide : elle venait de s'apercevoir dans le miroir et s'empressa d'essuyer sa bouche.

Puis elle repoussa sa coupe à moitié vide, certaine d'y avoir fait suffisamment honneur. Elle n'était pas folle des sundaes au caramel, mais ne l'avait pas mentionné et avait laissé Charles commander pour elle. Il valait mieux, au début, laisser aux hommes l'impression qu'ils décidaient. Comme si elle avait attendu toute sa vie l'occasion de mettre en valeur ses talents et ses capacités, elle fit l'apologie de l'éducation qu'elle avait reçue chez les religieuses, puis enchaîna sur son don pour la couture et ses connaissances sur la tenue d'un foyer, la cuisine et l'éducation des enfants.

— Mes parents, malheureusement pour eux, ont eu une seule enfant. Comme dit mon père, ils étaient bien obligés de tout miser sur moi !

Ayant vingt et un ans, elle sentait le temps filer : plusieurs de ses amies étaient déjà mariées et même «en famille». Si ce jeune homme-là était le bon, elle pourrait bientôt rejoindre le clan des femmes mariées! Elle n'avait pas l'intention de se marier vieille fille comme sa mère. Il n'était pas question de bousculer Charles, mais depuis qu'elle était au monde, Fleurette avait toujours obtenu tout ce qu'elle voulait. Cette certitude lui donnait son assurance.

Charles était impressionné, et se dit que l'homme qu'elle épouserait serait choyé. Quand Fleurette le déposa devant la maison des Charron, il promit de donner très vite des nouvelles. Il était sous le charme de son regard brillant et de son petit air volontaire. Elle n'était d'ailleurs pas sans lui rappeler Françoise...

— En tout cas, pour votre permis de conduire, il ne faut pas vous inquiéter. Je trouve que vous vous êtes déjà beaucoup amélioré en une heure! Ça m'étonnerait que M. Côté ne vous le donne pas...

Il avait presque oublié son permis! Soulagé d'avoir passé l'épreuve, Charles eut un regard reconnaissant pour Fleurette, qui lui tendit sagement sa joue. Sur le pas de la porte, il lui adressa un grand sourire qu'elle emporta avec elle comme si, dans une noce, elle avait attrapé le bouquet de la mariée.

* * *

À six heures, le samedi matin, Charles était déjà à la porte de la petite cabane adossée à la clôture au fond du minuscule jardin. Il aurait dû demander la clef; les bras pleins de morceaux de bois qu'il avait accumulés au cours des derniers mois, il se trouvait aux portes de l'Éden sans pouvoir y entrer. Il posa son fardeau par terre et frotta la vitre de la petite fenêtre avec sa manche, dans l'espoir d'entrevoir son nouveau domaine. C'est ainsi qu'Émile le découvrit, quelques minutes plus tard. Le nez toujours collé à la vitre, l'esprit ailleurs, Charles ne l'avait pas entendu arriver. L'homme tenait la clef mais ne semblait pas pressé d'ouvrir. Il parla du temps encore frisquet pour un mois d'avril, des bardeaux qui se soulevaient sur le toit du hangar, de la peinture à refaire. Charles piaffait d'impatience mais n'osait le montrer. Après tout, le hangar appartenait à Émile, qui l'avait d'abord destiné à son fils. Finalement, Émile glissa la clef dans la serrure, poussa la porte et fit demi-tour sans un mot. Charles, décontenancé, le regarda retourner vers la maison d'un pas plus lourd que d'habitude. Il sentit que dans le silence d'Émile se cachait énormément de douleur.

Il se mit en devoir de dégager tout ce qui encombrait le hangar. La consigne de Laurette avait été très simple : il fallait jeter toutes les vieilleries dont elle n'était pas arrivée à se débarrasser depuis vingt ans. Mais Charles, fouillant pour la première fois dans les affaires d'une famille étrangère, jeta un œil curieux sur tout ce fatras et s'interrogea sur l'histoire de chaque objet. Une roue de bicyclette, un cerf-volant déchiré, un bilboquet dont la boule de bois était fendue... S'il se fiait à tous ces trésors pieusement conservés, l'enfance d'Yvon-Marie avait été loin de ressembler à la sienne. Pour chasser des souvenirs lourds de réprimandes et de jouets demandés mais jamais obtenus, Charles fit le tri de ce qui n'était bon qu'à jeter et de ce qui pouvait encore servir. Il mit de côté une boîte de vieux vêtements, se disant que Fleurette y trouverait peut-être de quoi découdre et recoudre. Il découvrit une vieille lampe qui, une fois nettoyée, ornerait sa chambre et quelques vieux outils qu'il pourrait utiliser. Pour travailler, il garda une table bancale et un tabouret dont il devrait consolider les pattes. Alors qu'il allait mettre aux poubelles des piles de journaux et des vieux contenants de peinture, Laurette arriva.

— Et alors, aurez-vous assez de place pour travailler?

— Oui, aussitôt que j'aurai dégagé tout ça. Mais êtes-vous vraiment sûre que vous voulez tout jeter? Il y a encore du bon là-dedans. Et il y a tellement de pauvres dans le quartier.

— Vous avez raison, mais j'ai beaucoup de misère à entrer ici, alors j'ai pas beaucoup de courage pour trier...

Ses yeux allaient sans cesse vers une boîte à outils rouge posée par terre dans un coin. Charles l'ouvrit et commença à en examiner le contenu.

— Ces outils sont encore neufs!

— Yvon-Marie les avait achetés juste avant de partir à l'armée : il voulait installer son atelier de mécanique dans le hangar tout de suite en revenant. Il a toujours adoré bricoler. Aussitôt qu'il pouvait, il venait derrière la maison pour démonter et remonter toutes sortes de machines.

Laurette avait une voix feutrée que Charles ne lui avait jamais entendue; mais son débit s'accélérait à mesure qu'elle faisait revivre son fils, comme si des vannes venaient de s'ouvrir. Elle n'avait personne à qui en parler. Émile supportait à peine qu'on prononce son nom devant lui.

— Il était toujours de bonne humeur, entreprenant, un vrai coup de vent! Pourtant c'était un bébé chétif. Il est né un peu avant son temps et on a eu très peur de le perdre. Quand le médecin nous a dit qu'on n'allait peut-être pas le réchapper, on l'a remis entre les mains de la Sainte Vierge. C'est pour ça qu'il s'appelle Yvon-Marie... S'appelait...

Charles avait doucement refermé le coffre à outils et écoutait Laurette avec compassion. C'était tellement injuste! N'avoir qu'un seul enfant et le perdre ainsi... Il comprenait un peu mieux l'attitude maternelle qu'elle avait envers lui depuis son arrivée.

— Quand on a passé des années à surveiller le respire de son enfant pendant qu'il dort, c'est terrible de le laisser partir à dix-huit ans sans savoir s'il va revenir! Mais il voulait vivre la grande aventure... Ben son aventure a duré six mois, puis elle a fini dans un village dont je peux même pas prononcer le nom. Votre mère est chanceuse d'avoir eu plusieurs enfants. Si elle en perd un, elle aura les autres pour la consoler.

— Vous savez, madame Charron, je crois qu'on peut jamais consoler sa mère d'une chose pareille.

Il lui raconta l'histoire de son frère René qui, s'il n'était pas mort, n'habitait plus vraiment le monde des vivants.

— Je pense que René ne redeviendra jamais comme avant. Il est allé trop loin...

D'un même mouvement, ils se tournèrent le dos et firent semblant de débarrasser des étagères déjà presque vides, le temps de chasser la poussière intérieure qui leur avait mis les larmes aux yeux.

— Si vous avez besoin d'un coffre à outils, ça me ferait plaisir que vous le preniez.

Ces outils ne me seraient pas très utiles, puisqu'ils sont surtout pour la mécanique, mais si vous êtes d'accord, je pourrais les offrir à mon ami Carl. Il serait sûrement très content d'avoir des outils pareils. Si vous le connaissiez, je suis persuadé que vous l'aimeriez beaucoup.

Il lui fit un résumé de la vie de Carl Jablonski qui sembla gagner l'approbation de Laurette.

— Dites-lui que ces outils appartenaient à un très bon garçon et qu'il doit les mériter!

— Il n'y a personne de plus méritant que Carl!

— Je pense que je vais vous laisser vous installer. Je me sens un peu fatiguée...

Charles consacra le reste de la journée à organiser son nouvel univers. En fin d'après-midi, il posa un bloc de bois sur son établi. Il espérait y trouver un ours, debout, en position d'attaque. Pendant les heures qu'il passa à le chercher, Fleurette Courchesne demeura assise à côté de son téléphone, impatiente et désespérée.

* * *

Le lendemain, Charles se rappela l'existence de Fleurette et lui téléphona. Il lui expliqua qu'il avait été très occupé à faire des travaux pour les Charron, mais qu'il serait content de la voir l'après-midi même, si elle était libre... Fleurette fut prise de court : elle était vexée qu'il n'ait pas pensé à elle la veille, mais, heureuse de son appel, elle préféra oublier la triste soirée qu'elle avait passée à faire des patiences. Ils firent une promenade sur le mont Royal, s'arrêtant au belvédère pour admirer les arbres dont les bourgeons s'apprêtaient à éclater. Charles respirait à fond, agitant les bras comme une hirondelle sur le point de s'envoler au-dessus de la ville.

— Maudit que c'est beau et que ça sent bon, le printemps! Même en ville, ça sent le printemps!

Fleurette se laissa envahir par sa bonne humeur contagieuse. Elle le trouvait fou, d'une manière charmante, et croyait que cette folie était une manifestation passagère, un symptôme associé à la maladie d'amour. Charles savourait avec intensité sa précieuse liberté et, aussi, l'aspect appétissant des joues fraîches et roses de la jeune fille. Attiré par ses pommettes comme par un étalage de fruits mûrs, il saisit Fleurette par les épaules et appliqua sur ses joues deux baisers sonores. Elle battit des cils avec un sourire faussement timide.

— Grand fou, va...

Charles la scruta avec attention : allait-elle le repousser? Mais, comme elle lui souriait toujours, il s'enhardit à déposer sur ses joues des baisers plus appuyés et plus tendres, savourant la texture ferme et le parfum de sa peau. Il la regarda ensuite pour voir l'effet que produisait sur elle cette nouvelle intimité. Fleurette se tortilla légèrement pour sortir en douceur de l'étreinte de Charles et se remit à marcher en jetant de temps en temps un coup d'œil derrière elle pour s'assurer qu'il la suivait. Elle devait réfléchir vite : fallait-il le laisser aller plus loin? C'était à elle de décider... Il fallait manœuvrer finement, mouliner juste ce qu'il fallait pour l'amener à s'accrocher solidement sur l'hameçon. Charles lui tomberait dans les bras sans même s'en apercevoir!

Mais elle ne voulait pas non plus lui laisser croire qu'il était un ange envoyé du ciel : après tout, il n'était pas plus beau qu'Onésime Saintonge, qu'elle avait envoyé promener six mois auparavant. Ni aussi prospère que ce garagiste qui venait d'hériter mais qui sentait toujours le cambouis. Mais Charles avait quelque chose en plus, il dégageait un parfum de mystère.

Ce dernier voyait bien se dessiner un jeu de poursuite entre Fleurette et lui, mais il décida de s'en amuser; il réalisait que la présence d'une femme lui avait beaucoup manqué ces derniers mois.

Quelques jours plus tard, Charles obtint son permis de conduire. La jeune réceptionniste ne savait où regarder quand elle lui remit le précieux papier, tant elle avait peur qu'on remarque son intérêt pour l'homme à la casquette de tweed toute neuve. Charles se pencha vers elle et, se servant de la casquette pour dissimuler un clin d'œil, il lui glissa :

— Il faut fêter ça. Samedi soir, je t'invite à souper au restaurant!

* * *

À la fin du mois de juillet, la relation entre les deux jeunes gens avait pourtant peu évolué. Depuis quelque temps, la vieille guimbarde de Charles servait plus souvent à transporter des pièces de bois qu'à promener Fleurette, qui se morfondait devant le manque d'empressement de son cavalier.

À vrai dire, après l'étincelle provoquée par leurs premières rencontres, Charles avait attendu un feu d'artifice qui ne venait pas. Il avait cru que sa première relation suivie avec une Montréalaise serait forcément excitante et mouvementée. Il croyait que Fleurette aurait une connaissance des choses de la séduction, une science de l'amour dont il profiterait. Au début, c'est le cœur battant qu'il allait la rejoindre, dans l'espoir que de voluptueux secrets lui seraient révélés. Après tout, c'était elle qui avait pris l'initiative, qui avait attiré son attention. À une époque où les jeunes filles étaient étroitement surveillées par leur famille, cette audace exceptionnelle devait bien signifier quelque chose.

Mais il ne se cachait rien de voluptueux derrière les yeux légèrement maquillés de Fleurette. Elle ne l'avait jamais laissé aller plus loin dans ses baisers et Charles, qui avait à peine pu effleurer ses lèvres, s'était lassé de jouer au chat et à la souris. Il avait l'impression que chacune de leurs sorties n'avait servi qu'à mettre en valeur les connaissances de Fleurette en matière de travaux domestiques. Quand ils soupaient chez ses amies mariées, il apprenait qu'elle avait brodé leur nappe ou fourni la recette du gâteau. Quand un bébé pleurait dans son environnement immédiat, elle se précipitait pour le consoler. Elle offrit même un jour à Charles de lui préparer un budget pour qu'il tire le meilleur parti de son salaire!

Toutes ces démonstrations finirent par l'exaspérer : Charles rêvait d'une amoureuse mais pas d'une épouse. Il n'avait pas envie de rompre, mais commençait à se demander si Fleurette l'appréciait vraiment… Quelques caresses esquissées s'étaient heurtées à un barrage souriant mais ferme. «Trop tôt… Pas maintenant… ça me gêne… Si ma mère arrivait…» Se voulant gentleman, il ne la brusquait jamais, mais, après l'avoir quittée, il se retrouvait invariablement dans un état de frustration, qu'il tentait d'éliminer en passant des heures à s'agiter dans son atelier.

La petite cabane devint en quelque sorte sa véritable compagne; il passait rarement une journée sans s'y réfugier, consacrant souvent des heures à ciseler finement une œuvre, à tel point que Fleurette était bien près de se sentir trahie. Dans son esprit, un soupirant devait être assidu et patient, et ce n'est que la bague de fiançailles au doigt qu'elle entendait lui permettre quelques caresses plus intimes, lui révéler peut-être quelques pouces de peau... pour le faire patienter. En attendant, si Charles se passionnait davantage pour ses ciseaux à bois et son petit atelier que pour des projets matrimoniaux, il était temps d'y mettre bon ordre! Cette petite cabane qu'elle n'avait jamais vue devenait menaçante.

Son éducation stricte l'empêchait de prendre les devants plus qu'elle ne l'avait déjà fait, mais Fleurette, talonnée par sa mère, avait de plus en plus souvent envie de demander à Charles comment il envisageait leur avenir. Elle souhaitait aussi lui parler de son emploi minable. S'il envisageait de fonder une famille, son petit job de manœuvre ne pouvait être que temporaire : il n'avait sûrement pas les moyens, ni l'intention, de la faire vivre avec ça!

Un beau jour du début du mois d'août, Charles mit le feu aux poudres. Ce dimanche-là, ils avaient pique-niqué au parc Lafontaine et, assis sur un banc devant le lac, ils s'amusaient à lancer des restes de pain aux pigeons. Fleurette essaya d'attirer l'attention de Charles sur un jeune couple en pâmoison devant un bébé joufflu, mais son compagnon semblait déterminé à ne remarquer que les écureuils qui se répandaient dans le parc avec une assurance de propriétaire.

— J'aimerais ça avoir un appareil photo! C'est tellement beau ici. Je pourrais montrer les pigeons à ma mère la semaine prochaine, elle en reviendrait pas! À Saint-Damien, il y en a pas beaucoup, et des écureuils non plus. On voit rien que des petits suisses...

— Tu pourrais peut-être faire des portraits de moi aussi... Tu vas dans ta famille la semaine prochaine?

— Ben oui, mon frère Louis se marie, il faut bien que j'y aille!

— Ah...

Fleurette resta sans voix. Elle était tellement vexée d'apprendre si tard le départ prochain de Charles que, pour une fois, elle était à court de mots. Et elle était plus vexée encore qu'il ne lui ait pas demandé de l'accompagner. Après tout, elle n'avait pas attendu longtemps pour le convier aux soupers dominicaux chez les Courchesne, et si quelqu'un d'extérieur à la famille faisait partie des invités, elle prenait vite le bras de Charles pour le présenter fièrement comme son ami de cœur.

— Il me semble que tu aurais pu m'avertir que tu partais. Ma tante m'a invitée à aller passer quelques jours à son chalet la semaine prochaine et j'ai refusé en me disant qu'on pourrait profiter de ta semaine de vacances pour se voir plus souvent.

Charles sentit venir une scène désagréable; Fleurette avait les joues rouges et respirait bruyamment. Craignant soudain qu'elle le laisse tout bonnement tomber, il se fit conciliant.

— Fleurette, tu ne devrais jamais te priver de quelque chose comme ça! Vas-y, chez ta tante, profite de ton été, ça dure si peu longtemps!

Mais Fleurette ne voulait surtout pas de cette liberté; il était temps que Charles se décide! Rouge de honte et de colère à l'idée d'avoir à dire ces choses elle-même, elle se lança néanmoins.

— Il serait peut-être temps de me présenter à tes parents. Après tout, ça fait presque quatre mois qu'on sort ensemble! Il serait temps qu'on fasse connaissance.

Charles se laissa distraire quelques instants par l'envolée d'un pigeon. Il se sentait coincé et chercha à gagner du temps.

— J'avais jamais compté les mois. Le temps passe vite!

Fleurette se leva. Raide comme la justice, elle lui fit face et le dévisagea d'un œil inquisiteur en lissant sa robe d'un geste nerveux.

— Est-ce que tu as honte de moi, Charles Dupuis?

— Comment veux-tu que j'aie honte d'une belle fille intelligente et fine comme toi? C'est juste que...

Charles ne savait plus où se mettre; il n'avait jamais envisagé que les choses en viendraient là, il n'avait pas de plan pour l'avenir et l'idée d'un mariage lui donnait froid dans le dos... Mais il n'était pas prêt à une rupture. Il croyait que Fleurette et lui avaient peut-être encore de bons moments devant eux, si elle pouvait se réchauffer un peu... Assis devant elle, il lui prit les mains et l'amena à se rasseoir près de lui.

— Écoute, Fleurette, on est jeunes encore, on n'est pas pressés. Il me semble que je viens juste de commencer à profiter de la vie. Prenons le temps de nous connaître un peu mieux et plus tard on verra!

— Est-ce que tu comptes trouver autre chose pour gagner ta vie?

— Je ne sais pas. Je suis pas un ouvrier qualifié. La seule chose que je fasse bien, c'est la sculpture. Alors pour gagner ma vie, je travaille au chantier du CNR. C'est peut-être pas intéressant, mais c'est un travail honorable et j'ai une paie à toutes les semaines...

— Eh bien moi, j'ai déjà vingt et un ans et je n'ai pas l'intention de coiffer Sainte-Catherine! Maintenant, pourrais-tu me ramener chez mon père, j'ai mal à la tête!

Sur le chemin du retour, ils restèrent silencieux. Charles était étonné qu'une femme puisse songer à l'épouser, lui, le grand flanc mou que Thomas Dupuis avait classé une fois pour toutes dans la catégorie des incapables. «Charles? Y fera jamais rien de bon dans la vie. C'est un fainéant! Il sera jamais capable de nourrir une famille.» Son père était peut-être un homme dur et insensible, mais s'il avait été capable d'élever six enfants, il devait savoir de quoi il parlait...

Lorsqu'ils arrivèrent devant chez elle, Fleurette salua froidement Charles et évita de croiser son regard. Elle ne voulait pas qu'il voie ses yeux rouges et humides.

— Tu salueras ta famille de ma part!

Elle claqua la portière et s'enfuit en courant. Charles resta penaud, avec ses excuses sur les lèvres. Alors il s'enfuit à son tour, sans demander son reste...

Avec le recul, la raison pour laquelle il n'avait pas invité Fleurette à la noce lui devint claire comme de l'eau de roche : il avait eu peur de lui donner des idées! Il fallait voir les choses en face, elle ne rêvait que de mariage. Il tenta de s'imaginer encore près d'elle, dans dix ou quinze ans, et une chape de plomb s'abattit sur ses épaules. Elle l'aurait rendu aussi silencieux et apathique qu'Émile Charron.

Le lendemain, assis devant sa boîte à lunch avec Carl Jablonski, il crut bon de demander conseil à son ami, car sa propre connaissance de l'âme féminine lui parut tout à coup infiniment restreinte. Etait-il possible, après seulement trois mois de fréquentations plus ou moins régulières, qu'on veuille déjà s'engager pour la vie? Comment faire pour ménager la chèvre et le chou, préserver ces rencontres agréables avec la jeune fille sans se mettre la corde au cou?

Jablonski avait beau être un catholique fervent et un homme très amoureux de sa femme, il n'en restait pas moins un Slave au tempérament fougueux. Il gardait des souvenirs palpitants de ses vingt ans, avant la guerre, quand il faisait tournoyer les filles les unes après les autres au bal du village, et il ne voyait pas pourquoi Charles ne se paierait pas un peu de bon temps avec quelques jeunes filles avant de jeter son dévolu sur celle qui lui donnerait de beaux grands fils vigoureux et de jolies fillettes aux joues roses! Fort de ses trente ans et de son passé de séducteur romantique, il retint un sourire en écoutant Charles évoquer ses tiraillements amoureux.

— Tu comprends, j'ai l'impression qu'elle veut m'attacher comme un petit chien de compagnie!

Jablonski tenta d'imaginer Charles marié... et tenu en laisse : il éclata de rire.

— Tu es trop jeune et trop distrait pour te marier. Tu vas oublier ta femme partout!

Devant l'air désemparé de Charles, il reprit un ton plus sérieux et n'hésita pas à lui donner un conseil.

— Fais-la patienter. Si je comprends bien, elle semble toujours obtenir tout ce qu'elle veut. Elle est trop gâtée, il faut qu'elle comprenne tout de suite que c'est toi l'homme, et que c'est donc toi qui décides! Elle va quand même pas te demander ta main!

Charles rit, un peu mal à l'aise. Il était surpris d'entendre son ami parler des femmes avec autant d'aplomb. Il l'avait peut-être un peu trop vite pris pour un saint!

— La prochaine fois que tu viendras manger chez nous, amène-la ! Peut-être qu'elle sera rassurée si tu lui présentes tes amis.

Ils terminèrent leur repas dans la bonne humeur, avec un sentiment de connivence. Ils se sentaient de la même confrérie, celle des hommes qui ne veulent pas se laisser manipuler.

* * *

Françoise Murphy avançait majestueusement dans l'allée centrale de l'église, au bras de son père. Dans sa robe de mariée très sobre, habilement retaillée dans celle de sa mère, la jeune fille était plus altière que jamais. Charles sentit monter en lui une bouffée de l'étrange exaltation qu'il avait ressentie près de deux ans auparavant et eut l'impression que son cœur sautait des battements... Il la suivit des yeux jusqu'à ce qu'Eugène Murphy dépose la main de sa fille aînée dans celle de Louis. À ce moment, Charles entendit derrière lui sa tante Lucienne murmurer à l'oreille de son oncle Jean :

— Quand même, dix-neuf ans, c'est un peu jeune pour se marier. Je me demande s'ils ne sont pas obligés...

— Voyons donc, Lucienne, ça n'a pas de bon sens, ce que tu dis !

Charles sentit le rouge lui monter aux joues. Malgré son envie de se retourner pour défendre l'honneur de son frère, il se retint de peur de montrer son embarras. C'était tout bonnement impossible que Louis et Françoise se marient obligés, le mariage ayant été décidé plusieurs mois auparavant et Françoise étant toujours aussi svelte. Mais tout de même, Charles se dit que ce genre de mariage arrivait parfois. Il rougit encore à la pensée de Louis et de sa fiancée se livrant à des ébats à l'insu des parents ou des chaperons. Puis il s'imagina à la place de Louis, renversant Françoise sur l'établi de la mezzanine où il avait sculpté son lustre. Il vit en esprit la poussière voler autour de Françoise et de sa robe de mariée dégrafée, et son front se couvrit de sueur. D'une main tremblante, il sortit son mouchoir pour s'éponger discrètement; le mois d'août à Saint-Damien n'était pas assez chaud pour provoquer pareille transpiration...

Les yeux fixés sur la taille de la mariée, il fit mentalement disparaître sa robe et crut sentir au bout de ses doigts la chaleur frémissante d'une cuisse bien galbée, mise en valeur par une jarretière de satin blanc. Sentant qu'il perdait le contrôle de son imagination, Charles s'ébroua et souffla bruyamment, attirant les regards étonnés de ses voisins. Ah! cette Françoise n'en finirait donc jamais de lui donner des chaleurs? Il devait être vraiment fou pour imaginer des choses pareilles avec la femme de son frère.

Honteux, Charles reporta avec effort son attention sur son frère. Il le trouva très beau dans son uniforme de la fanfare de Saint-Damien, le costume le plus élégant qu'on puisse souhaiter pour un mariage. Dix-neuf ans... Louis était toujours si sûr de lui, si à l'aise en toutes circonstances, que Charles oubliait parfois qu'il était son cadet. Ce jour-là, il l'envia pour cette assurance qui lui avait permis de conquérir Françoise. Et il fut bien près de le haïr... «Les choses sont toujours tellement claires dans sa tête. Il ira travailler à la scierie, ils auront une grosse famille et Louis sera toujours content de son sort. Moi, c'est autre chose que je veux...» Mais Charles aimait tant son frère qu'il se sentait déchiré.

Son cadeau aux nouveaux mariés suscita un certain émoi. Au milieu des verres gravés, du grille-pain électrique et des nappes de dentelle, alignés comme des trophées de chasse sur une longue table dans le salon des Murphy, trônait un tableau sculpté par Charles. L'œuvre représentait une famille age-nouillée devant le patriarche pour recevoir la bénédiction du Premier de l'an. Inspirée d'un dessin trouvé dans un livre, la scène était pleine de vérité, touchante et ciselée avec une extrême minutie. C'était un cadeau royal, même aux yeux des profanes. Mais au milieu des cris d'admiration se fit entendre encore une fois la raillerie acerbe de Thomas, qui trouva le moyen de glisser à son fils :

— Ouais, ils ne doivent pas te faire travailler trop fort, au CNR, pour que tu aies eu le temps de faire ça...

Louis, voyant Charles pâlir, s'interposa vite entre les deux hommes.

— En plus d'être un artiste, Charles a un grand cœur et il trouvera toujours du temps pour faire plaisir aux autres, papa! Françoise et moi, on va être très fiers d'accrocher son tableau dans notre maison!

L'incompréhension et la dureté de son père tombèrent comme un coup de massue sur la fierté légitime de Charles et jetèrent un froid sur la fête. Parmi les invités, personne n'osa faire remarquer à Thomas que le patriarche du tableau, c'était un peu lui, et que si Charles avait choisi d'illustrer l'un des grands symboles de l'autorité paternelle, il fallait y voir une marque de respect. Pour briser un silence gênant, Jean, le frère cadet de Thomas, trinqua à la santé de l'artiste et des nouveaux mariés, et le père de Françoise lança à son gendre qu'il devrait lui faire plusieurs petits-enfants avant d'avoir le droit de le remplacer pour la bénédiction du Jour de l'an.

Écœuré par son attitude hostile, Charles prit le parti d'éviter son père jusqu'à la fin de son séjour. Une colère sourde l'habitait, qu'il aurait été incapable de laisser exploser et qui lui vrillait le cœur et les entrailles. L'appétit coupé, le sourire éteint, Charles ne rêvait qu'à une seule chose : être ailleurs, seul dans son petit atelier où personne ne pouvait l'attaquer.

Assis dans un fauteuil, il observa son père qui discutait politique avec son oncle Jean. Maurice, debout entre les deux hommes, se contentait de hocher la tête en signe d'approbation à chacune des phrases de Thomas, incapable de formuler une opinion personnelle. Quant à Thomas, il répétait ce que son propre père avait dit avant lui; seuls les noms des politiciens avaient changé. Charles connaissait par cœur ces rengaines sur le petit monde qui payait pour les riches, sur le gouvernement qui aurait dû... et qui n'avait qu'à... Il se sentit envahi par une immense bouffée de rage et s'agrippa des deux mains à ses accoudoirs pour ne pas sauter au visage de ce père qui n'avait pas eu une seule idée personnelle de toute sa vie et qui se permettait de critiquer ce qu'il ne connaissait pas.

Pendant ce temps, Marie-Reine était campée, seule, devant la table des cadeaux de noces; elle admirait le service de couverts et la vaisselle, supputant la valeur de l'ensemble du trousseau. Elle s'arrêta quelques instants devant le tableau de Charles en soupirant.

— C'est donc beau...

Personne ne l'entendit et il ne lui vint pas à l'esprit d'aller répéter son compliment à son fils.

À la fin de cette difficile journée, Charles décida que dorénavant seuls des mariages, des décès ou des naissances le forceraient à revenir à Saint-Damien. Mais il savait que les vapeurs d'encens et les parfums sucrés des femmes ne parviendraient jamais à chasser l'odeur du vinaigre dont l'aspergeait son père... Même Louis ne réussirait plus à le ramener dans le giron familial; rendre visite à Louis signifierait côtoyer Françoise. Et la perspective de passer une nuit sous le même toit qu'elle suffisait à mettre Charles dans un état proche de la transe...

* * *

Il fallut plusieurs jours à Charles pour nettoyer sa tête de toute cette agitation, et plus longtemps encore pour chasser complètement de son esprit les images torrides de la jeune mariée. Charles se sentit terriblement honteux quand, au matin d'une nuit agitée qui avait transformé son lit en champ de bataille, il se rendit compte qu'il avait passé la nuit à caresser sa belle-sœur, nue sous son voile de mariée... Il n'osait même plus penser à Louis, comme si ce dernier pouvait, par transmission de pensée, découvrir sa trahison. Mais penser à elle, il ne pouvait s'en empêcher, et il en arrivait à avoir hâte de dormir pour qu'en rêve la jeune femme vienne lui offrir encore ses hanches, ses cuisses, ses seins...

Quelque temps après son retour, Charles était attablé avec Jablonski et Mulroney devant leurs casse-croûte quand le Polonais lança d'un ton léger :

— Tu ne nous as encore rien dit du mariage de ton frère. Est-ce que c'était beau?

Charles se contenta de hocher la tête, feignant le détachement. Mais Jablonski insista :

— Est-ce que la mariée était belle?

Jean Mulroney en rajouta, avec un petit air gourmand :

— Il paraît que même les laides deviennent belles ce jour-là.

Charles rougit alors jusqu'à la racine des cheveux et faillit laisser tomber son sandwich entre ses genoux. Un souvenir persistant vint le hanter et il ne put que murmurer : «Oui, très belle...» Les deux hommes apprécièrent à sa juste valeur cette phrase sibylline. Il y eut un flottement, une gêne lourde. Charles maudissait en silence son déplorable manque de contrôle. Jablonski se contenta d'observer silencieusement son ami, qu'il devina très accablé. Si Charles avait des sentiments pour la femme de son frère, il avait dû souffrir à l'occasion de ce mariage...

Charles chercha à détourner la conversation en commentant avec véhémence la décision du *foreman* de renvoyer le gardien de nuit. Il tenait à faire comprendre que ses sentiments pour sa belle-sœur étaient un sujet peu propice aux échanges de propos autour de boîtes à lunch.

Les jours de paie, Carl et Charles s'arrêtaient parfois à la taverne pour prendre un verre de bière après le travail. Le lendemain, attablés devant leurs verres, les deux amis se regardèrent à peine quelques secondes avant que Carl décide d'aborder de nouveau le sujet.

— Elle est si belle que ça, ta belle-sœur?

Charles baissa la tête, confondu, se jugeant déjà coupable de crime passionnel. Mais le pire, c'était que, malgré sa honte, son forfait conservait un arrière-goût délicieux.

— Je ne suis pas vraiment amoureux d'elle, tu sais. C'est juste que... Elle me donne des frissons! Je perds le souffle quand elle passe à côté de moi. Chaque fois que je la regarde, j'ai envie de la toucher... Jamais une femme ne m'a fait autant d'effet, et il fallait que ça soit ma belle-sœur!

— Et Fleurette, elle ne te fait pas cet effet-là?

Charles regarda Carl avec l'air de se demander de qui il parlait.

— Fleurette? J'essaie encore de savoir quel effet elle me fait. Elle a une cuirasse autour d'elle! Si je la colle d'un peu trop près, elle va me prendre par la queue de chemise et me traîner devant l'autel!

— C'est peut-être pour ça que tu penses autant à ta belle-sœur. C'est moins risqué, parce que tu sais que tu ne pourras jamais te marier avec elle.

Décidément, Carl était un peu trop futé. Charles n'avait jamais envisagé les choses de cette manière, mais il y avait du vrai là-dedans. Françoise était belle et envoûtante comme tout ce qui est interdit. En rêvant à elle, Charles pouvait s'offrir le luxe d'une aventure passionnée, sans les inconvénients de la vie réelle. Cette explication était si simple que Charles en fut immédiatement soulagé.

* * *

Même quand l'automne se fut installé, Françoise continua de sévir dans des rêves que Charles osait à peine se rappeler. Il désespérait de guérir un jour de cette attirance coupable et le remords le hantait presque autant que la chimère elle-même.

Une réminiscence fugace de Françoise sous son voile nuptial vint le distraire un soir qu'il jouait aux cartes avec Fleurette et ses parents. Happé par cette vision furtive, il eut un moment de distraction qui lui fit jeter sur la table une carte qu'il aurait dû garder. Réalisant son erreur, mais surtout l'état d'esprit dans lequel il se trouvait, il rougit et observa Fleurette, ce qui fit croire à cette dernière qu'il entretenait des pensées hardies à son sujet. Sous la table, elle se permit de frotter son genou contre le sien, pour lui faire comprendre qu'elle aussi, parfois, rougissait en pensant à lui. Charles, gêné que son regard ait été mal interprété, eut le réflexe malheureux de retirer sa jambe. Fleurette le regarda par en dessous, ne sachant plus sur quel pied danser. Ils se scrutèrent l'un l'autre : quelque chose de crucial venait de se passer.

Fleurette s'alarma; il lui fallait d'urgence faire comprendre à Charles que son armure avait des failles qu'elle était désormais prête à lui laisser découvrir. Elle soupira et, faisant mine d'examiner ses cartes, pencha la tête d'un air languissant, étira le cou pour mettre sa gorge en valeur, caressa du bout des doigts ses lèvres entrouvertes. Du coin de l'œil, elle vérifia que Charles la regardait et que ses parents étaient concentrés sur leurs cartes.

Il avait bien les yeux fixés sur elle, sur sa bouche plus offerte qu'elle ne l'avait jamais été. Peut-être avait-il renoncé trop tôt à la conquérir, se dit-il, peut-être devrait-il apprendre la patience. Avec de la persévérance et de la douceur, il arriverait peut-être à oublier sa belle-sœur dans les bras de Fleurette. Il la dévisagea avec un intérêt renouvelé, au point d'en oublier la partie de canasta et de laisser son jeu nonchalamment offert à la vue de tous. Fleurette lui rendit son regard avec ardeur, à demi rassurée… L'intermède dura quelques secondes pendant lesquelles les parents Courchesne échangèrent des hochements de tête entendus. Le père finit par secouer d'une bourrade l'épaule de Charles pour le ramener dans le jeu.

— Ah! la jeunesse! Ça part facilement dans la lune quand c'est en amour!

Quand vint le moment pour Charles de rentrer chez lui, Fleurette l'aida à enfiler son blouson et laissa traîner ses mains sur ses épaules et ses bras. Elle voulut l'accompagner jusqu'à sa voiture; Charles en profita pour l'attirer sur le côté de la maison, là où personne ne pouvait les voir. Il l'entraîna derrière une rangée de thuyas, l'enlaça avec des gestes de conquérant, déterminé à savoir jusqu'où elle le laisserait aller. S'il y avait du feu sous la glace, il voulait le sentir!

— On n'est jamais tout seuls! J'ai tellement envie de t'embrasser, ma belle, quand tu me fais les yeux doux comme tout à l'heure… Si tu savais ce que ça m'a fait!

— Oh! Charles, tu sais bien que ça me gêne, quand tu parles comme ça!

Elle le laissa bécoter son cou, caresser ses épaules et le bas de son dos sans opposer de résistance. Charles sentit qu'une porte s'ouvrait et voulut s'y engouffrer.

— Fleurette, je me sens un homme avec toi, ce soir… Laisse-moi être ton homme…

Il la fit se renverser légèrement d'une pression de la main sur le bas des reins, glissa son autre main sur sa poitrine et, tremblant de désir, parvint à détacher le premier bouton de son chemisier. Les bras ballants, Fleurette parut d'abord paralysée et sans volonté, comme en attente de plaisir. Elle le laissa fouiller son corsage toujours sans résister, mais sans offrir son aide.

De plus en plus fébrile, désormais incapable de contrôler les pulsions qui l'habitaient, Charles réussit à glisser sa main sous le soutien-gorge et saisit en tremblant l'un des seins de Fleurette. Pour la première fois de sa vie, il tenait enfin dans sa paume ce fruit chaud et soyeux, mystère envoûtant créé par le bon Dieu pour faire damner les hommes et pour gaver les bébés. Il sentit son propre corps réagir brutalement au contact de la chair douce, convoitée depuis si longtemps, et pendant quelques secondes il resta sans bouger, se délectant sans le voir du monticule de chair tendre dont le mamelon durcissait sous ses doigts.

Comme il faisait nuit et qu'ils étaient blottis derrière un arbre, Charles ne pouvait voir les traits de la jeune femme, ses réactions à ses caresses. Il entendit un cri étouffé qu'il prit pour un halètement de plaisir et se pencha pour embrasser avec gourmandise la peau à la naissance des seins emprisonnés dans leur gaine nacrée. Fleurette se redressa si vite que Charles en fut déséquilibré et dut s'agripper aux branches d'un arbuste.

— Arrête, Charles, arrête! On peut pas continuer! Je vais mourir de honte!

Elle se mit à pleurer et rattacha avec nervosité son chemisier. Charles, haletant et décontenancé, tentait de comprendre ce qui venait de se passer et scruta anxieusement le visage de la jeune femme dans l'obscurité.

— On peut pas faire ça, c'est... écœurant! Vous autres, les hommes, vous pensez seulement à la couchette! J'ai pas été élevée comme ça. Ça se fait pas, de se peloter dans les coins noirs. Je suis pas une fille légère! Tu le sais!

— Je pensais... j'ai cru que tu aimais ça. Je ne t'ai pas fait mal, j'espère?

— J'ai pas mal, j'ai honte! Je me sens comme une femme de mauvaise vie, à me faire tripoter en cachette!

— Pourquoi sors-tu avec un homme si tu veux pas d'amour, Fleurette? Qu'est-ce que tu veux au juste?

— Ce que je veux, c'est un mari! Et pas trop collant! Ma mère m'avait pourtant dit que les hommes en ont jamais assez, mais je pensais que toi, tu saurais te retenir!

— Alors pourquoi tu m'as laissé t'entraîner ici? Je suis pas fait en bois!

— Parce que... je voulais t'en donner juste un petit peu... pour te faire attendre!

Fleurette venait par ces quelques mots de dicter à Charles sa conduite… Il eut un soupir excédé.

— Ton sucre à la crème, Fleurette, il est très bon, mais je peux pas manger seulement ça. De temps en temps, j'ai besoin de quelque chose de plus nourrissant!

Elle se remit à pleurer et le traita de sans-cœur, mais quand il fit mine de partir, elle tenta de le retenir, affolée à l'idée de devoir tout recommencer avec quelqu'un d'autre. Elle savait maintenant qu'elle détestait la période des fréquentations, qu'elle n'avait pas de temps à perdre avec le tango subtil de la séduction. Charles n'avait, cependant, plus qu'une envie, déguerpir et oublier. Il regarda en direction de la jeune femme, mais ne put que deviner sa silhouette échevelée.

— Je sais pas si je vais me marier un jour, Fleurette, mais moi, je veux de l'amour! Je pense que c'est plus important que le reste…

* * *

Il ne resta bientôt plus à Charles que le souvenir d'un sein chaud et palpitant au creux de sa main et la certitude qu'il ne voulait pas de cette petite vie étriquée, sans passion et sans surprise, que Fleurette et ses semblables voulaient bien lui accorder. Il désirait autre chose de la vie, mais quoi, il l'ignorait.

Un soir en rentrant du travail, Charles trouva un manteau et un chapeau inconnus sur la patère de l'entrée. La voix de Laurette lui parvint et Charles y décela des traces d'angoisse et quelques larmes. Curieux et inquiet, il s'avança dans le couloir au moment où la logeuse sortait de la chambre conjugale accompagnée d'un médecin. Celui-ci, la mine sombre, referma sa trousse de cuir et tendit à Laurette une ordonnance.

— Je repasserai le voir dans la soirée… Laissez-le se reposer, c'est la meilleure chose à faire pour l'instant. Et faites-lui surtout prendre ces gouttes toutes les deux heures, c'est très important.

— Merci, docteur, je vais faire tout ce que vous dites! Ah! mon Dieu, Charles, enfin vous êtes arrivé! Si vous saviez, Émile a eu une grosse crise, j'ai cru qu'il allait mourir!

Charles eut le cœur serré devant la douleur de cette femme à qui il s'était beaucoup attaché. En même temps, la crainte et le dégoût qu'il éprouvait devant la maladie lui donnèrent envie de fuir en courant; à cette minute, on l'aurait payé très cher pour qu'il entre dans la chambre d'Émile. Il proposa ses services pour aller chercher les médicaments à la pharmacie, ce qui avait le mérite d'être un geste utile dont lui sut gré sa logeuse. Il fila à toute vitesse et, dans la rue, prit une énorme bouffée d'air comme s'il sortait d'un tombeau. Il lui revint à l'esprit la lourde atmosphère de détresse et de crainte qui avait pesé sur la maison paternelle au plus fort de la maladie de son frère René.

Mais Émile Charron n'était pas René, c'était un homme d'un certain âge, calme, paisible, qui le matin encore paraissait en assez bonne santé. De quelle sorte de crise pouvait-il bien s'agir? Charles prit conscience qu'il ne s'était même pas informé, tant sa hâte de partir avait été grande. Maintenant, il avait honte de sa couardise et espéra que le pharmacien ne lui poserait pas trop de questions.

De retour à la maison, il se renseigna enfin sur ce qui était arrivé à Émile. Laurette lui raconta le malaise, les vomissements, l'évanouissement, les artères bouchées et enfin la saignée au creux du coude, que pratiquait encore le vieux médecin de famille. Il apprit qu'Émile était paralysé du côté gauche, mais que cette situation n'était peut-être que temporaire, du moins selon les pronostics optimistes du médecin. Il aurait du mal à parler et à bouger pendant quelque temps. Nerveux et malhabile, Charles se retint juste à temps pour ne pas dire à Laurette que de toute façon son mari parlait peu et bougeait encore moins...

Pour tout dire, le médecin n'avait pas donné d'explications très précises sur le malaise d'Émile, pour qui, au fond, il ne pouvait pas grand-chose. Mais sur un ton sentencieux, il avait longuement réprimandé la pauvre Laurette.

— Je vous l'avais dit de ralentir sur le rôti de porc! Votre mari a trop de gras dans son sang, ça lui a fait monter un caillot au cerveau. Il va falloir faire plus attention, madame Charron. Donnez-lui du bouillon dégraissé et évitez-lui les contrariétés.

Et soyez patiente ; vous aurez beaucoup de misère à comprendre ce qu'il dit…

Après la visite du médecin, Laurette accueillit le curé, qu'elle avait fait prévenir de l'état de son mari. Elle espérait qu'une visite de leur pasteur apporterait un peu de réconfort à son époux. De plus, c'était un bon prétexte pour connaître enfin le nouveau chef de la paroisse. Récemment nommé, Raymond Payette n'avait pas encore fait connaissance avec toutes ses ouailles et n'y mettait pas une ardeur excessive : il était trop occupé ! En plus de la charge d'âmes qui lui avait été confiée, l'homme était un passionné de bridge et un amateur de musique. Les paroissiens avaient été habitués pendant des années à un vieux curé sympathique et rondouillard dont l'oreille était toujours tendue pour les confidences ; mais depuis quelques semaines ils avaient affaire à un tout autre type d'homme.

Fier, la démarche hautaine et le maintien guindé, hérité d'un passé d'aumônier dans l'armée, Raymond Payette n'était pas un homme simple ni modeste. Son attitude avait de quoi surprendre les paroissiens d'un quartier populaire. Mais enfin, l'évêque l'avait nommé à cette fonction, et il ne serait venu à l'idée de personne de contester cette décision. Décision qui, d'ailleurs, avait été motivée par le désir de donner une leçon d'humilité au prêtre, qui s'était permis des commentaires un peu trop arrogants à propos de la hiérarchie du diocèse.

En entrant dans la maison, le curé Payette posa cavalièrement son manteau sur le bras de Laurette puis, dans un grand froufroutement de soutane, la suivit d'un pas rapide vers la chambre. Charles demeura dans le corridor, devant la porte, craignant de se montrer indiscret s'il pénétrait dans la pièce, et assista de loin à la scène. Tirant une chaise, le curé se pencha légèrement vers Émile, mais garda le torse bien droit comme un militaire à la poitrine couverte de médailles. Il s'adressa à son paroissien d'une voix forte et sans chaleur :

— Bonsoir, monsieur Charron, ça va bien ? Votre épouse m'a dit que vous aviez eu un malaise, mais que le médecin s'occupe bien de vous. Je suis sûr que tout va bien se passer. Priez beaucoup surtout, remettez-vous entre les mains du Sacré-Cœur, il va s'occuper de vous. Maintenant, on va dire une dizaine de «Je vous salue Marie» ensemble et je vais vous bénir.

Les prières furent débitées à un rythme échevelé puis, mécaniquement, le prêtre dessina de ses mains une croix au-dessus du malade, murmura quelques dévotions supplémentaires et se redressa.

— Il faut vous reposer, maintenant. Je reviendrai vous voir. Bonne nuit!

Quelques secondes plus tard, le curé Payette était parti. D'un ton plein de componction, il avait soufflé à Laurette qu'il était attendu chez d'autres paroissiens. Mais il omit d'ajouter que ces derniers requéraient ses services comme joueur de bridge...

Charles avait assisté à la scène en témoin silencieux. Mais quand il vit le curé enfiler son manteau, l'esprit déjà ailleurs, la moutarde lui monta au nez et il faillit contraindre le prêtre, par la force, à rester. «Quoi? Même pas dix minutes et il s'en va déjà? M. Charron mérite plus que ça!» Il se retint d'aller le tirer par la manche.

Après le départ du prêtre, il se posta, les mains dans les poches, derrière la fenêtre du salon pour le regarder filer comme s'il avait le diable à ses trousses. Il avait ressenti un inconfort devant cet homme, un malaise qu'il n'arrivait pas à définir. Depuis sa naissance, il avait été tellement habitué à voir les membres du clergé comme des envoyés de Dieu sur terre qu'il n'arrivait pas à mettre en mots une idée trop nouvelle. Ce prêtre-là était tellement... ordinaire! Si banalement... humain! Si sa sœur Jeanne voyait ce curé-là, peut-être changerait-elle d'avis...

Quelques jours plus tôt, Charles avait appris par sa mère une nouvelle qui l'avait secoué. Depuis que son fils aîné avait quitté la maison, plus d'un an auparavant, Marie-Reine lui écrivait ponctuellement tous les deux mois, même si elle ne disait pas grand-chose dans ses lettres. Mais dans sa dernière missive elle lui apprenait, avec fierté, que sa petite Jeanne, de quatre ans la cadette de Charles, avait décidé de consacrer sa vie à Dieu et que dans les prochaines semaines elle entrerait comme postulante au couvent des ursulines. Charles savait qu'il aurait dû, comme sa mère, se réjouir de la nouvelle. Avoir une religieuse dans la famille était un motif de fierté, et pour Marie-Reine, c'était aussi un moyen d'obtenir le pardon divin. Sans l'avouer, elle croyait que son petit René avait été enlevé par le diable et qu'elle n'avait pas su le protéger. Charles ne pouvait comprendre qu'on choisisse de se priver de liberté. Il étouffait déjà pour Jeanne et mourait d'envie de lui crier que la vie dans les ordres n'était pas nécessaire, qu'elle pouvait être une bonne chrétienne sans s'enfermer dans un couvent sombre et triste, qu'elle se priverait des beautés de la nature que le bon Dieu avait créées pour eux... Jeanne lui répondrait sans doute que Dieu valait bien tous ces sacrifices... Mais Charles n'était sûr de rien, et l'attitude du curé Payette l'avait plongé dans un malaise profond. Il écrivit en fin de compte quelques mots à Jeanne pour lui souhaiter du courage et pour l'encourager à réfléchir avant de s'engager pour le reste de sa vie.

5

Charles détourna un instant les yeux de son travail, éclairé faiblement par une lampe à huile qui avait grand besoin d'être remplie. Par la minuscule fenêtre de son atelier derrière la maison des Charron, il vit que la couleur du ciel avait changé. En fait, le ciel reprenait des couleurs, ce qui signifiait que le jour allait bientôt se lever. Il s'affola en pensant qu'il avait passé toute la nuit dans l'atelier et qu'il lui faudrait bientôt partir au travail sans avoir dormi. «Je vais arriver sur le chantier avec les yeux dans la graisse de binne...» La journée serait longue et pénible, il aurait à payer le prix pour cette nuit blanche!

L'œuvre qui l'avait retenu captif toute la nuit était ambitieuse. On était en 1948 et, au cours de l'hiver, le gouvernement avait voté l'adoption d'un drapeau pour la province de Québec. Charles s'était passionné pour la genèse de ce nouveau symbole et tenait à créer une sculpture pour marquer l'événement. L'enchevêtrement de fleurs de lys qui semblaient vouloir s'envoler vers le ciel, à peine retenues par le bec d'une colombe aux ailes grandes ouvertes, lui donnait du fil à retordre. Mais ce projet l'enflammait. Pour la première fois en créant une œuvre, il cherchait consciemment à livrer un message. Il tentait d'exprimer la fierté, la paix et en même temps un envol vers la liberté... Il revivait la fièvre qui avait entouré la réalisation du lustre de la salle paroissiale, et fit part de son nouveau projet à Louis dans une lettre; nul doute que ce dernier, patriote convaincu, serait aussi excité que lui!

Le brouhaha autour de l'arrivée du fameux drapeau dans le paysage québécois avait constitué une diversion dont Charles avait grand besoin. La maladie d'Émile et l'atmosphère étouffante qui régna dès lors dans la maison de la rue Jardin avaient eu un effet démoralisant sur Charles; il se sentait inutile, parfois exaspéré, et ne savait où déverser son trop-plein d'émotion. Aussi trouva-t-il un exutoire lorsque fut adopté le drapeau. Le grand rectangle bleu et blanc, dont le dessin et les couleurs lui semblaient tout à fait appropriés, le mena vers des sommets de lyrisme dont ses collègues de travail furent les témoins abasourdis. Un soir où il s'était laissé entraîner dans une taverne irlandaise de la rue Centre après le travail, Charles, un peu éméché, se mit à réciter d'un ton d'abord hésitant, puis dramatique, quelques lignes d'une poésie que lui avait inspiré le nouvel emblème :

Ô toi, ma terre vaste du Québec
Au cœur brûlant sous ton manteau de glace
La colombe de paix retient dedans son bec
Le voile bleu de l'avenir où elle te garde une place...

Ce qui fit dire à Jean Mulroney, qui avait deux bières d'avance :

— Je comprends pourquoi tu veux pas te marier; tu es bien trop en amour avec la province de Québec pour être en amour avec une femme!

— Et je ne me marierai jamais! Je suis bien trop en amour avec la liberté!

Charles se rendit compte qu'il avait dormi pendant quelques secondes; il était temps de revenir sur terre! Alors qu'il ouvrait la porte de l'atelier, Laurette Charron sortit en courant de la maison.

— Charles, avez-vous passé la nuit là-dedans? Ça n'a pas de bon sens, de se faire la vie dure comme ça! Vous allez être en retard au chantier. Vite, le gruau est prêt!

Comme c'était à prévoir, l'état d'Émile ne s'était pas amélioré et il n'y avait plus d'espoir de guérison. Devant ce terrible constat, Laurette était désespérée : les trésors d'énergie, de sollicitude et d'amour qu'elle déployait ne suffiraient pas à lui rendre son Émile... Seule avec son mari impotent et silencieux, elle serait sans doute devenue folle. Elle remerciait donc chaque jour le ciel de lui avoir envoyé Charles qui l'aidait autant qu'il le pouvait. Il tâchait aussi de la distraire, la faisant rire avec les anecdotes du chantier et rêver avec ses propres rêves...

Après s'être lavé les mains et la figure, Charles s'attabla devant un bol de gruau fumant et, avant d'y planter sa cuiller, se frotta vigoureusement les yeux pour en chasser la fatigue. Il regrettait de s'être laissé emporter au point d'en oublier le sommeil. L'esprit encore plein de ses fleurs de lys inachevées, il leva les yeux vers la fenêtre qui donnait sur le petit hangar. Ses réflexes étant amoindris par la fatigue, il ne réagit pas immédiatement à ce qu'il vit. Il perdit ainsi un temps précieux...

Dans la lumière rose du soleil à peine levé, le contour de la cabane aurait dû se définir avec précision. Tous les matins, Charles la contemplait par la fenêtre et connaissait par cœur le moindre de ses angles. Mais ce jour-là, une sorte de voile enveloppait la fragile construction et, avec chaque seconde qui passait, il paraissait s'épaissir. Charles se frotta les yeux encore une fois, comme si seules ses paupières lourdes de fatigue rendaient l'image trouble. Puis tout d'un coup, il n'eut plus de doute sur la signification de ce mystérieux voile. De la fumée s'élevait au-dessus de la cabane, mais elle ne venait pas seulement de la cheminée reliée au petit poêle installé l'automne précédent; elle s'échappait aussi par les interstices autour de la porte et de la fenêtre.

Charles se leva précipitamment, renversant sa chaise derrière lui. Il resta un moment paralysé de stupeur, comme si son cerveau n'envoyait plus de message clair à ses membres. Tout ce qu'il ressentait, c'était un violent tremblement intérieur, un tumulte qui empêchait le moindre mouvement. Puis sa gorge réagit la première et il poussa un grand cri : «Au feu!» Alors seulement, entendant sa propre voix, trouva-t-il la force de bouger. En un éclair il fut devant l'évier, en train de remplir un seau qu'il ne se rappelait même pas avoir saisi. Bousculant table et chaises, il ouvrit la porte avec une violence qui la fit presque sortir de ses gonds. Une fois dehors, il cria encore une fois au feu, espérant que quelqu'un l'entendrait enfin. Mais Laurette était enfermée dans la salle de bains avec Émile, l'aidant à sa toilette matinale; le bruit de la baignoire se remplissant avait couvert le premier cri de Charles. Quand elle entendit le second, la pauvre femme se sentit tiraillée entre Émile assis sur la cuvette des toilettes et le drame qui se déroulait à l'extérieur. Elle lut de l'angoisse dans les yeux de son mari. Celui-ci poussa un cri inarticulé et, par un geste de son bras valide, il l'incita à courir dehors.

La panique s'empara de Charles quand il réalisa que, pour éteindre le feu, il n'avait que son petit seau, dont le contenu baissait rapidement au rythme de ses tremblements. Pas un seul tuyau d'arrosage, en ce mois d'avril, n'avait encore été installé à l'extérieur pour arroser le minuscule carré de gazon ou faire le grand ménage du printemps. Ne sachant plus où donner de la tête, il vida son seau sans réfléchir sur le toit de la cabane, et l'instant d'après vit une courte flamme se faufiler par l'entretoit. À l'encontre de la plus élémentaire prudence, et mû par le désir aigu de tirer des flammes ses fleurs de lys et sa colombe, il voulut alors ouvrir la porte, mais se brûla la main sur la poignée. Il secouait sans cesse la tête, refusant d'admettre une réalité trop pénible. Des larmes se mirent à couler sur ses joues. La douleur cuisante dans sa paume se mêla à celle, plus pénible encore, de savoir son travail perdu. Hébété, il chercha des yeux le robinet extérieur dont il n'arrivait pas à se rappeler l'emplacement. Au moment où il l'avisait enfin, il vit deux voisins arriver en courant, des frères jumeaux un peu plus jeunes que Charles, qui étaient accourus sans prendre le temps de s'habiller.

Le tableau qu'ils formaient aurait eu de quoi faire rire Charles, n'eût été son angoisse grandissante. Les deux grands diables aux traits identiques, dans leurs caleçons longs auxquels manquaient quelques boutons, couraient du même pas dans leurs grosses bottines aux lacets dénoués en tenant respectivement un seau et une marmite!

Laurette arriva en même temps que les jumeaux et, à sa vue, Charles parut reprendre ses sens. La femme s'avéra d'une grande efficacité : en quelques mots, comme si elle n'avait fait que ça toute sa vie, elle donna des ordres d'un ton assuré en gardant les yeux sur Charles, pour l'obliger à se ressaisir. Celui-ci obéit en automate, soulagé que quelqu'un prenne le contrôle de la situation. D'un coup de marmite, la petite fenêtre de la cabane fut fracassée et, après avoir reçu un coup de talon, le robinet rouillé céda et laissa passer l'eau.

À eux quatre, grâce à une chaîne de remplissage sans accroc, ils parvinrent en quelques minutes à maîtriser les flammes avant qu'elles atteignent la clôture. Il fallait à tout prix éviter que l'incendie s'étende à d'autres propriétés. La cabane, si elle n'était pas complètement détruite, tenait à peine debout et exigerait plus qu'une remise en état. Quant à ce qu'il y avait à l'intérieur, Charles ne pourrait probablement pas récupérer grand-chose.

Sous le soleil déjà haut, ils se retrouvèrent tous les quatre, hagards et frissonnant dans leurs vêtements trempés, devant un amas de ruines boueuses et fumantes; seuls les quatre murs tenaient encore, par miracle. Échevelée et le souffle court, Laurette demanda finalement des explications à son pensionnaire sur l'origine de l'incendie, ce qui obligea Charles à entrer dans la cabane pour constater l'étendue des dégâts. Il couvrit sa main endolorie de sa manche et tourna doucement la poignée. Les montants calcinés ne la retenant plus, la porte s'effondra devant Charles, qui recula juste à temps pour ne pas être assommé. Il laissa retomber la poussière, puis avança à l'intérieur.

De ses ciseaux à bois ne restaient que les lames; les réserves de belles essences, érable et chêne surtout, s'étaient transformées en blocs de charbon incandescent qui continuaient de pétiller au contact de l'eau. Quant à son travail en cours, Charles constata avec désespoir que la colombe et les fleurs de lys avaient été entièrement dévorées par les flammes, ne lui laissant que des tisons informes. D'un coup d'œil, il comprit ce qui s'était produit. La dernière fois qu'il avait mis du bois dans le petit poêle de fonte, il avait oublié de remettre le couvercle. Quelques étincelles avaient suffi pour embraser cet espace exigu : l'établi était envahi par les copeaux de bois sec. Il avait suffi de quelques minutes à peine pour tout anéantir, y compris ses rêves... Charles retint les sanglots violents qui montaient de sa gorge et d'un seul coup, sous l'emprise du chagrin et de l'épuisement, tout son corps parut s'affaisser.

Son visage était gris de suie, de fatigue et de tristesse quand il remercia les deux bons Samaritains, dont les caleçons avaient pris une autre couleur. Laurette, qui les connaissait depuis l'enfance et ne s'encombrait pas de manières avec deux garçons turbulents qu'elle avait souvent réprimandés, se contenta de dire à Alcide et Arthur qu'ils avaient été bien serviables et qu'elle irait bientôt leur porter une bonne tarte au sucre.

Émile Charron avait suivi la scène, impuissant, depuis la fenêtre de la salle de bains. Ce matin-là, il prit vraiment conscience de sa situation, du fardeau qu'il était devenu, des risques qu'il faisait courir à sa femme par le simple fait de son invalidité. Si l'incendie avait atteint la maison, il n'aurait pas pu se sauver lui-même... Charles et Laurette parurent sentir sa présence et se tournèrent vers lui d'un même mouvement, comme pour l'inclure dans le drame. Émile se contenta de tendre la main d'un geste las. Pour lui, c'était un autre coup du sort...

Charles se retourna vers Laurette la tête basse et l'air piteux, comme s'il attendait une réprimande. Mais cette dernière, maintenant que le pire avait été évité, ressentait surtout du chagrin pour son protégé.

— Parfois le bon Dieu nous envoie des épreuves pour nous rendre plus fort. C'est ça qu'il faut se dire quand il nous arrive un malheur, sinon on deviendrait fou. Vous allez être en retard au travail.

Charles avait oublié! Il essuya sommairement son visage et ses mains, s'empara de sa boîte à lunch et de sa veste et courut tout le long de la route. Lorsqu'il passa la guérite, un cri sortit malgré lui de sa gorge.

— J'ai passé au feu!

En entendant le mot «feu», une douzaine d'hommes arrivèrent en courant, suivis de près par le contremaître MacKinley. Carl fut l'un des premiers à arriver près de Charles, qui se mit à lui raconter dans un débit saccadé la catastrophe qu'il venait d'affronter. Ses yeux s'embuèrent quand il ajouta que l'œuvre sur laquelle il travaillait depuis plusieurs semaines était partie en fumée...

— Je vais arrêter toutes ces folies-là. La sculpture, c'est pas pour un petit ouvrier comme moi...

Le contremaître saisit l'occasion et lança à Charles d'un ton sans réplique :

— Si tu continues comme ça, tu vas être un ouvrier en chômage! Bon, assez parlé, vous avez tous autre chose à faire!

Les hommes détalèrent comme des lièvres; le message aurait pu s'adresser à n'importe lequel d'entre eux, et personne n'avait les moyens de perdre ne serait-ce qu'une journée de salaire.

Au cours de l'avant-midi, Jablonski s'arrangea pour que ses tâches le ramènent auprès de Charles et tenta de lui offrir un peu de réconfort.

— Si on s'y met à deux ou trois hommes, ça ira très vite pour reconstruire la cabane.

— Je ne vais plus sculpter. De toute façon, je n'ai plus d'outils ni de bois. J'ai assez perdu mon temps comme ça!

Charles avait la mâchoire crispée, et une colère sourde, en même temps qu'un chagrin profond, émanait de ses paroles.

— On dirait qu'on m'a arraché le cœur. Je me sens tellement vide! J'avais rien de plus important, de plus précieux que mes ciseaux à bois. Je ne veux plus jamais sentir ça, ça fait trop mal! C'est comme si j'avais perdu un enfant…

De compatissant qu'il était, Carl devint soudain glacial.

— Tais-toi, Charles, tu ne sais pas de quoi tu parles…

Charles sentit qu'il avait dépassé les bornes; Carl avait raison, il n'avait pas d'enfant, n'avait pas traversé une guerre en essayant de protéger ses petits, n'avait pas dû abandonner son fils dans un asile de fou… Comme le jour où il avait vu sa mère monter dans l'ambulance avec René, il sentit sa douleur ramenée à des proportions bien modestes.

— Excuse-moi, Carl, je suis un égoïste.

Carl sentit l'amertume dans les propos de son ami; mais il savait aussi que Charles ne pourrait lutter longtemps contre sa nature. S'il avait entretenu sa passion envers et contre tous alors qu'il était incompris et méprisé, une épreuve comme celle qu'il venait de subir ne suffirait pas à le faire renoncer.

— Charles, tu es un artiste, et tu ne cesseras jamais de l'être. Laisse faire le temps, laisse retomber la poussière avant de prendre une décision.

Il y eut un silence lourd. En regardant Charles dont le visage portait encore des traces de cendre, Carl réalisa ce qu'il y avait d'ironique dans son allusion à la poussière. Il regretta son jeu de mots involontaire, mais Charles fut pris d'un fou rire nerveux.

— Laisse tomber la poussière! Elle est bonne, celle-là! Tu viendras voir dans ma cabane s'il y en a, de la poussière...

Plus Charles répétait le mot «poussière», plus il riait. Incapable de s'arrêter, et bientôt pris de crampes qui l'obligeaient à se tenir le ventre à deux mains, il hoqueta de rire jusqu'à ce qu'enfin il ait évacué un peu de son accablement. À peine calmé, il tourna les yeux vers Carl, qui se cherchait une contenance, et, voyant son air contrit, il repartit de plus belle. La tête de son ami venait de lui rappeler l'allure loufoque de ses deux pompiers volontaires, dignes d'une comédie de Laurel et Hardy! Ce fou rire lui faisait du bien, mais il faudrait qu'il arrive à se maîtriser avant que ses éclats de voix ne fassent accourir MacKinley. Charles décrivit en quelques phrases entrecoupées de gloussements l'arrivée des jumeaux en caleçon, la tête encore ébouriffée de sommeil, leurs casseroles à la main.

— On aurait dit deux chercheurs d'or au Klondike!

Avec ces derniers mots, Charles retrouva son calme. Peu à peu revint aussi une tristesse, qui n'allait pas le quitter pendant plusieurs semaines...

* * *

L'été fut magnifique; Charles profitait de chaque jour de congé pour se sauver à la campagne dans sa vieille guimbarde. Il l'avait «déhoussée» au mois d'avril comme beaucoup de gens qui, vivant à proximité de leur travail, préféraient ne pas s'encombrer d'une automobile pendant l'hiver. Sa décision de renoncer à la sculpture le laissait avec un grand vide qu'il tenta par tous les moyens de combler. Il fréquenta bibliothèques et librairies, ouvrant avec dévotion des livres d'art, découvrant les chefs-d'œuvre des grands maîtres. Il visita, dans de beaux livres illustrés, la France et l'Italie, qui faisaient l'objet de ses grands rêves de voyage. Mais il parcourut aussi la campagne environnante, belle, parfumée et surtout accessible, entraînant souvent avec lui les Charron, question de faire respirer un peu de bon air à Émile et d'accorder un répit à Laurette. Celle-ci, certains jours, cachait avec peine sa sensation d'étouffer sous la morosité de son existence.

Chez un brocanteur de la rue Notre-Dame, elle et Charles avaient trouvé un vieux fauteuil roulant qui devait bien avoir cinquante ans et dont le rotin vieilli craquait à chaque tour de roue. Mais ce véhicule antique leur offrit une liberté nouvelle; jamais Laurette n'aurait laissé Émile sous la garde d'une personne étrangère et elle avait accueilli comme un baume l'idée du fauteuil roulant. Plus que jamais, elle considérait Charles comme un nouveau fils envoyé par le bon Dieu. En fin de compte, celui-ci devait savoir ce qu'il faisait! Pour s'en convaincre, Laurette se répétait que le bon Dieu ne lui aurait jamais infligé, à elle, l'attaque qu'avait subie son mari. Comment aurait fait le pauvre Émile pour s'occuper de la maison?

Impuissante à améliorer la condition de son époux, elle veillait à ce qu'il ne manque de rien et soit toujours confortablement installé. Mais la communication avec lui était limitée. Une partie de son corps parvenait à esquisser quelques gestes vagues, mais il était facile de saisir dans son œil résigné qu'il avait renoncé à se faire comprendre. Il se contentait de répondre par un clignement des yeux aux incessantes questions de son épouse trop zélée.

Charles leur fit découvrir des endroits qu'en bons Montréalais sédentaires ils n'auraient jamais imaginé voir un jour. Deux ou trois fois au cours de l'été, ils pique-niquèrent sur le bord du Richelieu ou du lac Saint-Louis. Pendant que Laurette nourrissait à la petite cuiller ce mari impotent devenu son bébé et qu'elle racontait pour la millième fois les souvenirs enjolivés de ses années chez Abigail Morton, Charles crayonnait avec de plus en plus d'assurance.

Il n'avait jamais auparavant goûté le plaisir simple de dessiner ses petits oiseaux ou ses écureuils sur une feuille de papier. Jusque-là, toutes ses impulsions créatrices étaient passées par le ciseau à bois ou le canif. Mais Charles trouva une nouvelle satisfaction dans le geste de sortir de sa poche un petit calepin pour le noircir de canards prenant leur envol ou d'un majestueux ciel d'orage au-dessus du fleuve. Avec un canif, il lui aurait été difficile de sculpter le ciel! Il découvrait avec ravissement que les coups de crayon lui venaient avec aisance et qu'avec un peu d'application, ma foi, c'était assez ressemblant!

Pendant qu'il dessinait, il lui arrivait souvent de penser à David Umanski, le vieux Juif rencontré chez Carl plus d'un an auparavant. C'était le seul peintre qu'il eût jamais approché, mais il ignorait tout de son travail. Est-ce que Umanski passait lui aussi du temps à faire des croquis sur des carnets? Est-ce qu'il fallait savoir dessiner avant d'apprendre à peindre? Quel genre de peintre était-il? Il faudrait qu'il se renseigne auprès de Carl... Arrivait-il à Umanski de peindre des nus? Sans même que Charles s'en rende compte, son crayon commençait à tracer sur le papier des courbes nouvelles, esquisses de fesses bien charnues ou de poitrines généreuses. Puis, gêné à l'idée que Mme Charron puisse apercevoir ces croquis, il les transformait, créant alors des fleurs fantasmagoriques. De toute manière, il savait qu'il n'aurait pas pu compléter ces corps; trop d'informations lui manquaient.

Charles pouvait ainsi passer des heures, une branche de vinaigrier ou d'érable à la main, à essayer de reproduire le plus fidèlement possible leur feuillage, l'aspect charnu d'un bouton de fleur, le velouté d'une petite chenille au repos. Il s'appliquait avec une remarquable concentration jusqu'à ce qu'enfin il juge son travail satisfaisant. Il n'entendait alors rien du babil de Laurette, qui racontait à Émile les potins du quartier ou commentait l'actualité locale. Mais quand il refermait son carnet d'esquisses, les mystères de la vie conjugale le rattrapaient.

Au cours des vingt premières années de sa vie, Charles ne s'était jamais interrogé sur les liens qui unissaient ses parents. Depuis la nuit des temps, les hommes et les femmes étaient faits pour s'unir et avoir des enfants, qui à leur tour finiraient par faire la même chose. Il y avait quelques règles de base à respecter : par exemple, on ne pouvait épouser quelqu'un de sa propre famille, et il fallait s'arranger pour avoir de bonnes relations avec la belle-famille, mais pour le reste, on fonçait dans cette aventure tête baissée et sans se poser de questions. Il préférait éviter pour l'instant de penser au couple formé par Louis et Françoise, la culpabilité le tenaillant toujours. À vrai dire, Laurette et Émile Charron constituaient le premier couple qu'il lui était donné d'observer en adulte. Et, à part les liens sacrés du mariage, il se demandait ce qui pouvait souder aussi intimement deux personnes si dissemblables.

Il admirait la dévotion de Laurette pour son mari, qui se manifestait non seulement par une bonne volonté jamais démentie dans tous les soins qu'elle lui prodiguait, mais aussi dans une tendresse subtile qui donnait à ses gestes simples et mille fois répétés une surprenante douceur. Observer Laurette nourrissant son mari lui rendait encore plus odieux le souvenir du curé Payette grimaçant de dégoût lorsque, récemment, il était venu donner la communion à Émile. Le prêtre avait tâché d'être discret, mais Charles l'avait néanmoins surpris en flagrant délit de faiblesse humaine. Cet homme n'était décidément pas un prêtre comme Charles les imaginait...

Charles découvrait entre Laurette et Émile un amour solide. Lui qui n'avait encore jamais aimé, qui était terrifié à l'idée d'aimer assez une femme pour vouloir l'épouser, lui qui à vingt-deux ans n'avait pour toute expérience de l'amour que ses rêves illicites de Françoise et une caresse volée à Fleurette se demandait s'il serait un jour capable de tant d'oubli de soi... Pour l'instant, des besoins aigus le tenaillaient.

S'il n'osait plus donner un visage aux déesses voluptueuses qui meublaient ses rêveries nocturnes puisqu'elles auraient toutes eu le regard de sa belle-sœur, Charles compensait le vide de sa vie amoureuse par des fantasmes torrides, les alimentant par de fréquentes séances au cinéma. Et sa virginité commençait à lui peser, malgré les commandements de l'Église qui lui imposaient de se garder pur pour le mariage. «Et si je ne me marie jamais, est-ce que je vais rester comme ça toute ma vie? Ça n'a pas de bon sens!»

C'est vers cette période que Jean Mulroney, son exubérant compagnon de travail, proposa une sortie «entre hommes». Depuis qu'il n'y avait plus de Fleurette Courchesne dans l'univers de Charles, ses compagnons de travail, exception faite de Jablonski, ne passaient pas une journée sans le taquiner sur sa condition de célibataire. «C'est mauvais pour la santé, de rester vieux garçon, mon Charles! Il va falloir qu'on s'occupe de ta santé. Tu comprends, on veut pas que tu tombes malade!» lui lançait l'un ou l'autre de ses collègues, ouvriers au grand cœur et à la langue bien pendue. Mariés pour la plupart dès leur majorité, ils jalousaient un peu, dans leur for intérieur, la liberté dont profitait Charles. Et plus encore, sans doute, celle de Mulroney. Car ce dernier, hâbleur et sûr de son charme, s'était taillé une solide réputation de coureur de jupon, dont il n'était pas peu fier. Un peu plus âgé que Charles, il croyait le moment venu de prendre en main l'éducation sentimentale du jeune homme qui, à son avis, n'était pas encore sorti de sa campagne!

Il s'arrangea un jour pour avoir une conversation en privé avec Charles. Les expériences «d'homme à homme», «entre hommes», «nous les hommes», ces expressions émaillaient sans cesse la conversation de Mulroney pour qui faire preuve de virilité était une priorité absolue.

— Dis-moi donc, Dupuis, toujours pas de blonde à l'horizon?

— Non, pas pour l'instant, mais je ne suis pas pressé. Elles veulent toutes se marier alors que moi, tu sais...

— As-tu déjà... tu sais... es-tu encore...

Mulroney chuchotait, les yeux pleins de sous-entendus, tentant de faire avouer à Charles quelque chose que ce dernier, de toute la force de son orgueil, désirait cacher.

— Voyons, Charles, tu sais ce que je veux dire, as-tu déjà couché avec une fille?

— Mulroney, je te trouve pas mal curieux et effronté. Mêle-toi donc de tes affaires! Ça te regarde pas, ce que je fais avec les filles!

En une seconde, Charles devint rouge comme une tomate, autant de colère que de honte. Il ne croyait pas être aussi facile à deviner!

— Il faut pas te fâcher, Charles! C'est juste que, comme on est les deux seuls célibataires de la shoppe, on pourrait peut-être en profiter un peu. Regarde-toi! C'est du vrai gaspillage de pas faire profiter les filles de cette grande carcasse-là! Je connais des endroits où je pourrais t'amener. Des endroits discrets où il y a pas mal de filles belles et pas farouches... Je pourrais te les présenter! Après ça, tu fais ce que tu veux, ça ne me regarde pas.

— Je vais y penser...

Charles tourna le dos à Mulroney et reprit son travail. Mais toute la journée, son cerveau bouillonna de suppositions plus folles les unes que les autres. Aux odeurs de cambouis, de poussière et de sueur qui imprégnaient habituellement ses journées se superposèrent des parfums capiteux et exotiques venus des confins de son imagination assoiffée de sensations fortes. À la sortie du chantier, il se faufila près de l'Irlandais et lui murmura, tête baissée :

— L'endroit dont tu m'as parlé, est-ce que c'est propre, au moins?

* * *

La maison devant laquelle Mulroney attendait Charles n'avait rien de compromettant; la demeure recouverte de briques sombres aurait pu abriter un cabinet de médecin. Charles retint un rire nerveux en pensant qu'il venait en effet s'y faire soigner... Seuls les éclairages tamisés qu'on devinait au travers des voilages épais pouvaient laisser supposer que la salle d'attente n'avait rien des décors froids et glauques que proposaient les docteurs à leurs patients.

Charles avait mis une cravate... Mais l'habit ne faisant pas le moine, il se sentait aussi mal à l'aise qu'un enfant qui va à confesse pour la première fois, tentant de chasser de son esprit le visage outré de sa mère. À Saint-Damien, on ignorait ou on faisait semblant d'ignorer que de tels endroits existaient et, à mille lieues des influences néfastes de la grande ville, le village était confit dans un puritanisme puéril. Marie-Reine mourrait certainement de chagrin et de honte de savoir son fils dans un pareil endroit de perdition. Pour ce qui était de son père, Charles n'osait même pas imaginer ce qu'il lui passerait comme savon! Son fils aîné s'en allait le cœur léger commettre un gros péché, celui dont on ne parlait qu'à mots couverts et qui rendait les jambes molles aux jeunes garçons rien que d'y penser...

Il faisait assez frais, en ce début d'octobre; Charles y trouva un prétexte pour remonter son col et rentrer la tête dans les épaules avant de regarder discrètement de tous côtés, comme si quelqu'un pouvait le reconnaître! Mulroney le suivit avec une décontraction appuyée, pour montrer son statut d'habitué.

— Tu sais, Charles, ils pourront tout essayer, des endroits comme ça, ça existera toujours. Que veux-tu que je te dise, on ne peut pas s'en empêcher! Le vieux cochon de Cauchon avait bien raison de dire que c'est mauvais pour la santé d'un homme de rester trop longtemps sans femme... Moi, en tout cas, j'ai pas l'intention de tomber malade!

Les descriptions d'intérieurs luxueux et élégants dont Laurette Charron avait abreuvé son pensionnaire n'avaient pas préparé Charles à ce qu'il découvrit ce soir-là. Il n'aurait pu mettre en mots les sensations ressenties en pénétrant dans ce hall à la touffeur moite et au style vaguement oriental. Dans cette pièce d'un rouge vibrant, même les formes des fauteuils ventrus étaient suggestives d'abandon et de volupté. Dans un coin, deux jeunes filles au corps dénudé et sculpté dans l'albâtre tenaient de leurs bras tendus un abat-jour richement peint de scènes libertines, et orné de pendeloques en forme de cœurs et de Cupidons scintillants. Charles dut y regarder à deux fois avant de réaliser que ces jolies nymphettes n'étaient pas réelles... Il n'avait jamais vu de lampe torchère aussi... allumée! Une coupe vide traînant sur un guéridon portait les traces d'un rouge à lèvres à la nuance très intense; l'empreinte était si bien dessinée qu'elle paraissait avoir été laissée là à dessein... Un châle mordoré aux longues franges de soie s'étalait sur un canapé de brocart d'où, visiblement, on venait à peine de se relever. En effet, une porte se refermait doucement dans un sillage de parfum.

Charles, étourdi par l'odeur sucrée et un peu écœurante d'une eau de Cologne à cinq sous, ne savait plus où regarder. Ébloui par ce faste tape-à-l'œil, il ne remarqua pas les traces d'usure du tapis chinois ni les taches suspectes qui maculaient le canapé. Il venait d'entrer dans le palais des Mille et Une Nuits.

Lui et Mulroney furent accueillis avec chaleur; il était évident que l'Irlandais avait ici ses habitudes. La patronne, une dame aux rondeurs opulentes et aux manières onctueuses, les invita à la suivre jusqu'à un petit boudoir. Charles vit son compagnon chuchoter quelques mots à la femme, qui se retourna vers Charles et lui fit un petit sourire coquin. Dès qu'ils furent installés dans deux fauteuils, la patronne se planta devant eux d'un air satisfait et vérifia les multiples boutons sur le devant de sa robe mauve.

— Est-ce que je peux vous offrir un verre pour vous faire patienter?

Charles, dévoré par la curiosité encore plus que par la concupiscence, aurait voulu lui poser mille questions sur son commerce, mais il fit preuve de nonchalance.

— Je m'attendais à voir beaucoup plus de monde dans le salon. C'est plutôt tranquille chez vous...

Il avait parlé d'un ton légèrement hautain, pour masquer son inexpérience. Mais son esprit s'enflammait à l'idée de voir des jeunes femmes en tenues légères se pavaner dans une langueur étudiée, se laissant caresser au passage par de vieux messieurs élégants à l'œil lubrique. Il avait espéré trouver dans cette maison une ambiance inspirée de la Belle Époque parisienne, comme dans certains livres interdits sur lesquels il avait pu récemment mettre la main.

— Cher monsieur, notre maison est très populaire, donc nos jeunes demoiselles sont très occupées. Vous devez bien vous douter qu'on doit garantir la discrétion à nos visiteurs. On ne reçoit pas n'importe qui ici!... Je vais vous faire servir quelque chose à boire, puis je vais vous présenter quelques-unes de nos pensionnaires.

Elle quitta le salon en balançant son derrière dodu, pendant que Mulroney considérait Charles d'un œil narquois. Ce dernier trouvait la femme plutôt amusante et, n'eût été son trac, il aurait apprécié un peu plus de conversation avec la plantureuse patronne. Juste avant de refermer la porte derrière elle, elle se retourna et, faisant bouffer ses cheveux avec coquetterie, lança à Charles sans même regarder Mulroney :

— J'oubliais, vous pouvez m'appeler Mme Solange...

Dès qu'ils furent seuls, Charles apostropha son compagnon :

— Tu ne m'avais pas dit que c'était chic comme ça ici! Je suis sûr que j'ai pas les moyens, Mulroney! Je veux quand même pas que toute ma paye y passe!

L'habitué eut un sourire chargé de sous-entendus.

— T'inquiète pas, madame Solange fait toujours un prix spécial aux débutants... J'espère que tu es quand même venu avec un peu d'argent! Prends-en ma parole, dans quelques heures tu vas me remercier...

Charles n'eut pas le temps de répondre. Déjà, une porte qu'il n'avait pas remarquée s'ouvrait, livrant passage à trois jeunes femmes flamboyantes, suivies par une jeune soubrette qui portait deux verres de bière sur un plateau. Mme Solange fermait la marche et, à son allure décidée, on pouvait prédire que les affaires seraient conclues rapidement.

Charles sursauta à leur arrivée et, pour cacher le léger tremblement de ses mains, croisa les bras et bomba le torse. Il dut faire un immense effort de contrôle quand la domestique à la tenue qu'il jugea «écourtichée», lui faisant un clin d'œil appuyé, se pencha pour lui présenter son plateau et un décolleté fort aguichant. Il prit son verre dans un mouvement lent et mal assuré, offrant à la jeune femme un rictus qui se voulait un sourire. Il la remercia en regardant à la droite de son épaule, de crainte de paraître aimanté par les seins jeunes et fermes qui pointaient effrontément vers lui.

— Merci, Fleurette, vous pouvez partir, maintenant!

Mme Solange voulait présenter ses spécialistes, mais Charles tressaillit en entendant le prénom de la jeune domestique. Cette fois, il eut un petit rire qui n'échappa pas à Mulroney. Les deux hommes échangèrent un regard amusé et l'incident permit à Charles de se décontracter. «Elle s'appelle Fleurette, ça c'est la meilleure...», pensa-t-il en regardant la jeune femme sortir dans un déhanchement charmant.

— Monsieur Jean connaît depuis longtemps mes jeunes protégées, mais je suis sûre, monsieur Charles, que vous saurez faire votre choix vous-même. Toutes les trois ont beaucoup d'expérience avec les beaux jeunes hommes comme vous et je suis sûre que vous allez bien vous entendre. Voici Salomé, Marie-Chantal et Lola. Faites votre choix.

Les jeunes femmes se mirent à se tortiller consciencieusement dans des poses lascives plus ou moins réussies. L'ensemble était néanmoins affolant pour Charles, décidé à se dépouiller de sa virginité comme d'une peau de serpent! Salomé, avec ses longs cheveux noirs et son pantalon bouffant, dont le tissus transparent laissait voir un derrière rebondi, évoquait les nuits chaudes d'Arabie. Mais son parfum ambré et trop capiteux fit plisser le nez de Charles quand elle vint se frôler contre lui dans une esquisse de danse du ventre. Marie-Chantal, drapée dans un fourreau bleu nuit, faisait très grande dame, mais Charles trouva que son regard amer déparait ses traits fins; une lassitude profonde marquait ses mouvements et Charles, devinant qu'elle aurait voulu être ailleurs, n'osa plus la regarder.

Il porta toute son attention sur Lola, une jeune et grande blonde qui respirait la santé. Ses efforts vains mais touchants pour ressembler à Lili St-Cyr la rendaient troublante. Comme l'artiste scandaleuse dont tout Montréal parlait, Lola souriait sans regarder directement les clients, cherchant à mettre un peu de mystère dans son regard vert lourdement maquillé. Sa robe de satin lilas, fendue sur la cuisse et laissant apparaître des dessous de dentelle noire, fit un effet immédiat à Charles, qui malgré lui tendit la main pour la toucher. La jeune femme lui tourna le dos et, dans un geste gracieux, releva le bas de sa robe pour vérifier la couture de son bas, tout en lançant un regard encourageant à Charles.

Mulroney avait observé la scène et, sûr à présent du choix de son compagnon, posa une main possessive sur la hanche de Salomé avec qui il quitta la pièce. Sur un ton sec, Mme Solange lança à Marie-Chantal qu'elle devait maintenant aller dans le salon rose, où elle ferait peut-être preuve d'un peu plus de bonne volonté, puis glissa à Charles:

— Je vous laisse avec Lola. Vous avez fait le bon choix…

Charles eut un moment de panique quand la porte se referma. Mais Lola était une missionnaire du plaisir et, déterminée à laisser une trace indélébile dans la mémoire de ce puceau beau comme un prince, elle prit le contrôle des opérations. Face à lui, elle s'assit à califourchon sur ses genoux, ce qui fit remonter sa robe haut sur ses cuisses, et posa les mains sur les épaules de Charles. Quand celui-ci fit mine de la prendre à la taille, elle se redressa et l'attira hors de la pièce.

— Viens, mon beau, je te promets que tu ne regretteras pas de m'avoir choisie...

Elle l'entraîna dans une petite chambre aux allures de bonbonnière, où flottait un parfum suave. Lola, venue à la profession autant par goût de la débauche que pour gagner sa vie, considérait comme un honneur d'initier un homme aux joies de la chair. Ce soir-là, sur une douillette de satin bleu ciel, elle mit tout son savoir-faire à contribution, ajoutant même un petit supplément de passion, pour la bonne cause. Le client en valait la peine et elle s'était rarement donnée avec autant d'enthousiasme! Charles fut happé dans un tourbillon. Pendant que la jeune femme l'orientait avec patience et finesse, elle le vit prendre de l'assurance, et discerna avec plaisir une lueur sauvage dans son regard gris quand il la chevaucha avec brio.

— Eh bien, mon beau, tu as du talent! Si tu continues comme ça, je n'aurai plus grand-chose à t'apprendre!

Charles, en nage, était étendu sur le lit et regardait Lola faire sa toilette devant un petit lavabo. Elle chantonnait et sa ritournelle se mêla pendant quelques secondes aux halètements d'un homme au bord de l'apoplexie, dans la chambre d'à côté. Charles apprécia en connaisseur ce que l'autre client devait ressentir et se demanda si ce dernier l'avait entendu, lui, au moment où il explosait. Cette pensée le remplit de gratitude envers Lola. Il respira avec délectation les effluves qui demeuraient encore de leurs corps emmêlés, de leurs transpirations confondues, des fluides corporels. Charles désirait emmagasiner dans sa mémoire ce parfum mystérieux. Consciente de son regard, Lola se savonnait doucement, avec une langueur qui redonnait déjà à Charles toute sa vigueur. Mais, pensant à son portefeuille vide, il chercha vite à se changer les idées.

— Si je reviens te voir, est-ce que tu me laisseras te dessiner?

— Me dessiner? Pour quoi faire?

— Parce que tu es belle et qu'il y a tellement de choses à découvrir dans un corps de femme. Je dessine pas trop mal, tu sais.

— Tu peux me dessiner autant que tu veux, mon beau, du moment que tu paies ! Mais j'aimerais quand même mieux que tu me touches en même temps. T'as dû t'apercevoir que moi, les fesses, j'aime beaucoup ça !

Charles la quitta à regret et mit quelques minutes pour retrouver sa voiture, tant son esprit était embrouillé. Il se souvint qu'il l'avait garée dans la rue d'à côté, de peur qu'on remarque sa présence près du bordel. Sa propre couardise le fit sourire. Il fit le trajet entre le Plateau-Mont-Royal et la Pointe-Saint-Charles en automate, les yeux, le nez, la bouche et les mains pleins de souvenirs. Il savait déjà qu'il retournerait bientôt voir Lola.

Quand Laurette vint frapper à sa porte, très tôt le lendemain, il bondit du lit comme une flèche, avec l'impression d'avoir été pris en flagrant délit d'indécence... jusqu'à ce qu'il soit bien réveillé. Elle ne pouvait pas savoir que, la veille, il était devenu un homme ! Face au petit miroir devant lequel il se rasait un matin sur deux, il s'examina avec attention, cherchant à vérifier les affirmations flatteuses de la généreuse Lola. C'est vrai qu'il n'était pas trop mal. Mais à son avis il avait encore trop l'air d'un adolescent. Le moment était venu de se laisser pousser la moustache !

Il avait promis à Laurette d'emmener Émile à la messe. Assis au dernier rang, Charles se tint plus droit que d'habitude, persuadé, contre toute vraisemblance, que les femmes remarqueraient le sombre duvet qui pointait au-dessus de sa lèvre. Il écouta la messe d'une oreille distraite et participa aux répons avec nonchalance, laissant son esprit vagabonder vers des endroits plus accueillants. Mais quand le curé Payette grimpa en chaire, Charles fut brutalement ramené sur terre. L'un des sujets de prédilection du prêtre, qui exerçait alors avec véhémence ses qualités oratoires, était la luxure. Il en rebattait les oreilles de ses ouailles dimanche après dimanche, comme si l'évêque l'avait spécifiquement chargé de nettoyer l'esprit pervers de ses paroissiens. Charles fit la somme des péchés commis la veille et passa le reste de l'office tête baissée, l'âme en berne, mais incapable d'aller déverser ses remords au confessionnal. Et de fait, ces remords furent aussi fugaces que des frissons...

Le lundi matin, ses compagnons de travail échangèrent des regards amusés en le voyant arriver. Mulroney n'avait pas été discret! Le grand dadais de Saint-Damien était devenu un homme!

Il fut l'objet d'innombrables taquineries et de beaucoup d'attention. Ses camarades, à leur manière fruste, lui manifestaient leur affection. Il comprit ce jour-là que, dans cet atelier où il trimait dur et sans plaisir, il avait trouvé une autre famille. Par galanterie, il évita néanmoins d'entrer dans les détails de sa soirée chez Mme Solange. Nombre de ses compagnons, malgré leurs plaisanteries salaces, auraient probablement été choqués si le jeune homme leur avait dit tout ce que lui inspiraient ces nouveaux horizons.

Pendant qu'il resserrait des boulons sur une locomotive avec une clé aussi longue que son bras, il se demanda s'il oserait raconter à son frère Louis, dans sa prochaine lettre, ce qui venait de lui arriver... Il songea aussi que pour la première fois depuis longtemps il pouvait penser à Françoise sans faiblir.

* * *

Charles passa l'hiver au chaud, entre les cuisses accueillantes de Lola, et parfois, si elle n'était pas disponible, entre celles d'une autre de ses «amies pensionnaires»... Depuis son arrivée à Montréal, il avait toujours été économe et, grâce au petit pécule qu'il avait réussi à mettre de côté, il put se permettre de retourner chez Mme Solange une ou deux fois par mois. Jean Mulroney offrit de lui faire découvrir le Montréal nocturne : les bains de mousse de la célèbre stripteaseuse Lili St-Cyr au théâtre *Gaiety*, les spectacles délirants de la troupe de Mme Ouellette au théâtre *National*, les tenues affolantes d'Alys Robi, tout un monde qui pendant quelques mois éblouit le jeune homme. Charles avait jusque-là ignoré qu'au moment où il partait travailler d'autres buvaient un dernier verre, écoutaient un dernier air, avant de sombrer dans le sommeil moelleux de l'insouciance. Faisant taire les petites voix austères qui chuchotaient au fond de son esprit, il se plongea pendant quelque temps dans cette atmosphère sulfureuse. Il avait conscience, lorsqu'il se trouvait au bordel de Solange ou admirait le déshabillage étourdissant de Lili St-Cyr, de faire tomber de ses épaules un peu du fardeau de son éducation étriquée, de sortir d'une gangue trop serrée. Il savait que tout ce qu'il faisait scandaliserait sa famille, et c'est cela qui lui procurait le plus de plaisir. On avait fait grand cas, au cours des derniers mois, d'un manifeste publié par un groupe de jeunes artistes en rébellion contre le carcan étouffant des institutions et de la morale traditionnelle. Charles avait suivi de loin, mais avec intérêt, cette ruade dans les brancards. Parce qu'il ne se voyait pas comme un véritable artiste, il n'osait pas s'associer au mouvement, mais cette révolte lui plut infiniment, et quand il apprenait à dessiner le corps humain en regardant les fesses de Lola, il avait l'impression de vivre son propre «refus global»…

Lola avait accédé à son désir qu'elle devienne son modèle et laissait Charles s'emparer de son crayon aussitôt leurs ébats achevés. Elle prenait des poses, minaudait et se tortillait sur le lit jusqu'à ce que Charles voie l'image qu'il voulait conserver. Alors, il criait «Stop! Bouge plus!» et Lola restait aussi tranquille qu'elle en était capable, pendant que Charles remplissait des pages de croquis. Elle ne demandait même pas à les voir; c'était pour elle une lubie de client, un fantasme facile à combler. À vrai dire, la jeune femme trouvait excitant de poser pour Charles, au point d'essayer parfois de le ramener sur le lit pour d'autres caresses. Elle atteignait de temps en temps son but, mais il lui arrivait aussi de se faire plaisir toute seule… sans que l'artiste s'en rende compte!

À la fin de la séance, si Charles était satisfait de son travail, il lui montrait parfois ses esquisses. Elle poussait alors des «oh!» et des «ah!» d'admiration, pour l'encourager et conserver le plus longtemps possible ce client si facile à satisfaire.

Mais plus souvent qu'autrement, les feuilles noircies par Charles étaient déchirées et jetées au feu avec impatience. Il avait cru qu'il lui suffirait de connaître les méandres du corps féminin pour en reproduire la beauté sur papier, mais il devait admettre qu'il lui manquait certaines techniques. Au bout de son crayon, les formes voluptueuses de Lola lui paraissaient raides et sans grâce, ses traits se durcissaient, donnant à la jeune femme une bonne dizaine d'années de plus. Charles décréta qu'il avait besoin d'aide.

Deux jours plus tard, par l'intermédiaire de Carl, il obtint une rencontre avec David Umanski.

* * *

Charles se présenta à la porte du petit appartement qu'occupait le vieil homme au-dessus d'une mercerie. Il se rappelait être venu là presque deux ans auparavant, quand le propriétaire du commerce était décédé et qu'il avait racheté sa voiture. Mais en ce début de mars, la voiture en question était toujours sous sa housse hivernale et Charles vint à pied pour ce premier contact avec le professeur de peinture.

Avant que la porte s'ouvre, il entendit des pas traînants et une petite toux sèche. Quelques mois après la fin de la guerre, à peine remis de son long séjour à Dachau où il avait perdu sa femme et ses deux fils, Umanski était entré au Canada seul, les mains vides, dans un état de santé précaire. Le petit appartement où il vivait était impersonnel : pas un seul souvenir, pas une photographie ne venaient lui rappeler sa vie passée. Il fallait le regarder attentivement pour voir au fond de ses yeux le reflet de ce qu'avait été son existence avant le cataclysme. Umanski ne subsistait plus que pour honorer la mémoire de ses deux fils dont les talents seraient toujours ignorés. Il accueillit Charles avec simplicité et gentillesse et les deux hommes s'attablèrent dans la petite cuisine pour faire connaissance.

Ils parlèrent de l'hiver qui s'étirait, de la voiture sous sa housse, des enfants de Carl qui grandissaient vite. Umanski écoutait plus qu'il ne parlait et ne quittait pas Charles des yeux. Finalement, de sa voix douce il demanda :

— Pourquoi voulez-vous peindre?

La question était à la fois vaste et précise, si directe que Charles en resta d'abord figé. Il bafouilla, hésitant sur une formule, puis finit par lancer :

125

— Il me semble que ça m'aiderait à faire sortir ce qu'il y a en dedans de moi.

Comme s'il venait d'ouvrir des vannes, Charles se retrouva en train de raconter au vieil homme toute son histoire, depuis ses premiers petits oiseaux de bois, en passant par le lustre de la salle paroissiale et le cadeau de mariage à Louis et Françoise, jusqu'au feu de l'année précédente, qui avait tout détruit, même son plaisir de sentir, de lécher et de modeler le bois. Il lui dit son désir d'exprimer la beauté, parla de son père et de son mépris, de sa mère à qui il ressemblait trop, de l'esprit de René qui s'était envolé et, enfin, de ses propres élans, difficiles, retenus et hésitants.

Pendant près d'une heure, il déversa sur Umanski tout ce que, jusque-là, il avait été incapable de mettre en mots : parfois, des larmes lui brûlaient les yeux, son débit s'accélérait. Umanski le vit se masser la tête et scander ses phrases, ses grands bras battant l'air. Le professeur esquissait parfois un sourire, un geste de sollicitude, mais jamais ne l'interrompit. Finalement, Charles s'affaissa sur sa petite chaise de cuisine, à bout de souffle.

— Vous devez me prendre pour un fou?

— Non, mais pour faire sortir ce qu'il y a en vous, vous n'avez pas besoin de la peinture. Ça sort tout seul!

Les deux hommes éclatèrent de rire. Rescapé du bal des horreurs, Umanski goûtait les plus banales manifestations de vie et appréciait déjà ce grand garçon ardent qui vivait avec intensité les petites et grandes douleurs qui parsemaient son chemin. Cette passion lui plut et il accepta de mettre à contribution ses propres capacités pour aider Charles à progresser. Avec une humilité sereine, il prit la main de Charles et la serra.

— Je veux apprendre à peindre parce que je pense que la couleur, ça me ferait du bien. Je vous promets d'être un bon élève et de jamais payer en retard.

— Il faudra surtout être patient. La peinture est un long apprentissage, comme la vie…

Ils préparèrent une liste des fournitures dont Charles aurait besoin : pinceaux, tubes de couleurs à l'huile, diluant, quelques toiles. Le jeune homme eut l'impression de préparer ses bagages pour partir à l'aventure… et que cette expédition lui coûterait une petite fortune! Ses visites à Lola devraient s'espacer, mais la privation en valait la peine.

La tête pleine de couleurs flamboyantes, Charles vola plus qu'il ne courut en sortant de chez son nouveau professeur.

Quand il fit part à Laurette de ses projets, celle-ci sauta sur l'occasion pour relancer l'idée de la reconstruction de la cabane.

6

En 1956, Charles étudiait la peinture avec David Umanski depuis sept ans. Il appréciait son jugement, la finesse de ses remarques et le fait qu'il lui laissait une grande liberté. Mais, malgré l'ardeur et la persévérance qu'il mettait dans son apprentissage, il ne se considérait toujours pas digne d'être appelé un artiste ni d'être admis dans une vraie école. Dans ses jours de grand doute, il soupçonnait même Umanski d'être trop indulgent avec lui. Les encouragements de son professeur, qui constatait chez lui un talent sûr, ne suffisaient pas à ranimer une confiance qui avait été longtemps minée. Retiré de l'école trop tôt, plongé dans un bain de poussière et de remarques acides, Charles se voyait en marge du monde des «vrais artistes», ceux des Beaux-Arts, de l'École du meuble ou du manifeste du *Refus global*. Comme un garçon pauvre mais bien habillé resterait, honteux, à la porte d'une salle de fêtes sans oser y entrer, de peur d'être démasqué. L'humilité de David Umanski et son petit atelier modeste, presque anonyme, lui semblaient plus à sa portée.

Toutes les semaines, il se rendait donc dans le vieil immeuble délabré que le Polonais louait, rue King. Charles grimpait au deuxième étage, tenant presque religieusement sa petite valise de bois qui contenait ses tubes et ses pinceaux, ses huiles et solvants, s'installait devant un des chevalets qu'Umanski avait fabriqués et qui avec les années s'étaient parés de toutes les couleurs de l'arc-en-ciel. L'éclairage des tubes fluorescents offrait une lumière terne et froide mais égale. De quelque côté qu'on regarde sa toile, on était sûr de ne pas y trouver d'ombre suspecte. L'atmosphère était studieuse et les conversations se limitaient à des échanges superficiels sur le temps, sur les décisions et bavures du gouvernement ou sur les difficultés de l'apprentissage de la peinture, apprentissage qui semblait ne jamais finir. Certains soirs, l'ambiance était plus légère : on échangeait des blagues, on se moquait gentiment des petites manies des vieux habitués. Charles riait bien avec les autres mais n'ouvrait jamais le bal, préférant s'isoler dans son travail. À vrai dire, il n'avait encore rencontré aucun élève avec qui il sentait des affinités et, la plupart du temps, ceux-ci quittaient l'atelier au bout de deux ou trois ans, sans qu'il ait tissé des liens.

Umanski considérait Charles comme son seul véritable élève ; les autres étaient des clients qui défilaient, visages interchangeables et personnalités sans surprise. Ils appartenaient à des types bien précis. Il y avait eu, à la fin des années quarante, quelques jeunes veuves de guerre venues chercher une consolation et qui regardaient toutes Charles avec convoitise. Ce dernier, tout en restant aimable, gardait ses distances, voyant en chacune d'elles une Fleurette Courchesne en puissance. L'une d'entre elles s'était finalement mariée avec un autre élève, commis dans un magasin de matériel d'artiste. Il y avait quelques retraités qui restaient en général un an ou deux et allaient ensuite vers des distractions moins exigeantes, il y avait des dames romantiques venues se plonger dans l'univers palpitant de la création et, enfin, quelques originaux chez qui Umanski décelait un mal de vivre qu'ils espéraient apaiser sur une toile. En tout, une quarantaine de personnes défilaient chaque année dans son atelier, sept ou huit chaque soir de la semaine. Pour Umanski, le fait de trouver au sein de ce groupe ne serait-ce qu'un seul artiste justifiait tout son travail.

Il avait appris à dispenser ses conseils et indications à Charles avec prudence : le jeune homme lui faisait penser à un cheval sauvage, qui se laissait difficilement enrêner. Ses relations tendues avec son père avaient laissé des séquelles profondes dans son âme et, au moindre signe d'autorité, il se rebellait. Dans ces moments-là, trois petites rides venaient se creuser entre les sourcils de Charles, ses lèvres se serraient, et Umanski pouvait lire dans son front buté les protestations qu'il retenait. Mais malgré ses tiraillements intérieurs, Charles vouait une affection presque filiale à David Umanski. Ses sautes d'humeur le laissaient honteux et le professeur le voyait parfois arriver avec de petits cadeaux, pâtisseries confectionnées par Laurette ou babioles destinées à égayer l'intérieur d'un homme solitaire, comme un petit poste de radio ou un jeu de tournevis. Les autres élèves venaient au cours de peinture une fois la semaine pour échapper à la routine ou se donner l'illusion d'être différents des autres. Pendant qu'ils s'appliquaient studieusement à reproduire une photo de paysage ou un petit dessin mièvre qui irait bien avec la couleur de leur salon, Charles cherchait à montrer la réalité autrement, à travers un prisme magique caché quelque part dans son cerveau. Et pour y parvenir, il prenait rarement les chemins traditionnels : Charles avait commencé à étudier avec Umanski depuis à peine quelques mois quand il lui avait apporté à l'atelier un nu qu'il avait peint dans sa petite chambre, un nu étonnamment vivant et projetant toutes les couleurs de l'arc-en-ciel. Usant de sa mémoire, il avait fondu toutes les esquisses de Lola, qu'il avait conservées, pour en faire une Vénus flamboyante !

Umanski était renversé de voir qu'un élève s'initie à la peinture en faisant des nus; c'était audacieux et difficile. Il fut d'abord tenté de freiner Charles, de lui inculquer la patience de faire des gammes avant de lire des partitions compliquées, mais un élève qui démontrait pareille initiative méritait d'être encouragé. C'est ainsi que, pendant l'année qui suivit son hiver torride chez les pensionnaires de Mme Solange, Charles produisit une série de nus marquant, à l'envers d'un chemin de croix, chaque station de sa découverte du plaisir. À l'époque, il travaillait dans sa chambre et veillait soigneusement à ce que Laurette ne puisse voir le résultat de ses travaux. Il peignait donc de très petites toiles, qu'il faisait ensuite sécher à plat sur la plus haute étagère de son placard.

Mais trois ans après le début de ses cours, Charles avait fini par rebâtir la cabane avec l'aide de Carl. Il avait mis du temps à se décider, mais il voulait une construction solide et un endroit bien équipé, avec l'électricité pour écouter la radio et un bon petit poêle pour peindre au chaud en hiver. La cabane lui coûta cher mais, au printemps 1952, Charles était installé. C'était un royaume, un refuge, le centre de son univers. C'est là qu'il pleura, seul, la disparition de son frère René, l'année suivante.

Le jeune malade avait été retrouvé pendu dans sa chambre. Son petit oiseau de bois sculpté par Charles gisait par terre à côté de lui, les ailes cassées, le corps usé et poli par les caresses. René n'avait pas encore vingt ans... Thomas reçut par télégramme la nouvelle du décès de ce fils qu'il faisait semblant d'oublier depuis des années. Quand le directeur de l'asile lui apprit, au téléphone, les circonstances de la mort de René, il souhaita les oublier aussi. Un fils fou, c'était déjà plus qu'il n'en pouvait supporter, mais il avait fallu qu'en plus il commette cet horrible péché de s'enlever la vie. Thomas était accablé par la honte...

Instinctivement, il sut que sa femme serait incapable d'absorber pareille nouvelle et se contenta de lui annoncer la disparition de René comme une conséquence inévitable de sa maladie, ne confiant qu'à Maurice et Louis la véritable cause du décès. Un petit cimetière discret, près de l'asile, recevait les dépouilles des anciens pensionnaires, et Thomas fut soulagé de savoir que la dernière folie de René ne souillerait pas *son* cimetière... La famille chuchota quelques allusions au suicide, mais pour Marie-Reine le bon Dieu était venu chercher son bébé parce que ça lui faisait trop mal de vivre avec toutes ces voix dans la tête... Depuis ce temps, Marie-Reine vivotait, toujours en attente d'un malheur que venaient contredire, de temps à autre, les naissances de ses petits-enfants offerts avec régularité par les épouses de Louis et de Maurice.

Louis se chargea d'annoncer la nouvelle à Charles, en insistant sur le petit oiseau aux ailes cassées. Il voulait faire savoir à son frère qu'il avait été le seul à accompagner René jusqu'à la fin... Charles trouva peu de réconfort dans cette pensée ; il avait l'impression d'avoir abandonné son petit frère à ses spectres et s'en voulut, trop tard, de ne lui avoir jamais rendu visite. Kidnappé par la maladie à un si jeune âge, René avait été trop vite oublié ; ça arrangeait tout le monde de le savoir en sûreté quelque part. Charles était bien forcé de le constater et de faire un examen de conscience. En creusant un peu, il s'aperçut qu'il était soulagé que René ne soit plus là. C'était un sujet d'inquiétude de moins, et son frère était sûrement mieux là où il était... Mais les trois petites rides entre ses sourcils s'installèrent pour de bon.

C'est donc dans la cabane aux murs déjà imprégnés d'émotions que Charles passait le plus clair de son temps. La vie dissolue que continuait de mener son acolyte Jean Mulroney à près de trente-cinq ans avait vite perdu de son charme aux yeux de Charles, qui reprit sa vie de solitaire en quête de beauté. Il fréquentait plus souvent les bibliothèques que les cabarets et mit sa libido en veilleuse en même temps qu'il rasa sa moustache, comme il aurait retiré un déguisement embarrassant. Il rêvait plus de voyages et de découvertes que de nuits passionnées. Passé l'excitation de la nouveauté, il s'était lassé des bordels et visitait rarement les «bonnes adresses» que lui refilait Mulroney. L'ardeur qu'il mettait dans sa peinture suffisait à le combler.

Le printemps eut pourtant raison de son abstinence. Poussé par la nostalgie autant que par un soudain et pressant besoin de caresses féminines, Charles délaissa un soir ses pinceaux et reprit le chemin de la grande maison-bonbonnière de Mme Solange. Peut-être la belle Lola serait-elle toujours là... Il eut une pensée affectueuse pour la femme qui huit ans plus tôt lui avait fait découvrir le plaisir : rarement avait-on vu professeur plus enthousiaste !

La prostituée y était encore, en effet, un peu défraîchie, mais toujours accueillante. D'abord surpris de la voir si fanée, Charles mit sur le compte de la fatigue le teint gris de Lola et son allure débraillée. Il fit semblant de ne pas remarquer son haleine chargée d'alcool et la complimenta pour sa nouvelle coiffure : Lola tentait alors, sans succès, de ressembler à Rita Hayworth et arborait une crinière d'un rouge criard. La regardant se déshabiller avec une maladresse causée par un abus de gros gin, il sentit son enthousiasme s'émousser et dut faire de grands efforts d'imagination, rappelant même à sa mémoire le souvenir tabou de sa belle-sœur dans la fraîcheur de ses dix-neuf ans. Lola et Charles firent l'amour sans conviction, à peine guidés par la mécanique et les réflexes de professionnelle de Lola. Charles regretta l'élan de nostalgie qui l'avait ramené vers son initiatrice. La lascivité naturelle de Lola avait fini par s'étioler sous le poids de clients adipeux aux élans poussifs, sous le joug sévère d'une tenancière attachée d'abord à son profit.

Pourtant, en sortant de la chambre qu'il était désormais certain d'avoir visité pour la dernière fois, Charles n'eut pas envie de quitter la maison tout de suite. Malgré l'arrière-goût amer que lui laissaient ses retrouvailles avec Lola, il voulait goûter encore quelques instants l'atmosphère sulfureuse du bordel et s'affala dans un fauteuil, un verre de bière à la main. Il était envahi par un profond sentiment de solitude, par un vide douloureux, et, après ce corps à corps décevant, il rêva qu'une femme aimée vienne combler ce vide. Mme Solange, qui lui tenait compagnie avec une impatience à peine masquée, le regardait d'un œil goguenard comme si elle pouvait deviner ce qui le rongeait. Charles remarqua qu'elle levait sans cesse les yeux vers l'escalier, nerveusement, comme si elle s'attendait à voir descendre le diable en personne.

— Avez-vous un problème, madame Solange? Si quelqu'un embête les filles, je peux le faire sortir!

— Non, ça ne sera pas nécessaire…

À cet instant, un homme commença à descendre l'escalier, presque sur la pointe des pieds. On ne voyait encore que ses jambes; pourtant la tenancière se dressa précipitamment et, faisant barrage de son corps pour cacher l'homme à la vue de Charles et des autres clients, elle l'orienta vers une porte qui donnait sur l'arrière de la maison. Charles les suivit des yeux mais ne put apercevoir le profil dissimulé derrière le col relevé du paletot. Un chapeau à large bord, baissé sur les yeux, achevait de cacher le visage de l'homme mystérieux. Charles remarqua sa démarche, son pas décidé, sa manière de ramener vers lui les pans de son manteau. Il avait l'impression d'avoir déjà vu cet homme quelque part, et le mystère qu'entretenait Mme Solange au sujet du client ne faisait qu'aiguiser sa curiosité. Mais aucun souvenir précis ne lui revint et il finit par renoncer à identifier un homme qui de toute façon semblait avoir grand besoin d'anonymat.

Le lendemain, Charles accompagna Laurette et Émile à l'église. Il poussa comme tous les dimanches le vieux fauteuil

133

roulant de plus en plus bringuebalant et installa le malade à l'avant de la nef, à côté des bancs de la première rangée, achetés par des paroissiens plus fortunés qu'eux. Laurette essuya discrètement un petit filet de bave qui perlait au coin des lèvres de son mari et rectifia son nœud de cravate. Puis elle lui tapota l'épaule affectueusement pour lui indiquer qu'il était présentable. L'office se déroula rondement comme d'habitude. Le curé Payette semblait toujours pressé d'en finir. Il s'animait seulement au moment de servir à ses ouailles son sermon habituel sur la luxure et les astuces de Satan pour détourner le bon chrétien de ses devoirs. Pendant qu'il déclamait ses admonestations avec virulence, son visage s'auréola de l'assurance du devoir accompli; porté par cette certitude, il redescendit de la chaire dans un ample mouvement qui fit voler sa chasuble.

Charles avait depuis longtemps cessé d'écouter les envolées oratoires du prêtre, ses harangues qu'il connaissait par cœur et le regardait s'agiter comme une marionnette. Il venait à la messe par habitude et pour pousser le fauteuil d'Émile. Mais quand il vit le curé descendre de la chaire, une impression de déjà-vu le fit sursauter : Charles venait de reconnaître ces foulées rapides, ce geste pour maintenir les plis de la soutane. Le mystérieux client qui la veille avait descendu l'escalier de Mme Solange, c'était lui. Il ne pourrait jamais le prouver, mais il en était certain! Après tout, cela faisait huit ans qu'il accompagnait les Charron à cette église. Il voulut rejeter l'évidence, pour sa propre tranquillité d'esprit, mais une certitude contre laquelle il ne pouvait lutter lui fit passer le reste de la messe à scruter le profil de Raymond Payette. La carrure, la taille, la démarche, tout venait confirmer ses présomptions et Charles sentit monter en lui dégoût et colère. Huit ans qu'il écoutait les sermons d'un tricheur...

Comment pouvait-on prêcher avec autant d'ardeur la pureté et l'abstinence puis s'en aller courir la galipotte comme n'importe quel célibataire hanté par la fièvre du printemps? Comment pouvait-on prononcer des vœux de chasteté et les piétiner sans vergogne?

Au moment de l'*ite missa est*, il bondit de son banc, en proie à une grande confusion. Pendant qu'il poussait le fauteuil roulant avec une vigueur presque brutale, Laurette lui demanda s'il avait mal digéré son déjeuner.

— Non, ce que je digère pas, c'est l'hypocrisie!

Il marmonna quelques vagues explications, inventant une vieille querelle avec un collègue, qui lui serait revenue à l'esprit pendant la messe. Pas question de mettre Laurette et Émile au courant de ses découvertes!

Charles resta troublé par cette histoire; incapable d'expliquer à sa logeuse la source de son malaise et sa décision de ne plus fréquenter l'église, il confia à Carl Jablonski son indignation, mais fut surpris devant l'indulgence dont fit preuve le Polonais.

— Personne n'est parfait sur cette terre! Pas plus les prêtres que les autres... Et c'est dangereux de chercher la perfection. Je le sais, j'ai vu les Nazis la chercher...

Les souvenirs de Carl étaient encore frais; il pensa au modèle aryen dont avait rêvé le Parti national-socialiste. Il était physiquement conforme au modèle, mais tout son être se rebellait contre de tels principes de sélection, et Carl avait parfois honte en pensant qu'il avait peut-être survécu à la guerre grâce à ses caractéristiques physiques...

— Au moins, ton curé ne fait de mal à personne... Je crois que les prêtres devraient pouvoir se marier, comme chez les protestants. Mais surtout ne répète ça à personne! Je ne voudrais pas être excommunié...

— N'empêche qu'il fait exactement le contraire de ce qu'il prêche! Je sais pas ce qui me retient de le dénoncer à l'évêché!

— Laisse donc le curé se débrouiller avec sa conscience. Je suis certain que ses confessions doivent être très douloureuses. Pense aux dégâts que ça ferait si cette histoire se savait. Les paroissiens ont besoin d'avoir confiance en leur curé. As-tu envie d'être celui qui va ébranler leur foi?

Charles écouta son ami sans mot dire. Cette histoire venait remettre en question une bonne part de son éducation et demandait réflexion...

* * *

C'est ainsi que Charles se retrouva dans le train, en route vers le parc national de Banff, ébloui à l'avance à l'idée de voir des montagnes, des vraies. Il avait eu besoin d'air, de changement, de dépaysement, de distance. L'idée lui était venue qu'il pourrait enfin s'offrir un voyage. Il lui avait fallu un bon mois pour choisir une destination et organiser son voyage, et toute cette agitation lui avait fait le plus grand bien. Il sentait au fond de lui s'amorcer une libération, se desserrer de vieux liens; désormais, il allait choisir lui-même en qui et en quoi il devait croire...

La veille de son départ, Charles confia à Laurette quelques-unes de ses réflexions, après le souper, alors qu'ils sirotaient une tasse de thé à la table de la cuisine.

— Je sais que ça va vous décevoir, madame Charron, mais j'irai plus à la messe. Je vais continuer d'emmener votre mari jusque dans l'église mais je vais pas rester. J'ai plus envie de croire tout ce que dit le curé...

— C'est vrai qu'il est un peu trop arrogant pour notre quartier, mais c'est quand même pas un mauvais homme. Vous vous êtes pas chicané avec le curé, quand même?

— Non, mais j'ai pas confiance en lui...

— C'est au bon Dieu qu'il faut faire confiance!

— La confiance, ça se mérite... comme le respect...

— C'est vrai que c'est pas toujours facile... En tout cas, vous êtes bien fin de pousser la chaise d'Émile quand même...

Il y eut une saccade soudaine dans le rythme soutenu des roues frottant sur le rail. Charles, à moitié étendu sur sa banquette rigide, le cou et les épaules désarticulés dans sa recherche d'une position confortable, eut un léger sursaut et s'ébroua : il s'était encore endormi. Malgré la puissance de la CP-8905, une locomotive diesel mise en service l'année précédente et que Charles avait admirée en connaisseur quand elle était passée par le chantier ferroviaire, la traversée des Prairies était longue et morne! Depuis presque trois jours qu'il avait quitté Montréal par le Transcanadien, il passait d'un état de somnolence à un autre : seul l'intermède fourni par l'heure

136

des repas apportait une diversion dans ce périple interminable. Mais dans quelques heures, Charles pourrait s'emplir les yeux des plus beaux paysages du monde.

Il avait dû attendre jusqu'à trente ans, mais il quittait enfin l'univers plat des paysages de papier glacé, maintes fois admirés à la bibliothèque, pour affronter l'aventure. Son compte d'épargne venait de subir une grosse ponction, mais Charles verrait les Rocheuses!

Il avait fait bien des jaloux en annonçant son départ; au chantier ferroviaire, beaucoup de ses compagnons lui enviaient sa liberté de célibataire, même si quelques vieux ouvriers, ronchonnant contre cette manie de la jeunesse d'aller vérifier si c'était mieux ailleurs, lui rappelaient Thomas... Mulroney lui enviait surtout son sens de l'économie grâce auquel il pouvait partir. Son ami Carl, lui, l'encourageait à voyager le plus possible.

— Si j'avais pas des enfants à nourrir, je serais bien parti avec toi! C'est maintenant qu'il faut partir. Quand on vieillit, on devient peureux...

David Umanski, quant à lui, avait presque les larmes aux yeux à l'idée que Charles verrait des montagnes; les Carpates lui manquaient énormément...

Charles sortit encore une fois de son sac de voyage les dépliants qu'il s'était procuré au cours des dernières semaines. Tous étaient en anglais, ce qui ne lui facilitait pas la tâche. Après des années passées à côtoyer Écossais, Irlandais et autres «blokes», comme on appelait les anglophones dans le temps, à Saint-Damien, Charles avait accumulé quelques rudiments d'anglais, mais avec une mauvaise volonté qu'il regrettait. N'ayant pas engagé de conversation avec qui que ce soit depuis le début du voyage, il n'avait personne à qui demander ce que pouvait bien vouloir dire le nom de *Banff Springs* : ça n'avait quand même pas de sens qu'un bel hôtel chic s'appelle le «Ressort de Banff»! D'ailleurs, il voyait partout le mot *springs*, et il ne pouvait pas y avoir des ressorts partout dans les montagnes!

Il se pencha sur le dépliant consacré à l'hôtel où il logerait, appelé pompeusement *The Lodge on the Top of the World*! Ces mots-là, au moins, il était arrivé à les traduire et ce nom à lui seul le fit rêver : un chalet sur le toit du monde ! Avant de partir, il s'était plongé dans le récit de l'escalade de l'Annapurna, qu'avait réussie Maurice Herzog trois ans auparavant. Il imagina la sensation de puissance qu'on devait ressentir à ces hauteurs vertigineuses... Après une autre sieste, peuplée de rêves d'alpinisme, il découvrit au bout de la plaine, et comme s'ils étaient apparus par enchantement, des sommets qu'il n'aurait jamais pu imaginer.

Même en juin, les Rocheuses étaient nappées de blanc. Les pics nets et aigus se découpaient sur le bleu intense du ciel et scintillaient dans la lumière vive de l'après-midi. Devant une telle majesté, Charles eut presque envie de se mettre à genoux à la sortie de la gare de Banff. Les yeux humides, il garda la tête haute pour éviter que des larmes viennent trahir la profondeur de son émotion. Pendant toute la durée de son séjour, il n'allait pratiquement plus jamais regarder vers le sol, les yeux sans cesse happés par la prodigieuse ampleur du paysage. Porté par l'allégresse, il sauta avec aisance dans un taxi comme s'il n'avait fait que ça toute sa vie. Il allait découvrir *The Lodge on the Top of the World* !

Au moment de réserver, le prix de la nuitée lui avait paru exorbitant ; pourtant, l'établissement était l'un des moins chers de la région ! Mais même s'il n'avait aucun moyen de comparer, Charles fut déçu par l'hôtel ; son style rustique était caractérisé par un manque de confort, et l'édifice bétonné, vitré et même climatisé était dépourvu de charme. Charles s'était fait une idée plus romantique de son premier hôtel de vacances, imaginant un grand chalet de bois rond et de pierre, orné de cornes et de panaches d'envergure imposante, souvenirs de chasses mémorables. De surcroît, le «chalet sur le toit du monde» se trouvait situé, tare suprême, dans une vallée ! Charles en fut quitte pour grimper à bord d'un téléphérique en compagnie d'autres touristes, pour pouvoir sustenter enfin son âme affamée d'immensité.

Mais le voyageur néophyte oublia la platitude de son logis, la banalité des commerces de la ville, la fadeur de la nourriture dans les petits restaurants où il pouvait se permettre d'entrer. Pour lui, seul comptait le fait que Banff semblait écrasée par l'opulence des sommets qui l'entouraient, comme si l'homme avait échoué dans sa tentative de les domestiquer. Tout ce qui n'était pas sommet ou vallée fut relégué au second plan. Charles passa ses journées, crayon et carnet en mains, à parcourir les flancs de montagne et à s'abreuver des splendeurs de la nature, fuyant comme une bête sauvage dès qu'il se trouvait trop près des humains. Il lui arriva, assis en déséquilibre sur un vieil arbre abattu, de trembler d'émotion au point de ne pouvoir contrôler son crayon. Rien ne pouvait traduire cette étourdissante impression d'être aspiré par le ciel... On lui avait parlé du vertige comme d'une sensation désagréable et affolante ; ce qu'il ressentait depuis son arrivée était exactement le contraire ! Dans son petit carnet, il écrivait parfois quelques vers enflammés sous ses croquis, pour tenter de mettre en mots ses émotions, mais sa poésie le laissait encore plus insatisfait que ses dessins. Pourtant, il sentait que ce voyage allait le transformer ; pour la première fois de sa vie, il ne sentait pas de barrières autour de lui, pas d'autorité à respecter, d'approbation à rechercher. Il était seul face à la montagne, avec l'impression de renaître, avec la possibilité d'un avenir différent. Comme si sa naissance en 1926 n'avait été qu'un essai raté...

Il pensa beaucoup à son frère Louis, évoquant la complicité qui les avait liés jusqu'à l'arrivée de Françoise dans leur vie. Son frère et lui avaient souvent rêvé de voyager ensemble, s'étaient inventé, enfants, des aventures périlleuses, et, au pied de ces montagnes qui ressemblaient à leurs rêves, Louis lui manqua terriblement.

Au mois de juin, dans cette station de villégiature très populaire, il y avait beaucoup de touristes d'origines diverses. Les hôtels étaient pleins, de nombreux excursionnistes parcouraient les montagnes dans tous les sens et on se pâmait dans toutes les langues. Parfois, aussi, on faisait demi-tour, effrayé, devant un panneau précisant de faire attention aux ours. Charles, par contre, ne semblait remarquer personne, comme si les Rocheuses n'avaient existé que pour lui, peintes par le bon Dieu pour l'éblouir, lui et personne d'autre. Il commença à créer mentalement les tableaux qui raconteraient ce voyage et se sentit tiraillé entre le désir de prolonger son séjour et la hâte d'affronter la toile blanche. Ce qu'il avait à raconter nécessitait des pinceaux et des couleurs...

Le seul être vivant à qui il dut faire face lui donna une peur bleue. Alors qu'il grimpait un flanc de montagne assez escarpé, à une heure où les autres touristes traînaient encore à la table du déjeuner, Charles trébucha sur une racine et perdit pied. Il dégringola de quelques mètres et sa chute s'arrêta au pied d'un arbre que sa tête vint heurter. Pendant quelques secondes, il ne sut plus où ni qui il était, jusqu'à ce qu'une bête impressionnante vienne poser son mufle sur son front et le flairer. Finalement, l'animal s'enfuit, effrayé par le rouge brutal de la chemise de Charles, mais surtout par le hurlement que celui-ci poussa! C'était un mouflon aux cornes magnifiques que Charles tenta frénétiquement de dessiner de mémoire, dès qu'il eut fini de se tâter pour s'assurer qu'il n'avait rien de cassé... Quelques bleus, quelques égratignures, rien de grave.

À la suite de sa mésaventure, il envoya à Louis une carte postale où il décrivit, dans une écriture très serrée, ce qui s'était produit, en y mettant autant de détails que possible pour associer son frère à son aventure. Il envoya aussi quelques mots à Carl et à David Umanski; il comprenait maintenant pourquoi le professeur s'ennuyait tant de ses montagnes de Pologne.

Avant de repartir, Charles acheta quelques autres cartes postales : du vénérable hôtel *Banff Springs*, dont le principal intérêt, selon Charles, outre son architecture majestueuse, était de mettre en valeur les montagnes alentour; du lac Louise, dans lequel se reflétaient des pics gigantesques; enfin, de divers paysages qui faisaient de cette région l'une des plus belles en Amérique du Nord. Mais ses plus beaux souvenirs, la vision furtive d'une chèvre de montagne, le plumage duveteux d'un geai gris, le parfum suave d'une fleur inconnue, et surtout l'intense bien-être qu'il avait ressenti pendant ces quelques jours, ne feraient jamais l'objet de cartes postales. Il acheta pour Laurette un petit bibelot qui représentait parfaitement son voyage : une cloche de verre remplie d'eau dans laquelle des Rocheuses miniatures se couvraient de neige dès qu'on la secouait. Au pied des montagnes, un minuscule personnage semblait perdu dans l'immensité.

À la gare, juste avant le départ, Charles s'offrit aussi une folie de dernière minute, dont il rirait ensuite en se demandant ce qui avait bien pu lui passer par la tête. Il s'agissait d'un immense chapeau de cowboy en feutre blanc, qu'il finit par offrir au fils de Carl.

Pendant le trajet du retour, Charles était en train de lire un vieil exemplaire de *La Patrie*, trouvé sur une banquette, quand un couple de compatriotes canadiens-français voulut engager la conversation. L'homme demanda à Charles s'il avait apprécié son séjour dans l'Ouest, et ce dernier dut se racler la gorge pendant quelques secondes avant d'en faire sortir un son, comme si ses conduits étaient rouillés. Il prit alors conscience qu'il n'avait parlé à personne depuis plusieurs jours, sauf pour commander ses repas. Cette constatation le laissa songeur; il sortit de son sac la cloche de verre et passa un long moment à la secouer, regardant la neige tomber sur le personnage solitaire. Lui aussi vivait dans une bulle…

De retour à Montréal, Charles était résolu à préserver sa nouvelle confiance; il se sentait grandi. L'«ailleurs» ne lui faisait plus peur, ce qui lui donna une assurance nouvelle. Même physiquement, il se sentait transformé. Quelques jours de randonnée avaient suffi pour lui faire redécouvrir les muscles de ses jambes, et il se sentait fort comme s'il avait vaincu la montagne. L'altitude et le soleil lui avaient redonné bonne mine après des mois passés dans la ferraille et il se sentait en bonne santé. Mais il se voyait mal raconter son voyage comme un baptême! Quand ses compagnons de travail lui demandèrent comment il avait trouvé les Rocheuses, il maudit intérieurement la faiblesse de son vocabulaire et ne put d'abord que leur répondre platement :

— C'est vraiment haut!

Un éclat de rire général salua la formidable et savoureuse simplicité de sa déclaration : c'était du Charles Dupuis tout craché! Mais il n'avait pas fini de les étonner; quand Jean Mulroney lui demanda s'il s'était baigné dans les fameuses sources chaudes qui faisaient la réputation de Banff, Charles avoua qu'il en ignorait l'existence.

— Ben voyons, Charles, tout le monde parle des *springs* de Banff! C'est impossible que t'aies pas vu ça!

Voilà donc ce que signifiait le mot *springs*!

— De toute façon, je ne suis pas allé là pour me baigner! Tu sais bien que j'ai la folie des hauteurs!

Encore une fois, sa façon habile de ne pas perdre la face et sa candeur firent rire ses compagnons de travail. Ce Dupuis, décidément, était un oiseau rare... et seul de sa couvée. Jablonski fit remarquer que lui-même, bien qu'il adorât voir du pays, n'aurait aucune envie de le faire tout seul.

— Je trouverais ça un peu triste de n'avoir personne avec qui parler, avec qui partager tous ces beaux moments...

— Moi, lança un autre camarade de Charles, je ne me sentirais pas trop en sécurité, à voyager seul. On sait jamais ce qui peut se passer, et s'il t'arrive quelque chose, personne est là pour s'occuper de toi et te ramener à la maison.

Les autres abondèrent dans le même sens et, à part Mulroney qui aimait bien affirmer son indépendance, tout le monde s'accorda pour dire que dans la vie, de toute façon, il valait mieux être deux. Charles, perplexe, préféra s'abstenir de commenter. Il réussit toutefois à déchiffrer une sensation vague ressentie au plus fort de ses moments d'extase, quand les paysages étaient si beaux, les montagnes si envoûtantes qu'il en aurait pleuré. Cette impression de vide intérieur était causée par l'absence de quelqu'un avec qui partager ces émotions. Depuis qu'il avait quitté Saint-Damien en laissant derrière lui son premier interlocuteur, son frère Louis, il n'avait trouvé personne devant qui s'ouvrir complètement. Même avec Carl, qu'il considérait comme un véritable ami, il se laissait rarement aller. Toute sa vie on lui avait appris qu'entre hommes on parlait de la terre, de l'ouvrage et de la politique; la pudeur des sentiments lui avait été inculquée comme un principe.

Découvrir le monde avec une femme aimée : l'idée lui plaisait, mais Charles pensait qu'il valait encore mieux être seul que de voir son plaisir gâché par quelqu'un qui ne voit pas les choses avec les mêmes yeux que soi...

*** *

Le retour à la réalité fut brutal; heureusement, Charles se sentait plus fort pour l'affronter. L'état d'Émile Charron s'était détérioré pendant son absence, à cause d'une suite de petites crises. Depuis quelques jours, il ne quittait plus son lit et les minces progrès dont Laurette avait été si fière s'étaient transformés en recul. Charles vit s'alourdir le fardeau de Laurette et sentit poindre chez elle un découragement qu'il devrait l'aider à combattre. Mais tous deux savaient qu'Émile se rapprochait tout doucement de la mort et, sans se le dire, espéraient une fin proche. Laurette parce qu'elle supportait mal de voir son homme réduit à l'état végétatif, et Charles, parce qu'il n'aimait pas voir les forces vitales de Laurette se dissiper au profit d'une cause perdue d'avance.

Les nouvelles de Saint-Damien n'étaient pas très bonnes non plus : une lettre de Marie-Reine était arrivée pendant son absence et Charles apprit que sa sœur Fernande, la seule qui restait encore à la maison familiale, venait de s'enfuir avec un jeune homme, à la suite d'une querelle avec Thomas. Il n'y avait rien là pour étonner Charles; il connaissait le tempérament rebelle et fantasque de sa sœur, réfractaire depuis toujours à l'autorité paternelle. Finalement, Fernande avait commis l'impensable; au dire de sa mère, la jeune fille avait claqué la porte avec pour tout bagage une petite valise et la volonté de ne jamais revenir. Pour Marie-Reine, qui avait tenté sans succès d'apaiser les larmes rageuses de sa fille, c'était un autre coup au cœur après le décès de René, deux ans auparavant.

Marie-Reine faisait aussi état d'un problème dans la famille de Louis, ce qui fit penser à Charles qu'il n'avait pas eu de nouvelles de son frère depuis plusieurs mois. Louis et Françoise avaient maintenant trois enfants et le petit dernier leur donnait beaucoup de fil à retordre depuis sa naissance. Malingre, nerveux, le garçon montrait déjà, à deux ans, des symptômes d'instabilité qui rendaient ses parents fous d'inquiétude. Et voilà que Marie-Reine lui apprenait que le petit était sourd et que sa surdité s'aggravait avec le temps. Il ne pourrait pas fréquenter l'école comme les autres, à moins que d'ici là on puisse trouver un appareil suffisamment sophistiqué pour lui rendre son ouïe, au moins en partie. L'infirmité venait fournir une explication aux cris incohérents que poussait l'enfant alors qu'il aurait déjà dû pouvoir former des mots et même des phrases.

La nouvelle attrista Charles non seulement pour le petit mais parce qu'il imaginait le chagrin de Louis devant une infirmité qui priverait son fils de savourer les valses de Strauss ou le *Minuit, chrétiens*. Charles se rappelait l'enthousiasme de son frère qui, grâce à la fanfare de Saint-Damien, s'était découvert une passion pour la «grande musique».

Charles avait quitté son village dix ans auparavant, résolu à laisser la famille derrière lui. Il avait découvert d'autres milieux, d'autres mœurs, s'était acheté une voiture, avait appris la peinture et couché avec des femmes, avait voyagé, tout ça pour devenir un homme différent, qui ne ressemblerait plus au garçon de Saint-Damien torturé par le doute et méprisé par son père. Il devait cependant admettre que malgré tout des liens persistaient. Mêm si ses visites s'étaient espacées, il était forcé de s'avouer que sous le vernis d'indifférence qu'il affectait envers les siens ses attaches demeuraient solides. On ne pouvait jamais se libérer vraiment de sa famille; quelle que soit la distance maintenue, le cœur refusait d'oublier. Et il savait que la simple vue de son père, des années après s'être affranchi de son autorité, suffisait à lui nouer les tripes...

Charles s'installa à la table de la cuisine de Laurette, un soir après le souper, comme au temps des devoirs et des leçons. Posant devant lui son bloc de papier à lettres, il prit son canif pour tailler soigneusement le crayon qu'il utilisait habituellement pour dessiner. Il ramassa les minuscules copeaux, les jeta dans le poêle, se rassit, se releva pour se verser un verre d'eau, se rassit encore, poussa un profond soupir et se massa la tête. Il ne faisait que repousser un moment difficile : écrire une lettre de consolation, rassurante mais mensongère, constituait un défi qu'il craignait de ne pouvoir relever.

Il écrivit à sa mère que Fernande reprendrait forcément ses sens après une petite crise passagère, qu'elle ne serait jamais capable de déshonorer sa famille et qu'elle était trop bien élevée pour se mettre dans une situation compromettante. Au fond de lui-même, il croyait plutôt que sa sœur avait tout ce qu'il fallait dans la tête pour faire toutes les bêtises du monde et que son tempérament en faisait une bombe à retardement. Autant Jeanne était sage et soumise, autant Fernande était une écervelée qui ne s'était jamais intéressée à autre chose que des futilités. Charles s'attendait bien sûr à ce qu'elle aille au bout de ses folies et de ses envies, quitte à en revenir blessée et déçue. Mais il ne pouvait pas grand-chose pour elle et ne se sentait pas trop préoccupé par ses frasques. Il voulait surtout apaiser sa mère qui semblait voir le monde comme un inquiétant tourbillon se déchaînant autour d'elle.

Dans une autre lettre, il tenta d'apporter un peu de réconfort à Louis et Françoise, mais il savait combien vaine était cette tentative d'atténuer le chagrin de son frère. Il lui suffisait de se rappeler sa mère effondrée, démolie par la maladie de René, pour comprendre qu'un parent impuissant à aider son enfant souffrait mille morts. Il n'avait pas vu très souvent Louis avec ses enfants, mais il savait qu'il les aimait plus que tout et devinait en lui un père attentif. Il ne put s'empêcher de le comparer avec leur père, qui semblait n'avoir jamais été atteint par la souffrance de ses enfants... Peut-être même Louis était-il un meilleur père *à cause* de Thomas ?

Après son séjour dans les Rocheuses, Charles mit en chantier les grandes toiles dont il avait rêvé dans les montagnes. Elles étaient si grandes qu'il les peignit debout, pratiquant une gymnastique mystérieuse. Il aimait infiniment cette sensation d'étirer ses longs bras, de faire participer tout son corps au moindre coup de pinceau, et il imprimait à ses œuvres le rythme de ses jambes en mouvement. En résultait un ballet désordonné et fougueux, aussi passionnant que l'œuvre qui en découlait. Des chaînes de montagnes fleuries et exubérantes comme jamais ne le furent les Rocheuses naquirent ainsi des souvenirs de voyage de Charles. Il peignait comme s'il avait survolé tout le pays tel un oiseau, faisant parfois apparaître des mains bienfaisantes porteuses de flocons de neige qu'elles parsemaient au-dessus des pics rocheux dans un vaste geste de semeuse. Mais il chercha surtout à recréer ce qu'il avait ressenti pendant ces quelques jours : quelle couleur fallait-il donner à une délivrance, quelle forme imprimer à une renaissance ? Il voulait pouvoir se rappeler, en regardant ses toiles, que le temps d'un court voyage il avait été presque complètement heureux.

Il acheva de la sorte quatre toiles immenses, plus hautes que lui et presque aussi larges que la cabane. Des œuvres à la fois surréalistes et naïves, saisissantes. Après quelques hésitations parce qu'il avait peur d'être pris pour un fou, il les fit voir à Laurette pour qu'elle comprenne l'importance de son voyage. Elle les regarda longtemps sans oser dire qu'elle n'y comprenait rien. Mais en fin de compte, elle parut apprécier ce qu'elle voyait. Comme son mari ne pouvait se rendre dans la cabane, elle lui décrivit en long et en large chacune des toiles, s'animant à mesure qu'elle prenait conscience de leur beauté et de leur étrangeté. Émile hocha la tête comme s'il avait tout saisi, mais tout ça lui sembla farfelu.

Une fois les toiles sèches, Charles voulut les stocker dans le grenier des Charron, mais fut incapable de leur faire passer la porte ! Il se contenta donc de les couvrir de vieux draps puis de les poser contre le mur, avec le sentiment que son voyage venait tout juste de se terminer pour de bon, qu'il venait de compléter son album-souvenir.

Charles n'avait peint ces toiles que pour s'imprégner de son voyage et n'était pas convaincu de leur valeur. Pourtant, quand il les eut achevées, il sentit que les Rocheuses avaient peut-être fait de lui un peintre. Aussi en parla-t-il en termes imprécis à David Umanski quand celui-ci, à la reprise des cours, lui demanda des nouvelles de son travail. Charles se limita à décrire leur taille et leur abondance de couleurs. Mais le professeur, dont la curiosité était aiguisée, demanda à Charles s'il pouvait les voir. À la fois honoré et inquiet, celui-ci affirma d'abord qu'il lui était impossible de les déplacer, mais convint ensuite qu'en les dégrafant de leur cadre il pourrait les apporter un de ces soirs. Umanski exprima alors un souhait qui à la fois flatta et embarrassa son élève.

— Ce que j'aimerais, c'est les voir montées sur leur cadre, là où elles ont été peintes.

Quand Charles fit à son professeur les honneurs de son atelier, il se retrouva presque aussi confus qu'à la petite école, quand il devait répondre à une question de l'inspecteur. Mais cette fois-ci, le visiteur vécut un grand moment d'émotion. Les quatre toiles, appuyées contre le mur, furent l'une après l'autre débarrassées de leur emballage. Pendant que Charles les maintenait, Umanski les regarda encore et encore, les faisant basculer d'avant en arrière sans mot dire. Il revenait sur la première, passait à la troisième, s'arrêtait encore sur la quatrième. Son manège dura longtemps, jusqu'à ce que Charles finisse par soupirer en disant :

— C'est pas mal extravagant, hein ?

Quand Umanski tourna la tête vers lui, ses yeux étaient remplis de larmes.

— Stary Sacz...

— Quoi ?

— C'était le nom de mon village en Pologne. Vos toiles me font penser aux Carpates ! C'est comme ça que je voyais les montagnes, quand j'étais jeune...

7

La jeune femme entra dans l'atelier la tête haute, les épaules droites, le sourire figé. Malgré son maintien fier, Charles reconnut chez la nouvelle venue les signes d'une légère timidité : elle paraissait avoir pris une grande inspiration juste avant de franchir le seuil et ses yeux noirs balayaient la salle comme si son regard n'osait se poser nulle part. La première nouvelle élève à entrer à l'atelier depuis deux ans portait une valise d'artiste en bois, toute neuve. Deux vieux habitués parurent agacés par l'arrivée de l'étrangère et s'installèrent autour de la grande table en resserrant leurs affaires autour d'eux dans un geste forcé. Ces grognons n'aimaient ni être dérangés dans leurs habitudes ni partager leur espace. La seule femme à faire partie du groupe en cette année 1958, une veuve de notaire qui montrait avec arrogance le confort de ses rentes, regarda l'intruse comme si elle constituait une menace. Quant à Charles, derrière l'assurance factice de ses trente-deux ans, il était sous le choc et déjà sous le charme...

— Je vous présente mademoiselle Anna Boldini.

Umanski, embarrassé par l'attitude peu amène de certains élèves, fit assaut de civilités et aida la nouvelle élève à s'installer, lui réservant une place près de Charles.

Un an auparavant, évincé par le propriétaire de la manufacture qui lui louait un petit local, le professeur avait déménagé ses pénates rue Guy, près de la rue De La Gauchetière. Même si cela dérangeait leurs habitudes, presque tous les élèves avaient suivi, et pour cause. La salle, située dans une vieille maison qui avait sans doute connu un passé bourgeois, était assez grande pour accueillir une douzaine d'élèves et offrait sur un côté de hautes fenêtres. Celles-ci laissaient généreusement entrer la lumière et leur rebord large de près de deux pieds permettait de poser des toiles en cours de séchage. La pièce était occupée par une longue table sur laquelle chacun posait son matériel. De chaque côté, on plantait son chevalet et sa chaise, à moins de préférer, comme Charles, poser ses affaires sur le rebord d'une fenêtre, pour profiter plus longtemps de la lumière du jour.

Pendant qu'il débouchait ses tubes et préparait sa palette, Charles regarda subrepticement la jeune femme à sa gauche et, pour une fois, n'eut aucune envie de rester sagement dans son coin. Fort de ses quelques années d'expérience, il lui expliqua les habitudes de la maison et offrit même quelques conseils, sous l'œil étonné d'Umanski et des autres élèves.

Anna Boldini avait vingt-deux ans. Son teint délicieux, sa bouche rouge et charnue et ses yeux de jais révélaient ses origines italiennes. Plus grande que la moyenne, elle portait fièrement des formes voluptueuses et marchait d'un pas qui faisait tressauter son épaisse chevelure noire et brillante. Charles fut immédiatement ébloui par sa beauté; mais surtout il perçut chez elle une vitalité, une énergie qui agirent sur lui comme un aimant. Dans les semaines qui suivirent, il se sentit comme un sablier impatient dont les grains de sable filaient trop lentement entre deux cours de peinture.

Dès son arrivée à l'atelier de la rue Guy, il la cherchait des yeux. Si Anna n'était pas encore là, il retenait son souffle jusqu'à son arrivée, craignant une absence qui aurait gâché sa soirée. Il s'installait à sa place habituelle, près d'une fenêtre qui lui offrait une vue plaisante sur un petit parc encastré entre deux vieux immeubles, déballait son matériel et préparait sa palette en suivant toujours le même ordre : blanc, noir, bleu, jaune, rouge. Il avait expliqué à Anna, le premier soir, toutes ces petites habitudes puériles et indispensables que chacun s'empressait de prendre pour se donner l'illusion d'être un vrai peintre, ou du moins de progresser dans ce sens. Gauchère, Anna posait toujours ses affaires sur la grande table centrale, à la gauche de Charles. C'est ainsi qu'ils prirent l'habitude de peindre côte à côte, même si leurs courtes conversations restaient confinées à la peinture.

La plupart du temps, Anna arrivait cinq minutes après Charles, légèrement essoufflée et une mèche de cheveux lui tombant sur l'œil malgré ses efforts incessants pour la remettre en place. Tout de suite, elle le cherchait des yeux et, dès qu'elle avait aperçu au-dessus du chevalet sa tignasse châtain ou une des vieilles chemises à carreaux qu'il portait toujours à l'atelier, elle détournait la tête, rassurée. À sa première visite, elle avait prévenu le professeur qu'il lui arriverait d'être en retard parce qu'elle habitait rue Jean-Talon et devait prendre l'autobus et le tramway pour venir de son quartier. Umanski l'avait rassurée en affirmant que si elle prenait la peine de venir d'aussi loin, cela prouvait l'intérêt qu'elle portait à ses cours. Mais dans son essoufflement, il y avait l'inquiétude, déjà, de ne pas voir Charles.

Un soir, environ un mois après le début des cours, Anna s'installa précipitamment, déboucha dans des gestes désordonnés ses tubes de couleur et poussa un soupir excédé quand le noir sortit brutalement, éclaboussant un peu les autres couleurs. Une fois sa palette prête, elle la posa à côté d'elle, versa dans une vieille boîte de conserve un peu de diluant pour y tremper ses pinceaux, accrocha un torchon au montant du chevalet et déposa sur celui-ci une petite toile ne comprenant pour l'instant qu'une esquisse au crayon. Elle exécuta tous ces préparatifs nerveusement, comme si elle poursuivait dans sa tête une discussion animée. Finalement, la jeune femme se frotta les yeux, regarda autour d'elle comme si elle venait de se rappeler où elle était et poussa un autre profond soupir. Charles, qui avait observé son manège du coin de l'œil, l'interpréta comme un soupir de soulagement.

— On se sent bien quand on arrive ici, hein?

— Oh oui! Surtout quand il a presque fallu se battre pour y arriver!

La jeune femme lança sa phrase d'un ton exaspéré, puis, rougissant légèrement, parut regretter d'en avoir trop dit.

— Moi, j'ai de la chance, ajouta Charles, j'habite assez près d'ici et je viens à pied. Mais si vous habitez loin, c'est sûr que c'est plus compliqué.

— Ce qui est compliqué, c'est de faire ce qu'on a envie de faire sans que ça dérange les autres…

Anna appuya sur un tube pour en faire sortir un peu de peinture blanche. Elle dut mettre énormément de force dans son geste, car d'un seul coup presque la moitié du tube se retrouva sur sa palette, en même temps qu'une bonne partie de la frustration accumulée durant les dernières heures.

— Je suis italienne, vous savez!

— Ah bon. J'avais pas remarqué...

Anna se retourna tout net vers Charles et le regarda avec l'air de se demander sur quelle sorte d'ahuri elle était tombée, jusqu'à ce qu'elle lise la petite lueur moqueuse dans son œil. Alors elle éclata d'un grand rire qui rappela à Charles la crue des rivières au printemps, l'arrivée des hirondelles, le premier rayon de soleil d'un matin de juin; il entendit la plus belle musique du monde et la savoura quelques secondes avant de rire avec elle.

— C'est vrai que j'habite loin, poursuivit-elle plus calmement, mais c'est surtout que... Mon père me laisse venir ici à condition de ne pas déranger les habitudes de la maison. Dans une famille italienne, c'est très long, le repas du soir.

Charles l'écoutait avec ravissement parler de sa famille, comme si elle lui révélait des détails intimes. Il dégustait comme une friandise son élocution roucoulante; sans avoir un accent étranger, elle parlait sur un rythme différent, comme si elle avait appris à chanter avant d'apprendre à parler. Il se demanda si elle était née dans un de ces villages fascinants qui illustraient les livres sur l'Italie, si elle n'avait pas grandi dans l'ombre d'un Botticelli.

Ils passèrent la soirée à bavarder, comparant les coutumes italiennes et canadiennes-françaises, riant des petites manies qui avaient cours autour de la table chez l'une ou l'autre famille. Charles apprit qu'Anna était née à Montréal, comme sa sœur et ses trois frères, après que leurs parents eurent immigré d'un petit village près de Florence. Il se dit que les grands maîtres avaient bel et bien veillé sur elle, de loin! Elle était la dernière de la famille et vivait entourée de ses parents, du plus jeune de ses frères, de sa sœur Maria et de son beau-frère Amato. Elle avoua avoir été gâtée par son père et ses frères qui la protégeaient et la traitaient comme une princesse.

— Le seul problème, c'est qu'ils me cherchent tous un prince charmant!

Pendant que Charles et Anna conversaient, leurs pinceaux semblaient habités d'une vie indépendante et chacun peignait sans réfléchir, Anna, un ciel bleu, Charles, une forêt sombre. Ils n'entendaient ni ne voyaient leurs voisins, qui observèrent avec stupéfaction un Charles Dupuis tel qu'ils ne l'avaient jamais vu. Le professeur Umanski osa à peine, en une occasion, s'approcher d'Anna alors qu'elle apposait des touches de lumière sur un nuage : elle appliquait sa couleur à l'envers, comme si le nuage se trouvait au-dessus du soleil plutôt qu'en dessous ! La jeune femme écouta ses conseils, sourit distraitement en haussant les épaules et peignit un autre nuage, à l'endroit, tout en racontant à Charles l'extravagant mariage de son frère où on était resté à table pendant six heures.

Quand arriva l'heure de remballer, Charles se mit à cogiter à toute vitesse, cherchant le moyen de prolonger cette conversation ou, mieux encore, d'obtenir un rendez-vous. Mais Anna avait déjà retrouvé la hâte fiévreuse de son arrivée. Elle nettoya à peine ses pinceaux, pressée de sortir comme s'il y avait le feu. Charles fit comme si c'était normal pour lui aussi de filer à l'anglaise et la suivit dans l'escalier. Il allait lui proposer de la raccompagner quand elle lança :

— Il faut que je me dépêche d'attraper l'autobus. Je dois être à la maison avant onze heures, sinon mon père ne me laissera plus revenir ! Au revoir, à la semaine prochaine !

Et elle tourna le coin de la rue sans se retourner. Charles, désespéré à l'idée de la perdre de vue ne serait-ce qu'une seconde, la suivit jusqu'à l'arrêt d'autobus.

— Votre père n'a pas tort de s'inquiéter. C'est pas prudent de marcher toute seule dans les rues, tard le soir. Je vais rester avec vous jusqu'à ce que l'autobus arrive.

— C'est très galant de votre part !

Pendant quelque temps ils restèrent silencieux. Ils venaient de se rendre compte que sur ce trottoir humide, dans une nuit chichement éclairée par un lampadaire, ils étaient seuls pour la première fois. La conversation n'était plus aussi facile, une fois tombés les remparts rassurants de l'atelier et des autres élèves. Charles posa sa valise par terre et, ne sachant que faire de ses mains, se massa la tête. Au bout de quelques secondes,

Anna se retourna vers lui et le regarda d'un air curieux. Charles rougit et glissa ses mains dans ses poches.

— Vous me rappelez mon oncle Luigi! Quand il joue aux cartes et qu'il est sûr de faire un bon coup, il se masse toujours la tête.

— Est-ce que ça serait un bon coup de ma part si je vous invitais à sortir un soir?

La réponse d'Anna le prit par surprise.

— Ça, on le saura juste à la fin de la sortie!

Charles eut tout juste le temps de noter le numéro de téléphone d'Anna avant qu'elle grimpe dans l'autobus. Pendant une seconde, il put admirer son mollet gainé de soie, luisant doucement dans la lumière diffuse du lampadaire. Il resta sur le coin de la rue pendant encore quelques minutes, l'air d'avoir été frappé par la foudre. Il tenait à la main le petit bout de papier sur lequel était inscrit le numéro de téléphone et le regarda avec la même stupeur que s'il s'était agi d'un billet gagnant de tombola.

Il passa la moitié de la nuit à se retourner dans son lit, se demandant à quel moment téléphoner dans une maison italienne, et quelle sortie il pourrait offrir à une jeune femme de vingt-deux ans... Elle aurait peut-être envie de danser, mais lui n'avait toujours pas appris. Sa vie d'ermite des dernières années, passée entre ses toiles et ses livres, lui pesa soudain lourd; il aurait voulu s'en débarrasser comme d'un manteau mouillé. Il chercha à se rappeler la dernière fois qu'il était sorti avec une femme : c'était près d'un an auparavant! Cette femme était une infirmière de vingt-huit ans qui rêvait d'aller soigner les lépreux en Afrique. Il se demanda si elle était finalement partie, puis l'image d'Anna revint le hanter. Le souvenir de ses yeux noirs, de sa bouche gourmande, de sa peau dorée le mit presque en état de transe et il sut qu'il ne pourrait renoncer à la voir, quitte à lui proposer banalement une soirée au cinéma. Il passa le reste de la nuit dans des rêveries érotiques dignes d'un adolescent, et décida au réveil qu'il téléphonerait le soir même chez les Boldini.

— *Pronto?* Heu, allo!

La voix éraillée était celle d'une femme âgée, fatiguée et exaspérée. Charles se dit qu'il devait s'agir de la mère d'Anna et eut presque envie d'entamer la conversation avec elle, dans l'espoir de l'amadouer. Mais il se contenta d'une introduction polie.

— Bonsoir, madame, je m'appelle Charles Dupuis. Est-ce que je pourrais parler à votre fille Anna, s'il vous plaît?

— Anna? C'est pas ma fille, c'est ma sœur!...

La femme lui demanda de patienter et il entendit des bruits de casserole et des éclats de rire qu'il aurait reconnus entre mille. Finalement, il eut Anna au bout du fil et lui demanda de présenter ses excuses à sa sœur.

La jeune fille éclata de rire joyeusement.

— C'est normal que vous ayez pris Maria pour ma mère, ça fait une demi-heure qu'elle crie après son mari. Pauvre Amato!

Charles essaya d'imaginer ce qu'elle était en train de faire...

— C'est gentil de m'appeler aujourd'hui. La patience n'est pas ma plus grande qualité! Attendez...

Il sentit qu'elle se détournait de l'écouteur pour crier :

— Maria! Va aider *mamma* pour les gnocchi. Sinon, on ne finira jamais.

Elle revint vers son interlocuteur avec désinvolture :

— Excusez-moi, il y a toujours tellement de travail dans cette maison, on passe notre temps à faire la cuisine! Qu'est-ce que vous disiez?

— Pensez-vous que vous aurez fini pour demain soir? Ça me ferait plaisir si vous veniez aux vues avec moi.

— Il faudrait que ma sœur et son mari viennent avec nous, ou encore un de mes frères. Est-ce que vous pourriez me rappeler, disons, dans deux heures?

Charles eut l'impression qu'Anna vivait, avec aisance, au cœur d'un tourbillon. Il se dégageait d'elle une vitalité exceptionnelle qu'il lui enviait et qui la rendait fascinante. Il attendit avec impatience le moment de la rappeler, surveillant l'horloge du coin de l'œil. Ses regards furtifs n'échappèrent pas à Laurette Charron qui resta songeuse. S'il était dans la lune encore plus que d'habitude depuis un mois, s'il ressortait de son atelier sans même s'être sali les mains, s'il semblait souvent ailleurs quand elle essayait de lui parler, c'était donc à cause d'une femme.

Laurette soupira; elle se doutait bien qu'un jour ou l'autre, ça finirait par arriver. Elle se trouvait chanceuse qu'après la petite Fleurette Charles soit resté seul pendant tant d'années, même si ce n'était peut-être pas normal. Mais cette fois-ci, il se passait quelque chose de nouveau. Dans le front plissé de Charles, dans ses yeux pleins de brume, elle pressentait que cette fois il était vraiment amoureux... Elle frissonna et sentit ses yeux s'humecter. Elle se voyait déjà vieillir seule avec le presque fantôme qu'Émile était devenu; c'était un cauchemar lancinant qui l'habitait et qui soudain prenait des couleurs très réalistes.

Elle se promit de ne pas intervenir, de ne pas nuire, par des remarques insidieuses comme elle savait si bien en formuler, aux chances de bonheur de Charles. Mais après qu'il eut rappelé et pris rendez-vous avec Anna, elle ne put se retenir. Laurette avait cru comprendre que la jeune femme était italienne et, tout en trempant un biscuit dans sa tasse de thé, elle lança innocemment :

— Savez-vous que les Italiens font encore plus d'enfants que les Canadiens français? C'est pas pour rien que ces femmes-là vieillissent si vite...

Charles la regarda, surpris par cette réflexion. Puis, devinant ce qui se cachait derrière le sarcasme, il éclata de rire. Il s'empara d'une chaise de cuisine et s'assit à califourchon pour lui faire face. Il avait l'impression de connaître Laurette mieux que sa propre mère... Il la sentit inquiète : elle était un peu possessive, mais, après douze ans de vie commune et de bonne entente, il n'arrivait pas à lui en vouloir. Il lui saisit une main qu'il tapota affectueusement.

— Peut-être que les Italiennes vieillissent vite, madame Charron, mais quand elles sont jeunes, elles sont tellement belles!

* * *

Quand Luis Mariano poussa sa dernière note, les bras grands ouverts, le sourire étincelant, on entendit clairement un soupir collectif, exhalé par toutes les femmes de la salle. Son dernier film, *Le chanteur de Mexico*, faisait courir les foules et battre les cœurs. Charles se retourna vers sa compagne pour vérifier l'effet qu'avaient sur elle les yeux de velours et la voix de rossignol de la coqueluche de l'heure. Anna souriait, mais sans se pâmer. Il lui prit doucement la main et la jeune femme le regarda à son tour. Charles crut lire un acquiescement dans le sourire qu'elle lui offrit. Au bout de quelques secondes, Anna répondit franchement à la pression de ses doigts.

Ils prirent leur temps pour quitter la salle, voulant éviter la cohue qui s'était créée dans le foyer. Un groupe de jeunes filles s'extasiaient devant des affiches sur lesquelles Mariano, vêtu des costumes extravagants du *Chanteur de Mexico*, souriait comme si sa vie en dépendait. Maria, la sœur d'Anna, saisit son mari par le bras.

— J'aimerais bien te voir coiffé comme ça, c'est très chic! Et puis, pour aller danser un soir, c'est plutôt élégant, une chemise à manches bouffantes, tu trouves pas?

Amato regarda sa femme d'un air inquiet et marmonna d'une voix sourde :

— Si jamais tu entres dans la maison avec une chemise comme ça, je te préviens que ça va aller mal!

Anna, qui marchait juste derrière sa sœur et son beau-frère, étouffa un fou rire. Ce couple chamailleur et si bien assorti malgré les apparences constituait pour elle un spectacle toujours réjouissant. Elle saisit le bras de Charles et se dirigea vers la sortie.

— Ma sœur est folle! Elle est mariée à un maçon qui ne pense qu'à sa partie de foot du dimanche et elle voudrait en faire un danseur de tango. Ma mère raconte que depuis qu'ils sont tout petits ils ont toujours dit qu'ils ne se marieraient avec personne d'autre… C'est incroyable, non?

Charles n'avait pas d'avis sur la question. Le couple lui paraissait sympathique, mais à vrai dire il n'avait d'yeux que pour Anna. Pour faire diversion, il lança :

— Moi, je n'ai jamais dansé de ma vie! Mais je suis bien prêt à essayer si vous voulez m'apprendre...

* * *

Etendu sur son lit, les bras croisés derrière la tête, Charles revivait sa soirée et soupirait d'aise. Bien sûr, il s'était peut-être un peu avancé en affirmant qu'il était prêt à apprendre à danser, mais cette petite phrase lancée sans réfléchir aurait des conséquences très agréables. Dans quelques jours, il serait le cavalier d'Anna au mariage de sa cousine, et pourrait la tenir dans ses bras toute la soirée sous prétexte de s'initier aux figures compliquées de la valse et du cha-cha-cha. Quant à la perspective de rencontrer le reste de la famille, qui aurait dû le terroriser, elle le laissait à peu près indifférent, comme s'il s'agissait d'une simple formalité. Anna... Anna... Chaude, pulpeuse Anna... Son pouls s'accélérait au souvenir de leur tête-à-tête dans la voiture et il s'en voulait de son audace. Anna l'avait rendu fou...

Maria et Amato avaient eu la délicatesse de leur accorder un peu d'intimité, choisissant une table éloignée de la leur dans le petit restaurant où ils étaient allés déguster un morceau de gâteau après le film. Au-dessus de la table, Charles avait saisi les deux mains de la jeune fille pour les caresser doucement.

— Je n'ai jamais vu une femme aussi belle de toute ma vie!

Anna rougit et baissa les yeux.

— Merci, Charles... Merci de ne pas être comme les autres.

— Qu'est-ce que vous voulez dire par là?

— Vous êtes différent, vous ne parlez pas, comme les autres hommes, du travail, de la construction, de la politique, du sport... Comme si vous réfléchissiez plus que les autres... Vous, vous pensez! Ça vous rend intéressant.

Devant la petite maison de brique, rue Jean-Talon, Anna se retourna vers sa sœur et son beau-frère avec un regard entendu. Ceux-ci sortirent de la voiture de Charles en formulant des saluts hâtifs. Charles fixa avec intensité le visage d'Anna

157

et sut qu'il prendrait tous les risques, sans hésiter, pour la conquérir. Il caressa doucement sa chevelure épaisse dans laquelle se reflétaient les lumières de la rue. Il se dit qu'il devrait parler, lui murmurer des gentillesses et des compliments, mais il était à court de mots. Il mit ses mains en coupe et caressa ses joues et sa bouche de ses pouces. Anna paraissait totalement abandonnée et confiante, souriant doucement sous ses caresses. Il n'hésita qu'une seconde avant de l'envelopper de ses bras. Sans demander de permission, il l'embrassa comme il n'avait jamais embrassé auparavant, y mettant toute la passion et la sensualité retenues depuis des années. Sa propre audace l'effraya, mais ne suffit pas à mettre un frein à son ardeur. Le corps chaud et palpitant d'Anna contre lui le mit dans un état d'excitation extrême et il sentit que la jeune fille laissait malgré elle tomber les barrières. Anna sentait tout son corps en révolution : chaque petite parcelle de sa peau lui semblait implorer les caresses et elle dut faire appel à toute sa bonne éducation, à tous les avertissements servis depuis des années, à la vague pudeur qui demeurait encore en elle, pour ne pas céder complètement aux caresses de Charles.

Ils restèrent longtemps dans la voiture, oublieux du reste du monde, se cherchant et se trouvant des mains, des lèvres, de la langue. Anna, au bout d'un moment, parut perdre le souffle sous la force des sensations qu'elle éprouvait. Puis elle revint à elle et regarda Charles, hébétée comme si elle sortait d'un gouffre.

— Il faut arrêter, c'est trop fort...

Elle regarda vers la fenêtre du salon, terrorisée à l'idée que quelqu'un puisse les avoir vus, et sursauta. Le bras de sa sœur Maria se glissait dans l'entrebâillement de la porte pour lui faire un signe pressant. Anna glissa sur la banquette, ouvrit la portière et murmura d'une voix rauque :

— Appelle-moi...

Il fallut quelques secondes à Charles avant de reprendre suffisamment ses sens pour mettre le moteur en marche. Alors qu'il tournait le coin du boulevard Saint-Laurent vers le sud, il ne put voir le rideau de dentelle retomber sur la fenêtre du salon des Boldini. Quand la voiture eut disparu, Anna grimpa mollement vers sa chambre sur des jambes qui la soutenaient à peine, étourdie, les joues rouges et la bouche gonflée de baisers. Il lui fallut quelques minutes pour revenir sur terre et prendre conscience de ce que sa conduite avait de scandaleux. Au souvenir des baisers échangés, des caresses qu'elle avait acceptées comme normales, et à l'idée que ses parents aient pu apercevoir quelque chose, Anna sentit une crispation nerveuse nouer son plexus; s'il fallait... Elle se jeta sur son lit, piteuse, et fut vaguement rassurée au bout de quelques minutes quand personne ne vint frapper à sa porte. Peut-être qu'après tout ses frasques resteraient secrètes... Le pire était de réaliser qu'elle se sentait prête à recommencer si jamais elle revoyait Charles. Cet homme agissait sur elle comme un aimant d'une force incroyable.

La tenture de brocart, devant la fenêtre de la chambre de ses parents, resta soulevée encore un moment. La mère d'Anna avait trouvé Charles charmant, quand il était venu chercher Anna, Maria et son mari. Mais elle s'interrogeait sur celui qui en quelques jours avait transformé sa petite dernière, son cheval sauvage, en midinette rêveuse. Ils étaient restés beaucoup trop longtemps seuls dans cette voiture. Heureusement pour sa fille, elle n'avait pu voir à quels ébats ils s'y étaient livrés.

* * *

Du jour au lendemain, Anna devint le centre du monde pour Charles. Tout ce qui n'était pas elle se transforma en un paysage embrumé dont les contours perdaient chaque jour un peu plus de précision. Il faisait son travail avec autant d'intérêt qu'un automate, perdait l'appétit et parlait peu, ne s'animant qu'en compagnie de Carl qu'il considérait comme la seule personne apte à apprécier ses états d'âme. Carl l'écoutait avec attendrissement. Il reconnaissait les symptômes du grand amour et en était soulagé. Il s'était parfois demandé si quelque chose ne tournait pas rond chez cet homme solitaire; s'il n'y avait pas, chez Charles, quelque chose de différent et d'anormal, qui l'empêchait de trouver une compagne, comme il avait lui-même trouvé sa Sofia près de vingt ans auparavant. Mais en écoutant Charles épiloguer sur le moindre sourire d'Anna comme si rien au monde n'avait plus d'importance, il se rappela les battements effrénés de son cœur de vingt ans, dès qu'il voyait apparaître Sofia.

Deux jours après le mariage de la cousine d'Anna, Charles trépignait d'impatience de raconter à son ami les péripéties de ces fameuses noces italiennes dont tout le monde parlait; c'était un événement auquel il fallait assister au moins une fois dans sa vie! Mais il devait aussi *absolument* donner des détails sur les talents de danseuse, la beauté, l'élégance d'Anna. Ils avaient été le couple le plus remarqué de la soirée, après les mariés, bien entendu!

— J'en reviens pas, j'ai même dansé! Il faut dire qu'Anna a la danse dans le sang! Tout le monde nous regardait. J'étais fier...

Il n'ajouta pas qu'à la fin de la soirée, alors qu'il avait attendu avec impatience d'être enfin seul avec elle, Anna lui avait murmuré, sur le pas de la porte de la salle de réception :

— Je crois qu'il vaut mieux que je rentre tout de suite à la maison avec ma famille... Rappelle-moi demain?

Anna avait plissé les yeux et hoché imperceptiblement la tête pour l'empêcher de protester, puis, resserrant autour d'elle son joli manteau de taffetas rose, avait couru rejoindre ses parents qui l'attendaient avec raideur à côté de leur voiture. Le père d'Anna, pourtant, avait eu un geste amical pour saluer Charles, de loin, avant de s'installer derrière son volant.

Charles s'était retrouvé seul devant la salle de réception, déçu et perplexe. Il avait la conscience nette, persuadé de s'être comporté en gentleman toute la soirée, même s'il avait été parfois très difficile de résister à la tentation de serrer Anna dans ses bras jusqu'à l'étouffer, même s'il avait dû se retenir mille fois pour ne pas la couvrir de baisers fous et de caresses passionnées. Il l'avait admirée sagement, dans sa robe rose à fines bretelles qui mettait en valeur la délicieuse rondeur de ses épaules, la souplesse et la finesse de sa taille. Il l'avait tenue avec respect quand ils dansaient, même si les mouvements d'Anna étaient parfois si gracieux, si félins qu'il aurait souhaité la renverser sur une des tables nappées de damassé blanc et la prendre avec ferveur, lécher sa nuque aux reflets ambrés, saisir en coupe dans ses grandes mains ses seins généreux qui semblaient à tout instant vouloir jaillir de son corsage. Pour Charles, cette tempérance avait été d'autant plus difficile qu'il gardait encore en mémoire les caresses ardentes échangées dans sa voiture deux semaines plus tôt. Il y pensait même jour et nuit! Mais depuis ce soir-là, Anna et lui ne s'étaient revus que deux fois, à l'atelier de peinture, où par entente tacite ils s'étaient abstenus de tout contact personnel. Il fallait préserver une certaine discrétion face aux autres élèves, ne pas étaler l'évolution de leur couple comme les épisodes d'un roman-photo!

Si Charles n'avait revu Anna que deux fois, il lui téléphonait cependant tous les soirs, mais devait se contenter de conversations sages et convenues. Chez les Boldini, le téléphone était accroché au mur de la cuisine et il y avait toujours un intrus pour gêner leurs bavardages. Bien que Charles fût conscient du plaisir qu'Anna trouvait dans leurs discussions, il percevait tout de même un malaise dans la façon qu'elle avait d'éluder certains sujets, et de reporter sous des prétextes futiles leur prochaine rencontre en tête-à-tête. Il en arriva à se demander si elle voulait encore de lui comme soupirant, et cherchait désespérément une idée géniale, une sortie exceptionnelle, une proposition à laquelle Anna ne pourrait pas résister. Il aurait voulu l'éblouir, faire disparaître le sol sous ses pieds pour que, pâmée et consentante, elle se laisse renverser et cueillir, tendre et rougissante comme un fruit mûr... Mais ses maigres moyens d'ouvrier lui interdisaient les grands hôtels et les escapades luxueuses. Et la morale, dont il était malgré lui imprégné, suffisait de toute manière à retenir ses élans. Il fallait pourtant qu'il puisse encore la tenir dans ses bras, sinon il en mourrait...

L'été des Indiens lui fournit le prétexte rêvé. La campagne, déjà belle grâce aux couleurs chaudes de l'automne, parut s'animer d'un nouvel éclat pendant les derniers beaux jours d'octobre et Charles voulut savourer avec Anna les ultimes soubresauts de l'été. Un vendredi soir, comme on annonçait quelques jours de très beau temps, il proposa une promenade au bord du Richelieu pour le dimanche après-midi, invitant évidemment Maria et Amato à les accompagner. Anna mit quelques secondes avant de répondre et Charles crut défaillir d'impatience.

— C'est vrai que ça serait très agréable d'être ensemble au soleil… Je vais en parler à Maria.

Maria et Amato étaient contents de pouvoir s'échapper de temps en temps de la maison paternelle et approuvèrent l'idée avec enthousiasme. Maria renchérit :

— On pourrait peut-être partir tout de suite après la messe et apporter de quoi faire un pique-nique.

Charles et Anna mirent donc au point les détails de l'expédition, avec l'excitation de deux enfants profitant d'une récréation inespérée. Charles mourait d'envie de demander à Anna pourquoi elle avait été si lointaine et réservée ces derniers jours, mais il devinait bien, au fond, les réticences de la jeune femme. Anna n'était pas une dévergondée… L'essentiel était qu'elle veuille toujours de lui! Il ne lui resta plus qu'à tuer le temps jusqu'à l'heure bénie du rendez-vous.

Laurette Charron restait une observatrice discrète mais attentive. Fidèle à ses résolutions, elle n'avait pas posé la moindre question en voyant Charles dans tous ses états depuis quelques semaines. Tour à tour souriant, nerveux ou taciturne, il redevenait sous ses yeux compatissants un adolescent exalté. Et ce soir-là, alors qu'il semblait tout à coup au comble du bonheur, elle osa lui demander de ses nouvelles.

— Est-ce que je me trompe ou vous êtes en amour?

Charles rougit et bredouilla, ne sachant comment mettre en mots ce qu'il ressentait. Finalement, il éclata de rire avec une gaieté enfantine et, la saisissant à bras-le-corps, il la fit tournoyer à travers la cuisine, lui arrachant un cri de stupeur. En la reposant, un peu chancelante, sur le prélart, il lança :

— Je sais pas si c'est ça l'amour, mais ça prend toute la place en dedans!

* * *

Anna et sa sœur avaient bien fait les choses : sur une grande couverture à carreaux étaient étalées d'abondantes victuailles qu'elles nommaient à mesure qu'elles les sortaient des emballages, pour le bénéfice de Charles qui avait l'impression d'entendre des poèmes en italien.

— Il y a d'abord les antipasti : anchois marinés, poivrons à l'ail, artichauts et *sopressa*. Après, il y a les tortellini *al pesto* et des *polpette*. On a de la chance, elles sont encore tièdes ! Pour dessert, il y a des cannoli. C'est la spécialité de ma mère. Je dis toujours qu'elle doit aller les chercher quelque part dans le ciel, sur un nuage de sucre !

Anna faisait les honneurs du festin avec un sourire espiègle, l'air de dire qu'elle attendait depuis longtemps l'occasion d'en mettre plein la vue à Charles. Ce dernier était ébahi.

— Chez nous, un pique-nique, c'était toujours des sandwichs et des galettes à la mélasse !

— Chez nous, un pique-nique, c'est une affaire sérieuse ! Ma mère dit toujours que ça n'est pas parce qu'on mange par terre qu'on doit moins bien manger.

Amato ouvrit avec des gestes sûrs une drôle de bouteille de vin rouge entourée de paille. Avant d'en servir un verre à Charles, il lui en fit humer le bouquet.

— Un bon repas, ça entre d'abord par le nez ! Sens-moi ce chianti. Il y a tout le soleil de l'Italie là-dedans. Quand on ferme les yeux, on peut voir les vignes s'étaler sur les collines à perte de vue. Es-tu déjà allé en Italie, Charles ?

Charles sourit devant l'incongruité de la question. Comment un simple ouvrier comme lui pouvait-il être déjà allé en Italie ?

— Non, mais c'est un de mes plus grands rêves. Un jour, j'irai sûrement, pour voir Rome et Florence… En attendant, il y a toujours les livres !

— Eh bien, tu sais quoi ? Je n'y suis jamais allé moi non plus ! Je suis né sur la rue Beaubien ! Mon père m'a tellement raconté son pays, tellement fait sentir le parfum du vin avec des larmes dans les yeux, que c'est comme si j'étais allé tous les ans. Mais je te jure que si je vais au pays de mon père, ça ne sera pas pour aller voir les musées !

Tous les quatre éclatèrent de rire. Amato était plus loquace que d'habitude, plus chaleureux aussi ; de toute évidence, il était ravi de l'escapade que lui permettait son rôle de chaperon. Les deux femmes étaient vêtues de tenues confortables et élégantes, parfaites pour un dimanche d'automne à la campagne. Elles se ressemblaient beaucoup, même s'il y avait dans le visage de Maria quelque chose d'un peu mou, de mal défini, auquel avait échappé sa jeune sœur. Mais toutes les deux arboraient une chevelure de jais, qu'elles coiffaient avec beaucoup de soin à la mode du jour. L'atmosphère était détendue et le repas s'avéra un délice. La conversation était enjouée. Maria était amoureuse de son mari et le lui démontrait par toutes sortes de câlineries. Anna, quant à elle, rougissait au moindre regard de Charles et parut sur le point de tourner de l'œil quand, lui tendant son assiette pour recevoir un deuxième cannoli, il lui effleura le dessus de la main, sous prétexte de l'aider à soutenir la fragile pâtisserie. Au contact de sa peau, Charles sentit un frémissement l'envahir et, en quelques secondes, l'ambiance devint électrique comme un ciel d'orage.

Amato, encore une fois, créa la diversion qu'il fallait.

— Allez, viens, Maria, ça va te faire du bien de te dégourdir les jambes. Sinon, tu vas finir avec les cuisses de ta mère!

Le couple s'éloigna en se chamaillant sans conviction. Pendant que Maria bourrait de petits coups de poing le futur gros bedon de son mari, celui-ci tentait de l'enlacer et lui donnait en riant des petits baisers sur le nez et le menton. Anna et Charles les regardèrent s'enfoncer dans le petit bois et ressentirent avec acuité l'aisance avec laquelle s'exprimait l'intimité physique entre Maria et son mari.

— Prendrais-tu encore un peu de dessert? Ou bien quelques raisins?

— Non merci, Anna, si je mange encore je vais exploser!... Je voudrais...

Charles esquissa un mouvement vers Anna, et à son grand désarroi la vit reculer, puis s'empresser de débarrasser la nappe des vestiges du repas. Craignait-elle à ce point de se retrouver seule avec lui? Le souvenir de leur premier tête-à-tête s'insinua entre eux comme un fantôme gênant et Charles maudit sa fougue, son manque de retenue. La violence de son désir ne devait pas lui faire perdre le contrôle; il décida d'être franc et direct.

— Qu'est-ce qui se passe, Anna? Aurais-tu peur de moi?

— Détrompe-toi, Charles, je n'ai pas peur de toi. C'est de moi que j'ai peur...

Anna était embarrassée; elle n'avait jamais parlé avec un homme de sentiments et encore moins de sensations. Les deux ou trois prétendants qu'elle avait eus avant, à peine sortis de l'adolescence, ne cherchaient qu'à se mettre en valeur... Comment expliquer à Charles l'importance de ce qu'elle avait ressenti, ce soir-là dans sa voiture, de ce qu'elle avait découvert sur elle-même? Ces quelques minutes d'égarement lui avaient ouvert la porte sur un monde dont elle avait ignoré jusque-là la splendeur. Depuis ce temps, elle craignait, si elle rouvrait cette porte, de ne plus jamais pouvoir la refermer.

— C'est vrai qu'on est allés trop loin. Mais je le voulais, moi aussi. C'est ça le problème... Je n'ai pas été élevée comme ça!

— Moi non plus!

Charles eut envie de rire en pensant à ses parents qui ne s'étaient sans doute jamais touchés autrement que pour procréer, et encore, après quelques dévotions au pied du lit! C'est ainsi que Charles imaginait les nuits conjugales de Marie-Reine et Thomas qui, dans son esprit, n'avaient jamais été jeunes ni amoureux.

Il s'enhardit à prendre la main d'Anna, qui hésita encore.

— Tu vois, chaque fois que tu me touches je me sens toute mal! C'est dangereux...

Charles fut ému de sa candeur et de sa franchise; il approcha de sa bouche la main d'Anna et déposa des baisers légers sur chacun de ses doigts, admirant les petits plis des jointures, le dessin très net des lunules et le renflement moelleux entre le pouce et l'index. Il colla ensemble les deux doigts de façon que le pli du renflement forme une sorte de bouche sur laquelle il posa un autre baiser, plus appuyé. Cette chair un peu rugueuse, légèrement desséchée par le contact quotidien avec les produits ménagers et les solvants de peinture, lui parut savoureuse. Il refréna son envie de lécher cette main tendue et de plus en plus offerte. Anna eut honte de la rugosité de ses mains mais tendit pourtant l'autre pour caresser doucement la joue de Charles.

— Je ne pensais pas que ça pouvait être aussi agréable de se faire caresser les mains...

Charles retourna la main d'Anna, et déposa de légers baisers sur l'intérieur de son avant-bras, remontant jusqu'à la saignée du coude. À ce moment, Anna cessa de se contenir et se jeta au cou de Charles qui la reçut dans une plainte de bonheur. Ils se couvrirent l'un et l'autre de baisers, en surveillant du coin de l'œil l'orée du bois, à l'affût du moindre craquement qui les préviendrait du retour de Maria et d'Amato. Seule cette perspective les empêchait de s'abandonner complètement, de céder à la tentation de se renverser sur la couverture. Le retour en arrière leur était impossible ; désormais, chacune de leurs rencontres tisserait un peu plus serrés les liens voluptueux qui les unissaient.

* * *

Le mois de novembre, à la hauteur de sa réputation, offrait une lumière glauque qui enlevait tout relief aux objets les plus beaux et délavait les couleurs les plus vives. Charles entra dans son atelier, alluma et s'assit devant son chevalet. Il trouva inconfortable son vieux tabouret, ce qui ne lui était jamais arrivé, et remarqua quelques toiles d'araignée tissées devant l'étagère des solvants. Il avait l'agaçante impression de devoir refaire connaissance avec sa petite cabane soudain inhospitalière ; il n'y était pas entré depuis plus d'un mois. Il avança mentalement quelques explications, comme pour se justifier devant le chevalet orphelin. L'été des Indiens s'était étiré plus que d'ordinaire, la cuisine de Mme Charron avait dû être repeinte, il avait reçu une visite impromptue et déconcertante de sa sœur Fernande, venue le saluer et lui emprunter un peu d'argent... Mais il ne s'agissait là que d'excuses qui empêchaient Charles de s'avouer qu'il avait autre chose dans la tête.

Il saisit deux pinceaux et les tint avec fermeté, comme des armes, tentant de bloquer les accès qui permettraient à son cerveau d'évoquer Anna. Mais toutes les ressources de sa volonté ne suffisaient plus pour empêcher que l'image de la jeune femme envahisse l'atelier. Il lui fallut admettre que c'était à cause d'elle, de son omniprésence dans sa tête, dans son cœur et au bout de ses doigts qu'il était incapable de peindre.

Oh! bien sûr, il y avait les séances hebdomadaires chez Umanski, mais ces soirées passées près d'Anna, à peindre béatement et sans réfléchir des petits paysages fades, n'étaient plus que des prétextes pour passer plus de temps avec elle. D'ailleurs, ce manque d'intérêt soudain commençait à inquiéter le professeur. Umanski était au courant de la relation entre les deux jeunes gens mais espérait qu'après l'euphorie des premiers mois Charles redeviendrait l'artiste passionné et original qu'il avait décelé en lui quelques années auparavant. Le vieil homme commençait à voir d'un mauvais œil l'intrusion de cette belle jeune femme dans l'univers habituellement studieux de ses élèves. Il avait vite compris que l'intérêt d'Anna pour la peinture prenait surtout sa source dans une rébellion contre l'autorité paternelle. Giancarlo Boldini avait refusé que sa dernière-née trouve du travail, prétextant que sa femme avait besoin d'aide pour tenir la maison. Mais il avait dû, de guerre lasse, céder aux demandes répétées de sa *bambina* et lui accorder le caprice de devenir peintre. Un jour ou l'autre, Umanski s'attendait à voir Anna changer de hobby comme elle changeait de chapeau...

En attendant, elle se faisait une idée très romantique des artistes, et choisissait, pour ses cours chez Umanski, des tenues étudiées. La blouse amble, le foulard, parfois même le béret faisaient partie de son accoutrement, et les autres élèves retenaient des sourires en la voyant arriver. Il y avait chez elle quelque chose de théâtral; Anna, cajolée depuis sa plus tendre enfance par Giancarlo et par ses frères aînés, avait une connaissance instinctive de son pouvoir de séduction et l'habitude d'être au centre de l'attention. Elle aimait être un personnage, être regardée, admirée. Et elle savait que chaque mouvement de ses larges manches, chaque soupir, chaque allusion aux affres de la création attiraient un peu plus Charles dans ses filets. Depuis le jour où elle avait posé les yeux sur cet homme au regard tendre, depuis qu'elle l'avait entendu de sa voix grave et chaude lui parler avec passion de couleurs et de formes, Anna sentait qu'elle était peut-être arrivée à bon port. Avec sa grande taille, ses yeux gris et son allure de poète sauvage, Charles représentait pour elle, à vingt-deux ans, un idéal qu'elle avait craint de ne jamais trouver. Depuis qu'elle était toute petite, elle avait rêvé d'un homme qui l'emporterait dans une oasis de beauté et d'amour et qui la protégerait de ce qu'elle haïssait plus que tout, la routine, la vie banale, quotidienne, ordinaire. Plus que d'un chevalier, Anna avait rêvé d'un magicien aux pouvoirs illimités. Elle sut très vite que Charles était cet homme et elle voulait l'ensorceler, le rendre aussi fou d'elle qu'elle l'était de lui.

Ils se faisaient un point d'honneur de ne pas se toucher pendant les trois heures qu'ils passaient côte à côte dans l'atelier. Ils se contentaient d'œillades discrètes, de gestes subtils qu'ils espéraient invisibles aux autres. Mais un autre élève, un vieux libraire qui tentait sans succès depuis plusieurs mois de copier le style de Charles, avait remarqué la façon gourmande qu'avait Anna de se mordre les lèvres en regardant Charles. Et la femme du notaire avait vu le jeune homme se frotter les cuisses vigoureusement de ses deux mains, puis se masser les mains l'une contre l'autre comme s'il ne savait quoi faire pour occuper ses doigts agités. Elle avait ensuite tourné son regard sourcilleux vers Anna, qui pianotait nerveusement sur ses genoux.

Dès qu'il sortait de l'atelier, le couple cherchait un coin sombre où échanger un long baiser et des caresses d'affamés. Les deux jeunes gens se séparaient à contrecœur devant la maison d'Anna, puisque Charles avait au moins, jusqu'à ce qu'il remise sa voiture pour l'hiver, la possibilité de profiter encore de la présence de la jeune femme en la raccompagnant chez elle.

Il rentrait ensuite chez les Charron suffoqué de désirs inassouvis, où il évitait de croiser le regard de Laurette, de peur qu'elle lise dans ses yeux hagards une surexcitation suspecte.

Un soir, Charles grimpa l'escalier vers sa chambre à toute vitesse, en espérant que Laurette n'aurait pas remarqué le renflement qui tendait son pantalon. Anna, quelques minutes plus tôt, l'avait effleuré là, sans le faire exprès, avant de se glisser hors de la voiture.

Dans son atelier, le souvenir de cette caresse esquissée vint hanter Charles, malgré ses efforts pour redonner à son atelier l'attention qu'il méritait. La solution serait peut-être de peindre Anna, se dit-il. Elle ne serait pas la première femme à lui servir de modèle. À l'époque de Lola et de ses acolytes, il avait en abondance barbouillé ses toiles de cuisses, de seins, de chutes de reins offertes, d'épaules potelées. Mais ces représentations explosives de la nature féminine, qui, discrètement enveloppées de papier journal, avaient pris leurs quartiers dans le grenier des Charron, lui semblaient, quand il y repensait, criardes et sans intérêt. Si Anna acceptait de poser pour lui, quel bonheur ce serait! Hypnotisé par sa beauté, il ne pourrait que lui rendre hommage avec brio. Ce serait sa première grande œuvre. Et celle-là, il la montrerait fièrement!

Il fit part à Anna de son projet lors d'une promenade sur le mont Royal. Le temps était frais, un vent frisquet arrachait aux arbres leurs dernières feuilles. Pas moyen pour les amoureux de trouver refuge dans un bosquet, la forêt était comme tous les ans mise à nu. Mais le ciel était magnifique, décoré plutôt qu'alourdi par quelques nuages bien blancs et bien mousseux, si hauts qu'ils faisaient paraître le ciel encore plus vaste… Charles apprécia en connaisseur la densité du bleu de l'azur et y vit le moyen de présenter son idée.

— Le ciel est tellement beau que si je faisais ton portrait, c'est la seule chose que je mettrais en arrière-plan. Il te ferait paraître encore plus belle!

Anna fut très flattée. Plus encore que par l'idée de se voir sur une toile, elle était séduite par la situation elle-même. Il y avait quelque chose de poétique, de romantique dans le fait de poser pour l'homme qu'on aime.

— C'est vrai? Tu aimerais faire mon portrait?

— J'ai l'impression que ça me ferait du bien parce que depuis que je sors avec toi on dirait que mes pinceaux sont paralysés!

— C'est drôle, je te vois pourtant peindre chez M. Umanski. Et tes toiles sont toujours plus réussies que celles des autres!

— Oh! Anna, si tu savais!… C'est dans mon petit atelier derrière la maison des Charron que je peins vraiment. Mais depuis que je t'ai rencontrée, j'ai pas tellement le cœur à peindre. Tu m'as ensorcelé, ma petite sorcière! Tu prends toute la place dans ma tête! Si je faisais ton portrait, je pourrais le garder dans mon atelier. Comme ça, je m'y rendrais plus souvent et peut-être que les idées me reviendraient.

— Mais mon père ne voudra jamais que je passe des heures avec toi dans une petite cabane!

— Je pourrais faire seulement des esquisses au crayon pour l'instant. Je les ferais même dans le salon de tes parents si c'était nécessaire!

* * *

Armé d'une agrafeuse, Charles éparpilla autour de lui les croquis qu'il avait faits d'Anna la veille, chez les Boldini. La famille s'était rassemblée autour d'eux dans le salon avec enthousiasme, comme si une séance de pose était un spectacle. Très gêné au début, Charles avait fini par accepter de bonne grâce la présence de ce public attentif, se disant que leur curiosité était moins lourde à porter qu'un «chaperonnage» sourcilleux. Et puis Anna, entourée et admirée, avait été resplendissante, comme une madone apparaissant à des villageois fervents...

Charles regardait attentivement chaque dessin avant de l'afficher. Il en agrafa un de chaque côté de sa petite fenêtre, un autre en haut de la tige principale du chevalet, et dissémina les autres à travers l'atelier pour s'entourer de la jeune femme. Il garda à la main le plus ressemblant. À vrai dire, il n'était satisfait d'aucun de ces croquis, mais il était confiant que la mémoire de son cœur l'aiderait à reconstituer les traits de la belle Anna.

Il choisit une toile pas très grande, la posa sur le chevalet et attrapa un bout de crayon. D'un geste décidé, il traça sur la toile blanche un grand trait courbe. Il y vit une joue à partir de laquelle prendrait forme le reste du visage d'Anna...

Deux heures plus tard, la courbe avait été maintes fois effacée puis refaite. Au-dessus, deux traits laissaient supposer des yeux encore à venir. Mais il n'y avait rien d'autre. Charles posa son crayon, se leva brusquement et, dans un geste d'impatience, repoussa brutalement le tabouret. Avec un cri d'exaspération, il prit la toile, la retourna de façon à ne plus voir ces traits qui semblaient le narguer et quitta l'atelier en claquant la porte. Anna ne deviendrait pas tout de suite la prochaine Joconde…

En attendant que l'inspiration lui vienne, Charles passa une autre soirée à créer un arrière-plan qui mettrait en valeur la jeune femme. C'était plus facile; il avait en tête un ciel d'été, d'un bleu lumineux et profond, un ciel qu'il imaginait sur la Méditerranée et qui serait pour Anna un écrin chatoyant. Il y passa un temps considérable, mélangeant interminablement ses couleurs, modifiant la dose plusieurs fois pour obtenir la densité qu'il désirait. Ce devait être le plus beau ciel du monde, celui des grandes croisières de luxe, celui qui vous donnait envie de vous envoler avec les oiseaux.

Mais le soin que Charles mit à créer ce ciel de rêve servait aussi à reporter le moment où il s'attaquerait au grain de peau d'Anna. Les toiles consacrées aux filles de Mme Solange mettaient surtout l'accent sur l'atmosphère qui régnait dans le bordel. Les éclairages tamisés créaient l'illusion que toutes les filles avaient un teint lumineux, même celles qui fumaient trop, même celles qui ne lésinaient pas sur la bouteille et dormaient d'un seul œil entre deux clients. Les formes pulpeuses offertes aux pinceaux de Charles s'étaient parées de mauve, de pourpre et d'orangé. Mais cette fois, l'artiste voulait faire preuve d'une précision, d'une subtilité qu'il n'avait encore jamais atteintes. Il rêvait d'un portrait à la manière des grands maîtres, de textures d'albâtre et de marbre, d'une luminosité venue de l'intérieur, d'un œil aussi vivant, d'une bouche aussi gourmande que ceux de la vraie Anna, à demi étendue sur une couverture lors d'un pique-nique dominical. Il voulait rendre hommage à ses joues au velouté d'une pêche de juillet, juteuse et tendre. Et une pudeur presque adolescente l'empêchait d'aller chercher de l'aide du côté de son professeur : Umanski savait faire du portrait, mais saurait-il le faire en amoureux?

Après plusieurs jours d'essais infructueux, Charles décida d'aller voir ce que les vrais peintres, comme il les appelait, avaient à lui proposer. Il entra dans la bibliothèque avec autant d'espoir fébrile qu'un homme agonisant venu chercher un remède miracle. En quelques heures, une pile de livres devant lui, il survola plusieurs époques, examinant avec minutie les beautés joufflues de Rubens, la netteté des personnages de Vermeer, la sensualité subtile de la *Grande Odalisque* d'Ingres. Mais tous ces peintres favorisaient les clairs-obscurs. Charles, lui, voulait voir Anna illuminée, transfigurée par le ciel autour d'elle. Il se tourna vers Renoir, dont les jeunes filles, rousses ou blondes, étaient fréquemment éclairées par la lumière du jour. Il sentit qu'il s'approchait du but, mais Anna n'était ni rousse ni blonde : le noir de ses yeux, si profond, ne pouvait trouver d'égal dans les regards bleu tendre des demoiselles d'Auguste Renoir. Il aurait aimé toucher les toiles, évaluer l'épaisseur de peinture utilisée pour donner son éclat à une pommette, ou creuser légèrement le cerne sous un œil.

Il lui vint l'idée qu'il n'était encore jamais entré dans le grand musée majestueux de la rue Sherbrooke. L'immeuble l'intimidait, mais il fallait qu'il voie, qu'il touche même, si possible, les œuvres de vrais artistes, qu'il s'en imprègne jusqu'à ce qu'un peu de leur talent déteigne sur lui.

Il grimpa l'imposant escalier avec la ferveur d'un premier communiant venu chercher l'hostie. Pèlerin humble et attentif, il passa des heures dans les salles du Montreal Museum of Fine Arts, qui depuis quelques mois à peine était devenu institution publique. Il découvrit de ses propres yeux Rembrandt, Gainsborough, Suzor-Coté et une foule d'autres artistes dont les noms lui étaient inconnus, mais qui avaient en commun de posséder un talent qu'il désespérait d'atteindre. Devant une œuvre de Bouguereau représentant deux petites filles dans un champ, tressant des couronnes de fleurs, Charles s'assit, seul dans la salle, et sentit des larmes rouler sur ses joues. Des larmes d'émotion, d'émerveillement, mais aussi de désespoir devant une œuvre qui lui faisait ressentir l'inanité de ses efforts. Jamais il n'atteindrait ce doigté qui donnait aux coups de pinceau de l'artiste une finesse exceptionnelle. Charles ne pouvait concevoir le portrait d'Anna autrement que parfait, à l'égal de celui de ces deux petites filles dont on pouvait lire dans le regard le moindre sentiment.

Après quelques minutes de contemplation solitaire, il sentit une présence derrière lui. Une vieille dame élégante, qui avait dû être très belle, s'approcha de la toile et l'examina en prenant Charles à témoin.

— C'est magnifique, n'est-ce pas?

Elle avait un fort accent anglais et l'air à la fois bienveillant et condescendant de ceux qui ont toujours vécu entourés d'œuvres d'art. Charles se demanda pourquoi elle s'était adressée à lui en français mais, avant qu'il ait pu poser la question, elle lui offrit un sourire de compréhension.

— Nous les Anglais, on n'ose pas pleurer devant une peinture, même quand c'est très beau... Je vous envie!

Gêné par le regard perspicace de la femme, Charles se leva et regarda sa montre comme s'il avait pris du retard.

— Excusez-moi, il faut que je m'en aille...

Quand il passa à côté d'elle, il eut le temps de lire son nom sur l'insigne de bénévole qu'elle portait. Abigail Morton... Il lui fallut quelques minutes avant de retrouver au fond de sa mémoire ce que signifiait ce nom : était-ce l'ancienne patronne de Laurette Charron? Il faillit retourner dans la salle pour le lui demander, mais se rappellerait-elle seulement de Laurette Castonguay? Tout compte fait, il préféra taire cette rencontre à sa logeuse, mais il était content de pouvoir mettre un visage sur les récits fabuleux que lui faisait encore parfois Laurette.

Charles mit quelques jours avant d'avouer à Anna que le portrait n'existait encore que dans sa tête. La jeune femme s'en préoccupait énormément et, sous prétexte d'informer sa famille de sa progression, elle revenait sans cesse à la charge. Il se défilait, affirmant avec aplomb que l'art exigeait la patience. Mais un soir, Anna le prit par surprise en lui demandant, en quête de compliments, s'il la trouvait assez belle pour la peindre. Charles bégaya d'abord des protestations enthousiastes et finit par murmurer :

— De toute façon, tu es trop belle pour un peintre comme moi...

Anna perçut de l'amertume dans ces paroles et tenta de le rassurer sur son talent.

— Je n'ai pas le talent qu'il faut pour faire ton portrait, Anna...

Charles était inquiet : il craignait que le don qu'il avait reçu du ciel lui soit retiré sans avertissement. Est-il possible que du jour au lendemain on perde un don qu'on a possédé toute sa vie? Ce doute lui était incroyablement douloureux. Il craignait que les dernières semaines passées à fuir l'atelier ne soient pas sans conséquences... Anna, elle, entendit dans sa frustration le désir de ne pas la décevoir. Elle y vit aussi l'occasion d'un rapprochement plus intime.

— Peut-être que si je venais poser pour toi dans ton atelier, ça t'aiderait?

Charles rougit brutalement. Le souvenir furtif de Lola la putain, posant impudiquement sur un couvre-lit de satin bleu, vint une seconde s'interposer entre Anna et lui et il secoua la tête avec force pour chasser cette image choquante.

— Tu ne veux pas? Pourtant, il me semble que tous les peintres travaillent comme ça. On serait bien, tous les deux, dans ta petite cabane.

— Tes parents ne te laisseront jamais venir. Et la cabane est toute petite, pas confortable, sale, mal chauffée...

— Mes parents sont très fiers qu'un artiste fasse mon portrait. Et puis, je suis assez grande pour me débrouiller avec eux... et avec toi! Penses-tu que ta logeuse y verrait un inconvénient?

* * *

Laurette Charron était dans tous ses états; Émile ne voulait plus rien avaler depuis plusieurs jours. Elle croyait que son mari usait ce qui lui restait de volonté à se laisser mourir. Elle pouvait le lire dans ses yeux, qui ne lui avaient pas envoyé de message aussi clair depuis longtemps. Mais Laurette refusait de céder à ces désirs; à l'idée de se retrouver seule, sans personne à dorloter, sans malade à soigner, les mains inoc-cupées, elle était prise de panique. La perspective angoissante du veuvage l'armait d'un zèle invincible, et, dans sa volonté d'insuffler à Émile l'envie de rester auprès d'elle encore un peu, elle lui parlait jusqu'à s'étourdir, en lui enfournant dans la bouche des cuillerées de purée qu'il faisait semblant d'avaler pour les recracher doucement quelques secondes plus tard. Elle racontait n'importe quoi, parlant avec assurance de guérison, de miracle et de pèlerinage à Sainte-Anne-de-Beaupré, exhortant Émile à faire confiance à la Providence. En même temps, elle ne pouvait s'empêcher d'être excédée par ses propres gestes cent fois répétés et de plus en plus inutiles.

Rentrant fatigué et tendu après une dure journée sur le chantier, Charles plongea dans cette atmosphère lourde et confinée, et résista à grand-peine à l'envie de fuir devant le regard déjà mort d'Émile, devant les appels désespérés de Laurette.

— Dites-lui donc, vous, Charles, qu'il faut qu'il mange! Il pourra jamais se remettre, s'il mange pas! Dites-lui! Moi, il veut pas m'écouter!

— Madame Charron, peut-être qu'il a pas faim. Il bouge pas, il peut pas se creuser l'appétit à rester dans son lit toute la journée.

Il croisa le regard d'Émile et crut y lire de la reconnaissance. La vision du pauvre homme coincé dans un corps qui ne lui servait plus à rien le mettait chaque fois mal à l'aise. Ce soir-là, il sentit l'amorce d'un compte à rebours et regretta d'avoir agi comme si Émile était déjà mort.

— Allez vous reposer un peu, je vais lui donner à manger, moi. Hein, monsieur Charron! Ça fait longtemps qu'on s'est pas retrouvés entre hommes…

Il fit glisser deux fois la cuiller entre les lèvres du malade, lui donnant chaque fois une minuscule quantité de purée.

— Pauvre monsieur Charron… Vous commencez à en avoir par-dessus la tête de cette vie-là, hein. En plus, je gage que le curé Payette vous dit que le bon Dieu vous envoie des épreuves parce qu'il vous aime… Ben moi, j'aimerais mieux que le bon Dieu me déteste plutôt que d'être aimé comme ça!

Émile cilla des yeux pour faire comprendre à Charles qu'il prenait part à la conversation. De la purée de carottes et de navets, à laquelle Laurette avait ajouté un peu de boudin écrasé, coulait sur son menton.

— Le bon Dieu a peut-être des plans qu'on comprend pas, mais moi, si je pouvais plus caresser une femme, ni mettre de la peinture sur une toile, je pense bien que je me tuerais, même si c'est un péché rien que d'y penser!

Charles gesticulait, tout à ses réflexions, et effectuait des moulinets dans les airs avec la cuiller; un peu de purée gicla sur l'abat-jour de mica qui surmontait la lampe de chevet.

— Monsieur Charron, êtes-vous au courant de la nouvelle? Les tramways, c'est fini! D'ici quelques mois, ils vont tous être retirés de la circulation. On va se promener en autobus dans toute la ville! Quand on pense que vous avez été conducteur de tramway...

Émile sursauta et Charles se demanda s'il avait bien fait de lui apprendre cette nouvelle...

— Quand vous serez guéri, il va falloir changer de métier! Est-ce qu'il y a autre chose que vous aimeriez faire?

Il scruta le visage du malade, qui n'exprimait que la résignation. Charles songea que lui-même, au fond, n'avait pas de métier; juste un petit boulot qui lui permettait de manger et surtout de payer ses toiles et ses pinceaux... Comme il l'avait fait des dizaines de fois depuis douze ans, il se demanda pourquoi il n'avait jamais cherché à améliorer son sort, mais il savait bien que son bien-être ne dépendait pas d'un meilleur emploi.

— Moi, je veux faire quelque chose de beau avant que ma vie finisse. Je voudrais faire les plus belles toiles du monde, je voudrais qu'Anna soit aussi belle sur ma toile que dans la vie...

Laurette revint d'un pas pressé dans la chambre, s'essuyant les mains avec un torchon.

— Oh! Charles, regardez-moi les dégâts! Émile est tout sale! En plus, il a rien mangé... Oh! mon Dieu, mon Dieu, qu'est-ce que je vais faire?

Il y avait une telle détresse dans sa voix que Charles en resta saisi.

— Madame Charron, je suis pas sûr que le bon Dieu puisse vous aider à lui faire manger sa purée... Mais c'est pas grave, vous faites de votre mieux, c'est ça qui compte.

— Allez donc vous changer, le souper est presque prêt! Bouge pas, Émile, je vais te nettoyer un peu.

Elle s'assit lourdement au bord du lit, dans le creux que Charles venait d'imprimer au matelas de plumes, essuya doucement le menton de son mari et murmura :

— Est-ce que j'ai vraiment dit «bouge pas»? Vieille folle, va...

Quelques minutes plus tard, elle et Charles se retrouvèrent seuls à table, comme d'habitude, pendant qu'Émile, à demi étendu sur son lit, retombait dans une somnolence bienvenue. Mais ce soir-là, pas de bavardages anodins; Laurette se sentait aussi mal à l'aise d'avoir exhibé son désespoir que si elle avait eu devant son pensionnaire des écarts de langage. Elle avala sans enthousiasme quelques cuillerées de soupe, puis poussa un profond soupir.

— En tout cas, je remercie le ciel d'une chose. C'est que Yvon-Marie ait pas vu son père comme ça. Ça lui aurait brisé le cœur...

Elle sortit de la poche de son tablier un mouchoir roulé en boule et, sous prétexte de regarder l'heure sur l'horloge murale, se détourna pour s'essuyer les yeux. Charles fit semblant de ne pas remarquer son geste et amena la conversation sur un sujet plus léger.

— Dites-moi, le vieux fauteuil bleu qui est dans le grenier, est-ce que vous seriez d'accord pour vous en débarrasser?

— Oh! cette vieille affaire-là, vous pouvez bien la donner à qui vous voulez, je m'en rendrai pas compte!

— C'est que... j'aimerais bien l'installer dans l'atelier.

— Il y aura jamais assez de place!

— Bof, en déplaçant un peu mes affaires, je pense que je pourrais lui trouver un petit coin.

— Pensez-vous recevoir de la visite dans cette petite cabane-là?

— Heu, peut-être que je vais travailler avec un modèle...

— Il faudrait peut-être que je mette des rideaux aux fenêtres. Des fois que les voisins auraient l'idée de venir écornifler.

Après le souper, Charles se précipita dans l'atelier, en sortit tout ce qui n'était pas utile et s'en fut chercher au grenier un vieux fauteuil recouvert de velours élimé, lacéré par endroits, mais qui conservait un certain charme à condition d'être regardé sous un éclairage indulgent. L'emporter seul jusqu'à la cabane ne serait pas une mince affaire, mais l'espoir de voir Anna s'y abandonner lui donna un regain d'énergie. En quelques minutes, sous le regard sceptique de Laurette, il transporta le fauteuil jusque dans la cour et, du même élan, parvint à lui faire passer, de biais, le seuil de la cabane. Il retira le coussin du siège et le bourra de coups pour en chasser la poussière. Voyant tout ce qui s'envolait, il regretta de n'avoir pas fait la même chose avec le fauteuil. Prenant son courage à deux mains, suant et soufflant, il le ressortit péniblement de la cabane et se mit en quête d'un bâton pour battre le meuble.

Malgré le froid humide de la fin de novembre qui le pénétrait jusqu'aux os, Charles flagella son fauteuil jusqu'à s'épuiser. Après une quinzaine de minutes, essoufflé et merveilleusement détendu, il décida qu'il était au bout de sa corvée, même si, dans la nuit hâtive de ce presque hiver, il était impossible de voir si le fauteuil avait retrouvé sa couleur d'origine.

Quand il téléphona à Anna, ce soir-là, il y avait dans son ton un enthousiasme qui réjouit la jeune femme.

— Mon atelier est prêt à te recevoir, ma belle!

— Est-ce que c'est chauffé au moins? Si tu savais comme je déteste le froid.

— T'inquiète pas, j'ai tout prévu. Mon petit poêle est déjà rouge brûlant. Et si ça te suffit pas, je te réchaufferai moi-même…

— Oh! Charles!… Oh!…

Elle soupira et Charles devina qu'elle rougissait au bout du fil. Il aimait en elle cette capacité à s'enflammer, ce tempérament ardent qui en ferait, si jamais ils atteignaient cette intimité, une amante délicieuse…

* * *

L'arrivée de l'hiver, pour Anna, était toujours une catastrophe. Quand Charles l'accueillit à sa descente de l'autobus, à l'angle des rues Wellington et Centre, dans la première neige de décembre, il la vit pour la première fois de mauvaise humeur. Elle avait l'impression de pénétrer dans un long tunnel sombre dont elle ne ressortirait que dans plusieurs mois, si elle ne s'était pas laissée mourir avant. Même l'approche des fêtes ne parvenait pas à l'égayer. Elle fulminait contre ce pays de fous où on était enseveli sous la neige pendant des mois, contre le froid, ce serpent insidieux qui se faufilait dans les coutures des vêtements les plus chauds. Même la caresse de son col de renard argenté, qui mettait si bien en valeur son teint mat, ne lui était d'aucun secours contre le sentiment de désespérance qui l'envahissait tous les ans, en décembre.

Charles fut d'abord sceptique. Arriverait-elle à poser dans cet état? Puis, la réaction d'Anna à quelques flocons inoffensifs étant si disproportionnée, il prit le parti d'en rire et se donna pour mission de la transformer en princesse nordique! On ne pouvait pas vivre dans la province de Québec et se morfondre tous les hivers! Que de temps gaspillé à pâtir, quand il suffisait d'ouvrir les bras et d'embrasser la froidure pour avoir moins froid!

— L'hiver te donne de si belles joues…

Ils firent un détour par la maison, le temps de saluer Laurette qui attendait en trépignant d'impatience dans le salon. Elle allait enfin faire connaissance avec l'Italienne. Elle emmena Anna jusqu'à la chambre pour lui présenter Émile et voir par la même occasion si la jeune femme avait le cœur assez solide pour ne pas se laisser impressionner par un malade plus mort que vif. Anna salua le moribond d'un signe de tête et, dès qu'elle le put, courut rejoindre Charles. Elle n'avait pu retenir un frisson de dégoût en pénétrant dans la chambre. La maladie lui faisait horreur et elle avait dissimulé une grimace devant l'odeur rance que dégageait Émile. Quand Charles et Anna ressortirent de la maison, Laurette les regarda partir avec un peu de dépit, et une nostalgie indéfinissable devant la beauté insolente de la jeune femme.

Le tour du propriétaire fut vite fait : seules quelques toiles sans importance étaient encore appuyées contre les murs de la cabane. Les œuvres majeures, comme celles consacrées aux Rocheuses, avaient finalement été démontées de leur cadre et roulées, puis avaient rejoint au grenier la série des nus. Charles aurait bien aimé impressionner Anna avec ses Rocheuses, mais il aurait eu peur de l'effaroucher en lui montrant les nus. Il choisit donc de reporter à un autre jour la visite au grenier. Il n'avait qu'une hâte, retravailler avec un modèle vivant et se débarrasser enfin du blocage qu'il subissait.

Il lui offrit le fauteuil bleu, l'entourant de mille attentions, s'inquiétant de son confort et cherchant à la faire sourire. Il fallait qu'elle s'abandonne, qu'elle devienne malléable et souple pour les besoins du portrait. Une fois pelotonnée dans le fauteuil, enroulée dans un châle soyeux et mordoré dont elle avait pris la précaution de se munir, Anna parut enfin revenir à elle. Elle prit conscience du cocon dans lequel ils venaient de s'enfermer et se laissa aller à une certaine langueur. Avec son talent naturel d'actrice, elle se glissait peu à peu dans le rôle du modèle; Charles observa avec admiration les transformations qui s'opérèrent en elle.

Elle retira ses chaussures et remonta ses jambes sous elle, redressa les épaules, bomba légèrement le torse pour faire pointer sa poitrine et étendit mollement ses bras sur les accoudoirs, laissant pendre ses mains aux ongles effilés. Elle regarda Charles d'un œil mystérieux, envoûtant, inclinant légèrement la tête pour mettre en évidence la lourdeur de sa chevelure dénouée. Sa bouche s'entrouvrit et elle passa sa langue sur ses lèvres pour les rendre brillantes.

— Dis-moi ce que tu veux que je fasse...

Charles eut un frisson de désir. L'ingénuité animale d'Anna le rendait fou. Il lui donna quelques vagues indications pour la forme, mais renonça vite à poursuivre devant l'évidente inutilité de ses directives. Elle avait déjà, d'instinct, choisi la posture qui lui convenait le mieux. Il traça rondement quelques grandes lignes sur sa toile et s'empara de sa palette. Des ombres, des creux d'un brun ocré apparurent d'abord; sous la ligne du menton, dans le tracé des clavicules, à la base du cou. Charles creusa les joues, les arcades sourcilières, les ombres du nez, puis s'attaqua au contour des yeux et des lèvres. Il se contentait pour l'instant de reproduire des lignes nettes, graphiques, avec le même recul que s'il avait reproduit les contours d'une potiche. Il aurait aimé retourner Anna la tête en bas et la copier à l'envers sur la toile, comme une dame de cœur, pour ne pas se laisser influencer par ses sentiments. Mais c'était impossible et il tenta de conserver un regard froid, presque clinique, pour pouvoir mener à bien cette première étape.

Ils restèrent silencieux pendant un bon moment, Charles extrêmement concentré, Anna voulant faire montre de sa bonne volonté et de son talent de modèle. Il peignait avec application, retenant fréquemment son souffle jusqu'à ce qu'Anna s'en inquiète. Elle prit elle-même une profond inspiration, espérant l'entraîner dans le mouvement. Charles leva vivement la tête, anxieux à l'idée d'un inconfort soudain chez son modèle.

— Qu'est-ce qu'il y a? As-tu froid? Veux-tu te reposer un peu?

— Je voulais juste t'entendre respirer. Si tu retiens ton souffle trop longtemps, tu vas mourir avant d'avoir fini la toile!

Charles eut un sourire tendre et se dit qu'elle avait peut-être envie de parler, de bouger un peu.

— Est-ce que tu pourrais... avancer légèrement les épaules? J'aimerais voir le creux de ta gorge, là où s'est posée ta petite croix.

Elle inclina légèrement son corps vers l'avant et tâta de la main le creux en question. Dans un geste doux mais décidé, elle écarta un peu l'ouverture de son chemisier. Elle dévisagea Charles d'un air frondeur pour lui faire comprendre que la décision de se dévoiler ou non viendrait d'elle seule. Il la regarda, le cœur battant, et admira cette hardiesse qui la faisait aller d'elle-même au-devant de ses désirs. Après une hésitation pendant laquelle Anna parut réfléchir à la portée de ses gestes, elle détacha délicatement deux boutons de son chemisier, et le fit glisser pour dégager une épaule, passant en même temps un doigt sous la bretelle de sa combinaison pour la faire descendre. Ensuite, elle s'adossa avec nonchalance au fond du fauteuil, offrant à Charles, dans un mouvement lascif, la rondeur veloutée de son épaule et un sourire mystérieux.

Charles refréna un élan vers elle et se jeta avec avidité sur la toile, armé d'un long pinceau tendu et fouilleur comme une épée. Le silence prit une densité palpable mais, quelques minutes plus tard, avec un juron de frustration, Charles se saisit d'un torchon pour effacer les traces d'un mauvais coup de pinceau. Il se leva, s'éloigna autant que le lui permettait l'exiguïté de l'endroit, examina son travail d'un œil sévère, puis Anna d'un œil pensif.

— Je vais te demander de bouger encore un peu. Attends, je vais t'aider à te placer. Il faudrait que tu avances encore ton coude, comme ça...

Tout en parlant, il s'approcha d'elle et se glissa derrière le fauteuil. Avec autant de précaution que s'il avait manipulé un engin explosif, il saisit par en dessous le coude d'Anna et le fit avancer sur l'accoudoir de quelques centimètres.

— Penche un peu la tête et avance encore ton épaule...

Il la guidait du bout des doigts, osant à peine l'effleurer tant il craignait de perdre le contrôle s'il posait sur elle toute sa main. Anna leva la tête et se tourna vers lui, la bouche entrouverte dans un appel muet, gorge renversée, offerte. Charles ne sut plus où poser les mains et les yeux. Enfin, il céda et caressa d'une main tremblante l'épaule exhibée, pendant qu'il s'accroupissait à côté du fauteuil. Il prolongea sa caresse, y ajouta celle de sa bouche, escaladant à petits baisers l'épaule et le cou pour arriver jusqu'à la bouche d'Anna, qui gémit d'impatience. S'offrir ainsi en spectacle était pour elle une source inattendue de volupté : elle sentait le regard de Charles comme une caresse, mais les dernières minutes l'avaient mises dans un état d'excitation extrême. Elle n'avait plus qu'une envie, sentir sur elle les mains de son amoureux. Elle agrippa sa chemise et l'attira vers elle.

À cet instant, tout projet de chef-d'œuvre à réaliser fut oublié. Ils s'embrassèrent avec voracité, retrouvant l'ardeur de leurs premiers moments d'intimité dans la voiture de Charles, deux mois auparavant. Mais il y avait en plus, ce jour-là, leur détermination partagée d'aller plus loin. Cela ne se produirait pas ce dimanche, mais ils savaient désormais que leur étreinte improvisée dans le petit fauteuil n'était qu'un prélude...

Ils se ressaisirent d'un coup, Anna se rajustant pendant que Charles bondissait à l'autre bout de la cabane. Il lui tourna le dos, haletant comme après une longue course. La tête baissée et les mains dans les poches, tremblant de désir, il sentit plus qu'il n'entendit Anna venir vers lui. Elle glissa ses mains sous les bras de Charles et l'enlaça par-derrière, se collant contre lui avec un abandon total. Charles, qui se préparait déjà à implorer son pardon, fut dérouté. Il retira ses mains de ses poches et saisit les mains d'Anna.

— C'est dangereux, ce qu'on fait, Anna…
— Je suis prête à prendre le risque !

Une foule de pensées se bousculèrent dans la tête de Charles ; il avait dix ans de plus qu'elle, ne devait-il pas la protéger contre elle-même, mettre un frein avant qu'il ne soit trop tard ? Il craignait de la déshonorer aux yeux de sa famille, mais aspirait à se perdre en elle, à plonger dans son univers sans contrainte… Il ne pouvait envisager un amour ordinaire à la conclusion inéluctable : mariage, avenir, famille ! Mais la vie hors des murs de la cabane était si compliquée…

Charles se dégagea de l'étreinte d'Anna le temps de se retourner et de la prendre dans ses bras avec tendresse.

— Oh ! Anna ma précieuse ! Je t'aime… Jamais de ma vie je n'ai aimé quelqu'un comme je t'aime ! J'en vois plus clair ! Et j'ai peur pour toi…

— Je suis une grande fille, Charles, et je sais ce que je veux… Ne t'inquiète pas pour moi. Je t'aime, tu m'aimes, c'est tout ce qui compte.

Il se sentit curieusement soulagé et se mit à la chatouiller légèrement à la taille, au cou, derrière les oreilles, la couvrant en même temps de baisers goulus. Anna gloussait et poussait des petits cris de fausses protestations. Au bout de quelques minutes de ces bagatelles, Charles reprit son calme et retint le visage d'Anna entre ses deux mains.

— Je pense que ça serait mieux qu'on s'arrête là pour aujourd'hui. Je serais plus capable de peindre cet après-midi.

En l'aidant à remettre son manteau, il la garda dans ses bras quelques instants et plongea son nez dans ses cheveux, pour pouvoir mieux garder en mémoire le souvenir de son parfum. Puis Anna vola jusqu'à l'arrêt d'autobus, oubliant la froidure. Elle avait l'impression d'évoluer au cœur d'un de ses romans favoris.

* * *

Un cauchemar vint hanter Charles deux fois au cours des nuits suivantes : le pressentiment de la mort prématurée de sa mère. Il décida donc d'aller à Saint-Damien pour Noël, bien que la perspective d'affronter le regard froid de son père et l'imbécillité pompeuse de son frère Maurice lui pesât lourd. Il irait seul : pas question d'infliger à Anna le spectacle d'une famille dont il n'était pas fier et de subir la comparaison inévitable avec les Boldini. Il aurait bien aimé présenter Anna à Louis et Françoise mais, de toute manière, Giancarlo Boldini ne laisserait pas sa fille partir seule avec lui.

Il souffrait à l'avance d'être séparé d'elle et cette souffrance suffisait pour lui faire haïr le voyage. Mais le 20 décembre, un triste événement vint le sauver de cette obligation. Émile Charron poussa, sans doute avec soulagement, son dernier soupir...

Charles fit parvenir à ses parents un télégramme laconique : «Émile Charron décédé. Stop. Impossible quitter madame. Stop. Viendrai plus tard. Stop. Joyeux Noël. Stop. Charles.» Il s'occupa avec zèle des préparatifs pour les funérailles, allant au-devant des désirs de Laurette et lui apportant tout le réconfort que ne pouvait lui offrir sa famille. Sa sœur et son frère aîné s'étaient exilés depuis une quarantaine d'années en Abitibi et avaient peu à peu coupé les ponts, après le décès de leurs parents au cours de l'épidémie de grippe espagnole. Dès l'âge de seize ans, Laurette n'avait pu compter que sur son frère Alphonse, celui qui avait préparé à Charles les meilleurs sundaes du monde. Mais depuis quelques mois, son emphysème empirait et Alphonse ne pouvait plus se déplacer. Laurette n'avait plus que Charles, qui se révéla à la hauteur de la situation. Il ne la quitta pas d'une semelle jusqu'après le service funèbre, auquel assistèrent quelques voisins et anciens collègues de travail d'Émile, de même qu'Anna qui joua avec gentillesse le rôle d'hôtesse, quand les proches vinrent offrir leurs condoléances à la veuve dans le petit salon de la rue Jardin.

Le soir de Noël, après s'être assuré que Laurette avait pris les somnifères prescrits par le médecin, Charles alla passer la soirée chez les Boldini, ce qui lui fit du bien. Il fut épaté par leur sens de la fête, par leur joie aussi bruyante que leurs engueulades fréquentes et sans conséquence. À tel point qu'il préféra ne pas penser aux siens. Les souvenirs des Noëls chez les Dupuis avaient pour lui une saveur amère.

Il mangea à s'en faire éclater la panse, fit mourir de rire les frères d'Anna par son manque de résistance aux effets de la grappa, et embrassa Anna tant qu'il put, à la sauvette, dès qu'un coin sombre s'offrait à eux et que les yeux de la *mamma* étaient occupés ailleurs. Ils jouaient avec le feu, riant nerveusement des étincelles que provoquait en eux le moindre effleurement. Ayant vu Anna sortir de la cuisine et se jeter, haletante, dans un fauteuil pendant que Charles la suivait avec l'air d'un enfant pris la main dans le sac, Maria fusilla sa sœur du regard, montrant discrètement du menton leurs parents, qui ne savaient plus où donner de la tête. Charles saisit son regard et comprit qu'il devrait être plus prudent pour ne pas compromettre Anna. Mais elle lui faisait perdre la tête…

À cause du deuil, Charles et Anna limitèrent leur participation aux réunions houleuses du temps des fêtes, n'acceptant qu'une invitation chez les Jablonski. Quand Carl lui offrit ses condoléances, Charles avoua qu'il avait accueilli la mort d'Émile avec un certain soulagement.

— Je n'arrive pas à être triste, sauf pour Mme Charron. Ça va être dur pour elle au début, mais je suis sûr qu'Émile est content d'être là où il est…

Anna et lui se retrouvaient dès qu'ils le pouvaient dans l'atelier, s'y faufilant comme des voleurs, à l'abri des autres et de leurs célébrations bruyantes. Mais Anna ne posait plus que pour la forme, pendant quelques minutes, jusqu'à ce que Charles, prétextant un mauvais éclairage ou une attitude à corriger, s'approche d'elle et la touche. Ils laissaient alors libre cours au tumulte qui les habitait, allant un peu plus loin à chaque séance, élaborant dans le petit fauteuil poussiéreux, au milieu des odeurs de térébenthine et de peinture, une cérémonie amoureuse qui atteignit son apogée un jour de tempête, dans le vacarme hurlant du vent du nord qui faisait trembler les murs de la cabane. Mais la fragile construction se serait-elle soulevée de terre que Charles et Anna en auraient à peine eu conscience.

L'ardeur qu'ils mirent dans leur corps à corps leur fit oublier jusqu'à l'endroit où ils se trouvaient...

* * *

On ne voyait ni ciel ni terre, il n'y avait âme qui vive dans les rues; inutile de fermer les rideaux que Laurette avait accrochés pour protéger (elle n'osait imaginer jusqu'à quel point) l'intimité de Charles. Le contraste entre le froid glacial du dehors et la touffeur tropicale provoquée par leurs respirations et transpirations conjuguées eut vite fait d'embuer les carreaux...

Anna et Charles avaient tacitement décidé que cette météo apocalyptique serait un cadre idéal pour l'accomplissement de leurs desseins érotiques. Ils étaient entrés dans la cabane pliés en deux d'avoir lutté contre le vent, essoufflés et rouges d'excitation, Anna tenant serrée contre elle une courtepointe faite d'innombrables pièces de velours aux couleurs passées. Quand elle avait quitté la maison malgré les hauts cris de sa mère, elle l'avait emportée en affirmant qu'elle s'en servirait pour s'envelopper : «Ne t'inquiète pas, *mamma*, ça me tiendra encore plus chaud, par-dessus mon manteau. Il faut absolument que j'aide Charles à tenir compagnie à la pauvre Mme Charron. Tu comprends, elle est tellement triste!»

Laurette Charron était pourtant loin des préoccupations d'Anna. Pendant qu'elle aidait Charles à préparer une niche douillette dans un coin de la cabane, Anna regardait son homme avec assurance, pour lui montrer qu'elle ne ressentait aucune crainte ni hésitation.

— Aujourd'hui, je veux devenir ta femme...

Elle prit la main de Charles, la posa sur son sein et le regarda dans les yeux. Charles se promit d'être à la hauteur de cette confiance. Dans un même mouvement ils se coulèrent au cœur de leur grotte tapissée de velours, se fouillant déjà des mains et de la langue. Charles endigua ses élans : il se voulait encore plus doux, plus tendre, plus patient que les autres jours. Mais Anna était impatiente et affamée, comme si la curiosité et la peur de changer d'avis la poussaient à aller de l'avant. Elle pressa Charles de la prendre, agrippant ses hanches, orientant ses mouvements. Il la pénétra avec précaution et retint son souffle, cherchant sur son visage le moindre indice de douleur ou d'inconfort. Mais au moment où Anna perdit ce qu'il lui restait de virginité, un rugissement de victoire se mêla à ses larmes. Elle avait eu mal, mais sentait que Charles était maintenant tatoué au fond d'elle-même et que plus rien ne pouvait desceller leur entente. Charles dégusta son cri avant qu'il se perde dans le tapage non moins impérieux des rafales de vent...

Ils se tinrent blottis l'un contre l'autre, enroulés dans la courtepointe, aussi longtemps que le leur permit le petit poêle. Quand Charles voulut enfin se lever pour alimenter le feu, Anna le retint encore un instant dans ses bras et souffla dans son oreille :

— Je serai toujours à toi...

* * *

Après la mort d'Émile, Charles prit au sérieux son rôle de protecteur et d'homme de confiance de Laurette. Il se chargea de l'entretien de la maison, surveillant de près les écarts de digestion de la vieille plomberie, attentif au moindre claquement en provenance de la toiture où parfois des clous éclataient sous la morsure du froid. Quand un problème d'entretien le laissait perplexe, il pouvait compter sur les avis éclairés de Carl, qui était un excellent bricoleur.

Laurette n'était plus que l'ombre d'elle-même; elle cherchait ses repères, perdue dans une maison trop grande, trouvant les journées vides et trop longues. Elle avait déjà été abandonnée par ses parents à un âge encore tendre, puis par ses frère et sœur, et voilà que les deux hommes auxquels elle avait consacré sa vie l'avaient abandonnée à leur tour. Elle se sentait comme une orpheline trahie. Il lui arrivait de rabrouer Charles, comme si elle s'en voulait de lui accorder sa confiance, comme si elle trahissait à son tour Émile et Yvon-Marie en «adoptant» cet étranger. Dans ces moments-là, Charles s'armait de patience et se rappelait la douleur silencieuse de Marie-Reine après la mort de René.

* * *

Voulant convaincre Anna que Montréal pouvait être féerique en hiver, Charles l'emmena sur le mont Royal, pour

187

lui apprendre à se rouler dans la neige. Il espérait la voir déguster des flocons fraîchement tombés, se frotter les joues avec une balle de neige avant de la lui lancer avec aplomb. Le ciel était d'un bleu à lui rappeler les Rocheuses, et ce bleu se reflétait dans la neige, lui donnant des reflets métalliques. Un paysage de carte de Noël. Le temps était juste assez froid pour que la neige ne devienne pas trop molle, et juste assez doux pour qu'on aie envie de s'étendre de tout son long pour apprécier le moelleux du tapis blanc et la lumineuse beauté du ciel.

Charles ne cessait de s'exclamer :

— Ça c'est du bel hiver! Je suis sûr que si tu allais dans les montagnes en Italie, tu en trouverais pas d'aussi beau!

Anna retint un commentaire mordant : elle avait beau aimer ce grand fou, elle n'arrivait pas à comprendre son engouement pour la neige. Mais, pleine de bonne volonté, elle voulait bien essayer encore... Elle aurait voulu aimer tout ce que Charles aimait.

Charles venait de trouver l'endroit propice, une zone encore parfaitement intacte, où pas même un moineau n'avait posé le bout d'une patte. Il se laissa tomber de tout son long sur le monticule, bras et jambes écartés, droit comme un arbre qu'on vient d'abattre. Puis il battit des bras et des jambes.

— Regarde, ça fait comme des ailes! T'as jamais joué à l'ange, quand tu étais petite?

Anna répondit par une moue indécise et remonta son col de renard. Charles l'invita à le rejoindre. La jeune femme vérifia que son manteau descendait assez bas pour couvrir complètement ses jambes jusqu'aux chevilles, resserra les lacets qui fermaient ses bottillons fourrés et se laissa tomber à côté de lui, non sans une grimace quand l'arrière de sa tête, coiffée d'une toque de fourrure, entra en contact avec la neige.

— C'est vrai que c'est assez confortable...

Elle tourna la tête avec précaution vers Charles et lui offrit un sourire plein de bonne volonté.

— Tu es beau dans la neige...

Elle effleura le nez de Charles du bout de son gant, puis regarda le ciel et les arbres autour d'elle, cherchant à se détendre et à apprécier le confort du matelas. Elle mit dans ses efforts la détermination stoïque d'un apprenti fakir sur son tapis de clous.

Deux minutes plus tard, Anna était debout, frissonnante, prête à rentrer, Elle proposa à Charles de découvrir le cappuccino.

— Tu veux partir déjà? On est si bien ici.

— Moi, ce que j'aimerais, c'est découvrir l'Italie avec toi. Tu nous vois sur une plage de Rimini?... Ma mère y est déjà allée. Il y a des petites cabines pour se changer et on peut patauger dans la mer toute la journée.

Charles n'avait jamais vu la mer; la découvrir avec Anna serait... Il n'osait même pas l'imaginer!

— J'aimerais t'offrir un voyage comme ça, un jour...

* * *

À genoux et nu dans l'atelier, Charles était affairé à casser un par un et en tout petits morceaux ses pinceaux, vidant l'un après l'autre ses tubes de peinture dans le poêle, produisant de grandes flammes de différentes couleurs. Debout près du poêle, Anna, enroulée dans sa courtepointe de velours, riait et applaudissait, criant :

— C'est beau, Charles, c'est tellement plus beau quand ça brûle. Vas-y, continue, de toute façon tu t'en sers plus!

Charles poussa un grand cri et s'assit dans son lit, repoussa les couvertures avec violence et hurla :

— Non, non, fais pas ça!

Au bout de quelques secondes, il reprit ses esprits et comprit avec soulagement qu'il avait rêvé. Mais le cauchemar l'avait secoué, surtout le visage réjoui d'Anna en train d'applaudir la destruction de ce qu'il aimait par-dessus tout. Et lui, à genoux, pitoyable... Mais Anna l'aimait et ne pourrait jamais lui faire subir pareille humiliation... Il passa le reste de la nuit éveillé, à se demander pourquoi il n'arrivait pas à terminer le portrait d'Anna et, surtout, pourquoi il n'arrivait plus à peindre autre chose.

Bien sûr, entre son travail, Laurette et Anna, il lui restait peu de temps. C'était l'hiver, avec l'entrée et l'escalier à déneiger, et les journées étaient courtes; quand il avait enfin la possibilité d'entrer dans l'atelier, il faisait déjà nuit et Charles n'était pas satisfait de son éclairage artificiel. Mais à bien y penser, il avait vu défiler d'autres hivers, assis devant son chevalet... Peut-être ne peindrait-il plus jamais... Cette conclusion brutale le fit sursauter; la chose était impossible à envisager. Il avait renoncé à la sculpture volontairement, mais la peinture était sa planche de salut, son langage, son accès à la liberté. Alors pourquoi se sentait-il depuis des semaines abandonné par sa planche de salut?

Il parvint à un demi-sommeil inconfortable, avec la sensation d'un caillou dans son soulier, d'un petit pois sous son matelas. Un ver minuscule mais bien vivant commençait à ronger le cœur de Charles.

Après plusieurs jours d'interrogation douloureuse, Charles alla frapper à la porte de David Umanski. Il avait besoin de savoir s'il était le seul à entretenir de tels doutes.

Le vieil homme l'écouta avec indulgence et tenta de le rassurer en établissant un parallèle avec l'angoisse de la page blanche chez l'écrivain.

— Tous les artistes ont des périodes creuses! Peut-être que vous vous en demandez trop!

Charles lui parla alors du portrait d'Anna, qu'il voulait parfait, à la hauteur de son amour.

— Les femmes nous font parfois perdre la tête!

Charles avoua que n'ayant jamais perdu la tête avant, il avait maintenant peur de ne plus la retrouver...

— Rappelez-vous que vous êtes un peintre. C'est écrit en vous et personne n'y peut rien changer. Alors il faut trouver l'équilibre entre l'amour et la peinture...

8

En février 1959, Charles découvrit avec effroi qu'un pressentiment pouvait se transformer en réalité. Un soir à son retour du travail, il vit sur la table de la cuisine un télégramme qui l'attendait. Laurette l'avait reçu quelques minutes plus tôt et l'avait laissé là, soupçonnant une mauvaise nouvelle et incapable de le remettre en main propre à Charles. Elle observa son visage tout en frottant vigoureusement le couvercle d'une casserole.

Il ouvrit fébrilement l'enveloppe et les cauchemars qui l'avaient secoué avant Noël revinrent le frapper de plein fouet. Marie-Reine s'était éteinte. Son cœur fatigué avait renoncé à battre au rythme d'une vie trop lourde à porter et qui lui faisait depuis longtemps plier l'échine comme si elle avait quinze ans de plus.

Sans donner d'explication à Laurette, Charles renfila sa parka, sauta dans ses bottes et repartit en courant vers le chantier, espérant que le contremaître y serait encore et lui accorderait quelques jours de congé. Tout au long de sa course, des larmes coulèrent sur ses joues et le froid intense les faisait se figer dans sa barbe du soir. Le souffle court, autant à cause du chagrin que de la course, Charles se plia en deux devant la guérite qui marquait l'entrée du chantier.

— Qu'est-ce qui t'arrive, Dupuis?

— Ma mère est morte…

Pendant que l'homme bredouillait ses condoléances, Charles courut vers le bureau du *foreman*. Parce qu'il l'avait énoncée à haute voix, la nouvelle devint soudain plus réelle. Comme s'il venait de s'annoncer le décès de sa mère. Il n'eut pas à se rendre jusqu'au bureau; le contremaître marchait déjà vers la sortie et ralentit le pas en voyant Charles. Le cœur près d'exploser, le visage défait, celui-ci s'arrêta devant son patron et demanda la permission de s'absenter quelques jours pour cause de deuil. Il garda la tête basse, détestant demander quoi que ce soit à cet homme dur et inflexible.

Le *foreman* MacKinley savait ce que Charles pensait de lui. Les deux hommes avaient déjà eu des prises de bec et des discussions politiques orageuses, mais MacKinley était un homme juste qui ne mélangeait pas ses opinions personnelles avec son travail. Il ne demanda pas de détails sur l'identité de la personne décédée, mais étant donné l'air défait de Charles, il déduisit que c'était quelqu'un proche de lui.

— Mes sympathies, Dupuis... Tu reviendras lundi prochain.

Et sans le regarder, il ajouta :

— J'ai un cœur, moi aussi, même si tu penses le contraire...

Charles rentra rue Jardin la tête basse pour dissimuler ses larmes aux rares passants, des larmes si abondantes qu'elles l'empêchaient de voir son chemin. Il avançait en titubant, ivre de chagrin et de regret d'avoir oublié à quel point il aimait sa mère, trop préoccupé de lui reprocher mentalement ses faiblesses et son tempérament timoré. Mais c'était trop tard...

Quand il ouvrit la porte d'entrée, il buta presque sur Laurette qui l'attendait impatiemment, curieuse et inquiète.

— Avez-vous eu des mauvaises nouvelles?

Charles se retourna pour accrocher sa parka sur la patère; il laissa ses deux mains sur le vêtement et, lourdement, y appuya sa tête. La gorge serrée par d'autres sanglots qui montaient, il balbutia, en bavant dans le manteau :

— Madame Charron, je suis orphelin... Ma mère est morte ce matin, pis j'étais même pas allé la voir à Noël, comme un vrai sans-cœur! Maintenant c'est trop tard, je la reverrai plus jamais vivante, ma pauvre petite mère qui a eu de la peine toute sa vie. Mon père, avec son caractère de chien, lui a toujours marché dessus, comme il nous a tous marché dessus dans la famille! Pis moi, j'étais pas capable d'empêcher ça! Ma mère est morte de chagrin et de fatigue de se faire marcher dessus!

La femme s'approcha doucement et posa la main sur l'épaule de Charles. Il se remit à pleurer bruyamment, sans retenue. Laurette se contentait de tapoter doucement son dos et répétait «Pauvre vous, pauvre vous…» Au bout de quelques minutes, Charles se ressaisit et se glissa hors de ses bottes qu'il n'avait pas pris la peine d'attacher, monta dans sa chambre en disant qu'il devait prendre le train le soir même.

La logeuse calcula que Charles avait un peu plus d'une heure devant lui. Elle essaierait de le faire manger, quoique ce serait sans doute difficile. Elle acheva de mettre la table comme à l'accoutumée, espérant qu'elle arriverait à lui faire raconter comment Marie-Reine Dupuis s'était éteinte. Puis elle pensa que Charles devrait téléphoner à sa petite amie pour la prévenir de son départ.

Mais quand il redescendit à la cuisine, sa valise à la main, Charles semblait prêt à partir immédiatement.

— Pendant que vous allez téléphoner à Mlle Boldini, je vais vous préparer des sandwichs pour la nuit. Ça m'étonnerait que vous dormiez beaucoup…

— Anna, c'est vrai, j'y avais pas pensé…

Il poussa un soupir de découragement. Annoncer la nouvelle encore une fois, c'était de nouveau faire face à l'inexorable réalité. Il doutait de pouvoir arriver à prononcer sans faiblir les quelques syllabes nécessaires. Quant à Anna… il avait le sentiment que leur histoire d'amour se déroulait dans un autre monde, où il n'y avait de place que pour le plaisir et les bonnes nouvelles… Saurait-elle prendre la mesure de son chagrin? Il s'approcha du téléphone, composa le numéro et tourna le dos à Laurette, cherchant un semblant d'intimité. Encore secouée par la nouvelle qui ravivait son propre chagrin et prolongerait leur deuil, Laurette alla s'enfermer dans sa chambre pour recueillir dans son mouchoir roulé en boule des larmes d'apitoiement, sur elle-même et sur Charles. Du moins pourraient-ils se consoler mutuellement…

À l'annonce du décès de Marie-Reine, Anna exprima bruyamment son horreur, assurant Charles, entre deux sanglots, qu'elle comprenait sa douleur, que si elle-même devait perdre sa mère, elle en mourrait de chagrin. Les parents étaient là pour prendre soin de leurs enfants, ajouta-t-elle, même quand ceux-ci étaient devenus grands. Elle ne savait pas ce qu'elle ferait sans sa mère... En chuchotant, parce qu'elle n'était pas seule, elle lui jura son amour. Charles devina que la cuisine des Boldini était encore en effervescence et cette idée le choqua, comme si on avait ri de son chagrin.

Ils échangèrent encore quelques mots, puis Charles raccrocha, troublé, un arrière-goût amer dans la bouche; il aurait eu besoin de consolation, mais Anna n'avait pas trouvé les mots qu'il fallait. Elle n'avait parlé que d'elle-même... La compassion de Laurette, qui s'inquiéta du contenu de ses bagages et lui fit promettre d'essayer de manger et de dormir, lui fit du bien.

Il passa la nuit, bercé par le roulis du train, à se demander si sa mère avait su qu'il l'aimait, à s'interroger sur l'accueil que lui ferait son père. Pour se distraire, il rêvassa de temps en temps aux seins tendres, aux cuisses moelleuses d'Anna, mais ces rêveries ramenaient dans sa gorge l'arrière-goût ressenti après leur conversation. Peut-être aurait-il dû la voir avant de partir, pour pouvoir lire sur son visage qu'elle partageait vraiment sa douleur. L'aurait-elle bercé pour apaiser sa peine? Face à lui, aurait-elle trouvé le ton, les mots qui convenaient? Il conservait un malaise au souvenir de sa réaction, comme si la compassion d'Anna sonnait faux. Il avait cru percevoir dans son apitoiement une sorte de soulagement, comme si, au fond, l'essentiel était qu'il ne lui soit rien arrivé, à elle. Anna n'avait jamais encore connu d'épreuve et réagissait comme si les événements n'avaient d'importance que dans la mesure où ils l'affectaient directement... Charles comprit qu'Anna n'avait jamais souffert et pria le ciel qu'elle soit épargnée le plus longtemps possible. Il la devinait mal armée... Il n'aurait pu mettre en mots ce qu'il ressentait, mais, pour la première fois depuis qu'il la connaissait, Anna l'avait déçu.

* * *

Charles observa son père à la dérobée, essayant de surprendre sur son visage des signes de ce qu'il ressentait. Il fallait s'y attendre, Thomas Dupuis avait le chagrin bourru. Engoncé dans un costume noir et une chemise blanche qui avaient connu de meilleurs jours, il accueillait d'un œil sévère les visiteurs venus présenter leurs condoléances et les remerciait d'un grognement. Mal à l'aise dans les situations officielles, il ne savait exprimer sa peine autrement que par un visage imperturbable. Même ses enfants devaient l'observer attentivement pour déceler dans un certain relâchement de ses traits, dans un affaissement aux commissures des lèvres, que l'homme était désemparé. Les dernières années n'avaient été pour lui qu'une succession de certitudes s'écroulant les unes après les autres : la folie, le suicide n'existaient donc pas que chez les autres, les enfants pouvaient se rebeller et quitter le foyer paternel sur un coup de tête et les femmes mouraient parfois avant leurs maris, les livrant à eux-mêmes... Le monde n'était donc pas conforme à ce qu'il avait cru depuis qu'il était tout petit. Cette constatation l'obligeait à réfléchir et le secouait, ce qu'il détestait par-dessus tout. Les choses auraient dû être immuables, ainsi tout aurait été plus simple.

Il espérait seulement qu'il pourrait compter sur Maurice et sa femme pour s'occuper de lui. Il refusait la perspective de se retrouver seul dans la maison. Si le couple acceptait de venir vivre avec lui, il donnerait la maison à Maurice. De toute façon, il était probablement le seul à en avoir envie... quoique Louis, peut-être... Mais Louis projetait déjà de se construire une demeure tandis que Maurice, peu économe, ne réussirait probablement jamais à entreprendre un tel projet.

Charles s'interrogea sur la profondeur du chagrin de son père. Il ne l'avait jamais vu souffrir, pas même quand René avait perdu l'esprit. Pouvait-on garder en soi d'aussi grandes douleurs sans jamais les exprimer? Se rendait-il seulement compte que Marie-Reine aurait peut-être vécu plus longtemps si elle avait été mieux aimée? L'avait-il seulement aimée? Plus Charles poussait ses réflexions, plus il en voulait à son père de sa froideur, de sa façon cassante de traiter les inquiétudes et les préoccupations de sa femme, comme si personne, dans cette famille, n'était assez endurci à son goût... On verrait bien, maintenant, comment il vivrait sa solitude. Charles le voyait déjà reporter sa hargne et son mauvais caractère sur l'épouse de Maurice, une deuxième Marie-Reine qui n'oserait jamais hausser le ton pour se défendre. Maurice et elle s'installeraient sûrement chez Thomas, eux qui vivaient avec deux enfants dans un minuscule logement. Charles avait déjà surpris Maurice en train de décrire à sa femme comment il pourrait transformer la maison paternelle ! Thomas et son aîné, pendant ces trois jours, ne s'affrontèrent que du regard. Charles devinait dans les yeux de son père, chaque fois qu'il les croisait, une sorte d'inconfort, comme si Thomas ressentait une menace latente ou une accusation dans la simple présence de ce fils rebelle et différent des autres. Mais le moment était mal choisi pour régler des comptes : par respect pour le chagrin de ses frères et sœurs, par respect filial aussi, puisqu'on le lui avait inculqué toute sa vie, Charles y renonça. De toute manière, par où commencer ? Son ressentiment envers Thomas prenait ses racines si loin et touchait tant de cordes sensibles qu'il n'aurait pu lui livrer sa rancœur que dans un sombre fouillis auquel Thomas n'aurait sans doute rien compris.

Avant de reprendre le train, Charles voulut néanmoins saluer formellement son père et lui offrir sa sympathie. Il le trouva dans son atelier, où Thomas avait allumé le petit poêle pour tenter, sans trop de succès, de vaincre la froidure mordante de février. Charles savait que l'atelier de gravure était rarement utilisé pendant l'hiver, puisque le cimetière où aboutissait tout le travail de Thomas était enfoui sous la neige. Mais son père avait dégagé l'entrée de toute la neige accumulée et gaspillé du bon bois de chauffage : il devait avoir une bonne raison. Charles poussa tout doucement la porte de l'ancien garage et plissa les yeux pour chercher dans la pénombre une chevelure hirsute et grisonnante. Thomas était absorbé dans un travail minutieux.

Assis en équilibre précaire sur un tabouret bas qui faisait remonter ses genoux presque au niveau des épaules, il ciselait une rose avec une finesse impressionnante sur une pierre tombale en marbre rose, d'une qualité exceptionnelle et veiné de blanc et de crème. La stèle, travaillée tout en courbes, était surmontée de fioritures élégantes, gravées à la machine par les fabricants chez qui se fournissait son père. Thomas y ajoutait maintenant un élément pour l'enjoliver, une première dans sa carrière.

Charles se rappela avoir été témoin d'une scène semblable, une dizaine d'années auparavant, et observa avec intérêt l'application que Thomas mettait dans son travail. Cette pierre tombale, faite pour des riches, l'émut et l'intrigua. Il devina que la stèle, plus belle que tout ce qu'il avait jamais vu dans l'atelier, était destinée à sa mère; ainsi, constata-t-il, Thomas vivait son deuil dans la solitude. Mais Charles avait besoin que Thomas le lui dise. Il resta silencieux dans son coin jusqu'à ce que son père, ayant soufflé sur sa fleur de marbre et mis un peu de salive du bout du doigt pour en faire briller la surface, se redresse et recule pour juger de l'effet obtenu.

— Comment ça se fait, papa, que vous gravez en plein hiver? Il fait bien trop froid ici, vous allez être malade!

Il s'approcha et resta debout près de son père, prenant plaisir à se sentir grand à côté de Thomas, presque accroupi.

— Je vous ai jamais vu travailler sur un aussi beau monument. Ça doit être une grosse commande?

Thomas continua d'examiner le marbre d'un œil presque amoureux. Il tendit la main et caressa le dessus de la pierre polie, froide comme l'hiver, douce comme la peau d'une femme. Au bout de quelques secondes, il marmonna :

— J'avais ça dans l'atelier depuis un bon bout de temps. Quand la mère du curé est tombée malade, je pensais que ça pourrait servir... Mais j'ai décidé que ça serait pour ta mère. C'est normal qu'elle ait un monument plus beau que les autres. Sinon, le monde jaserait...

Tout en parlant, il dessina du bout des doigts chacune des courbes de la pierre, dévoilant à Charles un chagrin dont il ignorait lui-même l'ampleur. Attentif à ces gestes pleins de douceur et dont il avait cru son père incapable, Charles resta immobile et silencieux.

— Ta mère l'avait trouvé pas mal beau, le monument...

Le silence s'installa et l'ombre pourtant modeste de Marie-Reine fut soudain assez lourde pour leur faire courber les épaules. Charles essuya ses yeux humides et s'éclaircit la voix.

— Allez-vous... écrire quelque chose dessus?

Thomas haussa les épaules et évalua de sa grosse main poussiéreuse tout l'espace inutilisé sur la pierre, là où on inscrivait généralement, sous le nom de la personne décédée, l'année de sa naissance et celle de sa mort, quelques mots tendres, une prière ou une déclaration.

— J'ai tout un cahier de prières aux morts. Je vais essayer de choisir quelque chose...

— Il me semble que... je sais pas si... Papa, me laisseriez-vous composer quelque chose?

Thomas se retourna et faillit répliquer vivement. Mais une supplique silencieuse dans l'expression de Charles le fit changer d'avis.

— Si tu veux... Mais rien de compliqué parce que c'est beaucoup d'ouvrage...

Charles se précipita vers l'établi, trouva un bout de crayon et arracha la dernière page d'un vieux catalogue d'outils. En quelques secondes, il griffonna une courte phrase qu'il proposa à son père. Ce dernier, marmonnant qu'il n'avait pas ses lunettes, se rapprocha de l'ampoule qui pendait au-dessus de l'établi et tendit le bras pour éloigner la feuille et lire l'épitaphe. Puis, les doigts tremblants, il glissa le bout de papier dans sa poche de poitrine et dit à Charles :

— Ouais, je pense qu'elle trouverait ça correct...

Charles se racla encore la gorge. Il faillit commenter son message, puis se ravisa. Il y a des choses qu'on ne devrait pas avoir besoin d'expliquer...

— Il faut que j'aille prendre mon train. Salut, papa, restez pas trop longtemps dans l'atelier. C'est pas chaud...

— Bon voyage...

Tout était dit. Charles marcha vers la porte pendant que son père retournait s'asseoir sur son tabouret, impatient de se retrouver seul avec son marbre rose. Avant de sortir, Charles leva la tête pour revoir la «remise d'en haut», son ancien atelier maintenant envahi par un amoncellement de vieilleries et de déchets oubliés. Une certaine nostalgie, malgré l'abondance de mauvais souvenirs, le fit frissonner et il ressentit le désir aigu de toucher des ciseaux à bois. En sortant, il secoua la tête pour chasser cette pensée. La sculpture, c'était du passé. Maintenant, il avait la peinture... et Anna.

Tandis que Charles s'éloignait lourdement sous la neige qui s'était remise à tomber, Thomas se releva et s'approcha de la fenêtre pour le suivre un moment des yeux. Puis il ressortit de sa poche le bout de papier sur lequel Charles, en quelques mots, avait réussi à exprimer ce que lui-même serait à jamais incapable de formuler. Il était forcé d'admettre que ce fils qui l'irritait tant avait des capacités étonnantes. Il sortit des modèles de calligraphie et du papier blanc, et se mit à reproduire en gros caractères les mots de Charles. «Les anges du ciel sauront l'aimer...»

* * *

Pour la première fois depuis dix ans qu'il le comptait parmi ses élèves, David Umanski fut soulagé de voir arriver Charles. Jusque-là, il avait cru que de revenir toutes les semaines dans son atelier avait pour Charles quelque chose de rassurant, même si le professeur n'avait plus grand-chose à lui apprendre. Mais dix ans, c'était bien long et le Polonais pensait qu'un jour ou l'autre Charles voudrait trouver un autre guide ou simplement voler de ses propres ailes, ce dont il était parfaitement capable. Mais avec les années, leur relation s'était développée et Umanski se considérait plutôt comme un mentor que comme un professeur. Et il craignait que Charles ne s'égare... Ce dernier n'ayant jamais manqué une soirée, la semaine précédente, voyant sa place vide, il s'était inquiété des dégâts que la belle Anna faisait dans le cœur de Charles.

Umanski était préoccupé aussi par le blocage de Charles, depuis que son meilleur élève passait ses mercredis à peindre sans les voir des petits paysages mièvres qui faisaient se pâmer Anna. D'ailleurs, la jeune femme n'était pas venue non plus, le mercredi précédent, mais sa présence ne lui avait pas manqué. Umanski avait beau la trouver charmante, il la considérait comme une source d'indiscipline dans son atelier. Elle était trop belle, trop envahissante; elle avait beau n'avoir d'yeux que pour Charles, tous les hommes de la pièce n'avaient d'yeux que pour elle...

Anna elle-même avait vite constaté son peu de talent pour la peinture; et puis l'apprentissage était trop long et ardu pour l'impatiente qu'elle était. Elle continuait néanmoins de venir chez Umanski pour être avec Charles, mais aussi pour l'ambiance. Seule jolie femme de l'atelier, les regards admirateurs des élèves lui donnaient un petit frisson de plaisir… Mais quand Charles se rendit à Saint-Damien à la mort de sa mère, elle décida de ne pas se présenter à la leçon. Sans lui, ce n'était pas la peine…

Depuis trois jours que Charles était revenu, ils ne s'étaient pas encore vus. La sœur d'Anna s'était cassé la jambe en glissant sur un trottoir glacé. Anna dut passer son dimanche à remplacer Maria auprès de leur mère, madame Boldini ayant promis, pour le baptême d'un petit voisin, de cuisiner ses spécialités. Triste et maussade, Charles fut pour une fois soulagé d'échapper au souper dominical chez les Boldini…

Leurs retrouvailles en pleine rue, à l'arrêt d'autobus, furent décevantes pour Anna; trop longtemps privée de caresses, elle aurait voulu une double ration de baisers et de mots doux. Mais Charles, encore abattu par son deuil, n'arrivait pas à lui faire bonne figure malgré son plaisir de la retrouver. Son air contraint, son regard triste firent à la jeune femme l'effet d'un coup de massue. Il lui prit le bras et, pendant qu'ils marchaient dans la rue Guy, Anna ne put s'empêcher de lancer :

— On dirait que tu n'es pas content de me voir…

— C'est sûr que je suis content de te voir, je me suis terriblement ennuyé de toi. Mais ma mère est morte depuis moins d'une semaine. Je suis en deuil… Essaie de comprendre!

— Excuse-moi… Comme je n'ai pas connu ta mère, je n'arrive pas à réaliser…

Elle fit un signe de croix machinal.

— Je n'ai encore jamais connu de deuil…

À sa demande, Charles lui fit le récit de son voyage à Saint-Damien. Il parla du chagrin des enfants de Maurice et de Louis, pour qui Marie-Reine avait été une grand-mère attentive, du soin que Louis avait mis à arranger les funérailles, de l'absence remarquée de Fernande qu'on n'avait pas pu trouver à temps, de celle plus prévisible de Jeanne, qui avait sans doute fait dire des messes par l'aumônier de son couvent. Il passa sous silence ses derniers moments avec son père, qu'il préférait préserver comme un secret entre hommes. Il était marqué par le souvenir de Thomas caressant la pierre tombale.

Il avait rarement pensé à l'existence d'une intimité physique entre ses parents...

Il fit part du décès de sa mère en entrant chez Umanski et les élèves, par respect, observèrent une certaine retenue tout au long de la soirée. L'atmosphère feutrée permit à Charles de se retrouver seul face à sa toile, pour la première fois depuis plusieurs mois. Il se vit en train d'appliquer des petites touches sur un bosquet de bouleaux sans consistance, sans vie. Dégoûté, il se leva et se mit à arpenter la pièce.

Après avoir tourné plusieurs fois autour de la grande table pendant que les autres l'observaient du coin de l'œil, il s'approcha du meuble où l'on conservait les toiles, le temps qu'elles sèchent. Il inspecta d'un œil froid trois œuvres de dimensions modestes qu'il avait terminées au cours des semaines précédentes. Devant leurs couleurs fades et leur style insipide, il se retint à grand-peine de sortir son canif pour les lacérer et les repoussa sur les étagères d'un geste impatient. Mais après quelques secondes de réflexion, il les reprit et les jeta dans le grand bidon qui servait de poubelle.

Anna eut une exclamation outrée.

— Oh! Charles, qu'est-ce que tu fais? Tu es fou!

— Mais non, je sais ce que je fais! De toute façon, c'est tellement mauvais que c'est là qu'elles vont finir. J'ai pas assez de place chez moi pour conserver toutes mes toiles. C'est aussi bien de les jeter tout de suite!

— Mais tu as travaillé fort et c'est très beau! Je connais des gens qui seraient contents d'accrocher ça dans leur salon!

— Il y a pas encore une seule de mes toiles accrochée dans un salon. Je suis pas prêt. Et c'est sûrement pas avec celles-là que je vais commencer!

Hubert, un autre élève étudiant en architecture, s'interposa. Il admirait le travail de Charles et ne comprenait pas cette colère soudaine.

— Voyons, Charles, fais pas ça, tu vas le regretter! Tu pourrais peut-être peindre par-dessus...

Umanski sortit de sa réserve habituelle et prit doucement mais fermement la défense de Charles.

— Il a le droit de faire ce qu'il veut de ses toiles. Charles est un artiste. Il ne peut pas se contenter de quelque chose de banal quand il sait qu'il peut faire mieux. Et il a raison, ces toiles sont très mauvaises...

Charles sursauta et faillit se rebiffer en entendant son professeur : jamais Umanski n'avait été aussi franchement sévère ! Mais il venait de le secouer pour le réveiller d'un trop long sommeil. Regardant une dernière fois dans la poubelle, où, sur la toile, un lac à la profondeur factice le narguait, Charles sentit l'urgence de renouer avec lui-même. Des images fortes, stockées depuis des années au fond de son cerveau avec le projet de les peindre un jour, affluèrent à sa mémoire, le laissant pantelant et fébrile. Ça y était enfin !

Anna le regardait avidement, cherchant dans ses yeux fous un signe de reconnaissance, comme si le Charles attentif et amoureux qu'elle connaissait venait d'être remplacé par un être mystérieux et effrayant. Elle l'appela doucement, d'une voix caressante, oublieuse de l'endroit où ils étaient et des spectateurs autour d'eux, préoccupée de rétablir le lien.

— Charles, regarde-moi...

Quand il se tourna vers elle, la jeune femme discerna dans son regard la présence d'une force nouvelle. L'inspiration dont il s'était senti privé depuis plusieurs mois revenait en force. Anna l'examina avec perplexité : Charles attendait sans doute d'elle qu'elle se réjouisse avec lui ; après tout, un peintre sans inspiration, c'était comme un ciel sans soleil, une nuit sans lune... Mais elle ne pouvait s'empêcher d'être inquiète, comme si Charles, tout à coup, avait été séduit par une autre femme... Elle le voulait heureux, mais avec elle et grâce à elle...

Avant de quitter l'atelier, pendant que tout le monde rangeait toiles, matériel et chevalets, Anna réussit à glisser dans un sac opaque les toiles qu'elle repêcha dans la poubelle sous l'œil réprobateur d'Umanski. Mais il n'était pas question qu'elle laisse disparaître d'aussi jolies peintures. «Plus tard, il me remerciera...»

Sur le chemin du retour, Charles était si agité qu'il ne remarqua pas le sac qu'Anna portait serré contre elle avec sa petite valise de matériel d'artiste. Il marchait à grands pas et Anna fut obligée de trottiner pour ne pas se laisser distancer. Charles échafaudait des plans, décrivant avec emphase une œuvre encore à venir, dans laquelle il voulait proclamer son amour pour les paysages majestueux de la province de Québec et faire exploser les limites de la toile. Dans le froid de la nuit, son haleine chaude projetait des nuages de vapeur autour de lui, lui faisant un halo mystérieux. Anna le dévisagea en silence, subjuguée par son imagination débordante.

— Je voudrais pouvoir peindre au-dessus, au-dessous, derrière, sur les côtés de la toile. Je pense qu'il me faudrait une toile ronde pour arriver à faire ce que je veux! En tout cas, je vais trouver quelque chose! Tu vas voir, ma belle Anna, ça va être impressionnant. Peut-être que celle-là, pour la première fois, j'aurai envie de la montrer!

Un peu crispée mais contente de le voir si enthousiaste, Anna saisit son bras pour le forcer à ralentir.

— Peut-être que maintenant ça sera plus facile de finir mon portrait...

Imperceptiblement, Charles se raidit au rappel du fameux portrait.

— J'ai compris quelque chose, Anna. Si j'ai tant de misère à faire ton portrait, c'est parce que je t'aime trop. Malheureusement, je suis pas assez bon pour mettre sur la toile ta vraie beauté et mes vrais sentiments...

— Mais tu vas essayer encore?

— Si tu y tiens tant, oui. J'essaierai encore... Mais il y a des toiles que je dois peindre tout de suite pour ne pas perdre mes idées!

Avant qu'elle puisse insister davantage, il se remit à lui décrire toutes les images qui lui étaient revenues à l'esprit comme une révélation pendant qu'il se tenait à côté de la poubelle, dans l'atelier d'Umanski. Des images de rafales translucides, de rayons de soleil traversant les nuages comme un coup d'épée, d'orages violents où la pluie, poussée par le vent, tombait presque à l'horizontale. Des représentations brutales de la nature en mouvement, comme il n'en avait jamais peint auparavant. Il allait expérimenter un autre style...

À l'arrêt d'autobus, il parut sortir enfin de son monde imaginaire. Il enveloppa Anna d'un regard fiévreux et, après avoir jeté un coup d'œil rapide pour s'assurer qu'ils étaient seuls, il l'embrassa goulûment, avec des gestes maladroits d'homme ivre qui indisposèrent un peu la jeune femme. Mais Anna aurait accepté n'importe quoi de Charles, du moment qu'il ne l'ignorait pas : soulagée de ce retour en grâce, elle se prêta à des attouchements discrets et malhabiles. Quand l'autobus arriva, Anna avait le chapeau de travers et son manteau à moitié ouvert laissait entrevoir une tenue un peu dérangée. Confuse, elle n'osa pas regarder le conducteur en lui remettant son ticket et courut presque vers un siège isolé. Charles la salua une dernière fois et s'enfuit comme un voleur avec l'impression embarrassante d'avoir fait quelque chose d'inconvenant. Inquiet de perdre son inspiration toute neuve, il courut, plus qu'il ne marcha, jusqu'à la maison.

* * *

Charles reprit ses pinceaux avec frénésie. Il s'attaqua bientôt à d'immenses paysages enneigés, où des couleurs fortes représentaient l'effet de la lumière sur la neige. Des ombres pourpres, des replis mauves mettaient en valeur le blanc rosé et crémeux de la neige sous l'éclairage de la lune montante. Aucune présence humaine ou animale ne venait déranger la magie. Pas même un sapin ne figurait dans ces décors où Charles ne voulait que le mariage du ciel et du relief terrestre. Tandis qu'il peignait, il sentit s'installer en lui une sorte de sérénité, comme si toute cette neige le décrassait de ses incertitudes. Il dédia à sa mère une série de quatre toiles qui l'absorbèrent pendant près de trois semaines.

La conséquence de cette folie créatrice sur ses relations avec Anna ne fut pas longue à venir; dans les jours qui suivirent, la jeune femme vit s'installer un nouveau flou et, comme un projecteur qui s'éloigne de son sujet, sentit l'intérêt de Charles diminuer d'intensité. Ses appels se firent plus rares et, quand Charles pensait à lui téléphoner, il passait le plus clair de la conversation à lui parler de son travail en cours.

Quand ils se virent pendant la fin de semaine, Anna avait les nerfs à vif et ravalait avec difficulté des larmes de dépit et d'inquiétude. Bien sûr, elle le voulait heureux, épanoui, bien sûr, elle aimait autant l'artiste que l'homme : elle ne se serait jamais intéressée à Charles s'il n'avait été qu'un ouvrier comme les autres et elle voulait l'aider à devenir un artiste à part entière. Mais elle voulait faire partie de son monde, être sa muse, sa source d'énergie, donner un sens à sa propre vie en magnifiant celle de Charles! Au lieu de cela, elle se sentait négligée, oubliée même, depuis qu'il avait retrouvé tous ses moyens. De là à supposer qu'il la tenait pour responsable de ses récentes pannes, il n'y avait qu'un pas à franchir...

— Occupe-toi un peu de moi, mon grand artiste, lui dit-elle d'une voix incertaine.

Après le cinéma, ils sirotaient du thé, assis face à face dans un box, au fond d'un petit restaurant. Depuis près d'une demi-heure, elle l'écoutait patiemment décrire pour la énième fois les couleurs véritables de la neige.

— Ohé, Charles, je suis là!

Se disant qu'il la regarderait peut-être enfin si elle utilisait les grands moyens, Anna détacha subrepticement un bouton de son chemisier et se pencha en avant de manière que Charles puisse discerner la naissance de ses seins dans l'ouverture de son décolleté. Elle se sentit ridicule d'avoir recours à ce racolage maladroit, mais tout valait mieux que cette horrible impression d'être transparente. Elle poursuivit son offensive et le regarda de manière appuyée, la bouche entrouverte, sûre de son effet. Charles ne put s'empêcher de baisser les yeux vers le petit sillon sombre qu'il voyait palpiter, puis releva les yeux vers elle pour découvrir ses yeux humides.

— Oh! pardonne-moi, j'étais distrait, je ne t'ai pas écoutée! Qu'est-ce que tu disais?

Anna aurait voulu lui faire comprendre à quel point son manque d'attention la blessait; mais de peur de le perdre, elle n'osa pas. C'était un artiste après tout, il avait droit à l'évasion!

— C'est rien, t'inquiète pas. L'important, c'est qu'on soit ensemble...

Elle ne voulait rien gâcher : leurs moments d'intimité étaient trop rares, et les difficultés, les complications, les cachotteries exacerbaient leur désir. Ils n'avaient pu renouveler souvent leurs ébats dans l'atelier de Charles; l'hiver étant rigoureux, il y faisait très froid. Ils avaient eu beau chercher, ni l'un ni l'autre n'avaient trouvé le refuge idéal. Les hôtels étaient trop chers, la voiture était remisée pour encore un mois, et ils n'auraient jamais osé quémander à leurs amis mariés quelques instants d'intimité dans leur maison. Ils désespéraient de pouvoir enfin faire l'amour autrement qu'à la sauvette, juchés sur le bord d'un fauteuil. Et Anna craignait évidemment, sans jamais en parler à Charles par pudeur, de se retrouver enceinte. Elle se contentait de calculs aussi précis que possible... Le dimanche suivant serait une date sans risque.

— La semaine prochaine, mes parents seront absents toute la journée de dimanche. Si je m'arrangeais pour avoir la maison toute à moi, est-ce que tu viendrais me rejoindre?

* * *

La mère d'Anna veillait jalousement sur la réputation et la pureté de sa fille. Aussi fit-elle en sorte qu'Anna ne soit jamais seule dans la maison pendant plus de quelques minutes et qu'elle soit invitée chez son frère aîné, avec Charles, pour le souper. Ils ne purent profiter que de quelques secondes d'intimité, quand Charles vint la chercher pour aller chez Enzo. Elle l'agrippa par les revers de son manteau, se jeta sur lui avec une fougue qui le laissa pantois, l'embrassa avec une impudeur animale.

— On est seuls dans la maison, Charles. Oh! prends-moi, s'il te plaît, prends-moi!

Charles glissa ses mains autour de sa taille, sous son manteau, et l'embrassa dans le cou, déjà prêt à se laisser emporter. Mais Anna était si impérieuse dans son désir, si directe, qu'il eut un réflexe de recul.

— Anna, il faut qu'on parte. Tu sais bien que ton frère va se poser des questions si on tarde... Ta mère l'a prévenu qu'on viendrait tous les deux!

Il tenta de se dégager, sachant qu'il ne pourrait résister longtemps aux assauts d'une femme chaude, parfumée et vêtue de velours rouge.

— Embrasse-moi, ça fait trop longtemps que j'attends. Mon frère, je m'en fiche! Je voudrais crier à tout le monde à quel point je t'aime!

Charles rit doucement, l'embrassa sur le bout du nez et la poussa vers la porte. La jeune femme, vexée et déçue, baissa les bras et offrit à Charles le spectacle d'une lippe boudeuse qui le rendit fou de désir.

— Ma belle beauté d'amour, je meurs d'envie de t'embrasser et de te caresser, mais je pourrai plus m'arrêter. Alors il vaut mieux pas commencer.

Ils finirent par sortir de la maison et Anna, un peu honteuse de ses débordements, se contenta de tenir sagement le bras de Charles dans un silence plein de sous-entendus. Charles découvrait en elle des réserves infinies de passion, une voracité presque inquiétante. Mais Anna ne savait qu'une chose, avec certitude : elle ne pouvait, ne devait pas le perdre. Charles était la réponse à ses vœux. Depuis toujours, elle avait espéré une vie différente des autres, se croyant taillée pour l'aventure, pour les sensations fortes et les grands remous. Et depuis qu'elle avait découvert le plaisir avec lui, Anna était au cœur des grands remous...

* * *

Deux semaines plus tard, Laurette Charron offrit aux amants la possibilité d'un tête-à-tête. Elle et Charles avalaient machinalement leur bol de gruau quand la femme dit d'un ton hésitant :

— Si je vous préparais du manger d'avance, est-ce que ça vous dérangerait beaucoup de rester tout seul pendant trois ou quatre jours? Mon frère Alphonse peut presque plus descendre son escalier ni se faire à manger. Il dit qu'il veut engager quelqu'un pour tenir sa maison mais, en attendant, j'aimerais bien aller m'occuper de lui.

Charles acquiesça avec empressement; il fallait convaincre Laurette qu'il pouvait se débrouiller tout seul pour l'empêcher de changer d'avis. À vrai dire, entre sa mère, ses sœurs et Laurette, il n'avait pratiquement jamais touché une casserole de toute sa vie. Mais si cette liberté soudaine lui offrait la possibilité d'inviter Anna dans sa chambre, il était prêt à apprendre à se faire cuire un œuf!

Il annonça la nouvelle à Anna d'un air détaché, pendant qu'elle installait son chevalet près du sien, chez Umanski. Sa réaction ne fut pas longue à venir.

— Tu sais pas faire la cuisine. Je vais venir te faire un osso buco.

— Je sais pas ce que ça veut dire, mais j'en ai l'eau à la bouche.

Charles se tourna vers son chevalet sans laisser à Anna le temps de répondre. Il voulait faire abstraction pour une heure de sa présence trop charnelle.

Quand enfin elle parut absorbée par son propre travail, Charles se retira en lui-même jusqu'à s'approcher d'une sensation qu'il aimait par-dessus tout. Il devint à la fois pinceau et toile; il ressentit, autant que si la toile avait été sa propre peau, les mouvements sinueux du pinceau sur le tissage serré, perçut la texture fraîche et pulpeuse de la peinture, la raideur ou la souplesse des poils de la brosse, la densité d'une couleur ou sa transparence. Il aimait le geste de peindre...

Comme un château de cartes qui s'écroule, la petite bulle dans laquelle il baignait fut crevée quand Anna lui chuchota, avec un sourire conspirateur :

— Je viens d'avoir une idée complètement folle... Je t'en parlerai tout à l'heure.

Charles lui sourit d'un air contraint. Il avait toujours du mal à redescendre sur terre quand il s'envolait aussi loin et il en voulut un peu à Anna de l'avoir fait atterrir brutalement. Mais il y avait dans l'œil de la jeune femme une flamme d'une couleur inconnue qui l'intrigua. Il avait hâte qu'elle lui fasse part de son idée. Il ne fut pas déçu...

* * *

Anna venait d'arriver rue Jardin, les bras chargés, et les nerfs à fleur de peau à la perspective de ce qui l'attendait.

— J'ai acheté tout ce qu'il faut. On va passer une très belle journée! J'ai tellement hâte!

Elle déballa d'abord les provisions de nourriture.

— Je t'ai apporté trois plats préparés. Maman avait fait trop d'osso buco, comme d'habitude... Il y a aussi du poulet *cacciatore* et des *polpette*. J'ai dit à ma mère que tu voulais faire goûter la cuisine italienne à Mme Charron pour lui remonter le moral... Évidemment, maman ne sait pas que tu es seul ici.

Elle posa les plats sur le comptoir et déballa le contenu d'un autre sac.

— La vendeuse m'a dit que les danseuses de ballet se servent toujours de ça. Ça se lave très bien sans irriter la peau. Tu vois, il suffit de mouiller la rondelle. Tu roules le pinceau dedans et c'est tout. Et tu mélanges les couleurs dans un petit contenant...

Elle se jeta au cou de Charles pour l'embrasser avec gourmandise.

— Je te promets de rester bien sage et de pas bouger... À moins que tu me le demandes, évidemment...

Charles la serra dans ses bras, fourrageant d'une main dans sa chevelure dénouée dont le parfum l'enivrait. Il murmura tendrement :

— T'es folle, ma belle Italienne. Je commence à me demander jusqu'où tu pourrais aller...

— Jusqu'où tu voudras, mon grand artiste!

Elle s'affaira à réchauffer le festin qu'elle avait apporté. Il était presque midi et il n'était pas question qu'elle perde une seule minute de cette journée. En un tournemain, tout fut prêt et elle dressa la table en chantonnant à voix basse *Torna a Surriento...* Charles, assis dans la vieille chaise berçante de Laurette, observait la jeune femme avec une stupeur admirative. Elle s'apprêtait à faire quelque chose que tout le monde jugerait indécent, dont il était lui-même presque honteux, et si elle en éprouvait le moindre scrupule, elle l'évacuait en chantant un des airs favoris de son père. Anna avait un parti pris pour la joie et Charles lui enviait cette insouciance.

— Je suis sûre que tu es pressé de commencer à peindre... Allez, viens manger avant que ça refroidisse.

Le repas fut presque silencieux, comme s'ils se préparaient pour une cérémonie rituelle. Après quelques compliments sur les plats, Charles se leva pour aller poser son assiette dans l'évier.

— Bon, j'espère que je vais être à la hauteur...

— Je suis sûre que tu seras parfait. Sur ma peau, tu peux peindre tout ce qui te passera par la tête!...

C'était le grand projet d'Anna : constatant la fougue avec laquelle Charles appliquait des couleurs sur ses toiles, elle s'était dit qu'elle aimerait être touchée de cette façon, que Charles n'aurait cette dévotion que si elle devenait elle-même une toile. Elle se voyait très bien passer le reste de sa vie dans l'orbite de l'artiste dont elle serait la muse, prête à déployer des trésors d'imagination et d'ingéniosité pour qu'il soit en perpétuel état d'extase. Elle n'avait d'autre désir que d'être la source intarissable de son inspiration, sa courtisane et sa déesse. Elle lui avait donc proposé de mettre à profit ces moments d'intimité inespérée pour réaliser une œuvre qui n'appartiendrait qu'à eux. Une œuvre éphémère qui vivrait à jamais dans leurs souvenirs et resterait un secret précieux. Elle voulait que Charles peigne cette œuvre sur son corps, puis qu'ensemble ils la fassent disparaître... Elle croyait que cette poésie créée en communion totale scellerait une alliance indissoluble.

Charles avait été soufflé par la proposition. Cette audace, cette soif inextinguible de sensations fortes n'en finissaient plus de l'épater. Puis il fut séduit par l'idée d'utiliser ses pinceaux sur une texture fine et souple, de voir l'effet des couleurs sur un fond laiteux et rosé, de voir l'œuvre se transformer aux rythmes des mouvements d'un corps délié et lascif. Il devint aussi excité par les possibilités artistiques du projet que par ses perspectives sensuelles...

Il fallut trouver la matière qui remplacerait la peinture à l'huile. Charles n'avait jamais travaillé avec autre chose et ignorait même s'il existait des peintures lavables, qu'on puisse appliquer sur la peau sans risque. Mais Anna connaissait l'existence des maquillages de scène. Elle se procura une palette de quelques couleurs de base, sachant Charles capable de créer à partir d'elles des teintes d'une grande richesse.

— J'ai trouvé quelques pinceaux très doux, mais ils sont petits. Ça ne suffira pas pour les grandes surfaces. Par contre, cette peinture s'applique très bien avec les mains...

Ils s'installèrent dans la chambre de Charles, Anna étendant sur le lit un vieux drap qu'elle avait apporté. Depuis plusieurs jours, Charles réfléchissait au thème qu'il aborderait dans cette œuvre insolite et fugace. Il opta pour une représentation abstraite du mouvement et de la vie. Anna serait couverte de vagues, de flammes, de feuillages emportés par le vent, de volutes se transformant au rythme de ses mouvements.

Il ne lui fallut que quelques minutes pour s'adapter à la texture poudreuse du maquillage, au support mouvant et élastique que constituaient la peau et les muscles d'Anna. Plutôt que d'exiger d'elle l'immobilité, il la fit se tordre, s'étirer, se plier dans tous les sens. Parfois, son pinceau s'agitait, parfois il restait immobile et laissait au corps en mouvement le soin de décider de l'orientation du trait de couleur. Il la fit haleter, son ventre se soulevant à la rencontre du pinceau. Il devint chorégraphe d'un ballet auquel Anna se prêta aveuglément, totalement offerte et parfaitement euphorique, aussi docile qu'une pâte souple et tiède. Il la vit presque en transe quand de ses mains imprégnées de bleu, de pourpre et d'orangé il guida ses jambes dans une arabesque qui donnerait l'impression que son corps était éjecté d'un volcan.

Le maquillage séchait très vite. Charles put transformer maintes fois le paysage, attentif aux frémissements, aux tressaillements, au tumulte qui agitait le corps d'Anna. Seul son visage échappa à cette effervescence. Charles le regarda très peu, comme s'il était gêné par leurs excès. En évitant le regard de son modèle, il maintenait un semblant de distance qui le protégeait de ses scrupules.

Quand Charles sut que son œuvre était achevée, il se redressa doucement, le dos raidi, les épaules lourdes. Il posa son matériel sur la commode puis examina Anna qui attendait le verdict avec le même trac qu'une diva un soir de première. Maintenant que c'était fini, elle ressentait pour la première fois une fatigue intense dans ses épaules et dans ses reins; dans son cœur aussi, qui n'en pouvait plus d'essayer de percer, de rappeler son existence, à travers les chimères peintes sur son corps... Il fallait à tout prix que Charles soit heureux et satisfait de son œuvre, mais elle craignait maintenant de disparaître à ses yeux, de se fondre dans ce projet fou qu'elle avait élaboré. Quand elle ouvrit la bouche, elle dut forcer les sons à sortir de sa gorge serrée.

— Alors, qu'est-ce que tu en penses?

Charles ne répondit pas tout de suite. Bouche bée, il la regarda en tremblant, le cœur battant à un rythme fou. Il n'oublierait jamais ce qu'il avait sous les yeux. Il n'avait encore

211

rien fait de pareil, ne peindrait sans doute jamais plus de cette manière, avec un tel abandon, une aussi joyeuse liberté. Sa poitrine se gonfla sous le coup de l'émotion. Il regarda Anna dans les yeux pour la première fois et lui sourit doucement.

— Alors, es-tu content?

— Si tu savais comme tu es belle...

Libérée par ce sourire, Anna se leva avec précaution, évitant les frottements sur le drap. Elle voulait voir le résultat de cette improbable danse et se dirigea vers le miroir qui se dressait au-dessus de la commode. La petite glace ternie ne lui livra qu'une vision partielle, à partir des seins jusqu'au cou. Déterminée à admirer dans ses moindres détails l'exubérant fouillis qui ornait, pour trop peu de temps encore, chaque parcelle de sa peau, elle demanda à Charles de lui indiquer où se trouvait le plus grand miroir de la maison. D'abord affolé à l'idée que son œuvre païenne et impudique se faufile dans la chambre de Laurette, il affirma qu'il n'y avait pas de plus grand miroir. Mais quand il vit Anna debout sur le lit, se tortillant devant la petite glace et poussant des cris de surprise ravie à chaque fois qu'elle découvrait, sur une cuisse ou dans le creux des reins, une image qui lui plaisait, il l'entraîna vers la chambre de Laurette, où il baissa les stores. Anna, figée devant la glace de la coiffeuse, découvrit une Vénus réinventée, issue d'un chamboulement climatique, d'un magnifique cataclysme naturel.

— Charles, c'est extraordinaire! Regarde-moi, j'ai l'impression d'être... un chef-d'œuvre!

Charles resta derrière elle; seule sa tête apparaissait dans le miroir. Ils échangèrent un long regard dans la glace, puis Anna vit les mains de Charles s'élever. Pendant quelques secondes, il hésita à la toucher, ne sachant où poser ses mains, nerveux à l'idée d'abîmer une harmonie si fragile. Mais ses yeux furent attirés par les seins transformés en deux fleurs inconnues, qui paraissaient s'ouvrir sous l'effet d'un souffle palpitant. Il tendit les mains, esquissa une caresse du bout des doigts sur les pétales frémissants, étudiant la forme étrange de ces corolles dont il avait jusqu'à ce jour ignoré l'existence. Anna resta un long moment immobile, puis se retourna vers lui et déboutonna sa chemise en tendant sa bouche. Ils retournèrent dans la chambre de Charles et, dès lors, l'artiste redevint amant, un amant qu'Anna découvrait pour la première fois. Ce soir-là, elle fut vénérée plus que caressée, élevée comme dans ses rêves les plus fous au rang de déesse. Anna sentit qu'à travers son corps c'était à son œuvre que Charles rendait hommage.

Il croyait encore improbable que le reste du monde puisse apprécier sa peinture. Mais grâce au soutien d'une peau au grain parfait, grâce aux mouvements souples et gracieux d'un corps sans contraintes, il sut que ce soir-là il s'était approché au plus près de sa conception de l'Art. Charles baignait dans la plénitude et la fierté ; pour une fois, il ne repoussa pas l'intuition d'aboutissement qui l'envahit ; les doutes resurgiraient bien assez tôt. Il resta longtemps allongé près d'Anna, à effleurer du doigt les grandes lignes de son œuvre, suivant jusque dans les aisselles les lianes nées du nombril, épousant du revers de la main les flammes qui léchaient ses cuisses, légèrement pâlies désormais par le contact de leurs deux corps en sueur. Il s'aperçut alors qu'il était lui-même barbouillé de couleurs, ce qui lui rappela le caractère éphémère de l'œuvre. Il chassa cette pensée pour pouvoir savourer encore son fragile contentement.

Anna amorça la fin de la cérémonie. Etourdie et épuisée par la tension et les émotions des dernières heures, elle était restée longtemps silencieuse après l'amour, à somnoler sous les effleurements de Charles et sa dévotion parfaite. Mais maintenant qu'elle avait réalisé son rêve, force lui était d'admettre qu'il ne pouvait durer. Elle commença à ressentir des picotements et gratta son ventre avec précaution, confuse d'abîmer le travail. Elle pressentait que les prochaines minutes seraient pénibles et regretta un peu que son tempérament impulsif les ait plongés dans cette histoire. Mais elle ne pourrait jamais oublier les heures qu'ils venaient de passer, cette bulle de bonheur indescriptible qu'elle et Charles avaient réussi à créer. Malheureusement, il lui revenait de crever la bulle...

Elle prit son courage à deux mains, sachant qu'elle infligerait à Charles un inévitable chagrin.

— Il faut que je prenne un bain. Veux-tu venir avec moi ?

Imperturbable, Charles emplit la baignoire, vérifiant minutieusement la température de l'eau. Depuis qu'il était entré dans la salle de bains, ses traits s'étaient durcis et il n'avait pas prononcé une parole, occupé à lutter contre l'angoisse qui l'envahissait. Il avait beau savoir qu'Anna n'avait pas le choix, il appréhendait le moment où elle glisserait dans l'eau. Celle-ci enjamba le bord de la grande baignoire de fonte et s'assit. Elle osait à peine bouger, et observa avec hébétude les cercles de couleur qui commençaient déjà à se former autour d'elle. Elle tourna lentement la tête vers Charles qui s'était agenouillé près de la baignoire et regardait l'eau fixement. À cet instant, Anna aurait payé cher pour n'avoir jamais eu cette idée folle; elle se mordit les lèvres.

— Je ne peux pas me laver…

Charles prit lentement une éponge, l'imbiba d'eau puis la pressa au-dessus des épaules d'Anna. Des ruisseaux de couleur se mirent à dégouliner sur sa poitrine et les fleurs de ses seins se fondirent en deux grandes taches aux contours indéfinis. Charles interrompit son geste et, pétrifié, fixa pendant quelques secondes les gouttelettes multicolores qui perlaient au bout des mamelons. Il laissa tomber l'éponge et émit une sorte de hoquet inarticulé. Il se releva en titubant et, avec la raideur d'un automate, quitta sans un mot la salle de bains. Son cerveau et son cœur étaient sur le point d'exploser de douleur.

Anna ne chercha pas à le retenir. Ce qu'elle avait considéré jusque-là comme la plus merveilleuse expérience de sa vie tournait au cauchemar. Le retour à la réalité était brutal : l'éclairage redevint glauque, la salle de bains, laide et sans confort, la vie fut de nouveau ordinaire. N'était-il pas possible de vivre à tout jamais en état d'apesanteur? Elle regarda l'eau trouble, les tourbillons de couleurs qui, dès qu'elle enlèverait le bouchon, fileraient dans les égouts. Comme un coup de poing, une inquiétude vint la frapper violemment : quand elle aurait fait disparaître son œuvre à tout jamais, Charles pourrait-il encore l'aimer? Cette offrande totale mais éphémère de son corps, la voyait-il maintenant comme un dénigrement de son art? Dieu sait qu'elle n'avait jamais envisagé la peinture de Charles comme quelque chose de fugace. Comment le convaincre de son respect?

Anna redescendit dans la cuisine, habillée et coiffée, avec le teint frais d'une première communiante. Mais son cœur cognait à grands coups et elle tenait d'une main incertaine un sac contenant le drap souillé, seule relique de cette aventure qui prenait déjà un aspect irréel. Elle entendit un cri étouffé en provenance du salon et s'y dirigea à pas hésitants. Elle se figea devant le spectacle désolant de ce grand corps nu, affalé dans un fauteuil. Le front posé sur un accoudoir, Charles sanglotait comme un enfant...

Elle lâcha le sac, affolée, et, se jetant à ses pieds, tendit une main de réconfort vers son visage. Le désespoir de Charles était si flagrant, si énorme qu'elle en fut presque gênée, comme s'il était redevenu un bébé vagissant... Elle devait d'abord le consoler, puis implorer son pardon.

— Charles, je sais que c'est dur, mais on n'avait pas le choix...

Dans un geste brutal, Charles la repoussa comme si son contact lui répugnait. La gorge encore pleine de larmes à venir, il articula péniblement :

— Va-t'en, Anna, va-t'en !

* * *

Le vent soufflait vers la rue Jardin des bruits et des odeurs de ferraille, ce lundi soir, quand Carl Jablonski s'arrêta devant la petite maison de Laurette Charron. Il arrivait directement du travail et ses oreilles étaient encore pleines du vacarme des roues de fer qui s'entrechoquaient au chantier ferroviaire. Il se demanda si Charles pouvait entendre, la nuit, les ronrons des usines du secteur. Entre la transformation de fer, d'acier, les chantiers ferroviaires et les manufactures qui donnaient sa vitalité à la Pointe-Saint-Charles, le quartier ne dormait jamais !

Carl était inquiet de l'absence inexpliquée de Charles au chantier ; tenait-il à ce point à perdre son travail ? Certains ouvriers commençaient déjà à s'inquiéter de mises à pied éventuelles, depuis qu'il était question de construire des autoroutes, des voies rapides pour traverser la ville. Si les camions pouvaient transporter les marchandises rapidement sur les routes, qui aurait encore besoin des trains ? Plongé dans ses réflexions, Carl faillit s'étaler sur une plaque de glace, le trottoir n'ayant pas été nettoyé devant la maison. Pourtant, Charles s'acquittait d'habitude très bien de ses tâches. Carl se demanda où était passé son ami; était-il malade? Il frappa à la porte d'abord doucement, puis avec force.

Charles avait évoqué devant lui, trois jours avant, la perspective d'une journée d'intimité avec Anna, et Carl savait que cette relation passionnée mettait Charles dans un drôle d'état. D'abord ravi de le voir épris d'une jeune femme aussi charmante, Carl s'était peu à peu inquiété de l'éclat fiévreux qu'il lisait dans les yeux de Charles à la simple mention d'Anna, ainsi que du fort ascendant qu'elle paraissait avoir sur lui. Il l'avait d'ailleurs entendu se plaindre qu'il n'arrivait plus à peindre depuis qu'il sortait avec elle. Peut-être s'était-il remis à peindre d'un seul coup en fin de semaine?

Après avoir frappé plusieurs fois sans succès, il appela d'une voix forte, espérant que Charles était endormi et qu'un peu de vacarme suffirait à le réveiller. Son manège dura encore quelques minutes, pendant lesquelles son inquiétude grimpa d'un cran. Puis, au moment où il se demandait s'il devait enfoncer la porte, il entendit le bruit d'un verrou. La vision furtive d'un homme à l'allure dépenaillée et au teint gris le surprit à tel point qu'il se demanda s'il ne s'était pas trompé de maison. Mais malgré des accents rauques, il reconnut la voix de Charles, qui le fit entrer et lui tourna immédiatement le dos pour retourner vers la cuisine.

— Je t'avais pas entendu, excuse-moi...

— Charles, qu'est-ce qui se passe, es-tu malade? Tu n'es pas venu travailler et tu n'as même pas téléphoné. Le *boss* est furieux, tu vas avoir des problèmes au chantier!

— On est lundi?

Hébété, Charles redressa brusquement la tête, projetant au visage de Carl une haleine chargée d'alcool. Ce dernier recula d'un pas, écœuré mais surtout surpris par cette frasque inattendue de la part d'un homme peu porté sur la boisson.

— Oui, on est lundi soir. Qu'est-ce qui t'arrive? On dirait que tu as passé les trois derniers jours dans une poubelle!

— Mme Charron est partie samedi chez son frère, pour quelques jours...

— Tu es tout seul depuis samedi seulement? As-tu vu Anna?

— Oh oui! je l'ai vue…

Charles s'affaissa sur une chaise et, avec le même accablement que s'il avait expliqué un accident dont il aurait été victime, raconta à son ami les événements du samedi précédent.

— Pour la première fois, et peut-être la seule de ma vie, j'ai créé une œuvre tellement belle que j'en croyais pas mes yeux. Je savais même pas que j'avais ça en moi…

Décrivant les couleurs qui dégoulinaient des épaules d'Anna dans l'eau de la baignoire, il hoqueta de douleur et acheva son récit dans un cri de désespoir.

— Si j'avais su que ça me ferait aussi mal, j'aurais jamais accepté, mais elle en avait tellement envie…

— Lui as-tu parlé depuis samedi?

— Non… Le téléphone a sonné plusieurs fois hier. Je suis sûr que c'était elle… Mais je sais pas quoi lui dire! Anna se rend pas compte que la peinture, c'est toute ma vie!

Il ploya l'échine sous le poids de la révélation. Carl remarqua pour la première fois quelques cheveux blancs dans la tignasse hirsute de Charles et constata que, physiquement, ce dernier avait changé depuis quelque temps, que ses traits, peut-être sous l'effet de la passion, s'étaient creusés et définis. Il continua d'écouter patiemment la douleur qu'exprimait son ami.

— Anna voudrait que je l'aime plus que la peinture… Je pense que j'en suis incapable.

Charles avait l'air d'un noyé décrivant le fond du lac. Pour le ramener à la réalité, Carl lui fit raconter la suite des événements.

— Après qu'Anna est partie, j'ai vidé le quarante onces de gros gin de Mme Charron pis sa bouteille de brandy. Il va falloir que je les remplace… Puis j'ai beaucoup dormi, et j'ai été malade…

Carl ramassa un peu de vaisselle sale qui traînait et fit couler de l'eau dans l'évier. Écœuré par l'odeur nauséabonde qui régnait dans la cuisine, un mélange de gros gin, de restes de table et de transpiration, il entrouvrit la porte qui donnait sur la petite cour, espérant qu'un peu d'air frais aiderait Charles à se ressaisir. À vrai dire, il ne savait pas quel réconfort il pouvait lui apporter. Comment consoler un homme d'une perte pareille? Carl n'était pas un artiste et, malgré son amitié profonde pour Charles, il n'arrivait pas à mesurer l'intensité de son chagrin. Qu'on puisse à ce point souffrir pour un dessin perdu, qu'un tel deuil vous habite à cause d'un grimage sur un corps de femme restait pour lui un mystère. Il réfléchit tout haut en rinçant les assiettes.

— Peut-être que tu pourrais recommencer les mêmes dessins sur une toile?

— Pfff... impossible... Jamais plus je peindrai comme ça, je le sais... Je me demande si ça vaut la peine de continuer...

— Ça suffit, Charles. Arrête de te torturer et de jouer au martyr! Est-ce que tu te rends compte de ta chance? J'y connais rien, mais il me semble que quand on aime une femme et qu'on est un artiste, ça doit être extraordinaire de vivre une chose pareille! Tu es allé jusqu'au bout de ton art! Peut-être qu'Anna a lavé toute la peinture de son corps, mais elle peut pas laver tes souvenirs. Tu as accepté de jouer le jeu, maintenant c'est trop tard pour te plaindre ou la blâmer. Et puis, tu peins juste pour toi, tu n'as jamais voulu montrer tes œuvres, alors ça change quoi, que le maquillage soit effacé?

Charles releva la tête. Carl avait raison, qu'il peigne sur un corps ou sur une toile, ça ne changeait pas grand-chose. Mais la peinture lui était un réconfort, un déversoir d'émotion, et les toiles accumulées dans le grenier depuis des années étaient toutes autant de jalons dans sa quête de bonheur. Le plus beau, le plus fort de ces jalons, maintenant dissous, lui manquerait à jamais...

— Il me semble que je viens juste de commencer à être bien avec moi-même et il faudrait déjà que je m'oublie pour quelqu'un d'autre...

Il serra les poings dans un geste de résistance et regarda son ami d'un air interrogateur et plein de défiance.

— Je suis pas capable de faire ça, Carl. Est-ce que je suis un monstre?

— Non, Charles, t'es pas un monstre, mais il ne sert à rien de cultiver la souffrance. C'est comme la mauvaise herbe, elle finit toujours par arriver de toute façon... En attendant, tu devrais aller te laver. Excuse-moi de te dire ça, mais tu pues!

* * *

Le mardi soir, Charles sentit qu'il ne pourrait affronter sa soirée chez Umanski le lendemain sans avoir d'abord entendu Anna. Une phrase de Carl l'avait fait réfléchir : «Si tu ne sais pas quoi lui dire, laisse-la parler.»

Il tourna autour du téléphone longtemps, se sentant lâche et tricheur quand il saisissait le combiné pour le reposer immédiatement sur son socle. Anna ne méritait pas pareil traitement; il l'aimait encore même si cet amour était douloureux, déchirant, et lui semblait parfois lourd à porter. Et l'amour qu'elle lui vouait était indéniable... Mais il craignait que dorénavant il y ait toujours en superposition devant ses yeux une femme amoureuse et la main assassine qui avait fait disparaître le seul véritable joyau extrait du magma confus de son cerveau.

Finalement, il parvint au bout de son geste et sentit une crispation dans son plexus quand il entendit sonner chez les Boldini. Comme si elle avait attendu devant l'appareil depuis plusieurs jours, Anna décrocha dès la première sonnerie. Elle avait la voix cassée d'avoir tant pleuré.

— Charles, si tu savais comme je regrette! Pardonne-moi, mon amour, j'ai réalisé trop tard que c'était de la folie... Je t'ai blessé alors que je voulais te rendre heureux. Je voulais qu'on soit heureux ensemble, tu comprends? Me pardonneras-tu?

Il tenta de la rassurer; de toute évidence, Anna souffrait mille morts. Elle ajouta qu'elle l'avait appelé sans cesse, qu'elle s'était inquiétée, qu'elle donnerait tout pour n'être pas entrée dans la baignoire...

— Ce que tu as fait était tellement beau! Il faut que tu le saches, que tu ne l'oublies jamais... Je t'aime tant!... Il faut que je raccroche!

Sa mère venait sans doute d'entrer dans la cuisine... Il tenta d'imaginer ce qu'Anna avait vécu au cours des derniers jours; sans doute avait-elle prétexté une querelle d'amoureux pour justifier son chagrin, mais à qui aurait-elle pu se confier?

Elle ne pouvait raconter à personne qu'elle était allée au-delà de l'imaginable pour l'homme qu'elle aimait, qu'elle s'était mise à nu, était devenue sa chose, s'était laissé utiliser, pour être ensuite rejetée... Anna, jeune fille de bonne famille, précieuse comme la prunelle des yeux de Giancarlo, nue et abandonnée sur le lit d'un artiste, le corps bariolé par un délire païen... Il avait fallu qu'elle l'aime infiniment pour se prêter à de telles licences ! Charles fut bouleversé par cette pensée ; il aurait aimé prendre Anna dans ses bras, la consoler, prétendre que rien de grave n'était arrivé, que toute cette histoire n'avait aucune importance et qu'ils allaient l'oublier... Ce lien puissant qui les unissait, c'était un désir commun d'absolu, de dépassement. Rien que pour avoir trouvé cela chez elle, il devrait remercier le ciel... Mais pour Anna, l'absolu, c'était l'amour. Alors que Charles, dans sa recherche d'absolu, faisait passer sa peinture avant tout.

Il se sentait fourbe, comme si de prendre conscience que son amour n'avait pas la même intensité que celui d'Anna faisait de lui un menteur. Il n'était pas capable de s'abandonner complètement à elle. Cela faisait-il de lui un mauvais homme ?

Il marcha d'un pas pesant jusqu'à la rue Guy et fut soulagé en découvrant qu'il était le premier arrivé. Il pourrait s'installer à son aise et peut-être même se mettre au travail avant l'arrivée d'Anna. Ils seraient sans doute tous deux mal à l'aise et Charles détestait faire semblant de rien.

Elle arriva quelques minutes plus tard et bavarda avec Umanski et un autre élève, se contentant de regards furtifs vers Charles. Quand elle vint installer son chevalet à côté du sien, elle opta pour un ton léger, anodin, sans sous-entendus.

— Tu croiras jamais ce que mon père a apporté à la maison tout à l'heure : un poste de télévision, enfin ! Depuis le temps qu'on lui demandait d'en acheter un. J'ai pas eu le temps de le regarder avant de partir, mais il paraît que c'est un nouveau modèle, avec une image très nette. Je sens que notre salon va être rempli à craquer tous les soirs !

Elle débita toute son histoire d'une seule traite, espérant donner le ton à la conversation et lui arracher un sourire. Elle reprit son souffle, attendant une réplique qui ne vint pas tout de suite, et son cœur déjà affolé se mit à battre plus vite. Les quatre derniers jours avaient laissé Anna dans un état d'épuisement nerveux et leur entretien de la veille n'avait pas suffi à la rassurer. Mais le plus important était de ne pas perdre Charles; peut-être que si elle arrivait à occulter les événements des derniers jours, à faire comme si rien ne s'était produit, Charles finirait lui aussi par oublier... Elle prit donc le parti de l'innocence et de la bonne humeur. Elle persistait à croire que celles-ci constituaient ses meilleures armes. Et s'il le fallait, elle changerait, s'effacerait, jugulerait ses propres élans pour permettre à Charles de s'épanouir. Tout pour ne pas le perdre...

Charles fut soulagé; l'attitude faussement enjouée d'Anna lui permettait de reporter à plus tard des réflexions auxquelles il n'était pas prêt à faire face. La banalité pouvait parfois être reposante.

— Comme ça, ton père a fini par céder à la télévision, lui aussi!

— Ben... oui! C'est normal d'avoir la télévision dans une famille moderne, tu crois pas?

Charles eut une moue perplexe; on était en 1959, peut-être devrait-il faire comme tout le monde, et passer lui aussi ses soirées devant un petit écran gris.

— Maman t'invite à souper dimanche et après on va regarder la télévision. Comme ça, tu pourras mieux te faire une idée. D'accord?

* * *

Assis sur une des vieilles chaises ouvragées apportées d'Italie par les parents d'Anna, Charles détourna la tête du gros meuble au modernisme incongru qui trônait désormais dans le salon. C'était le premier juin, il faisait déjà chaud et tout le monde s'éventait en regardant la télé. Ils étaient tous là, parents, frères et sœurs, deux cousines, le regard fixe, la bouche entrouverte, béats d'admiration devant ce prodige qui leur permettait de voir en direct quelqu'un qui se trouvait au même moment à l'autre bout de la ville. Anna était concentrée comme si l'animateur s'adressait directement à elle. Au fond, elle espérait qu'il pouvait la voir et qu'un jour quelqu'un de la télévision la découvrirait et l'inviterait à entrer dans le studio. Elle avait essayé la peinture, et aurait aimé faire du théâtre, mais n'avait pas osé défier ses parents. Voilà que la télévision lui proposait de nouveaux horizons... Présenter des programmes, accueillir des invités, sourire et paraître à son aise devant les caméras : ça ne devait pas être si difficile !

Charles la regarda, étonné, au moment où elle offrait à l'appareil son plus beau sourire en prenant discrètement une pose avantageuse. Il ignorait qu'Anna rêvait de prendre la relève de Nicole Germain et de Michelle Tisseyre... Lui-même conservait une grande méfiance envers «cette machine qui essaie de penser à notre place»; il restait imperméable au charme des échanges entre Jeanne Quintal et Ovila Légaré dans *La Pension Velder*. Il se fit pourtant la réflexion que le spectacle était plus divertissant que la messe; les églises allaient sans doute commencer à se vider...

Cela faisait trois mois que Charles se contraignait à rester sagement assis, au moins une fois par semaine, dans le salon des Boldini, à regarder Radio-Canada. Il s'était reproché de mal aimer Anna, et dans son désir de s'amender, sa bonne volonté était infinie. Mais tout avait changé depuis ce fameux samedi de mars, depuis qu'ils tentaient sans conviction de ressembler aux autres couples et qu'Anna atténuait ses élans de passion de peur de l'étouffer. Elle avait besoin de tester l'amour de Charles en l'obligeant à l'abstinence, besoin de savoir qu'elle n'était pas, pour lui, qu'une dévergondée. Mais Charles la voyait s'étioler dans ses efforts pour réintégrer le giron rassurant de la morale. Même sa chevelure avait changé; Anna privilégiait maintenant les chignons sévères et Charles voyait rarement sa chevelure déployée.

Il la regarda encore, happée par l'écran, et se demanda ce qui se passait dans la tête de cette belle jeune femme. Il avait cru que comme lui Anna souhaitait repousser les limites, vivre en marge du monde... Mais depuis ce fameux jour de mars où ils avaient franchi ensemble une frontière de trop, Anna n'avait cessé de se perdre en voulant lui laisser toute la place. Elle n'était pas taillée pour le doute, les remises en question, n'était pas faite pour avoir peur. Elle voulait, et elle le méritait, être gâtée, aimée, admirée. Et lui qui s'était cru si fort grâce à elle n'avait réussi en fin de compte qu'à semer une inquiétude perpétuelle dans ses yeux... Égoïstement, il avait laissé Anna devenir une pâle réplique d'elle-même et ne pouvait plus revenir en arrière.

Anna sentit sur elle le regard de Charles et s'inquiéta; son intuition de femme amoureuse lui fit percevoir avec acuité que Charles n'était plus le même, que son regard sur elle avait perdu de sa chaleur. «Mon Dieu, faites qu'il me revienne! J'en mourrai, sinon!»

Mais c'était trop tard : à cette seconde, elle l'avait déjà perdu. Comme la flamme vacillante d'une bougie parvenue au bout de son parcours, la passion de Charles pour Anna s'éteignit sans qu'il y puisse rien changer. Il le ressentit physiquement et souffla comme après un effort prolongé. Anna tressaillit en entendant ce soupir qui ressemblait à du soulagement. Elle se tourna vers Charles dans un élan qui envoya sa tasse de thé se fracasser sur le sol, et, au cœur de la diversion créée par l'incident, elle le regarda en face. Quelques minutes plus tard, ils se retrouvèrent seuls, sur le balcon derrière la maison.

— Je sais que quelque chose ne va pas... Dis-le-moi, Charles! Tu es si différent tout à coup...

Elle était si belle, si vulnérable! Il deviendrait à ses yeux un monstre, elle le haïrait forcément. Elle lui avait tout donné, son corps et son âme, ses cris d'extase et son admiration totale, sa dévotion inconditionnelle. Et il allait tout détruire...

— Anna, je... Pardonne-moi...

Comment lui dire que son amour qu'il croyait impérissable était mort par sa faute? Comment lui expliquer ce qu'il comprenait à peine lui-même? Il avait eu peur de se perdre dans trop d'amour, mais voilà qu'il avait perdu l'amour... Il eut envie de la prendre dans ses bras pour amortir la chute, mais c'était cruel d'enlacer une femme pour lui dire qu'on ne l'aime plus... Il lui prit les mains, les caressa, mais ses yeux fuyaient vers l'obscurité de la ruelle derrière elle.

— Je crois qu'il n'y a pas d'avenir pour nous deux...

Anna secoua la tête, incrédule. Puis elle pleura, supplia, exigea des explications, s'offrit à changer encore, à aimer mieux et plus. Elle n'avait plus d'orgueil, ni de dignité; elle ne ressentait que de la douleur et de l'incompréhension. Elle n'avait jamais souffert avant de le connaître, n'avait jamais connu le rejet et refusait d'admettre l'inéluctable. Quand il la quitta, à court de mots, elle était prostrée sur le balcon mais essayait encore de se convaincre que c'était un cauchemar et qu'il reviendrait le lendemain l'embrasser et la rassurer.

Ce n'est que quelques jours plus tard, quand il vint pendant son absence porter son portrait finalement achevé, qu'elle comprit que tout était fini. Il avait peint la Anna des dernières semaines, une jeune femme au port de reine et au maintien sage. Pourtant, quelque part dans son regard, une petite flamme restait allumée...

Pour Anna Boldini, le premier jour de juin resterait une date sombre.

* * *

Charles continua longtemps de rêver d'Anna. Il se réveillait en nage, frustré de trouver son lit vide, ses mains et ses reins dépossédés du corps voluptueux de la belle Italienne qui avait traversé sa vie comme un ouragan dévastateur. Mais il n'avait que lui à blâmer. Il avait eu peur de trop d'amour, n'avait pas su recevoir tout ce qu'Anna avait à lui offrir. En échange, il lui avait fait découvrir la souffrance. Il eut le sentiment accablant que cesser d'aimer Anna était une punition qu'il s'était lui-même infligée.

Quand le remords et le désir le narguaient, il se déchaînait furieusement sur ses toiles et tentait de se remémorer les images peintes sur les cuisses et le ventre d'Anna, lors d'une soirée maudite et magique. Dans ces moments-là, il la remerciait d'avoir déchaîné en lui ces forces créatrices.

* * *

À la fin de juin, Charles alla à Saint-Damien. Il avait besoin de fuir la ville, besoin de la présence réconfortante de Louis. Mais en plus, dans le cadre d'un voyage officiel pour inaugurer la voie maritime du St-Laurent, la jeune reine Élisabeth II et son mari traverseraient son village natal! Il y avait là quelque chose de si incongru qu'il ne put résister à l'envie de vérifier de ses propres yeux la réalité de l'événement. Il faisait une chaleur torride. Tout le long du parcours du cortège royal, les façades des maisons s'ornaient d'innombrables drapeaux et banderoles, affichant dans un anglais approximatif toutes sortes de salutations. Les petits enfants, perchés sur les balcons, agitaient des fanions aux couleurs de la Grande-Bretagne et criaient avec enthousiasme les trois ou quatre mots d'anglais qu'ils connaissaient. *«How do you do, Majesty!? Hello, Prince Philippe!»* Ils tendaient les bras pour faire de grands saluts à la reine, qui répondait par des sourires figés et un mouvement mécanique de la main. Son mari, plus vigoureux, avait encore la force d'effectuer d'amples rotations du torse et de lever le bras pour saluer chaleureusement les familles entières, dont certaines avaient même repeint la façade de leur maison pour faire honneur à ces visiteurs prestigieux et inespérés. Quand une petite fille, emportée par l'enthousiasme, se pencha du haut du balcon où elle était perchée avec ses parents et cria *«I love you!»*, le royal époux ne put retenir un éclat de rire et envoya du bout des doigts un baiser à la petite. La visite se déroulait donc sous les meilleurs auspices.

Mais la chaleur suffocante vint à bout de la royale patience, et la jeune reine chuchota quelques mots à sa dame de compagnie, une Trifluvienne triée sur le volet pour veiller au bien-être de la souveraine durant son séjour. On improvisa une halte, après quelques instants de panique du côté des services de sécurité. La reine craignait de se trouver mal si elle ne pouvait trouver dans les prochaines minutes un peu d'ombre et d'eau fraîche.

Le seul lieu convenable qu'on put proposer à la souveraine fut la salle paroissiale, dont le parquet, fort heureusement, venait d'être ciré et les murs et fenêtres, dépoussiérés. On s'empressa d'organiser un semblant de réception, alignant sur une table des pichets de limonade et une théière en porcelaine, pleine de la meilleure infusion du curé. On déplia quelques chaises et le chef de la police installa en faction devant la porte deux jeunes hommes qui tremblaient dans leur uniforme d'apparat. Le maire, rouge de confusion, voulut faire les honneurs de la salle, mais le chef du protocole lui fit savoir qu'il y avait des règles à respecter et le pauvre homme attendit aussi dignement que possible que le couple royal le remarque.

Les notables se tinrent sagement dans un coin de la salle, droits comme des piquets, désireux de faire preuve de bienséance dans cette situation saugrenue. Ils observèrent du coin de l'œil Sa Majesté en train de siroter son thé. Le prince démontrait un vif intérêt pour tout ce qui se passait autour de lui et, considérant l'ensemble de la salle paroissiale, leva les yeux au plafond où son regard s'attarda. Il chuchota quelques mots à son épouse qui à son tour tourna les yeux vers le plafond. Le lustre de Charles, dont le bois patiné et ennobli par le temps avait pris des teintes de caramel sombre qui mettaient en valeur ses panaches entrecroisés, venait d'attirer l'attention du couple royal. Par l'intermédiaire des officiels du cortège, on s'enquit de la provenance de l'œuvre et le maire put enfin exercer son rôle d'ambassadeur.

Il raconta en quelques mots l'histoire du lustre et parla en termes évasifs de Charles Dupuis, qui depuis de nombreuses années vivait à Montréal. À cet instant, un jeune conseiller municipal fraîchement élu vint murmurer au chef du protocole que l'artiste était son frère et qu'il se trouvait en ce moment même à Saint-Damien. Louis Dupuis n'allait tout de même pas rater cette occasion inespérée… On l'envoya chercher Charles, qui se trouvait chez Louis, en train de commenter avec ses neveux et nièces le passage du cortège.

— Vite, Charles, viens-t'en ! La reine a vu ton lustre, elle veut te rencontrer !

— Il faut que je mette une cravate !

— On a pas le temps, vite, la RCMP t'attend ! Ils vont t'escorter, dépêche-toi ! J'ai peur que le maire donne ta sculpture à la reine sans que tu sois là !

— Quoi ? Donner le lustre à la reine ? Jamais de la vie !

Entourés de deux agents de la Gendarmerie royale du Canada en civil, ils arrivèrent en nage devant la salle où on les accueillit avec méfiance. Mais les désirs de la souveraine ne pouvaient qu'être exaucés; on lui présenta l'artiste. La dame de compagnie plissa discrètement le nez devant l'odeur fauve de la transpiration de Charles, mais l'examina avec intérêt : sa chemise qui lui collait à la peau faisait ressortir ses muscles de travailleur manuel. À trente-trois ans, Charles avait atteint un bel équilibre entre la force arrogante de la jeunesse et la tranquille assurance de l'homme fait.

La reine le félicita pour l'originalité et la qualité de son travail. Quand elle lui demanda où il exposait ses autres œuvres, Charles baragouina avec gêne quelques mots d'anglais pour expliquer qu'il n'était pas un vrai artiste et qu'il réparait des wagons de train. En un instant, l'entretien fut terminé. La reine venait de perdre tout intérêt pour lui; elle le salua une dernière fois et fit savoir qu'elle était prête à repartir.

Quand les édiles municipaux voulurent offrir le lustre à la reine, celle-ci répliqua avec tact que, l'artiste ne produisant pas beaucoup, ils devaient conserver précieusement son œuvre et qu'elle s'en voudrait de priver le village de son patrimoine...

La nouvelle se répandit comme une traînée de poudre; les Dupuis venaient encore de se faire remarquer! Depuis des années, il y avait toujours eu quelque chose à dire, à Saint-Damien, à propos de cette famille. Un fou suicidé, un original parti faire ses folies à Montréal, un autre qui avait l'air de vouloir se lancer en politique, une fille dévergondée disparue du jour au lendemain et le père, qui n'était pratiquement pas sorti de son atelier depuis que sa femme était morte...

Thomas fut la dernière personne à être mise au courant de la rencontre de Charles avec la reine. Il avait décrété que la visite royale ne l'intéressait pas, que toutes ces cérémonies autour des Anglais n'étaient que pur gaspillage de temps et d'argent. Pendant que la population était réunie dans la rue principale, Thomas était enfermé dans son atelier où il gravait un monument, avec la même application que par le passé, mais avec des yeux plus faibles et des mains moins sûres. Au moment où tout le monde se pressait autour de Charles pour connaître ses impressions sur la reine Élisabeth, Thomas était en train de se demander si son fils viendrait le saluer avant de repartir pour Montréal.

Arrivé la veille, Charles ne s'était pas encore manifesté, et, s'il venait, il s'arrangerait pour passer en coup de vent, juste avant son départ. Son fils lui était presque devenu étranger, et Thomas ne s'en était jamais préoccupé outre mesure. Mais depuis que Marie-Reine était morte, peut-être aussi parce qu'il vieillissait, qu'il se sentait moins agile et que ses burins lui paraissaient plus lourds qu'autrefois, Thomas se rappelait l'étonnante habileté de son fils avec les ciseaux à bois. Il en ressentait rétrospectivement une espèce de jalousie, et une curiosité nouvelle l'amena à se demander si son fils, l'artiste, continuait de travailler le bois. Il lui poserait la question, si jamais Charles faisait un détour par la maison paternelle avant de remonter dans le train.

Mais Charles repartit le soir même, sans avoir visité son père. Ce n'était pas la peine d'aller raconter à Thomas que la reine d'Angleterre avait aimé son lustre, il ne le croirait pas. Pourtant, Charles devait admettre qu'il aurait tout donné pour que son père assiste à la scène.

Ce n'est que le lendemain matin que Thomas fut informé par Louis du moment de gloire de Charles. Sans manifester la moindre émotion, le père fut néanmoins secoué par la nouvelle et se rappela les quelques mots prononcés par le notaire, près de vingt ans auparavant, quand on avait dévoilé le lustre : « Votre fils, c'est un grand artiste! »

L'admiration de Louis pour son frère aîné et son amitié discrète ne s'étaient jamais démenties, même si leurs relations avaient été teintées d'un certain malaise pendant les premières années de son mariage. Louis savait que Charles avait dû ravaler son orgueil pour accepter son union avec Françoise. Il se demandait parfois s'il aurait lui-même été capable d'une telle générosité... Il regrettait que son frère n'ait pas su mettre son talent plus en évidence. Cet honneur soudain le rendait donc heureux, et de raconter l'incident à leur père, qu'il tenait pour responsable de la carrière ratée de Charles, ajouta à son plaisir.

Thomas l'écouta avec une attention surprenante.

— Est-ce qu'elle lui a vraiment serré la main?

— Oui, papa, et son mari aussi. De toute façon, on n'a pas le droit de les toucher, s'ils nous touchent pas les premiers!

— Bah, ces Anglais-là, ils sont tellement compliqués...

— C'est pas tous les Anglais, papa, c'est la royauté!

— Sais-tu si... penses-tu que... Charles en fait encore?

— Quoi? Des *shake-hands* avec la reine?

— De la sculpture...

— Ça fait longtemps que Charles a pas touché des ciseaux à bois. Depuis quelques années, il peint. Mais je pourrais pas vous dire de quoi ça a l'air. Personne les a jamais vues, ses peintures...

Thomas ressentit un pincement de regret en entendant la nouvelle. Il commençait à réaliser, trop tard, que Charles était le seul de ses fils qui aurait eu la capacité d'être graveur de monuments. Le seul capable de manier les burins. Il aurait pu, aurait dû lui apprendre à travailler le granit... Peut-être qu'ainsi... Mais non, Charles était une tête de cochon, un fainéant, un grand rêveur qui n'aurait jamais supporté ce travail fastidieux et épuisant. Trop de sacs de ciment à transporter, de pierres tombales à soulever... Il ne lui restait que Maurice, qui n'avait d'autre but que de mettre la main sur l'entreprise et sur la maison, même s'il ne pourrait jamais rien faire d'autre que vendre des monuments... Mais Thomas s'était depuis longtemps lassé de l'attitude de valet servile de son deuxième fils.

Toute cette histoire autour de la reine d'Angleterre et de Charles, son propre fils, un grand flanc mou dont il n'avait jamais espéré le moindre haut fait, troubla beaucoup Thomas. Pendant plusieurs jours, il baigna dans son atelier une amertume presque palpable qui fit dire à Maurice, pourtant peu sensible aux atmosphères :

— Si c'était une femme, je dirais que le père est sur son retour d'âge... En tout cas, il a l'air d'avoir mangé de la vache enragée! Depuis que la reine est venue, il est plus parlable... Peut-être qu'il nous en veut parce qu'on est allés voir la parade!

Sa femme, qui osait à peine porter des jugements devant Maurice de peur de le contredire et de déclencher sa colère, murmura simplement :

— Peut-être qu'il est fatigué. Il vieillit, ton père. Le jour va venir où il pourra plus travailler.

* * *

Quelques jours plus tard, Charles reçut de Louis une coupure de journal qu'il allait conserver précieusement jusqu'à la fin de sa vie. Un photographe de l'hebdomadaire de Saint-Damien avait saisi Charles sous son lustre, dans un angle de contre-plongée qui donnait l'impression que le lustre était posé directement sur sa tête... comme une couronne! Nulle trace de la reine sur la photo, mais on mentionnait dans le texte la reconnaissance d'un talent local par la souveraine.

Charles ne put s'empêcher de montrer la photo à Carl, qui, avec fierté, transmit l'information. Il n'en fallut pas plus pour susciter de grands remous dans le chantier du CNR où il ne se passait jamais rien d'excitant. Pendant des semaines, on rebattit les oreilles de Charles avec des surnoms extravagants, allant de «Michel-Ange» à «Votre Altesse» en passant par le «Roi de Saint-Damien». Charles rit de bon cœur à ces boutades. Il savait que ces plaisanteries étaient une façon pour ses compagnons de lui exprimer leur affection et de lui faire sentir qu'il avait beau être peintre, il était quand même un des leurs. Les hommes ne se demandaient pas pourquoi Charles travaillait toujours avec eux; la première responsabilité de l'homme, c'était de mettre du pain sur la table et Charles gagnait son pain en suant comme tout le monde.

De temps en temps, on lui présentait une jeune fille, car on ne désespérait pas de le voir un jour marié et père de famille. Pour faire plaisir à ses compagnons, et parce qu'il appréciait la compagnie des femmes, Charles se prêtait au jeu des rendez-vous, des sorties au cinéma, et parfois, s'il sentait chez la jeune femme un intérêt, il lui proposait une visite au Musée des beaux-arts. Certaines jeunes filles rougissaient ou s'offensaient carrément du sans-gêne des artistes, mais il arrivait que d'autres montrent un véritable intérêt pour les œuvres, s'extasiant devant la jeune fille de Suzor-Coté ou devant un portrait délicatement exécuté par Gainsborough. Mais Anna restait présente dans son esprit et la plupart du temps les prétendantes ne résistaient pas à la comparaison. Après trois ou quatre rencontres, Charles trouvait un prétexte pour mettre fin à la relation et oubliait le nom de celle avec qui il avait partagé un repas trois jours avant.

Il n'aurait jamais l'aplomb de relancer Anna après l'avoir rejetée, mais il conserva pour elle une tendresse mêlée de regret. Il avait appris grâce à elle que la capacité de s'abandonner était un don. Depuis ce temps, il craignait d'en être privé...

Pour la centième fois depuis un mois, Charles ressortit la petite photo de son portefeuille. Lui dans le journal! Associé à la reine d'Angleterre! Il n'en revenait toujours pas. Il aurait aimé partager ce moment avec Anna... Elle aurait été si fière! Umanski aussi serait fier. Charles se rendit compte qu'il n'avait pas pensé à son professeur depuis le dernier cours, au début de juin, et il se sentit ingrat. Il fallait absolument qu'il lui raconte tout ça, il faudrait aussi qu'il lui parle d'Anna qui ne viendrait plus à l'atelier de la rue Guy. Pas plus que lui, d'ailleurs... D'un seul coup, cette évidence s'imposa. Charles ne continuait à fréquenter l'atelier que parce que la sollicitude d'Umanski et l'intérêt qu'il portait à son travail lui faisaient du bien. Mais il sentait pour la première fois que ce tuteur ne lui était plus nécessaire. Après tout, la reine et son mari avaient apprécié son travail!

Umanski l'accueillit dans son petit appartement où régnait une chaleur humide caractéristique des étés montréalais. Il proposa à Charles une limonade qu'ils allèrent boire sur le toit, à la recherche d'un peu de fraîcheur.

— Monsieur Umanski, je reviendrai pas aux cours à l'automne...

— Je n'avais pas l'intention de vous reprendre de toute façon...

Charles le regarda, éberlué. Quelle mouche l'avait piqué?

— Il vaut mieux que vous travailliez seul, Charles, vous commencez à vous laisser distraire par les autres élèves...

— Anna n'était pas une distraction!

— Bien sûr que non, mais vous avez perdu beaucoup de temps dans mon atelier cette année, alors que quand vous peignez seul, vous êtes capable de grandes choses... De toute manière, je pense vous avoir appris tout ce que je sais. Vous n'avez plus besoin de moi.

— Mais j'ai besoin de votre amitié.

— Charles, je suis heureux que vous me considériez comme un ami… Et je serais désolé de ne plus avoir de vos nouvelles…

9

Si on avait demandé à Charles à quel moment précis ses liens avec Laurette s'étaient desserrés, il aurait répondu que Mme Charron avait cessé de lui parler en septembre 1959, le jour où elle s'était acheté un poste de télévision. Depuis deux ans, elle passait toutes ses soirées à se bercer devant l'appareil, se pâmant devant les merveilles de la nouvelle technologie même si elle devait se lever toutes les cinq minutes pour réorienter son antenne ou tripoter les boutons parce que la tête de René Lévesque changeait de forme.

— Pauvre lui, parler devant le monde avec une face pareille! Une chance qu'il est intelligent! Je me demande ce qui me retient de lui écrire pour lui parler de l'emphysème qui a tué mon frère. Peut-être qu'après il l'éteindrait, sa maudite cigarette!

Il arrivait à Charles de rester dans la pièce non pour regarder les programmes mais pour entendre les commentaires de Laurette sur les personnalités qui faisaient dorénavant partie de son cercle intime.

— Il me semble qu'elle a une drôle de peignure, Michelle Tisseyre, aujourd'hui.

— … En tout cas, il me semble que quand on décide de mettre une robe de soirée, on la choisit pas grise. C'est trop sévère. Quand j'étais chez Mme Morton, elle avait des robes bien plus gaies!

— Hé, qu'il a donc l'air fin, Roger Baulu…

Charles répliquait rarement. À part *Point de mire* qu'il suivait avec assiduité, la télévision ne l'intéressait toujours pas. Et ce que René Lévesque pouvait infliger à ses poumons ne le préoccupait pas beaucoup.

Laurette Charron remerciait tous les jours son frère Alphonse de lui avoir offert, dans sa solitude, un aussi beau cadeau. Son frère, en mourant, lui avait laissé un peu d'argent avec lequel elle avait décidé de faire une petite folie. D'un seul coup, elle avait le monde dans son salon ! Plus besoin de personne pour la désennuyer et plus besoin d'aller chez les voisins pour suivre ses téléromans favoris ! Elle s'était même offert une petite table conçue pour manger devant le poste et passait des heures en contemplation devant l'écran, à grignoter des petits bouts de fromage canadien trempés dans la mélasse ou des arachides salées qu'elle cueillait à même le bocal. Charles se retenait de lui faire remarquer que sa nouvelle amie la faisait beaucoup engraisser... Mais de toute manière, elle ne l'aurait pas écouté ; elle ne le voyait même plus, obnubilée qu'elle était par sa nouvelle distraction.

— Georges Guétary ! Ça c'est un homme qui a de l'allure ! Il faudrait pas qu'Émile m'entende, mais des fois je me dis que si j'étais plus jeune... ah ! Regardez-moi ça, la vraie élégance de Paris ! Hé que ça doit donc être plaisant de marcher dans les rues pis de voir du beau monde comme ça !

Charles revint sur ses pas en entendant Laurette s'exclamer. D'un seul coup, l'évocation magique de Paris prit une sonorité différente à ses oreilles. David Umanski lui avait souvent parlé avec nostalgie de Paris, qu'il avait visité dans sa jeunesse, mais Charles l'avait écouté comme s'il parlait d'un voyage sur la lune. Paris était si loin, si inaccessible ! Mais ce jour-là, il écouta Guétary qui s'entretenait avec Michelle Tisseyre de son récent triomphe à l'Olympia et tenta d'imaginer le célèbre théâtre et la Ville lumière. Depuis son enfance, Charles avait toujours été fasciné par la France et l'Italie, comme s'il s'était agi de pays imaginaires, remplis de musées et d'œuvres d'art qu'il ne pouvait admirer que dans les livres. Mais Dieu sait pourquoi, Guétary lui fit comprendre que Paris était une vraie ville, avec des trottoirs bondés de gens et un métro qu'il avait envie d'essayer depuis qu'il savait que Montréal aurait le sien dans quelques années.

En juillet 1961, Charles s'envola pour Paris.

* * *

Depuis le jour où il avait décidé ce voyage, Charles était persuadé qu'il mourrait de peur dans l'avion. Mais depuis le décollage, il ressentait une allégresse, une légèreté presque suspectes qui l'amenèrent à se demander s'il ne s'agissait pas tout simplement d'un manque d'oxygène.

— Excusez-moi, mademoiselle, pensez-vous que le pilote me laisserait visiter la cabine?

L'hôtesse de l'air, blonde, pimpante et plus diplomate qu'un ambassadeur, lui affirma sur un ton doucereux qu'elle verrait ce qu'elle pouvait faire, mais que pour l'instant le personnel était très occupé. Néanmoins, une heure plus tard, alors que les passagers digéraient leur filet mignon, la jeune femme vint prévenir Charles en chuchotant que le pilote accepterait une courte visite à condition qu'il se fasse discret.

À son entrée dans le cockpit, comme s'il craignait un bouleversement trop puissant, Charles se contenta d'observer sur le tableau de bord les innombrables boutons et manettes qui permettaient à la Caravelle de survoler l'océan pendant plusieurs heures sans flancher. Enfin, il prit une profonde inspiration, se pencha vers l'avant et observa avec stupéfaction l'immensité, telle qu'il n'avait jamais osé l'imaginer. Les Rocheuses l'avaient enthousiasmé, la mer, curieusement, ne l'attirait pas beaucoup, mais le ciel, par sa profondeur et son infinité, le renversa.

L'avion survolait l'océan, mais on pouvait apercevoir au loin une étendue piquée de petits points lumineux. Le commandant informa son passager qu'ils allaient bientôt survoler l'Angleterre. Charles se rappela que la jeune reine, deux ans auparavant, avait pris la peine de remarquer son travail. Il fut tenté de saluer au passage la souveraine, en souvenir de leur brève rencontre. Il faillit même dire aux pilotes qu'il connaissait la reine d'Angleterre! Mais cet élan de vantardise puérile n'était pas son genre et il se contenta d'un mouvement de tête furtif, comme un signe secret de reconnaissance.

Une ligne rougeâtre à l'horizon annonçait le lever imminent du soleil; le ciel changeait progressivement de couleur, passant du noir au bleu violacé puis au pourpre. Charles écouta avec une surprise ravie les communications entre le copilote et un contrôleur aérien : ce vocabulaire inconnu résonna comme une musique à ses oreilles. Il avait la sensation étrange de pénétrer dans un monde où il était attendu, comme si les trente-cinq premières années de sa vie n'avaient été qu'un périple laborieux menant à cet instant. Lui qui sur le plancher des vaches avait marché d'un pas incertain se sentait enfin chez lui. Ce fut une émotion profonde, qui bouleversa de manière irréversible les fondements de sa vie. Il savait désormais qu'il était plus à sa place dans le ciel que sur terre.

Les mains tremblantes d'excitation, Charles s'agrippa sans s'en rendre compte au dossier du commandant, qui se retourna vivement. Mais Charles ne lui laissa pas le temps de s'inquiéter ni de le chasser de la cabine : il s'accroupit à la hauteur des deux hommes et se mit à enfiler les unes derrière les autres toutes sortes de questions. Rassurés de voir que leur visiteur était simplement enthousiaste, les pilotes se prêtèrent de bonne grâce à l'interrogatoire. Ils devinaient que le baptême de l'air de ce passager était un événement majeur dans sa vie. Un jour, ils avaient connu le même choc…

Vitesse, altitude, calculs d'angles, vol à vue, vol aux instruments, avions-cargos, escales techniques… Charles n'était jamais à court de questions et savourait les réponses comme du nanan. Il assimilait toutes les informations et découvrait que le ciel était parfaitement apprivoisable… Pendant tout le temps que dura ce cours d'introduction au pilotage, il ne quitta jamais des yeux le paysage qui changeait devant lui, lui permettant d'assister à un glorieux lever de soleil. Des larmes plein les yeux, Charles laissa finalement s'éteindre la conversation. Quand il vit poindre le bord du disque solaire sur la ligne d'horizon, il esquissa un geste de la main pour inciter le soleil à s'élever, pour ordonner au jour de naître. À cet instant précis, il se sentit le maître du monde.

Charles n'avait voulu toute sa vie qu'une chose : la liberté. Celle de penser, de créer et d'aimer sans contrainte. Désormais, il savait que sa liberté passait aussi par le vol. Il lui faudrait apprendre à voler, coûte que coûte.

* * *

— Eh, le Canadien, le bidet c'est pas fait pour laisser tremper vos chaussettes. Vous ne vous lavez jamais le cul, dans vot' bled?

Charles rougit jusqu'à la racine des cheveux et répliqua qu'au Canada on pouvait prendre un bain dans toutes les chambres d'hôtel et que les serviettes y étaient toujours propres. Il grimpa vers sa chambre sans demander son reste tandis que le patron de l'hôtel, qui venait de l'apostropher, haussait les épaules. L'homme, qui n'avait jamais quitté le 9e arrondissement sauf pour son service militaire, marmonna :

— Pauv' péquenot...

Chassant d'une main nonchalante la cendre de cigarette qui s'était éparpillée sur sa chemise aussi jaunie que son teint, il déplaça son mégot, jaune aussi, d'une commissure à l'autre d'un mouvement expert de la lèvre inférieure. S'adressant à un client de Lille dont l'accent chtimi lui choquait moins l'oreille, l'hôtelier sortit de sous son comptoir une bouteille de Pastis 51 et la déboucha d'un geste vif.

— Maintenant qu'on est entre nous, vous prendrez bien un p'tit remontant? C'est la maison qui régale! Ah! ces étrangers... Bientôt, la France ne nous appartiendra plus...

En entrant dans son hôtel minable, Charles était déjà de mauvaise humeur : en une heure dans le 9e arrondissement, il avait piétiné trois crottes de chien et ne savait plus comment se débarrasser de l'odeur nauséabonde qui imprégnait ses semelles. Pendant qu'il piétinait, exaspéré, dans l'eau grise du caniveau, une femme vêtue de satin rouge, qui sortait en se dandinant d'un petit hôtel de la rue Pigalle, lui avait crié :

— Te plains pas, mon beau, ça porte bonheur quand c'est le pied gauche qui écrase la merde! Tu viens avec moi? Je vais faire ton bonheur...

Charles avait refusé la proposition; les prostituées, même parisiennes, ne lui faisaient plus envie. Devant la porte de son hôtel, il avait gratté le dessous de ses chaussures sur la lame manifestement installée là à cet usage, et que tout le monde utilisait en abondance. Au moins, le système était ingénieux...

Pour finir, voilà qu'il se faisait harponner par cet affreux personnage qui se disait hôtelier... L'établissement de la rue Blanche lui avait pourtant été recommandé, par un compagnon de travail dont le beau-père était allé à Paris. «Pour un homme seul, il paraît que c'est un secteur très attrayant...» Il y avait

237

de quoi rire... Pourquoi ne pas lui avoir dit tout de suite que c'était le quartier des prostituées ? On aurait pu l'avertir en même temps que les toilettes, à l'étage, seraient fréquentées par une faune inquiétante. Et lui mentionner l'existence de l'espèce de cuvette qui trônait en bonne place dans les chambres, et dont il ignorait le nom et l'usage, jusqu'à ce que le propriétaire de l'hôtel, un personnage hirsute et mal embouché qui agissait aussi comme concierge, portier et porteur, se charge, à l'instant, de faire son éducation... Humilié, il rageait de ne pas avoir les moyens de changer d'hôtel.

Oh oui ! Paris était une bien belle ville, en effet, mais qui n'en finissait plus de l'étonner par ses contrastes. Il avait arpenté les couloirs du Louvre presque toute la journée, la poitrine gonflée d'émotion devant les trésors que le musée recelait et devant la majesté de cet harmonieux assemblage de vieilles pierres. Mais juste avant de rentrer à l'hôtel, il avait vu dans la rue des Martyrs une marchande de quatre-saisons uriner sans pudeur, debout derrière son chariot. Il avait entendu la veille, à la basilique du Sacré-Cœur, un concert d'orgue qui lui avait tiré des larmes, mais, en redescendant de la butte Montmartre, s'était retrouvé plongé dans les odeurs d'excréments canins et de serpillière mal séchée. C'était sans aucun doute un quartier populaire, mais Pointe-Saint-Charles aussi, et à Pointe-Saint-Charles, ça ne puait pas ! Le sentiment d'ambivalence qu'il tentait d'enfouir depuis son arrivée, parce que personne n'avait le droit de ne pas trouver Paris magnifique et flamboyante, commençait à remonter à la surface comme un ballon rempli d'air qui ne peut s'empêcher de flotter.

Ce matin-là, il était resté longtemps planté sur le pont Royal, en contemplation devant le charme envoûtant des ponts qui enjambaient la Seine. Il n'avait qu'à tourner sur lui-même pour voir en enfilade la place de la Concorde, le Louvre, l'île de la Cité et Notre-Dame. Quel panorama de merveilles ! Et *La Joconde* l'avait attendu sagement, bien accrochée au Louvre, belle et tellement plus petite qu'il l'avait imaginée. En l'admirant, il n'avait pu s'empêcher de penser encore à Anna. Qu'avait-elle pensé de son portrait ? Aurait-elle été déçue ou éblouie par Paris ?

La ville était si sale! Même l'air, malgré le ciel bleu, semblait baigner dans la grisaille. Charles n'en revenait pas de voir, dans les couloirs du métro, de la pisse et des vomissures. Dès qu'on y entrait, une odeur âcre vous prenait à la gorge et l'air vicié vous brûlait les yeux. Quant aux wagons, dont il fallait ouvrir soi-même les portes aux poignées collantes, il les trouva dégoûtants, même ceux que l'on osait qualifier de «première classe»!

Depuis son arrivée, Charles oscillait sans cesse entre émerveillement et désillusion. Il était déçu de la décrépitude et du laisser-aller de la capitale et ne se reconnaissait pas dans cette populace débraillée qui le regardait de haut et semblait s'abreuver de sarcasmes du matin au soir. Il ne comprenait rien au charabia des Parisiens, qu'il trouvait bruyants et chamailleurs. Quand il entendit un homme insulter un balayeur de rue à la peau d'ébène qui, malencontreusement, avait fait gicler un peu d'eau en poussant des saletés du bout de son balai de brindilles, il faillit lui sauter à la gorge.

En grimpant vers le Sacré-Cœur, un spectacle étonnant attira son attention : deux jeunes hommes noirs, probablement des Africains, avaient installé sur une couverture posée par terre des objets hétéroclites, bracelets de cuir, tissages aux couleurs vives et statuettes d'ébène ou d'os, artisanat hautement exotique pour le touriste néophyte qu'il était. Charles se rapprocha d'eux, attiré tout autant par les tonalités chantantes de leur accent que par ces bricolages dont il surestimait la valeur. Touché par le profil altier et les pommettes hautes d'un visage de femme africaine sculpté avec finesse dans l'ivoire, il ne tenta même pas de négocier quand le vendeur, avec arrogance, fixa son prix.

— Très bel ivoire, première qualité, monsieur!

C'était le premier souvenir qu'il achetait et la statuette n'avait rien de parisien!

Son guide touristique, acheté deux mois avant son départ, était déjà usé, les pages écornées. Charles l'avait compulsé avec frénésie avant de partir, pour être sûr de ne rien manquer. Quand il se dirigea vers la place du Tertre, il était persuadé d'accéder enfin au Paris dont il rêvait.

À la vue de toutes ces toiles exposées, des artistes affairés dans une atmosphère paisible et chaleureuse, Charles ressentit d'abord du soulagement. Ainsi, c'était donc vrai. Au-delà de la crasse et des chamailleries, les artistes peignaient dans les rues, partageant leurs états d'âme et leurs secrets entre deux verres de vin rouge. Il y avait des petites places d'où émanait un concentré de poésie. Charles eut enfin l'impression de toucher l'âme de Paris : devant ses yeux, l'air changea de densité et de couleur, le feuillage des arbres maigrichons devint lumineux et opalescent, les vieilles pierres des immeubles prirent des reliefs insoupçonnés. Porté par une allégresse qu'il n'espérait plus, il se mit à arpenter la place, voulant tout voir et surtout s'imprégner de la quintessence du Paris des artistes.

Son plaisir fut de courte durée : après s'être arrêté devant trois ou quatre chevalets, il commença à déchanter. Le travail qu'il examinait lui parut banal, sans originalité et surtout terriblement répétitif. Lui qui n'avait jamais cru ses toiles dignes d'être présentées en public fut forcé d'admettre que la plus faible de ses œuvres valait encore mieux que ces croûtes exécutées à toute vitesse devant des touristes distraits. Quant aux conversations qu'il captait au passage, elles étaient navrantes ou pathétiques, selon le degré d'ébriété atteint par les peintres. Était-ce là tout ce qui restait des générations d'artistes fabuleux que le pays avait produits? Non, c'était impossible! Mais Charles, qui s'était abreuvé pendant des années de livres consacrés aux grands maîtres fut saisi par le fait qu'il ignorait tout de l'art contemporain et qu'il ne savait pas où le trouver. Cependant, il savait dorénavant que les chefs-d'œuvre ne se trouvaient pas dans les rues.

Il lui restait peu de temps, cinq jours à peine, pour faire de son voyage quelque chose d'inoubliable. Après des années de petites économies, il ne s'autorisait pas à gaspiller deux semaines de sa vie dans un voyage à l'étranger qui ne lui laisserait qu'un goût amer. Ayant déjà passé une journée au Louvre et au musée du Jeu-de-paume, visité l'Opéra et arpenté les Champs-Élysées, il se proposait de prendre le lendemain le train pour Versailles.

Le château fut à la hauteur de ses espérances, de même que les jardins et toute la ville, qui lui parut charmante et élégante. Il aurait aimé planter son chevalet au milieu de la grande avenue qui débouchait sur le château. Tout était si majestueux! La galerie des glaces et la chambre du roi l'impressionnèrent même s'il y avait pour son goût un peu trop de dorures; Laurette, qui aimait tant le luxe, aurait été ravie... Mais Charles, ayant lu l'histoire de la Révolution française, ne pouvait s'empêcher d'imaginer dans les jardins du château le peuple survolté appelant à la révolte. C'était beau à en pleurer, triste à en rire, de constater qu'en 1961 on profitait encore d'institutions contre lesquelles on s'était battu deux siècles auparavant...

Après cette incursion dans le monde de la monarchie, Charles choisit de s'offrir une vraie journée de flânerie, dans les rues de Saint-Germain-des-Prés. L'ambiance lui plut : il pouvait sentir une sorte d'effervescence dans l'air, comme si tous les gens de ce quartier travaillaient à quelque secrète réalisation essentielle à la suite du monde. Au long des rues, il croisait parfois des petites galeries d'art. Il entrait, regardait attentivement, soulagé de voir des œuvres intéressantes, vivantes et qui remuaient quelque chose en lui. Chaque fois qu'il sortait d'une galerie, son pas s'allégeait, ses épaules se redressaient, ses muscles se détendaient. Son voyage prenait un sens.

À la jonction du boulevard Saint-Germain et du boulevard Raspail, il aperçut un panneau indicateur sur lequel était inscrit «Montparnasse». La simple évocation de ce quartier lui ramena à l'esprit des lectures passionnantes. Au début du siècle, il s'était passé, à Montparnasse des choses extraordinaires. La naissance de l'art moderne! Le cubisme, le fauvisme, Rousseau, Picasso, Modigliani... D'un pas alerte, il s'engagea sur le boulevard Montparnasse, s'attendant presque à croiser l'un ou l'autre des peintres qui avaient fait les beaux jours de la Coupole et créé de nouvelles formes d'art qui allaient révolutionner la peinture. Rue Campagne-Première, il obliqua vers la droite, marchant tête en l'air au risque de salir encore ses chaussures, tenté d'écarter les rideaux qui masquaient les fenêtres en haut de certains immeubles. Il y avait peut-être là des ateliers.

Au bout de la rue, il se retrouva devant un cimetière. Il se figea, soudain assailli par d'innombrables souvenirs d'enfance. Il lui sembla tout à coup que toute sa vie à Saint-Damien s'était déroulée au rythme des pierres tombales à couler dans les moules, à livrer au cimetière sous les ordres secs et impatients de son père. Il se rappela les épitaphes succinctes qui résumaient froidement toute une vie entre deux dates. L'odeur poussiéreuse du granit lui remonta aux narines en même temps qu'un frisson le parcourut au souvenir des heures passées dans l'atmosphère humide de l'atelier où durcissait le ciment. Ces souvenirs étaient lancinants comme une blessure mal cicatrisée... Il reconnaissait avoir profondément haï le métier de son père, qui gagnait sa vie avec la mort des autres.

Après un instant d'hésitation, il pénétra dans le cimetière, secouant la tête pour en chasser Thomas. Quelques pas suffirent pour lui faire oublier son malaise. Tout était si différent : les pierres tombales, souvent très anciennes, avaient un autre aspect. Nulle trace de gazon, mais des tombeaux surélevés, sobrement ornés et souvent tassés les uns contre les autres dans un enchevêtrement de formes géométriques sans fioritures. Ici on n'avait pas d'espace à gaspiller en jardinets, mais çà et là des bouquets de fleurs fraîches venaient rappeler que sous toute cette pierre reposaient des êtres qui avaient compté et comptaient encore pour quelqu'un.

Charles devint attentif aux inscriptions sur les stèles ou les caveaux de famille. Il espérait que le hasard le mènerait vers un peintre célèbre. Mais il savait que certains artistes ayant eu la chance de connaître le succès et l'aisance de leur vivant avaient eu droit à des funérailles en grande pompe avec enterrement au cimetière du Père-Lachaise. Montparnasse était surtout synonyme des années de vaches maigres, des ateliers partagés, des beuveries mémorables qui avaient usé avant l'âge nombre d'artistes exceptionnels.

CHAÏM SOUTINE
1893-1943

Charles resta bouche bée devant l'inscription. Une œuvre percutante remonta à sa mémoire. Un enfant de chœur vêtu de

242

rouge et de blanc sur un fond bleu sombre, des toiles crues et choquantes qui représentaient des carcasses de bœuf à l'abattoir... Soutine le provocateur, le petit Russe à la tête bizarre qui buvait à en perdre... la tête! Charles posa la main sur la pierre tombale, cherchant à faire passer un peu de son admiration dans l'autre monde, là où peut-être le petit Juif des pogroms avait trouvé un peu de paix.

Sous l'œil surpris de Charles, une petite main toute ridée se faufila pour déposer sur la tombe un bouquet de marguerites. Il se retourna pour trouver devant lui une petite vieille qui, se redressant, révéla un regard vif et un accent chantant qui rappela à Charles la gouaille d'Arletty.

— Il avait du talent, n'est-ce pas?

— Oh oui! madame...

— Je l'ai bien connu, vous savez. J'ai pas l'air, comme ça, mais quand j'étais jeune et bien roulée, figurez-vous que j'étais son modèle préféré! Oh la la! qu'est-ce qu'on a rigolé, tous les deux... Ah! je vous jure, quand je me déshabillais pour lui, ça le changeait de ses abattoirs! Mais faut pas croire, c'était du sérieux, hein! On a bien fricoté un petit peu, lui et moi, mais le boulot passait avant tout... Pauv' petiot, c'est vrai qu'il avait un sale caractère, mais quand on se retrouvait tout fin seuls, c'était une vraie soie... Vous savez ce qui me turlupine?

— Qu'il soit mort si jeune?

— Eh ben non, il a eu que ce qu'il méritait, à picoler comme ça! Non, ce qui m'embête, c'est que tous les portraits qu'il a faits de moi, eh ben, on les a jamais retrouvés! Personne ne les a vus, étant donné qu'il n'était jamais satisfait et qu'il peignait souvent autre chose par-dessus. Il disait qu'il n'arrivait pas à choisir les couleurs qui convenaient pour rendre hommage à ma lumineuse beauté. Textuel! Non mais, vous vous rendez compte? C'est qu'il en pinçait pour moi, le petit Chaïm! N'empêche, s'il avait été un peu moins pointilleux avec ses couleurs, peut-être que j'aurais connu la gloire, moi aussi, comme Kiki! Enfin, je viens lui faire une petite visite de temps en temps, en souvenir du bon vieux temps!

Charles n'osait pas l'interrompre de peur de rompre le charme, de peur que la vieille dame, en entendant un accent étranger, décide qu'elle ne devait pas déverser ses confidences dans les oreilles de n'importe qui. Mais il mourait d'envie de lui demander qui d'autre, parmi les artistes de la grande époque de Montparnasse, se trouvait enterré là. Henri Rousseau, peut-être? Mais la vieille dame le devança :

— Êtes-vous un touriste, mon petit? Parce que si oui, vous n'êtes pas comme les autres.

— Heu, oui, je suis un touriste, j'arrive du Canada et c'est la première fois que je viens en France.

— Ah, Paris! Je ne l'ai jamais quittée. C'est à peine si j'ai piqué une petite pointe vers le sud, deux ou trois fois, pour rendre visite à ma sœur qui s'est installée à Montpellier. Mais franchement, vous me demanderiez de quitter Paris pour de bon, ça m'arracherait le cœur...

— Est-ce qu'il y a d'autres peintres enterrés ici?

— D'autres peintres? Oh la la! on voit bien que vous n'êtes pas comme les autres! Les autres, ils arrivent par grappes, ils courent partout comme des sauvages. On croirait qu'ils ont peur que les morts s'enfuient avant qu'ils aient eu le temps de les voir! Avec vot' dégaine, je parie que vous peignez aussi!

— Bof, oui, mais je ne suis pas un vrai artiste, un professionnel! Je n'ai jamais exposé, alors ça n'est pas très sérieux...

— Mon grand, la peinture, c'est toujours sérieux. Professionnel ou pas, vous y mettez votre âme. Je vais vous confier un secret : il y a dans ce cimetière un des plus grands peintres du siècle. Il n'avait pas son pareil pour les couleurs, ni pour créer une atmosphère. Les fleurs sur ses toiles, vous pouviez respirer leur parfum... Ah! mon petit Jean, comme il était mignon!... Il s'appelait Potin, comme l'épicier, vous imaginez? Venez, je vais vous montrer...

Glissant son bras sous celui de Charles, elle trottina jusqu'à une autre section du cimetière, jacassant tout du long avec des airs de propriétaire. Arrivés devant une stèle de marbre blanc décorée du même petit bouquet que celui que la vieille dame avait apporté pour Soutine, ils s'arrêtèrent.

— C'est encore moi, mon petit Jean. Je suis déjà passée tout à l'heure, mais je t'amène de la visite du Canada! Eh ben voilà, je te présente... au fait, quel est votre nom, jeune homme?

— Je m'appelle Charles Dupuis, madame.

— Eh ben moi, c'est Mireille Duclos, Mimi pour les intimes. Jean, lui, il m'appelait Minette dans l'intimité... Mais qu'est-ce que je raconte, moi, vieille idiote, va!

Elle soupira doucement et caressa d'une main tendre le marbre blanc, prolongeant un silence chargé de nostalgie. Charles l'observait avec un mélange d'amusement et d'attendrissement et n'avait qu'une envie, faire durer cette rencontre, connaître un peu mieux cette vieille dame à l'esprit pétillant qui avait sans doute un passé passionnant. Il la regarda avec plus d'attention pendant qu'elle lui tournait le dos. Sa robe aux coloris très vifs, aux motifs de grosses fleurs, avait connu des jours meilleurs et aurait mieux convenu à une femme plus jeune. Elle portait des bijoux un peu voyants, mais choisis avec soin pour mettre en valeur ses yeux d'un bleu aussi pur que le myosotis. De toute évidence, Mimi n'avait pas renoncé à la coquetterie!

— Pouvez-vous me parler un peu de Jean Potin, madame Duclos?

— Vous avez un petit quelque chose qui incite à la confidence, vous... Écoutez, je n'ai jamais fait de chichis, c'est pas à mon âge que je vais commencer! Appelez-moi Mimi, c'est plus mimi... Allez, offrez-moi une petite Suze et je vous raconterai tout ce que vous voudrez!

Elle l'orienta d'un pas alerte vers le bistrot le plus proche, dont elle s'avéra être une habituée. Le patron, quand il l'aperçut en compagnie de Charles, lui adressa un grand sourire et lança d'un air entendu :

— Ben alors, Mimi, on fait dans le jeunot maintenant?

— Dis pas de bêtise, Gustave, et apporte-nous à boire. Monsieur vient du Canada!

Charles en était à sa troisième bière et commençait à avoir les deux yeux dans le même trou. Mais Mimi, après quatre Suze, tenait toujours le coup. Elle avait raconté à Charles sa vie en long et en large, son enfance à Montparnasse, rue

Boissonnade, ses années folles passées à poser pour tous les peintres qui payaient bien et qui la trouvaient mignonne, son vrai boulot d'ouvreuse sur les Grands Boulevards, et surtout son grand amour pour Jean Potin.

— Mon plus grand regret, c'est de n'avoir jamais réussi à le convaincre qu'il avait du talent. Que le monde entier serait ébloui devant son travail... Parfois, il tentait de me persuader qu'il n'était qu'un pauvre détraqué, et que sa peinture ne lui servait qu'à se nettoyer l'esprit de tout ce qui l'encombrait... J'ai dû louer une chambre de bonne juste pour entreposer ses toiles. Avant de mourir, il m'a dit : «Mimi, je te fais confiance, je sais que tu ne les détruiras pas. Mais j'aimerais que tu les gardes toutes, elles seront comme les enfants qu'on n'a pas eus. Ne les vends pas, surtout, à moins que tu crèves de faim. Mais elles ne valent sûrement pas grand-chose...» Dire que toute sa vie il a été projectionniste... Caner à cinquante balais, si c'est pas une vraie misère...

Charles était sans voix : cette histoire ressemblait tant à la sienne! Mais avec les mots de Mimi, elle ressemblait à un film tendre et poétique, beau et triste comme un film français d'avant-guerre. Il se demanda ce que pouvait bien vouloir dire «caner à cinquante balais»...

— Moi non plus, je n'ai jamais montré ni vendu mes toiles... Et j'en ai peint près d'une centaine. Si j'en avais fait seulement cinquante, ça prendrait moins de place dans le grenier!

— Je ne suis peut-être qu'une vieille folle, mais je crois qu'on n'a pas le droit de priver le monde d'un peu de beauté et de couleurs. C'est une res-pon-sa-bi-li-té! Dites donc, si le bon Dieu vous a donné un peu de talent, vous n'avez pas le droit de le cacher! C'est comme si votre grenier était rempli de pain, et que vous refusiez d'en donner autour de vous de peur qu'il ne soit pas assez bon!

Elle se rapprocha soudain pour murmurer, sur le ton de la confidence :

— Caner à cinquante balais, ça veut dire qu'il est mort à cinquante ans. Je suis une vraie Parigote, moi, je parle la langue des rues. Ça fait pas très classe, mais c'est rigolo. Et puis, ça scandalise le bourgeois. Chaque fois que j'en vois un qui se formalise, je me mords les feuilles! Je me marre, quoi! Mon petit Jean aussi, il jactait comme ça. Des fois, on en rajoutait, juste pour épater la galerie...

Mireille Duclos trimbala Charles dans tout Montparnasse, entre l'apéritif au bistrot (les nombreux apéritifs!) et un dîner bien arrosé dans un petit restaurant tenu par un couple de ses amis. Elle lui montra la Coupole, la Rotonde, les vestiges de certains ateliers, dont la fameuse Ruche où tant d'artistes s'étaient réfugiés pour travailler dans leurs débuts difficiles. Elle lui parla des pièces mal chauffées, des verrières fêlées, des petits poêles qui fumaient, des succès de Modigliani et de Kisling auprès des femmes.

— J'avais à peine plus de vingt ans quand Modigliani est mort. Mais je me rappelle très bien de lui. Qu'est-ce qu'on a pu chialer aux funérailles... C'était un homme magnifique, mais un ivrogne et une grande gueule! Quand il était bourré, il déclamait des poèmes et toutes les gonzesses se pâmaient!

Elle voulut entraîner Charles jusqu'au parc Montsouris, pour lui montrer la petite rue tortueuse où Soutine avait pris un appartement quand ses toiles avaient commencé à se vendre. Mais les jambes de la vieille dame ne la portaient plus.

— Ah! j'ai cabriolé dans Paris toute ma vie, mais mes vieilles cannes commencent à sentir le passage du temps! N'empêche que vous devriez vraiment pousser une pointe du côté de la rue du Square-Montsouris. C'est sûrement une des plus jolies rues de Paris... En attendant, on va bouffer, j'ai l'estomac qui glougloute!

Quand ils entrèrent au *Petit Faitout*, la femme présenta Charles à toute la clientèle, constituée d'une dizaine d'hommes et de femmes de son âge qui semblaient avoir en commun un passé mouvementé dans le Montparnasse de l'entre-deux-guerres, et un humour truculent pour le relater. Sans consulter de menu, Mireille commanda un repas plantureux à la patronne, lui expliquant qu'il était de leur devoir d'initier un jeune Canadien à la cuisine du terroir et de faire honneur à la réputation de la France.

— Le confit, c'est du canard ou du lapin?

— C'est du canard et il est bien dodu. Te fais pas de mouron, Mireille, on va le chouchouter, ton touriste!

La soirée se déroula dans une atmosphère de fête; on échangeait des blagues d'une table à l'autre, on s'invectivait en rigolant, comme une famille tissée serrée qui n'en est plus à se faire des politesses. La plupart du temps, Charles ne comprenait pas un mot à l'argot compliqué des habitués, et se contentait de sourire, un peu pompette et parfaitement satisfait de son sort.

De temps en temps, quelqu'un faisait allusion à Jean Potin. À n'en pas douter, presque toute le monde l'avait connu, mais le mystère planait encore sur son œuvre artistique.

— Dis donc, Mimi, tu vas bien finir par nous les montrer, ces toiles, non? Depuis le temps que tu nous en rebats les oreilles!

— C'est vrai, Mimi, tu nous les brises, à la fin, avec les chefs-d'œuvre secrets de Jean Potin. C'est du baratin, tout ça. Ça serait pas du bâtiment qu'il peignait, ton petit Jean, par hasard?

Mireille riait doucement, flattée de l'attention qu'on lui portait.

— Mais puisque je vous le dis, qu'il ne voulait pas les montrer! Je respecte ses dernières volontés, c'est tout! Mais mes dernières volontés à moi, elles seront bien différentes, allez… J'ai mon plan!

Elle confia à Charles qu'elle souhaitait qu'après sa mort la ville de Paris organise une exposition des toiles de Jean Potin dans un lieu public. Elle avait déjà tout prévu et conçu son testament en conséquence, et ne semblait entretenir aucun doute quant à l'issue de ses projets.

— Je ne suis qu'une pauvresse. Je n'ai rien à léguer à part ces toiles. Et puis, les enfants de ma sœur, je les connais à peine; je ne vois pas pourquoi je leur ferais une fleur. Alors j'ai décidé de tout laisser à la municipalité, à la condition qu'on fasse connaître mon Jean pour qu'il compte parmi les peintres célèbres. Parfois, il faut aller à l'encontre de la volonté de quelqu'un, pour son propre bien. Quand je vais au cimetière, je lui raconte tout ça, et je suis sûre qu'au fond il m'approuve. Quant à la municipalité, elle ne pourra pas ne pas respecter les dernières volontés d'une défunte. Ça se fait pas!

De retour à sa chambre d'hôtel, Charles était éreinté et repu. La journée avait été riche en découvertes! Il se sentait transformé par des expériences nouvelles, des émotions véritables, loin des décors de carte postale et de l'admiration obligatoire. Mimi lui avait ouvert un autre monde!

Il dut marcher un peu dans sa chambre minuscule pour calmer son estomac qui se rebellait, à la suite de sa découverte du cassoulet et de la crème caramel. Il grogna en pensant que quand il était plus jeune il pouvait avaler des repas trois fois plus lourds sans même les sentir passer! Il massa pendant plusieurs minutes son ventre qui commençait à prendre un peu d'expansion, puis découvrit avec soulagement au fond de sa valise une petite bouteille de sels de fruits effervescents. Peut-être Mme Charron s'était-elle faufilée discrètement dans sa chambre avant son départ, car il ne se rappelait pas l'avoir emportée.

Pendant que son estomac exerçait laborieusement ses fonctions, Charles finit par s'endormir en se demandant s'il souhaitait vraiment, comme Jean Potin, mourir sans avoir fait connaître son œuvre, et à qui il léguerait ses toiles... Le lendemain matin, il scruta son plan de Paris à la recherche du parc Montsouris et retraversa la ville pour trouver la rue dont Mireille Duclos lui avait parlé.

Il tomba dessus presque par hasard : la rue était si petite qu'elle n'était même pas sur le plan, et, à l'entrée, un panneau précisait : «Rue privée»! En tout, peut-être une vingtaine de maisons de chaque côté de la petit ruelle; le temps de grimper et de redescendre une petite butte. Mais Charles y passa près d'une demi-heure, l'arpentant sans cesse d'un bout à l'autre, jusqu'à ce qu'une femme, en train de laver des fenêtres, commence à lui jeter des coups d'œil soupçonneux... C'est qu'il se dégageait de ce bout de rue une atmosphère intemporelle de paix et de confort, comme si des gens y avaient trouvé, longtemps auparavant, un refuge contre les agressions du monde moderne, et avaient réussi depuis ce temps à le préserver intact. Chaque maison avait son style et son charme; l'une d'elles, avec ses parures de bois sombre, avait même l'air d'un chalet de montagne… C'est là qu'il ouvrit pour la première fois son carnet de croquis, dont il remplit les pages de fenêtres cachées derrière un lilas, de pierres polies par le temps, de porches sculptés. Charles se dit qu'il aurait pu passer le reste de sa vie dans cette rue, à peindre dans un atelier sous les toits. Et il pensa que Soutine, avec son tempérament torturé, avait dû y trouver un peu d'apaisement… Cette incursion dans la rue du Square-Montsouris resterait l'un de ses plus beaux souvenirs de Paris.

Mû par un instinct inexpliqué, Charles s'était réservé l'ascension de la tour Eiffel pour le dernier jour de ses vacances. Il l'avait examinée d'en bas, sur la place du Trocadéro, et, de partout où il était allé dans Paris, l'avait sans cesse cherchée des yeux, comme s'il avait besoin de ce repère pour se convaincre de la réalité de son voyage. La veille de son départ, il prit le métro jusqu'au Champ-de-Mars et se rendit compte en sortant qu'il s'était presque habitué à l'odeur âcre qui l'avait tant incommodé les premiers jours.

Entouré d'un groupe de Japonais agités qui mitraillaient de leurs appareils photo le moindre détail de la structure, Charles se prépara à un autre choc. Dans un éclair, la raison pour laquelle il avait gardé cette ascension pour la fin du voyage lui apparut. C'était le ciel qui l'appelait, comme en prélude, pour refaire connaissance avant l'envolée du lendemain! En haut de la tour, il considéra l'élégance du palais de Chaillot, et, suivant des yeux le cours sinueux de la Seine, revécut la promenade en bateau-mouche qu'il s'était offerte quelques jours plus tôt. Puis il se tourna résolument vers le ciel, qui l'appelait juste au-dessus du bois de Boulogne. Malgré les moments passés avec Mimi à Montparnasse, malgré la texture fondante et parfumée du confit de canard, et ce trésor caché près du parc Montsouris, il avait tout à coup terriblement hâte de repartir!

Durant le vol de retour, Charles ne put résister à l'envie de s'offrir une autre visite dans la cabine de pilotage. Quand il revint à son fauteuil, il jeta un coup d'œil extasié par le hublot et confirma sa décision d'apprendre à voler. L'allégresse qu'il ressentait était si grande qu'il ne pouvait se contenter d'un vol de temps en temps. Il redressa d'un geste vif le dossier de son fauteuil, et ramena sur ses genoux son sac glissé sous le siège avant. Il en sortit son carnet de croquis et l'ouvrit dans un geste retenu pour ne pas réveiller son voisin, qui cuvait une double dose de cognac. Pendant que germaient dans son esprit des projets qui célébreraient sa découverte du ciel, Charles dessina le passage de Mireille Duclos dans sa vie.

Même si les yeux bleus de la vieille dame étaient encore frais à sa mémoire, Charles n'avait pas l'intention de reproduire son visage. Il avait renoncé pour de bon au portrait. Mais cette silhouette à la fois affaissée et résistante, penchée sur une pierre tombale avec une tendresse touchante, l'avait ému encore plus que le charme suranné de la ville. Il la dessina de mémoire, personnage fatigué marchant dans le cimetière ou jeune fille frondeuse posant devant un groupe de peintres. Quelle vie elle avait eue! Charles chercha ce qui lui avait tant plu chez cette vieille dame : son éternelle jeunesse, sa franchise colorée, la saveur coquine de ses souvenirs? Mireille Duclos était tellement… humaine, tellement vivante! Il retrouvait un peu d'Anna en elle : elle avait tant aimé son Jean, aurait tout fait pour lui. Et comme Anna, elle avait eu de l'audace, du cran… En même temps, elle était aussi maternelle que Laurette Charron… Pas étonnant qu'il se soit senti si bien en sa compagnie!

Il passa une bonne partie du vol à remplir son carnet de nombreuses esquisses représentant Mimi, mais aussi sa bande de copains du *Petit Faitout*, joyeuse assemblée qui lui avait fait prendre conscience qu'on pouvait vieillir avec grâce, conserver indemne son désir de rire et de faire la fête. Entre son père taciturne, sa mère partie trop tôt et déjà fanée, et Laurette qui perdait peu à peu de sa substance devant un écran qui lui tenait lieu de vie, Charles en était venu à envisager la vieillesse avec horreur. Mais Mimi lui avait fait comprendre qu'on pouvait être habité jusqu'à son dernier souffle par des appétits voraces.

Certains personnes étaient plus vivantes que d'autres, portées par la curiosité de savoir ce que cette vie avait de plus à offrir...

Quant à ce Jean Potin, il resterait longtemps présent en Charles, comme un frère aîné dont la vie serait une leçon. Si Charles s'était abandonné à l'amour d'Anna comme Jean Potin s'était abandonné à celui de Mimi, peut-être ne ressentirait-il pas toujours ce vide au fond de lui...

10

Montréal semblait pris dans un immense tourbillon. Une poussière effervescente jaillissait de gigantesques chantiers de construction qui trouaient la ville de part en part et Charles voyait poindre de nouveaux gratte-ciels, affleurer des îles inconnues à la surface du fleuve, se transformer presque à vue d'œil le relief de la ville. On était en 1964 et, après une longue gestation, Montréal sortait de sa gangue et ouvrait ses ailes en préparation de l'exposition universelle.

Charles marchait sur un trottoir encombré de gravats, considérant avec fierté l'architecture audacieuse de la Place-Ville-Marie. Le gratte-ciel lui offrait un observatoire inespéré et il y grimpait de temps en temps, avec la même excitation qu'il avait ressenti dans la tour Eiffel trois ans avant. Il sursauta à cause d'une forte vibration sous ses pieds. Les entrailles de la ville subissaient les coups de boutoir d'un équipement entêté; deux ans, encore, avant que le métro soit prêt! Au souvenir du métro de Paris, Charles plissa le nez puis se réjouit en pensant à la façon dont tous ces chambardements transformeraient la ville. Lui qui se croyait réfractaire au progrès brutal ressentait les effets de l'heureuse contagion qui s'était répandue depuis un an ou deux dans la province, qu'on commençait à appeler tout simplement le Québec. On parlait de révolution, même si on la voulait tranquille, et un courant fou et impétueux comme la débâcle printanière sur une rivière les emportait, lui et tout le reste du Québec, vers la modernité.

Depuis deux ans que Charles s'était mis à voler, il voyait la vie sous un autre angle et chaque décollage lui donnait une sensation de libération. Depuis qu'il ne suivait plus de cours chez Umanski, il avait restreint l'achat de matériel d'artiste, s'était mis à peindre des toiles de dimensions modestes et étirait ses tubes de peinture le plus possible. Avec ses économies, il s'était offert des cours de pilotage et avait obtenu sa licence. Il accumulait les heures de vol avec la même fierté que s'il s'était agi de trophées. Son frère Louis, son ami Carl et ses compagnons de travail n'en revenaient pas! Quoique, comme l'avait si bien écrit Louis dans une lettre, «depuis le temps que tu es dans les nuages, ça devrait pas me surprendre».

Charles louait donc de temps en temps un petit appareil pour survoler la ville et ses banlieues qu'il voyait changer à toute vitesse : il admirait les paysages somptueux formés par le fleuve et ses affluents, s'imaginant pour une heure être le maître d'œuvre de ces sites prodigieux. Puis il revenait sur terre et allait toucher de ses propres mains les matériaux dont on fait les villes.

Ce mardi-là, Charles sortait de chez l'optométriste où il venait d'apprendre qu'il aurait besoin de lunettes. À trente-huit ans, c'était la première fois qu'il se sentait vieillir. Son état de santé ne l'avait jamais préoccupé; il était toujours vigoureux, son pas restait aussi souple qu'à vingt-cinq ans et seul son estomac protestait de temps en temps s'il faisait des excès. Mais des lunettes... Est-ce que ça voulait dire qu'il devenait vieux?

Il avait obtenu congé pour l'après-midi et en profita pour regarder les autres travailler : c'était impressionnant de voir à l'œuvre l'imposante machinerie avec laquelle on érigeait les édifices. Charles était content de voir Montréal en plein bouleversement; pourtant, il lui venait une pointe d'amertume en pensant à la Pointe-Saint-Charles. Depuis quelques années, son quartier d'adoption avait changé de visage. De nombreuses usines avaient été fermées, certaines entreprises avaient déménagé leurs pénates en Ontario et l'industrie ferroviaire était en perte de vitesse; de quartier ouvrier prospère, la Pointe-Saint-Charles devenait un quartier où les ouvriers n'avaient plus de travail. Le climat s'en ressentait...

Les chantiers du centre-ville imposaient parfois des débordements importuns : on avait beau dresser des palissades, les débris finissaient immanquablement par envahir les rues. Charles faillit trébucher contre un tréteau déplacé, à cheval entre le trottoir et la rue. Quand il tourna la tête pour voir d'où venait la pièce d'équipement, il reçut dans l'œil un scintillement qu'il connaissait par cœur, un brin de soleil reflété dans un morceau de granit poli. Le miroitement ne dura qu'une fraction de seconde, mais il aurait reconnu n'importe où ce lustre, ce chatoiement net comme une coupure. Les années passées dans la cour à monuments à déplacer des pierres tombales de granit rose ou noir lui avaient laissé un souvenir trop précis; il pouvait presque identifier la couleur de la pierre. Tous ses sens en éveil, il se mit à chercher des yeux d'où pouvait provenir cet éclat de lumière qui lui donnait un frisson dans le dos. Il s'approcha du chantier de construction : on venait de poser, à l'entrée d'un nouvel immeuble, des dalles de granit noir. Quelques morceaux, probablement venus d'une dalle éclatée, traînaient au pied du monumental escalier. Charles avisa un contremaître et l'appela.

L'homme au casque blanc se retourna, surpris quand Charles lui demanda s'ils allaient utiliser les morceaux de pierre cassée.

— Comment voulez-vous qu'on s'en serve? C'est de la grenaille! Si je tombe sur les gars qui ont échappé la dalle, ça va leur coûter cher!

— Je vous en achèterais bien deux ou trois morceaux, si vous me les vendez pas trop cher! J'ai mon auto parquée pas loin, je pourrais venir les chercher…

L'homme retira son casque et se gratta la tête en réfléchissant à la proposition. Après avoir jeté un coup d'œil rapide autour de lui pour être sûr que tout le monde était occupé ailleurs, il lança avec détachement :

— Bof, je sais pas trop ce que vous pouvez faire avec ça, c'est vraiment dur, on peut pas travailler ça à la main… En tout cas, c'est votre problème! Donnez-moi cinq piastres, mais faites ça vite, je suis pas supposé faire disparaître les matériaux.

Dix minutes plus tard, Charles chargeait, suant et soufflant, trois morceaux de granit de taille imposante dans le coffre de sa vieille voiture dont les ressorts protestèrent. Il roula doucement, l'arrière de la Buick affaissé, jusqu'à la maison où il déposa les pierres dans son atelier avant de s'attabler devant le pâté au poulet de Laurette.

Il mastiqua consciencieusement, sans émettre le moindre commentaire, le blanc de poulet que la logeuse avait laissé traîner un peu trop longtemps dans le réfrigérateur avant de l'apprêter dans une sauce blanchâtre, épaisse et sans goût. Laurette Charron avait perdu tout intérêt pour la cuisine et l'entretien de la maison. Tout autre pensionnaire que Charles aurait filé depuis des lunes sans demander son reste. Mais les vieilles habitudes qu'elle et Charles partageaient les soudaient aussi sûrement qu'un contrat. Plein d'indulgence envers celle qui avait remplacé peu à peu sa propre mère, Charles remarquait à peine le laisser-aller du logis. Comme ni l'un ni l'autre ne recevaient jamais de visiteurs, la maison glissait doucement vers un délabrement irréversible sans que quiconque s'en aperçoive.

Pour faire passer la bouchée de poulet, il avala la moitié de sa tasse de thé tiède, puis lança :

— J'ai acheté du granit noir, aujourd'hui…

— Ah oui? Pour quoi faire?

La question plana quelques secondes au-dessus de leurs têtes. Charles ne savait pas pourquoi il avait acheté ces morceaux de pierre; il avait agi sous le coup de l'impulsion et depuis qu'il était entré dans la maison ne cessait de se demander ce qu'il lui avait pris. Il espérait que Laurette l'aiderait à mettre le doigt sur la raison qui l'avait poussé à encombrer son atelier de nouveaux matériaux alors qu'il y avait déjà si peu de place. Mais Laurette n'avait posé sa question que pour la forme. Elle avait déjà la tête ailleurs quand Charles répondit :

— Je sais pas encore si je vais m'en servir. Je vais y penser.

— Il me semble que c'est pas mal dur, du granit, non?

Charles ignora la remarque : un curieux sentiment de satisfaction venait de s'infiltrer dans son esprit. Au fond, il savait bien que le plaisir qu'il ressentait à posséder ces morceaux de pierre avait un rapport avec son père. Ce granit était à lui, il pouvait en faire ce qu'il voulait, et si jamais un morceau se cassait, personne ne viendrait lui faire des semonces, ni le traiter d'imbécile ou de bon à rien… Charles frissonna; ce retour impromptu dans le passé lui donna une crispation à l'estomac. Il n'aurait jamais cru que ses blessures étaient encore si faciles à rouvrir!

Mais Charles avait trente-huit ans; les jugements de Thomas ne devraient plus avoir d'influence sur sa vie. Et pourtant... De peur que Laurette ne remarque l'embarras sur son visage, il baissa la tête et dévora le contenu fade de son assiette comme après des jours de jeûne. La cuisinière avait englouti machinalement sa petite portion; c'était la soirée du *Survenant* à la télé et Laurette se faisait mentalement un résumé de l'épisode précédent. Elle fut surprise et flattée par la voracité de Charles et lui resservit du pâté.

— Il reste encore du pouding chômeur, si vous en voulez...

Charles résista à l'offre de dessert. Il savait que le gâteau, cuit plusieurs jours auparavant et bien trop gros pour eux deux, aurait perdu son moelleux et sa saveur. Il se rappela que la dernière fois que Laurette lui avait proposé un de ses desserts rassis, il avait été malade...

— Madame Charron, vous devriez plus vous fatiguer à faire du dessert, j'en mange presque pas et vous, pas du tout! Un peu de blanc-mange de temps en temps, ça suffirait...

— Il est plus tellement ragoûtant, mon pouding, hein? Si seulement j'étais capable de couper les recettes en deux... Ma mère m'a appris à faire à manger pour des grandes tablées, et j'ai appris ça pour rien, parce qu'il y a rarement eu plus que trois personnes autour de ma table. Pour être franche, j'ai jamais beaucoup aimé cuisiner. Si j'étais toute seule, je me contenterais d'un œuf ou d'un morceau de pain avec de la mélasse... D'ailleurs, si je pouvais, je ferais pas de ménage non plus!

Charles n'aurait jamais imaginé qu'une femme qui tenait une maison depuis si longtemps, qui avait été élevée dans ce but précis, pouvait ne pas aimer ce qui constituait l'essentiel de ses journées. Il se rappela les rêves de voyages et de vie de bohème d'Anna, qui repoussait le moment où elle devrait faire face à des obligations de femme mariée : tenir maison, s'enfermer dans une cuisine pour le reste de sa vie. Les hommes n'étaient donc pas seuls à vouloir autre chose que ce à quoi on les destinait! Comme chaque fois qu'il l'évoquait depuis cinq ans, le souvenir d'Anna le mit mal à l'aise. Elle était un rappel lancinant de ses propres limites. Souhaitant qu'elle ait trouvé le bonheur avec quelqu'un d'autre, il s'empressa de la chasser de son esprit et revint à Laurette Charron.

— Auriez-vous aimé avoir un vrai métier ?

— Ce que j'aurais aimé, c'est apprendre. Mais je sais pas quoi. Peut-être à bâtir des maisons, ou plutôt à les imaginer. Comme un architecte ! Quand j'étais femme de chambre chez Mme Morton, il y avait un architecte qui venait de temps en temps. Je me rappelle l'avoir écouté parler ; c'était extraordinaire ! Oui, je pense que j'aurais aimé ça, être architecte. Mais nous autres, les femmes, ça a l'air qu'on est pas nées pour ça...

Charles n'avait plus entendu parler de l'ancienne patronne de Laurette depuis des années. En fait, Laurette n'avait pas parlé aussi longtemps depuis des années ! Sans doute l'avait-il un peu négligée. Il se sentit coupable de l'avoir abandonnée à sa solitude, avec pour tout compagnon un petit écran, s'imaginant que la voix suave de Jean Coutu suffirait à combler tous ses besoins !

— Je suis content, ça fait longtemps qu'on a pas jasé comme ça, madame Charron. Vous rappelez-vous, dans le temps, sur le perron ? On en a eu, des bonnes jasettes ! J'ai une idée ; allez mettre votre manteau, je vous invite à manger un cornet de crème glacée !

— C'est bien fin de votre part, mais j'ai vraiment plus faim. Et puis, il est tard, il faut que je finisse de nettoyer la cuisine. Avec tout ça, vous allez me faire manquer mon programme !

Le moment de grâce était passé ; Charles aurait aimé, comme dans le bon vieux temps, l'écouter raconter ses souvenirs, savoir si elle était affectée par la vieillesse qui s'approchait à grands pas. Elle avait atteint soixante-deux ans. Marie-Reine ne s'était même pas rendue à cet âge... Mais Laurette n'avait eu qu'un enfant, et un mari qu'elle avait toujours mené par le bout du nez. Elle n'était pas usée comme Marie-Reine l'avait été, si jeune. Elle semblait s'être fabriqué une sorte de bouclier pour bloquer toute nouvelle source de souffrance. Peut-être avait-elle décidé que plus rien ne lui ferait aussi mal que la mort de son fils... La disparition d'Émile puis celle de son frère Alphonse l'avaient laissée dans un égarement temporaire, mais Laurette paraissait avoir opté pour la léthargie. Charles se demanda quelle sorte de vieillesse il choisirait…

Il laissa Laurette à ses téléromans et alla s'enfermer dans son atelier où l'attendaient une petite toile inachevée et quelques mystérieux morceaux de granit…

* * *

Pendant deux semaines, Charles tourna autour de la pierre, posée sur une vieille table au centre de sa cabane. Il la caressa sur toutes ses surfaces, retrouvant dans ses paumes le souvenir de la texture lisse et fraîche de la pierre polie, les reliefs granuleux et râpeux de toutes les parties laissées à vif ou martelées à la taraudeuse. Puis un matin, il fit part à Carl Jablonski de son acquisition.

— Te rappelles-tu quand je sculptais des oiseaux?

— Évidemment que je me rappelle. Les enfants ont conservé celui que tu leur as fait comme si c'était une relique! Ma fille le garde à côté d'une photo d'Elvis Presley…

— Ben, j'ai envie d'essayer de sculpter un oiseau dans la pierre…

— Ça va te prendre des bons outils!

— Veux-tu venir magasiner avec moi?

Ils échangèrent un clin d'œil complice. Carl et Charles étaient amis depuis près de vingt ans et pouvaient se comprendre à demi-mot. Ils partageaient des plaisirs simples avec le même enthousiasme que deux gamins faisant l'école buissonnière. Aller à la recherche d'un outil, c'était pour eux le prétexte parfait pour s'offrir une récréation, flâner dans les allées d'une quincaillerie ou les rayons d'un grand magasin. Ils se donnaient rendez-vous tôt le matin, pour prendre un café au comptoir d'un petit restaurant et dresser un itinéraire. L'épouse de Carl en profitait toujours pour leur confier quelque autre course, pour ajouter à leur plaisir, et, devant les étalages du marché Atwater, ils s'amusaient comme des enfants, choisissant avec soin le moindre légume, négociant âprement mais en riant le prix de la livre de saucisses. Charles, qui n'avait jamais eu à se préoccuper des emplettes, redécouvrait ces jours-là le parfum et la beauté des aliments frais. Chez Laurette, presque tout était en conserve…

Charles se présenta donc chez Carl, à Verdun, très tôt le samedi matin. En cette fin d'été, les tournesols que Sofia, la femme de Carl, avait semés au printemps fleurissaient en abondance au fond du petit carré de jardin entouré d'une fine clôture de fer forgé. La moindre parcelle de terre avait été utilisée et les iris, les rosiers rustiques et les marguerites fleurissaient tour à tour au fil de l'été, faisant la fierté de Sofia. Les coudes appuyés sur la balustrade du balcon, celle-ci échangeait des trucs de jardinage avec sa voisine, une Portugaise au teint rougeaud et à l'éternel sourire. Les deux femmes avaient ainsi créé leur petit monde, partageant de temps à autre leur nostalgie d'exilées ou leur perplexité, quand il leur arrivait de ne pas comprendre le drôle de pays qui les avait adoptées.

Quand Charles arriva, les deux femmes étaient déjà en train de profiter de la douceur du temps, chacune assise sur son petit balcon, comparant les mérites de différentes variétés de tomates. Sofia accueillit Charles avec chaleur et se précipita dans la maison pour lui offrir du café et des petits pains au cumin. Il eut beau l'assurer qu'il avait déjà déjeuné, rien n'y fit. Pour Sofia, tout comme pour Carl et les enfants, Charles faisait un peu partie de la famille et elle se sentait responsable de son bien-être. Un homme célibataire avait besoin d'être dorloté de temps en temps!

Carl sortit de la salle de bains où il venait de se raser soigneusement comme pour une grande sortie. Enfilant une chemise propre, il lança à Charles :

— J'espère que tu as beaucoup de temps devant toi, parce que ma femme m'a fait toute une liste de commissions. On va dévaliser le marché Atwater et ça va me ruiner! Cette femme n'a pas de cœur!

— Sofia, franchement, vous exagérez! Pensez-vous qu'on a juste ça à faire?

Les deux hommes continuèrent ainsi à la taquiner et Sofia se défendit vigoureusement, les traitant de paresseux et de «courailleux» en roulant ses *r* à la polonaise. Leurs rires finirent par réveiller les enfants, que Charles n'avait pas vus depuis des lustres et qui étaient devenus des adultes. Quand

Mikael entra dans la cuisine, grattant son menton pas rasé et grognant contre les gens qui ne respectaient pas le sommeil de ceux qui travaillaient tard, Charles se demanda pendant une seconde qui était ce grand escogriffe. Quand il le reconnut enfin, il regarda le jeune homme d'un œil attendri. Quand il l'avait connu, Mikael devait avoir trois ou quatre ans. Il ne parlait pas un mot de français à l'époque, alors qu'aujourd'hui son jargon montréalais ne recélait aucune trace de polonais... Comme le temps avait passé!

— Salut, Mikael, tu travailles, maintenant?

— Oh! bonjour, oncle Charles! Toujours aussi matinal... Oui, je travaille dans un restaurant dans le Vieux-Montréal... comme plongeur!

— Tu ne vas plus à l'université?

— Ben oui, et justement, il faut que je les gagne, mes études! Ça coûte cher, la deuxième année de médecine...

Charles était aussi fier de Mikael que s'il avait été son propre fils. Il suivait, par les récits de Carl, sa progression dans la vie étudiante, ravi que le jeune homme eût choisi une profession aussi prestigieuse. Dans sa famille, il aurait été impensable que l'un des enfants aille à l'université...

— Carl, penses-tu qu'il est assez vieux pour suivre les hommes dans leurs grandes aventures?

Les deux hommes échangèrent un clin d'œil; ils avaient toujours refusé à Mikael la permission de les accompagner dans leurs virées à la quincaillerie. Petit, Mikael les regardait partir, dépité, et se plaignait à sa mère qui le consolait en disant que les grands garçons avaient eux aussi droit à leur récréation... Ce matin-là, Mikael examina les deux hommes d'un air moqueur derrière sa tasse de café, sentant que sa présence serait appréciée et même souhaitée. Charles et son père y voyaient de toute évidence un rite d'initiation et le jeune homme, pour leur faire payer toutes ces années de rejet, eut envie de les faire languir...

— Je viens juste de me réveiller, vous allez quand même pas me faire sortir si tôt, je suis un oiseau de nuit, moi!

— Allez, saute dans tes culottes! On va te montrer ce que c'est, une bonne perceuse! Il est grand temps que tu apprennes à choisir des outils, surtout si tu veux être docteur...

L'atmosphère détendue et chaleureuse qui régnait dans la maison des Jablonski avait un effet euphorisant sur Charles; il s'y sentait au sein d'une famille heureuse. C'était le seul moment où il regrettait de ne pas avoir eu d'enfants.

— Laissez-moi donc tranquille avec vos histoires de vieux! Quand j'aurai besoin d'outils, j'irai m'acheter un bistouri!

— C'est dangereux, ces affaires-là. Vaudrait mieux qu'on t'apprenne certaines choses, avant... Va t'habiller, on part dans dix minutes!

Carl avait pris un ton faussement sévère pour faire comprendre à son fils qu'il serait ravi qu'il se joigne à l'équipée. Finalement, le jeune homme obtempéra avec juste ce qu'il fallait de retenue.

— Bon, il va bien falloir que j'y aille avant que vous me tordiez un bras!

Sofia fit semblant de protester contre les trois hommes qui allaient envahir les commerces, semer le désordre et embêter les vendeuses. Prenant à témoin sa fille Mila qui émergeait à peine du sommeil au-dessus de son bol de café, elle s'écria :

— Continue d'étudier, ma fille, ne sois pas pressée de te marier!

Les achats furent plus compliqués que prévu. Dans un magasin d'outillage, quand Charles demanda où trouver des marteaux et des burins à pierre, on lui fit préciser de quelle sorte de pierre il était question, s'il s'agissait de graver ou de casser la pierre. Charles vit ses élans refroidis par la perspective de devoir acheter un équipement coûteux, encombrant et compliqué. Car le granit, de l'avis de tous, était l'une des pierres les plus dures qui soient : il était impossible de le sculpter à la main. Quand il protesta que son père, depuis toujours, gravait des pierres tombales de granit avec un marteau et un burin, le vendeur rétorqua que de cette manière on ne pouvait qu'effleurer la surface, ce qui suffisait tout juste pour graver des noms et des dates...

À la fin de la journée, quand il inspecta ses achats (une meule électrique avec tout un assortiment de roulettes et de ponceuses de diverses tailles), Charles poussa un soupir, démoralisé. Il ne savait trop quoi faire de tout cet appareillage et les explications que lui avait donné le vendeur le laissaient perplexe.

— Je devrais demander à monsieur Umanski s'il connaît quelqu'un qui travaille la pierre...

Mikael glissa qu'il aimerait bien visiter le fameux atelier de Charles et le regarder travailler. Charles le regarda, étonné. Jamais il n'aurait pensé qu'un jeune homme aussi intelligent et instruit puisse s'intéresser à sa cabane poussiéreuse.

— Tu risques d'être déçu! Ça fait des années que je n'ai pas fait de sculpture. Quant à la pierre, la dernière fois que j'en ai pris dans mes mains, c'était quand je transportais des monuments dans la cour de mon père!

— Ça fait rien! Je me rappelle encore du jour où vous avez sculpté le petit oiseau pour Mila et moi. J'étais tout petit, mais ça m'avait tellement impressionné de voir vos mains transformer une branche en oiseau! Je suis sûr que vous arriverez à faire quelque chose de beau avec vos blocs de pierre...

Charles hésita, mais l'affection qu'il ressentait pour Mikael prit le dessus.

— Si tu veux, samedi prochain, tu viendras à Pointe-Saint-Charles. Peut-être que tu pourras m'aider à comprendre quelque chose dans ces outils-là...

* * *

Charles prêta l'oreille au rythme du pas traînant de David Umanski derrière la porte. Il fut alerté d'abord par un bruit de chaise renversée puis par la lenteur inhabituelle du professeur à venir ouvrir. Umanski était pâle mais, du revers de la main, il balaya les inquiétudes de Charles. Il avait mal dormi et combattait un début de grippe. Charles entendit sa respiration difficile et proposa d'aller acheter des médicaments. Le professeur s'empressa de dire qu'il avait déjà tout ce qu'il lui fallait. Il détourna vite la conversation, précisant qu'il connaissait effectivement quelqu'un qui pourrait conseiller Charles pour la sculpture de la pierre. C'était un homme très habile et plein de ressources qu'on appelait fréquemment pour réparer des statues ou des ornements dans les églises. Charles le remercia, mais repartit très préoccupé; malgré ses dénégations, Umanski avait l'air vraiment mal en point et il croyait son professeur plus malade qu'il voulait bien l'admettre...

Joint par téléphone, l'homme, un certain Roland Painchaud, expliqua à Charles qu'il ne pouvait lui accorder que quelques minutes parce qu'il devait partir de toute urgence pour Trois-Pistoles. Dans une église, des vandales venaient de casser les pieds de l'Enfant Jésus. Heureusement, la statue était en marbre et les dégâts pourraient être réparés assez facilement.

— Mais le marbre, c'est dur, non?

— Pas vraiment. C'est une pierre qui se travaille très bien à la main. Le Français, vous savez, celui qui a fait *Le Penseur*, pensez-vous qu'il avait une meule électrique?... En tout cas, je devrais être revenu vendredi. Si vous voulez passer me voir après le souper, je vous montrerai comment vous servir de votre meule.

L'évocation d'Auguste Rodin avait mis du baume au cœur de Charles. Evidemment qu'on pouvait sculpter le marbre à la main! Si jamais il ne parvenait pas à soumettre le granit à sa volonté, il pourrait toujours se mettre en quête d'un morceau de marbre...

* * *

Charles était content d'avoir Mikael chez lui; il lui revenait à la mémoire des réminiscences de sa complicité avec Louis, dont l'enthousiasme et la foi aveugle en ses capacités l'avaient souvent poussé à avancer malgré ses peurs. Il installa Mikael dans un coin et lui fournit des lunettes de protection. Puis il brancha la meule électrique et tenta de tracer lentement des stries sur un morceau de pierre. Pour se faire la main, son premier projet ne devrait pas être trop compliqué. Il opta pour un corbeau aux ailes refermées.

Mais la pierre était récalcitrante et son installation, précaire. Il aurait dû relier son outil à une arrivée d'eau puisque le granit devait être constamment mouillé pour éviter qu'il ne produise trop de poussière, mais la cabane n'avait pas l'eau courante. Il fallait donc sans cesse tremper le bloc de pierre dans un seau d'eau, et son travail avançait à la vitesse de l'escargot. À ce rythme, il lui faudrait des semaines pour donner une forme à la masse compacte qui le narguait. Cet apprentissage allait exiger de lui une patience qu'il n'était pas sûr d'avoir. Mikael n'osait pas intervenir, ne connaissant rien à la pierre ni à la sculpture. Le vague souvenir qu'il avait du bois tendre cédant aux caresses du couteau sous les doigts agiles de Charles ne serait d'aucun secours...

Finalement, Charles convint qu'il avait peut-être choisi une mauvaise pierre et surtout qu'il avait beaucoup à apprendre. Il passerait à la bibliothèque pour consulter quelques ouvrages, question de découvrir ce qui composait les pierres et les rendait si dures...

Il saisit un petit morceau tombé sous l'établi, prit une lime et, s'asseyant à côté de Mikael, entreprit de le poncer patiemment. Il frottait toujours au même endroit et, entre chaque coup de lime, caressait la pierre du plat de la main pour en capter la chaleur. De temps en temps, il la retournait et maintenait son mouvement de polissage, rythmé et mécanique. Pendant tout le temps que dura cette nouvelle prise de contact, Charles raconta à Mikael les années sombres passées à travailler près de son père dans la cour à monuments. Il décrivit les pierres tombales de granit rose ou noir, leur lourdeur quand il devait les transporter sur sa petite plate-forme à roulettes, leur éclat dans le soleil de l'après-midi et la terreur qui s'emparait de lui à la seule idée que l'une d'elles puisse se fêler pendant qu'il la déplaçait. Mikael écoutait avec intérêt, étonné que tout d'un coup celui qu'il considérait comme un oncle, gentil mais si discret, lui fasse des confidences. Au bout de quelques minutes, il finit par sentir la frustration dans les souvenirs de Charles, et lui demanda s'il s'entendait bien avec son père.

— J'ai presque quarante ans et j'attends encore le jour où mon père va être fier de moi...

Charles polissait maintenant sa pierre à un rythme plus rapide, à mesure que les souvenirs venaient le heurter.

— Un jour, je l'ai regardé travailler et j'ai vu que lui aussi, il aimait caresser la pierre... Mais si j'essayais de lui faire avouer ça, il m'enverrait au diable... Quelle tête de cochon!

Il redressa les épaules et regarda Mikael en face.

— Tu as de la chance d'avoir un père comme Carl. Il est tellement fier de toi! Il me semble que ça doit t'aider à avancer dans la vie, de sentir ta famille derrière toi... Moi, j'ai jamais senti ça, puis tu vois, à mon âge, j'ai encore rien fait de bon...

Mikael n'avait jamais pensé à toutes ces choses.

— Tu sais, Mikael, tu as reçu un grand cadeau de la vie : l'amour de ton père. J'espère que tu n'as jamais mis cet amour-là en doute... C'est une force qui va te suivre jusqu'à la fin de tes jours...

Il se détourna une seconde pour s'essuyer les yeux, mais se ravisa et regarda résolument Mikael en face.

— La différence entre mon père et moi, c'est que lui, je pense, a jamais pleuré... Si je le voyais pleurer une seule fois, ça me ferait du bien. Et à lui aussi, probablement! Si t'as des larmes, Mikael, laisse-les couler! Sinon, elles vont finir par pourrir en dedans de toi.

Mikael recueillit pudiquement ce débordement d'émotion dont il ne savait trop que faire. À son âge, il n'avait pas souvent eu l'occasion de s'interroger sur le fragile équilibre des relations père-fils. Sa courte rébellion adolescente était déjà un souvenir et il se satisfaisait de l'harmonie qui régnait à la maison. Mais il eut conscience de recevoir une leçon qui méritait d'être écoutée avec respect. Il chercha comment exprimer son empathie et ne trouva qu'une boutade, qu'il espérait réconfortante.

— Vous avez pas tellement de différence d'âge avec lui, mais si vous avez envie de changer de père, je suis sûr que le mien serait très honoré d'être choisi!

— J'aurais sûrement eu une vie différente si j'avais eu un père comme Carl...

Il cessa son mouvement de polissage et regarda le petit morceau de pierre qui avait à peine gagné un peu de brillance.

— Chose certaine, monsieur Painchaud avait raison : le granit, ça peut vraiment pas se travailler à la main! Mais je pense avoir une idée...

Il alla chercher un grand seau et déroula le tuyau d'arrosage jusque dans la cabane, puis mit le jeune homme à contribution. Pendant que Charles meulait un morceau de pierre,

Mikael faisait couler constamment dessus un mince filet d'eau. On était sur la bonne voie…

* * *

Charles finit par développer une certaine maîtrise de son outillage et raffina son système d'arrosage en accrochant le tuyau, muni d'un embout régulateur, au-dessus de sa meule. Il pouvait ainsi orienter à sa guise le jet d'eau sur la pierre. Après des semaines d'essais infructueux, il posa fièrement sur la table de la cuisine une forme stylisée qui ressemblait effectivement à un oiseau aux ailes refermées. Il y avait quelque chose de tassé, d'hésitant dans la petite silhouette, comme si l'oiseau courbait l'échine, mais, longuement poncée et polie, la statuette avait un lustre remarquable et une solidité à toute épreuve. Laurette Charron fut surprise de la finesse du travail de Charles et flattée d'être la première spectatrice de ce nouvel apprentissage.

— C'est pas mal beau. Je pense que vous devriez montrer ça à votre père. Ça lui ferait sûrement plaisir de voir que son garçon touche le granit, lui aussi…

Charles la considéra, bouche bée. Laurette avait lancé son idée aussi innocemment qu'elle lui aurait suggéré d'aller se laver les mains avant de souper, mais c'était comme si elle lui avait demandé d'aller déplacer les Rocheuses… N'empêche qu'il comprit brutalement que pendant qu'il tournait autour d'un bloc de granit, au cours des trois derniers mois, il tournait aussi autour de son père. Le temps et la distance n'avaient pas suffi à lui faire oublier les humiliations, les rejets, le mépris. Cette pierre qu'il tentait de soumettre à sa volonté, c'était Thomas qu'il affrontait enfin.

Du revers de sa manche, il essuya son front où perlaient des gouttes de sueur. Saisissant la statuette pour l'emporter dans sa chambre, il marmonna que ce n'était pas du travail assez bon pour être montré et qu'il ne donnerait pas à son père une autre chance de le ridiculiser…

* * *

Charles s'enferma ensuite pendant plusieurs semaines dans l'atelier, délaissant les pinceaux et les toiles pour se consacrer à l'étude des pierres. Tout près de l'aérodrome où il louait de temps en temps un petit appareil, il trouva un commerce où on vendait des pierres décoratives pour les façades de maison; pierre calcaire, dalles d'ardoise, granit vert, mais aussi du marbre, de l'albâtre et même un peu d'onyx. Il se procura du marbre blanc, le moins cher mais aussi le plus mou, se disant qu'il valait mieux acquérir un peu plus d'expérience avant d'investir dans de l'onyx, bien plus coûteux. Pendant des semaines il alterna entre des états de frustration et de jubilation, selon que la pierre lui obéissait ou que, trop friable, elle cédait sous des coups de marteau mal contrôlés.

Un jour de novembre, David Umanski mourut.

Depuis des mois, sans en avoir parlé à personne, le vieux Polonais souffrait d'une tumeur qui lui rongeait les poumons et qui avait fini par s'étendre au reste de son corps. Il fit plusieurs séjours à l'hôpital sans en avertir qui que ce soit, mais quand on l'hospitalisa pour la dernière fois, il fit appeler Charles, qui se précipita, affolé, à son chevet.

— Je suis obligé d'arrêter mes cours, dit l'homme avec un reste d'humour au fond des yeux. Pourriez-vous avertir mes élèves?

Le vieil homme sortit de sa réserve et exprima des émotions qu'il gardait secrètes depuis longtemps.

— C'est pour suivre vos progrès que j'ai enseigné si longtemps. Et là où je serai bientôt, j'aurai plaisir à vous voir aller plus loin... Il est temps de montrer votre travail au monde, Charles, pensez-y!

— Monsieur Umanski, vous avez été un père pour moi, je serai perdu sans vos conseils!

— Charles, vous avez déjà un père. Allez le voir, redevenez son fils. Moi, je vais enfin retrouver mes fils...

Les deux semaines qui suivirent le décès d'Umanski comptèrent parmi les plus pénibles de la vie de Charles. Sa peine était immense et il trouva une mince consolation en apprenant que le professeur lui avait légué tout son matériel d'artiste de même que deux toiles. Mais les dernières paroles qu'il avait eues pour lui prouvaient bien que Charles n'avait qu'un seul père avec qui il se sentait maintenant forcé de renouer des liens.

* * *

Quand Charles prit le train pour Saint-Damien, le 23 décembre 1964, il portait une valise très lourde, mais jamais sa démarche n'avait été aussi décidée lorsqu'il mit le pied dans son village natal…

Quand ses neveux et nièce entendirent la sonnette, ils se précipitèrent vers la porte d'entrée; leur oncle Charles, célibataire, montréalais et artiste, représentait une bouffée d'exotisme dans leur vie. Ils le voyaient trop rarement et se réjouissaient à chacune de ses visites à cause des descriptions colorées et détaillées qu'il leur faisait de la grande ville. Et Charles arrivait rarement les mains vides; ce matin-là, il avait sous le bras, en plus de sa lourde valise, un cabas de paille qui contenait six oranges grosses comme des melons, trouvées chez un marchand à la gare Centrale. Il les distribua aux jeunes dès qu'il eut déposé son manteau et retiré ses bottes. Françoise l'appela de la cuisine.

— Viens t'asseoir, je vais te préparer un bon gros déjeuner!

L'odeur du bacon se répandait déjà et Françoise coupa de grosses tranches de pain de ménage qu'elle avait cuit elle-même.

— Ça sent toujours bon dans ta maison, Françoise! Où est passé Louis?

— T'as l'air d'oublier qu'on est le 24 décembre! À l'heure qu'il est, ton frère est dans le jubé, en train de répéter avec la chorale pour la messe de minuit… Il sera pas ici avant midi. Veux-tu un œuf ou deux?

— Deux œufs, merci! Comment vont tes parents? Ça fait longtemps que j'ai entendu parler d'eux.

— Papa vient de prendre sa retraite et ça dérange beaucoup maman! Tu comprends, elle a toujours fait ce qu'elle voulait dans la maison, puis tout d'un coup, il se mêle de tout! Franchement, j'ai pas tellement hâte que Louis arrête de travailler; tel que je le connais, il va me remplir la maison de toutes sortes de gens, puis ils vont régler le sort du monde du matin au soir!

Charles éclata de rire; il voyait très bien le tableau. Le perpétuel entrain de son frère restait un grand mystère, qui le ramena d'ailleurs aux humeurs irrémédiablement sombres de son père.

— Et comment va papa?

— Bof, comme d'habitude, du pareil au même... De toute manière, tu sais comment est ton père, avec lui, ça va jamais vraiment bien... Il ronchonne tout le temps. En tout cas, je le trouve pas mal vieilli depuis quelque temps. Il a pas trop bonne mine. Et il a toujours l'air perdu dans ses pensées... Tu vas voir, il est pas comme avant. C'est encore moi qui donne le réveillon ce soir, la belle-sœur est trop fatiguée, il paraît... Comme l'année passée, et les dix autres années d'avant...

Louis, récemment réélu conseiller municipal, prenait de l'importance dans le village, de même qu'une certaine rondeur dans la silhouette. Quand il revint à la maison, les deux frères comparèrent en riant l'ampleur de leur bedaine et Charles se fit dire qu'il aurait intérêt à manger un peu plus. Il avait peu changé avec les années et son ventre paraissait presque plat à côté de celui de Louis. Ce dernier passait beaucoup de son temps à élaborer des projets pour améliorer le sort de ses concitoyens et son enthousiasme naturel restait intact, à tel point que Charles se demandait où diable Louis avait bien pu prendre cette bonne humeur que personne d'autre dans la famille ne semblait posséder... Quant à Françoise, les élans que Charles avaient pu avoir envers elle dans sa jeunesse avaient peu à peu fait place à une grande tendresse. C'était une femme formidable, courageuse et pleine d'humour. Elle rendait son mari heureux et prenait grand soin de ses enfants, devenus des adolescents turbulents. Son plus jeune fils, après avoir subi plusieurs opérations pour corriger un problème de surdité, tentait maintenant de rattraper son retard scolaire et portait un appareil auditif qui lui permettait de communiquer à peu près normalement avec le reste du monde.

Charles passa le reste de la journée en leur compagnie, tentant de chasser Thomas de son esprit.

* * *

Comme d'habitude, en revenant de l'église, tout le monde se précipita dans le salon pour boire une lampée de gros gin avant de manger et les enfants se jetèrent au pied du sapin où le père Noël avait déposé de beaux paquets aux couleurs vives. Les adolescents, qui ne croyaient plus depuis longtemps à ces histoires, voulurent s'emparer immédiatement de tout ce qui portait leur nom, mais Louis avait le sens du rite et exigea un peu de calme avant de présider à la distribution. On commença par les plus petits. Maurice et sa femme Huguette avaient eu six enfants et en attendaient un septième. Les derniers-nés, des jumeaux, étaient terriblement turbulents et, à quatre ans, mettaient déjà leur père en rage. Son épouse, le souffle court et les pieds enflés malgré une grossesse peu avancée, les regardait s'agiter en soupirant.

Pendant que Louis remplissait son rôle de dispensateur de cadeaux et que Françoise servait à son beau-père un deuxième verre de De Kuyper, Charles examina silencieusement sa famille et se dit qu'à part Louis personne n'avait l'air vraiment heureux. Ils affichaient leur sourire de circonstance, parce que, après tout, c'était Noël, entonnaient de temps en temps un cantique dont personne ne connaissait toutes les paroles, mais ils semblaient attendre un bonheur incertain de ces emballages bariolés et enrubannés. La plupart du temps, une fois passé l'instant magique de la surprise, les enfants se détournaient du nouveau jouet pour se décorer les uns les autres avec les parures de l'arbre de Noël et réclamaient à grands cris des friandises. Maurice ingurgitait de grandes quantités de gros gin et sur-veillait d'un œil courroucé les incartades de ses enfants. Françoise, qui courait entre la cuisine et le salon, s'essuyait le front et jetait de temps en temps des regards acérés vers sa belle-sœur.

Thomas était légèrement prostré dans un fauteuil et son air taciturne n'incitait pas à la conversation. Il regarda les enfants qui découvraient leurs étrennes, mais son regard se perdit et il replongea dans son habituel état de morosité, duquel personne ne cherchait plus à le tirer. À soixante-quatre ans, Thomas Dupuis était déjà un vieil homme; son corps trapu

271

s'était affaissé, ses muscles avaient fondu et ses cheveux clair-semés, soigneusement lissés vers l'arrière, étaient devenus blancs. Mais surtout, Thomas ne bougeait qu'avec effort, comme si la vie était devenue une vaste corvée sans but. Charles se demanda si son père avait fait le bilan de sa vie. Un fils mort à l'asile, une fille dans un couvent, une autre qui avait coupé les ponts, une épouse morte d'épuisement et de tristesse... Il restait à Thomas très peu de sujets de réjouissance. Ses espoirs de voir un jour son atelier repris par l'un de ses petits-fils avaient été vite anéantis. L'aîné de Maurice avait perdu deux doigts en manipulant une hache et avait cessé dès lors de s'intéresser à tout travail manuel. Maurice lui-même ne serait jamais qu'un bras droit bête et docile. Quant à Louis, complètement indifférent à l'affaire, il n'entretenait que des relations tièdes avec son père.

Charles ressentit la nécessité d'offrir à Thomas un petit bonheur, de mettre un peu d'émotion dans son regard éteint. Il y allait de sa propre sérénité; il lui fallait absolument toucher le cœur de son père. Il était venu à Saint-Damien dans ce dessein précis, animé d'un désir de réconciliation, du besoin de croiser enfin son regard et de se faire pardonner, si possible, d'avoir été, en tant qu'aîné, le premier à le décevoir...

Pendant que Louis déballait la montre que Françoise lui avait offerte, Charles se leva et, sortant de derrière un fauteuil un grand sac de toile, annonça qu'il avait lui aussi quelques cadeaux à offrir. Maurice et Huguette reçurent le petit corbeau de granit noir, qu'ils admirèrent avec application. À Françoise et Louis, Charles offrit un hibou de marbre blanc à la mine boudeuse qui fit rire tout le monde. Enfin, Charles marcha vers son père et, avec précaution, déposa sur ses genoux un lourd paquet qui de toute évidence avait été difficile à emballer.

— Joyeux Noël, papa! J'espère que vous allez aimer ça...

Thomas, les doigts légèrement tremblants, sans doute à cause du gros gin, commença à décoller les morceaux de ruban gommé qui retenaient le papier doré. Son visage n'exprima d'abord aucune émotion, si ce n'est un air d'étonnement devant la finesse du travail. Il caressa malgré lui les ailes de la colombe sur toute leur longueur, puis murmura :

— Du marbre rose, ça fait longtemps que j'en ai pas vu...
J'en ai jamais racheté depuis...

Il hocha la tête à mesure que les souvenirs affluaient.

— ... depuis que j'ai posé le monument pour votre mère au cimetière...

Il poussa un profond soupir et se leva dans un mouvement soudain, tenant l'oiseau entre ses mains. Charles recula d'un pas, presque effrayé par le geste précipité de son père et inquiet de ce qu'il adviendrait de la petite colombe rose. Mais Thomas se dirigea vers une lampe et, se penchant sous l'abat-jour, se mit à examiner la statuette à la lumière, la retournant dans tous les sens pour en apprécier les veinures aux reflets variés et la finesse des courbes.

— Je sais pas avec quel outil t'as fait ça, mais c'est du bel ouvrage...

Il se redressa et, dans un geste hésitant, tendit la main à Charles. Celui-ci répondit avec hâte à la poignée de main de son père, comme si ce dernier pouvait changer d'idée.

— Merci beaucoup...

— C'est rien, papa. Ça me fait plaisir. Je me suis rappelé que vous aimiez beaucoup la pierre...

Thomas toussota et quitta la pièce sous les regards éberlués de toute la famille. Dans le silence qui se prolongeait, on entendit se refermer la porte de la salle de bains, et, quelques secondes plus tard, le bruit familier et trivial d'un long jet d'urine vint remettre un peu de normalité dans l'atmosphère. Tout le monde retourna au réveillon; tous sauf Charles qui continuait d'écouter les bruits de son père, et Louis, qui regardait son frère tout en tendant lui aussi l'oreille. Tout à coup, Charles entendit Thomas se moucher bruyamment. Comme Charles, Louis comprit que leur père cachait son émotion dans son mouchoir, et il sourit doucement à son frère d'un air complice. Pour les deux hommes, ce Noël trouvait enfin sa vraie raison d'être...

11

Charles s'amusait du haut des airs à identifier les pavillons d'Expo 67. Aux commandes de l'appareil, il survola deux ou trois fois, aussi bas qu'il le lui était permis, l'île Sainte-Hélène et l'île Notre-Dame, repérant les pavillons qu'il lui restait encore à découvrir et ceux qu'il se promettait de revisiter. Le pavillon d'Air Canada amena sur son visage un sourire : inspiré d'une esquisse de machine volante de Léonard de Vinci, la construction astucieuse avec son escalier en spirale était devenue dès l'ouverture de l'exposition l'un de ses repaires favoris. Charles y passait beaucoup de temps à partager les rêves de ceux qui comme lui avaient voulu imiter les oiseaux.

Il admira de loin l'élégance majestueuse du pavillon de l'Iran, dont la façade de céramique bleue scintillait au soleil. Charles n'y était pas encore entré et reportait sans cesse sa visite, comme si cet édifice aux allures de temple devait garder encore pour un temps son mystère. Mais ce jour-là, une luminosité particulière paraissait envelopper le pavillon, attirant son attention comme jamais auparavant. La civilisation perse l'appelait avec insistance.

Charles utilisait abondamment son passeport pour l'Expo depuis l'inauguration et avait développé des habitudes et des façons d'aborder le site. Inutile d'attendre des journées calmes pour faire ses visites; le feu roulant de visiteurs ne ralentissait jamais. Mais en général, il préférait éviter les samedis. Ces jours-là, ses capacités de tolérance à la foule étaient mises à rude épreuve, et il sentait le poids de ses quarante et un ans! Il avait entendu dire qu'en quelques jours seulement, deux millions de visiteurs avaient franchi les tourniquets. Ce chiffre lui faisait tourner la tête. La perspective de côtoyer tout ce monde en même temps avait quelque chose de terrifiant.

Mais le plaisir infini de découvrir le monde à chaque visite et de s'imprégner de nouvelles cultures, l'atmosphère de fête perpétuelle qui régnait sur le site l'attiraient comme un aimant. Charles avait planifié tout son été autour de l'événement, et les deux prochaines semaines, qu'il avait réservées pour ses vacances, il les passerait à Terre des Hommes.

Laurette Charron, quant à elle, avait refusé de prendre un passeport; trop cher, trop fatigant, trop de monde. La pauvre femme menaçait de prendre racine dans son fauteuil et surtout de passer à côté de l'aventure la plus excitante qu'ait jamais connue le Québec. Une seule fois, le 24 juin, Charles avait réussi à la convaincre de l'accompagner sur le site. Après tout, c'était la Saint-Jean-Baptiste! Quand il lui avait annoncé que le premier ministre Johnson et son épouse seraient là, Laurette avait finalement accepté. Mais plus de trois cent quinze mille visiteurs se présentèrent ce jour-là, ce qui lui fit décréter que l'Expo, c'était une affaire de fous et que, ayant failli être piétinée, elle n'y remettrait jamais plus les pieds.

Pourtant, Charles s'en voulait de disparaître tôt le matin, la laissant seule sur son perron ou devant la télévision. Trois jours après le début de ses vacances, il utilisa tous ses moyens de persuasion pour la convaincre de l'accompagner au moins une autre fois.

— Le mardi, c'est plus tranquille. Je connais des pavillons où il y a moins de monde et où l'air est conditionné. Il va encore faire très chaud aujourd'hui. Il me semble que vous seriez mieux à l'intérieur. Je vous invite, on va aller manger dans un bon restaurant, c'est moi qui paye! Venez donc avec moi, on va passer une belle journée. Profitez-en, quand mes vacances seront finies, je vais y aller moins souvent...

Autant par curiosité que parce qu'elle résistait mal à la gentillesse de son pensionnaire, Laurette finit par se laisser tenter. Depuis la construction du métro, Charles n'utilisait plus sa voiture que pour sortir de la ville; ils prirent donc l'autobus, puis le métro jusqu'à l'île Sainte-Hélène. Charles lui fit ensuite les honneurs de *son* Expo, avec une fierté de propriétaire et une précision de guide professionnel.

Pour lui permettre d'apprivoiser doucement le site, Charles emmena d'abord Laurette visiter des petits pavillons relativement discrets; ceux de la Suisse, de la Belgique, des

Pays-Bas. Le dépaysement n'était pas trop grand, et la fraîcheur relative commençait à avoir un effet apaisant sur la femme, qui regardait autour d'elle avec de plus en plus d'intérêt, allant même jusqu'à poser des questions. Ils traversèrent ensuite du côté du Japon. Laurette trouva le jardin ravissant mais, à l'intérieur, montra vite son désintérêt et lança, un peu trop fort pour le goût de Charles :

— Allons-nous-en donc chez les Chinois, c'est sûrement mieux décoré et moins platte !

Pendant que les rires fusaient, Charles se faufila vers la porte, tête baissée, et souhaita que les autres pavillons soient plus au goût de Laurette. Il détestait attirer l'attention.

Après le pavillon de la Chine, qui plut suffisamment à Laurette pour qu'elle accepte d'y manger, Charles proposa une visite dans un pavillon thématique. Il avait toujours trouvé ces pavillons très laids, mais, passé le choc architectural, il fut fasciné par leur contenu, consacré aux différentes facettes de l'être humain, et il y revenait toujours avec plaisir.

— On va aller au pavillon «L'homme et la vie». Il y a pas mal de choses à voir, même des singes !

Ils entrèrent dans l'édifice, sorte de jeu de construction raté déjà attaqué par la rouille. Le pavillon proposait une exploration du cerveau humain, sujet de fascination constante pour Charles. Mais quelques minutes après qu'ils eurent franchi le seuil, il sentit qu'il avait commis une erreur en amenant Laurette dans cet endroit.

On entendait des cris en provenance de l'une des salles ; difficile de dire s'il s'agissait d'éclats de rire ou de hurlements de panique, mais quelque chose d'inhabituel était en train de se passer. Le brouhaha semblait provenir de la salle d'exposition où étaient gardés les singes. Laurette et Charles s'en approchèrent doucement pour voir ce qui s'y passait, mais déjà quelques personnes en ressortaient en courant tandis que d'autres, plantés là comme des piquets, la tête penchée vers l'arrière, regardaient d'un air ébahi vers le plafond. Deux singes qui avaient réussi à sortir de leur cage se balançaient sur les poutrelles d'acier qui surplombaient la salle, lançant aux visiteurs tout ce que les ouvriers avaient laissé derrière eux à cette hauteur au moment de la construction : mégots de cigarette, papiers gras, etc. À côté de Charles, un homme sursauta et se couvrit la tête des deux mains, poussant en espagnol une exclamation de douleur; l'un des singes venait de laisser tomber sur sa tête un boulon oublié là-haut...

Laurette voulut immédiatement ressortir, mais une foule curieuse s'était massée derrière elle et ses efforts pour se diriger vers la sortie furent pénibles. Au moment où elle allait enfin parvenir à la porte, l'un des singes, utilisant les poutrelles pour redescendre, se faufila habilement jusqu'à la sortie de la salle. Il grimpa le long d'un panneau indicateur, et, avec autant de grâce que d'audace, tendit le bras et prit Laurette par le cou! Freinée dans son élan, celle-ci poussa un hurlement strident qui alerta toute l'assistance. Des gardiens arrivèrent en courant à la rescousse de Laurette qui, de crainte de toucher la bête, gardait les bras tendus de chaque côté de son corps et continuait de hurler comme une damnée. Le chimpanzé, tout aussi effrayé, criait à l'unisson en étreignant Laurette, dont les yeux exprimaient une horreur profonde. On parvint finalement à saisir l'animal, et, le temps qu'on puisse récupérer l'autre singe qui continuait toujours ses méfaits, le pavillon fut fermé aux visiteurs, qui sortirent docilement en commentant l'incident.

Charles avait maintenant sur les bras une compagne hystérique. Le directeur du pavillon vint les rejoindre et chercha tant bien que mal à apaiser Laurette en lui présentant les excuses officielles de Terre des Hommes. Il se dit terriblement désolé et prêt à lui offrir un dédommagement. Mais en même temps, il ne pouvait s'empêcher, comme bien des spectateurs, de trouver l'anecdote amusante. Après tout, le chimpanzé n'avait offert qu'un gros câlin à sa victime! Cherchant du regard l'approbation de Charles, il tenta d'amener Laurette à considérer les choses sous un autre angle.

— Vous êtes la seule personne que Willie a eu envie de toucher! Vous savez, ces animaux-là ne sont pas si faciles à apprivoiser, ils choisissent eux-mêmes leurs relations. Willie, quand il vous a vue, a probablement tout de suite senti que vous étiez une bonne personne...

— Quand même, c'est un singe!

Laurette était outrée et n'entendait pas lâcher prise. La pauvre femme était rouge et échevelée, trouvant l'incident une manière bien brutale de reprendre contact avec le monde extérieur. Mais en même temps, la mésaventure attirait un peu d'attention sur sa personne, ce qui ne lui était pas arrivé depuis longtemps. Le sentiment que tout le monde semblait se préoccuper de son bien-être lui plaisait et elle eut envie de savourer encore un peu son petit moment de gloire.

— À mon âge, monsieur, on ne se laisse pas embrasser par n'importe qui, encore moins par un singe! Si vous n'êtes pas capables de les tenir, vos animaux, il faut pas en garder!

Le directeur prit le parti de lui présenter ses excuses encore une fois, l'assurant que tout serait mis en œuvre pour qu'une chose pareille ne se reproduise plus. Il lui demanda courtoisement ses nom, adresse et numéro de téléphone : l'incident devrait être signalé au service de sécurité. De plus, il se promit de lui envoyer dès le lendemain une gerbe de fleurs; cette attention suffirait sans doute à calmer toute velléité de poursuite judiciaire.

— Ne vous inquiétez pas, nous ne vous oublierons pas, madame Charron. Et si je peux me permettre de vous proposer une autre visite dans notre pavillon, je vous assure que vous ne serez pas déçue...

— Non, merci! Les singes, c'est pas mon fort. J'aime mieux les voir à la télévision! Venez, Charles, on s'en va...

Charles courut derrière elle, hésitant encore entre le fou rire et la compassion; elle paraissait terriblement pressée de quitter le site, mais il se voyait mal la piloter dans le métro, vu l'état de nervosité dans lequel elle se trouvait. Il fallait à tout prix la calmer avant de repartir.

— Attendez-moi, madame Charron, qu'est-ce qui vous prend? On n'est pas obligé de partir si vite! Il va faire très chaud dans le métro. Si on attendait une petite heure, le temps de se calmer un peu? Il me semble qu'un cornet de crème glacée nous ferait du bien. Ou une petite bière, peut-être... Vous pourrez dire que vous avez tenu un singe dans vos bras. C'est pas donné à tout le monde, une expérience pareille...

— Vous, vous êtes un artiste. C'est normal que ça vous plaise, des histoires de fous comme ça. Mais pour moi, c'est trop! J'ai encore le cœur qui cogne!

Charles allait renoncer et la suivre vers la sortie, quand son œil fut attiré par le bleu lumineux du pavillon de l'Iran. De près, les détails raffinés du carrelage qui recouvrait les murs extérieurs, bombés comme des demi-colonnes, étaient d'une beauté presque hypnotique. Charles sut qu'il ne pouvait plus repousser sa visite.

— J'ai eu une idée, madame Charron. On pourrait aller dans un seul pavillon encore, et après on s'en va. Regardez, là-bas, le beau pavillon bleu et blanc. Il me semble que ça a l'air reposant, là-dedans.

— Bon, si vous y tenez. De toute façon, c'est la dernière fois que je viens ici! Je vais m'asseoir dans un coin et vous attendre…

Ils se dirigèrent vers l'immeuble bleu et blanc qui scintillait comme un palais de conte de fées. Laurette traînait un peu la patte, pour faire payer à Charles sa mésaventure, mais celui-ci ne remarqua même pas l'attitude boudeuse de sa compagne. Il avançait d'un pas décidé, comme si une force magnétique l'attirait vers le pavillon, comme si une puissante main invisible le poussait dans le dos. Avant de franchir le seuil, il prit une profonde inspiration avec la sensation qu'il ne pouvait plus retourner en arrière.

Une fois la porte passée, sa respiration devint courte, presque haletante. L'Orient des califes, des harems et des décorations tarabiscotées lui était inconnu, mais Charles se laissa envoûter par cette atmosphère de touffeur, par les parfums ambrés qu'il imaginait sans les connaître, par les couleurs intenses, l'aura de mystère. Il s'intéressa peu à ce qu'il y avait de moderne, de technique, à tout ce qui ressemblait à la vraie vie et que les représentants de Téhéran s'efforçaient de faire découvrir aux visiteurs curieux. Charles voulait plutôt plonger dans les contes des *Mille et Une Nuits*, découvrir Schéhérazade assise en tailleur dans un coin; quelque chose l'avait amené ici presque malgré lui, il y avait forcément une raison à cette soudaine attirance. Il installa Laurette près d'une petite fontaine au gazouillis rafraîchissant et se mit en quête d'une réponse à cette étrange intuition.

Un guide racontait à un groupe de visiteurs la légende de la rose et du rossignol, qui avait servi de thème pour la décoration extérieure du pavillon; à l'intérieur étaient aussi illustrées d'autres légendes et on pouvait découvrir des œuvres d'art impressionnantes par leur raffinement. Charles admira des travaux d'orfèvrerie remarquables, des tissus brodés par des fées, des joyaux scintillants. Mais il avait du mal à consacrer toute son attention à ce qu'il admirait. Son regard balayait la salle, comme s'il s'attendait à une apparition qui viendrait confirmer son pressentiment. Mais au bout de quelques minutes, il prit conscience du ridicule de la situation et se fit la réflexion qu'il commençait à avoir l'air d'un vieux fou. Il s'ébroua et regarda autour de lui avec l'impression de revenir sur terre.

Vérifiant de loin si Laurette tenait toujours le coup, il constata que celle-ci paraissait en grande conversation avec une autre visiteuse. Il en profita pour poursuivre sa visite, mais rien de ce qu'il voyait ne provoquait le choc attendu. En fin de compte, il fut plutôt rassuré par cette constatation.

Il retourna vers Laurette, apaisé. À mesure qu'il se rapprochait d'elle, il eut le loisir d'examiner la femme qui lui tenait compagnie et sa curiosité fut aiguisée. Elle paraissait plus jeune que lui, mais de quelques années à peine. Petite, mince, elle portait ses cheveux châtains assez courts pour qu'on soit forcé de les remarquer. Mais de plus près, on était aussi forcé de remarquer l'aisance de ses mouvements, la légèreté avec laquelle elle se mouvait et, surtout, le pétillement, la vivacité de ses yeux verts. Cette femme dégageait une étonnante aura de liberté.

— Charles, je vous présente mademoiselle Odile Salois. Elle était là quand le singe m'a sauté dessus, dans l'autre pavillon, alors elle est gentiment venue me demander si je n'avais pas eu trop de mal. Mademoiselle Salois, je vous présente Charles Dupuis, mon pensionnaire.

La jeune femme tendit la main et Charles fut charmé par la franchise de son sourire. Il s'assit un instant près des deux femmes et les écouta converser tout en observant le flot des visiteurs. Laurette semblait complètement remise de ses émotions et abreuvait son interlocutrice de commentaires sur son sujet préféré, la télévision. Elle se plaignait notamment que ses téléromans favoris n'étaient pas diffusés pendant l'été et que bien trop de place était accordée, au petit écran, à Expo 67.

— On dirait que tout d'un coup on est absolument obligé d'admirer tout ce qui vient d'ailleurs, comme si on n'avait rien de beau ici! Nous autres, les Canadiens français, on a tendance à penser que les autres sont meilleurs que nous. Laissez-moi vous dire que j'en ai vu, des belles choses, chez nous, et pourtant on peut pas dire que je sois sortie beaucoup. Mais quand je travaillais chez les Morton, à Westmount, Mme Abigail recevait beaucoup d'artistes.

Laurette n'étant pas sortie de la maison et n'ayant parlé à personne d'autre que Charles depuis longtemps, cette rencontre impromptue, après sa mésaventure avec le singe, la rendait très volubile.

— Et puis il y a Charles, évidemment! Lui aussi, c'est un artiste. Mais il veut pas montrer ce qu'il fait!

Laurette avait auparavant fait le portrait de sa «vie de famille» avec Charles, qu'elle avait décrit comme un fils fiable et généreux sans qui elle se sentirait complètement seule dans la vie.

— C'est vrai, monsieur Dupuis, vous peignez?

— Euh…oui, mais je ne gagne pas ma vie avec ça. Disons que je peins pour mon plaisir.

— Il est trop modeste! Il sculpte aussi des oiseaux dans la pierre, et il a assez de toiles pour remplir le grenier…

Laurette étalait avec une fierté maternelle les talents de Charles. Celui-ci allait lui demander gentiment de freiner ses ardeurs quand Odile Salois se tourna vers Charles en souriant et dit :

— C'est drôle, les coïncidences. Moi aussi, je peins. Surtout des oiseaux, d'ailleurs. Il paraît que je suis une peintre animalière!

Laurette n'en revenait pas. Il lui semblait qu'en fin de compte elle avait sans doute bien fait de sortir de la maison.

— Est-ce que vous gagnez votre vie avec la peinture? Il faut bien que vous gagniez votre vie si vous êtes pas mariée.

— En fait, je n'ai jamais pu apprendre un métier parce que je suis fille unique et que je m'occupe de ma mère qui est paralysée depuis des années.

Les parents d'Odile Salois avaient eu un accident de voiture alors qu'elle n'avait que quinze ans. Son père était mort dans l'accident; quant à sa mère, elle avait perdu l'usage de ses jambes et se déplaçait depuis ce temps en fauteuil roulant.

— Depuis vingt ans, c'est moi qui tiens la maison. Mais je ne peux pas me plaindre; on vit dans le confort, en pleine nature au milieu des pommiers et ma mère m'a toujours laissé autant de liberté qu'elle le pouvait. C'est surtout pour elle que la vie est dure. Être privé de ses jambes quand on a marché dans un verger toute sa vie, c'est triste.

Elle se perdit un instant dans ses réflexions, puis revint à Laurette.

— Si j'avais pu apprendre un métier, j'aurais appris le dessin. C'est la seule chose qui m'ait jamais intéressée. Je suis née avec un crayon dans les mains!

Charles la regardait avec attention et la trouvait passionnante. Odile Salois semblait parfaitement sûre d'elle, mais sans ostentation, et avait une façon de raconter sa vie qui vous gardait suspendu à ses lèvres. Elle avait expliqué l'accident de ses parents et la paralysie de sa mère avec une grande sensibilité, mais avec sérénité. Charles pouvait lire sur son visage des traces de douleurs passées, mais qui avaient été acceptées, digérées. Dans son univers, tout paraissait avoir un sens.

— De toute manière, malgré tout ce qui est arrivé, j'ai toujours un crayon à la main! Le dessin m'a aidée à passer à travers les moments difficiles…

— Vous avez un verger? Ça doit être beau de vivre là-dedans!

— Oui, c'est vrai que c'est très beau. Il n'y a rien de mieux qu'un verger pour apprécier les changements de saison. Les fleurs, les fruits, les récoltes, c'est comme un miracle qui se reproduit chaque année!

Laurette intervint dans la conversation pour demander si la jeune femme devait s'occuper de tout ça elle-même.

— C'est beaucoup pour des petites épaules comme les vôtres!

— Oh non! je ne m'occupe pas du verger. C'est le travail de ma mère! Elle est en fauteuil roulant, mais c'est quand même elle qui dirige l'entreprise et qui s'occupe des employés. Le verger, elle l'a reçu en héritage de ses parents et elle veut faire fructifier son héritage. Elle travaille fort, mais c'est ça qui nous a fait vivre jusqu'ici!

Odile Salois racontait spontanément les incidents qui avaient jalonné sa vie à des gens dont elle ignorait l'existence quelques minutes auparavant. Pourtant, il n'y avait rien de choquant dans sa désinvolture. Elle se contentait de dire les choses telles qu'elles étaient, sans en rajouter, mais sans fausse pudeur. Charles était de plus en plus curieux.

— Avez-vous déjà exposé vos toiles? Ça m'intéresserait de les voir!

— Ça ne fait pas très longtemps que je me fais connaître, alors je n'ai jamais exposé seule. Mais il y a deux ans, j'ai décidé de me jeter à l'eau et j'ai participé à trois expositions de groupe. Cinq de mes toiles sont présentées dans une petite galerie de Belœil. Je vous donnerai l'adresse si vous voulez!

Ils étaient assis depuis près d'une heure sur un banc à l'intérieur du pavillon de l'Iran quand Laurette fit mine de vouloir changer de place. Aucun des trois n'avait vu le temps passer. Odile avait cet effet apaisant sur les gens. Quand Laurette rappela à Charles son offre de l'emmener prendre un verre de bière, celui-ci ne put faire autrement que d'inviter la jeune femme à se joindre à eux. Il avait envie de poursuivre la conversation, d'en apprendre plus sur cette femme fascinante qui peignait des oiseaux et semblait elle-même toujours sur le point de s'envoler tant ses gestes avaient de la finesse et de la légèreté. Avant de quitter les lieux, elle voulut leur montrer la raison pour laquelle elle revenait sans cesse au pavillon de l'Iran depuis qu'elle avait commencé son exploration d'Expo 67. Dans une niche richement garnie était exposé un tableau peint des centaines d'années auparavant par un artiste inconnu qui avait dû être passionnément amoureux. L'œuvre représentait un paon dont le plumage, orné de riches couleurs et rebrodé de fils d'or, s'étalait aux pieds d'une femme languissamment étendue sur un divan. L'oiseau, embelli par l'imagination et la passion de l'artiste, courbait la tête et s'offrait humblement à la femme dont la main lasse esquissait à peine un geste de reconnaissance.

Odile présenta l'œuvre à ses compagnons avec une admiration teintée de dévotion.

— Même si je peins des oiseaux jusqu'à la fin de mes jours, jamais je n'arriverai à cette perfection. Mais quand je vois un travail aussi impressionnant, ça m'aide à continuer. Après tout, si quelqu'un a pu faire ça, à l'autre bout du monde il y a plusieurs siècles, ça veut dire qu'il y a de l'espoir...

Ces phrases résonnèrent comme un écho dans l'esprit de Charles. Il venait d'entendre des mots qu'il aurait pu prononcer lui-même.

* * *

Charles et Odile constatèrent qu'ils partageaient le même engouement pour Expo 67. Ils décidèrent d'arpenter le site ensemble et d'en tirer toute sa substance au cours des deux prochaines semaines. Chaque matin, Charles prenait l'autobus de la Pointe-Saint-Charles jusqu'à la station de métro de la Place-Bonaventure, tandis qu'Odile, qui vivait au bord du Richelieu, laissait sa petite Volkswagen au métro Longueuil. Tous les jours, pendant les vacances de Charles, ils se retrouvèrent ainsi à la sortie de la station de métro Terre-des-Hommes pour partir à l'aventure.

— J'ai l'habitude de sortir toute seule, mais tout le monde dit que c'est plus rassurant d'être accompagnée par un grand costaud !

Chaque fois qu'Odile retrouvait Charles devant les tourniquets, elle le désarçonnait par une boutade, une saillie légèrement ironique lancée dès le début de la conversation, pour donner le ton et éviter les échanges trop personnels, comme si elle dressait une barrière de protection autour d'elle. Odile s'avérait une compagne de promenade enthousiaste, intelligente et curieuse, mais différente de la femme qu'il avait d'abord observée pendant sa conversation avec Laurette Charron. S'il continuait de trouver sa compagnie très agréable, il s'expliquait mal que, après avoir été si candide et spontanée lors de leur première rencontre, Odile puisse avoir besoin, depuis qu'elle se trouvait seule avec lui, d'un tel bouclier. Le souvenir d'Odile racontant ses premiers émois d'artiste le laissait perplexe, comme si cette autre femme n'avait existé que dans son imagination. Il finit par croire qu'elle ne voyait en lui qu'un compagnon peu encombrant et il résolut de jouer le jeu en espérant que la façade finirait par craquer. Il avait été vraiment séduit par la première Odile Salois qu'il avait rencontrée, et il espérait qu'avec un peu de patience il finirait par la retrouver.

Ils parcoururent en long et en large les îles de Terre des Hommes, assistèrent à des spectacles sur la place des Nations, aperçurent de loin des hommes d'État, des personnalités célèbres comme le prince Rainier et Maurice Chevalier. Odile, malgré sa petite taille, était une marcheuse infatigable et sa fringale de découvertes était infinie. Charles était sans cesse ébahi par son énergie, mais s'étonnait qu'elle ait pu subitement se libérer de ses obligations auprès de sa mère.

— Ça fait presque deux semaines qu'on vient ici tous les jours. Qui s'occupe de votre mère pendant que vous êtes ici ?

— Ma mère savait que je mourais d'envie de passer du temps ici, alors elle a eu l'idée d'engager la fille de notre contremaître pendant deux semaines pour s'occuper de la maison, pour que je puisse m'épivarder un peu. C'est sa manière de me donner des vacances. En plus, comme elle se doutait que je refuserais, elle a tout organisé avant de m'en parler… Elle est formidable, ma mère !

Ils étaient assis sur un banc, devant un grand bassin. Il faisait une chaleur torride et, pendant que Charles s'épongeait le front, Odile retira ses sandales et, après avoir jeté un coup d'œil autour d'elle pour s'assurer que personne ne les observait, elle glissa ses pieds dans l'eau du bassin avec un soupir béat.

— Il faut que j'en profite jusqu'à la dernière seconde : comme les vôtres, mes vacances seront finies demain ! Il faudra bien que je reste à la maison : Jacinthe, la fille que ma mère a engagée, s'en va aux États-Unis pendant un mois pour apprendre l'anglais. J'aurais bien aimé faire ce genre de choses-là quand j'avais son âge... Elle a quinze ans, exactement l'âge que j'avais quand mon père est mort... Je me demande s'il m'aurait laissée partir comme ça, dans un autre pays, pendant un mois. Quand je vois vivre les jeunes filles d'aujourd'hui, je me dis que j'aurais bien aimé avoir quinze ans en 1967. Elles ont tellement de liberté!

Comme un agent de sécurité s'approchait, elle retira vivement ses pieds du bassin avec un air coquin de gamine coupable. Elle se détourna de Charles pour admirer encore une fois l'image grandiose que formait l'ensemble des pavillons aux formes et aux styles si variés, regorgeant de trésors. Charles devina qu'elle faisait mentalement des provisions de souvenirs, d'impressions et d'émotions. Il eut soudain la conviction qu'il y avait entre eux une sorte de parenté, par leur façon d'aborder et de comprendre le monde en y cherchant d'abord ce qu'il y avait de plus beau. Et leur besoin de liberté était identique.

— Dites-moi franchement, vous n'auriez pas préféré être toute seule pour faire vos visites? Si on ne s'était pas rencontrés, c'est ce que vous auriez fait, non?

— Oh! j'ai trouvé ça formidable de pouvoir échanger des impressions avec quelqu'un qui aime les belles choses autant que moi... Surtout que je n'avais pas besoin de vous pousser en fauteuil roulant!

Charles sauta sur l'occasion et tenta de savoir pourquoi elle demeurait si réservée.

— Je vous demande ça parce que... vous savez très bien garder vos distances!

Odile remit ses pieds dans l'eau, faisant gigoter ses orteils avec délectation. En même temps, elle réfléchissait à ce qu'elle allait répondre à Charles. Il avait parfaitement raison, elle avait été presque froide avec lui. Deux semaines, c'est si court. Elle voulait profiter de sa liberté. Et puis, il ne fallait surtout pas qu'elle s'attache... Elle garda les yeux baissés sur ses pieds pour parler.

— Ça fait si longtemps que je vis seule avec ma mère que... je ne sais pas trop comment me comporter avec les hommes. J'ai bien eu deux ou trois petits amis quand j'étais plus jeune, mais ils s'enfuyaient tous en courant dès qu'ils découvraient mes responsabilités. Alors quand je vous dis que je suis habituée à me débrouiller toute seule, c'est parce que j'ai appris!... Et puis, demain, je rentre à la maison avec ma mère. C'est une prison dorée, mais c'est une prison quand même. Alors...

— Quand vous ne vous occupez pas de votre mère, qu'est-ce que vous faites de vos journées?

— Dès que j'ai un peu de temps, je m'installe devant mon chevalet. Ma liberté, elle est dans mes toiles, dans mes oiseaux, qui ont presque toujours les ailes grandes ouvertes...

— Je recommence à travailler demain. Mais dimanche prochain, si vous avez rien de prévu, est-ce que je pourrais venir vous rendre visite? J'aimerais vraiment voir vos toiles...

Obéissant à une impulsion soudaine, il ajouta une autre proposition.

— En plus, l'aérogare où je loue un avion est pas très loin de chez vous, je pense. Aimeriez-vous venir faire un tour dans les airs? Je suis un très bon pilote!

Odile, impressionnée par cette nouvelle information, lui donna son numéro de téléphone avec une légère hésitation, qui n'avait pourtant rien à voir avec la méfiance.

* * *

Charles retrouva la saleté, la poussière, le vacarme du chantier ferroviaire avec dégoût. Après avoir été plongé pendant plusieurs jours dans un feu roulant d'exotisme et de joyeuse effervescence, sur un site où tout était dédié à la fête, le contraste était trop violent. D'autant plus que le chantier de la Pointe-Saint-Charles subissait les contrecoups de la grave crise qui affectait la compagnie, dont la dette atteignait des sommets. Dès qu'il passa devant la guérite, Charles fut envahi par la lassitude; il sentait son corps usé par cet emploi ennuyeux et crevant qui ne lui donnait plus la satisfaction du devoir accompli; quand il nettoyait un essieu, il ne parvenait plus à penser qu'il améliorerait la vie de quelqu'un. Il déplaçait, entretenait, nettoyait ou réparait des machines pour lesquelles il n'avait aucun intérêt et qu'il oubliait dès qu'il avait quitté les lieux. Mais à son âge, il était trop tard, sans doute, pour mettre les compétences qu'il avait acquises au service d'une autre entreprise, surtout que les trains étaient de moins en moins populaires. Les regrets étaient inutiles, mais il se demanda comment il avait bien pu passer plus de vingt ans à exécuter des tâches vides de sens. Il n'avait pas de responsabilités familiales, pas de bouches à nourrir, comment avait-il pu se laisser à ce point couper les ailes?

Carl, au moins, avait obtenu de l'avancement. Et malgré les mises à pied, le climat lourd d'incertitude, il semblait encore content de son sort... Charles lui demanda s'il avait déjà songé à faire autre chose pour gagner sa vie.

— Moi? Non, j'aime les machines! Toute ma vie, j'ai adoré les trains, les locomotives. J'aime les odeurs de ferraille. Je suis content quand je répare un engrenage et que je réussis à le faire tourner normalement. Je me suis pas retrouvé chef d'équipe du jour au lendemain! Je voulais avancer, avoir un meilleur salaire, et j'ai pris des cours du soir pendant deux ans pour être plus qualifié. L'ambition, c'est pas toujours voyant...

— Chez nous, l'ambition, on l'encourageait pas. Tu sais, l'expression «né pour un petit pain», je pense que c'est pour ma famille qu'elle a été inventée... On n'était pas supposés avoir envie de faire autre chose que ce que notre père faisait. On n'était pas supposés voir grand! Si j'avais eu le droit d'avoir de l'ambition, j'aurais sûrement fait autre chose que travailler ici! Le plus important pour moi, c'était de sortir de la maison... Quand je suis arrivé à Montréal, j'aurais peut-être dû retourner à l'école. Mais maintenant c'est trop tard. Remarque, j'ai passé tellement de temps à la bibliothèque depuis des années que je mériterais peut-être un diplôme!

Il embrassa du regard le triste décor dans lequel ils évoluaient tous les deux depuis si longtemps. Il vit Mulroney, toujours là lui aussi, avec quelques mèches grises et le dos raidi par une opération chirurgicale, et le vieux Albert Rochon, qui partirait à la retraite la semaine suivante et ne serait pas remplacé. Avec ses histoires drôles et son langage coloré, il leur manquerait. Puis Charles arrêta de nouveau ses yeux sur Jablonski.

— Tu veux savoir pourquoi je travaille ici depuis si long-temps même si j'aime pas ça? C'est que, quand je suis arrivé à Montréal et que je connaissais personne, je me suis tout de suite senti à l'aise avec ce monde-là. J'ai été bien reçu. Et je me suis fait des amis, comme toi! Pour moi, ça vaut de l'or...

Carl eut un sourire reconnaissant.

— N'empêche que si tu avais écouté monsieur Umanski, ta vie serait différente. Il t'a toujours dit que tu pouvais devenir un artiste reconnu. Si tu avais eu la tête moins dure et que tu lui avais fait confiance, tu n'aurais plus besoin de travailler ici depuis longtemps!

— Je suppose que j'étais pas prêt...

Charles avait d'autres sources de regret; toute sa vie, il avait blâmé son père pour ses propres faiblesses, mettant sur le dos de son oppresseur ses propres défaillances. Mais avec le temps, il lui avait fallu admettre que les enfants ne pouvaient faire porter aux parents tout le poids de leurs imperfections. Les doutes qu'il conservait encore sur sa valeur, il les cultivait lui-même comme des stigmates qu'on s'impose pour ne pas oublier... Quant à sa relation avec David Umanski, il lui était douloureux d'y réfléchir; il devait beaucoup à son vieux professeur et ressentait durement son absence, mais savait qu'il l'avait déçu, et continuait de le décevoir puisque, là où il était, Umanski savait sans doute que ses toiles s'empoussiéraient toujours dans le grenier...

Il préféra faire bifurquer la conversation et raconta à Carl sa rencontre avec Odile Salois. Il mit l'accent sur son tempérament serein et sur la vie qu'elle était forcée de mener, mais qui ne l'empêchait pas de se consacrer à la peinture. C'était la première fois qu'il parlait d'elle, et, en dépeignant à voix haute la personnalité affirmée d'Odile, son entrain et son ouverture d'esprit, il prit conscience qu'elle lui avait fait une forte impression. Il avait drôlement hâte de la revoir. Il découvrait en même temps qu'au fil des années il avait toujours été attiré par les femmes fortes et indépendantes. Françoise, Fleurette, Anna, Odile... Pas des petites souris effacées comme sa mère...

— Est-ce que c'est une belle femme?

— Oui, une très belle femme, dans son genre. Elle a l'air d'un petit oiseau! D'ailleurs, il y a une chose que je ne t'ai pas encore dite. Elle peint surtout des oiseaux!

Carl scruta le visage de son ami et y discerna quelque chose qui lui plut énormément; deux rides toujours présentes au front de Charles semblaient mystérieusement s'effacer depuis qu'il avait commencé à parler de cette inconnue au joli prénom. Jablonski eut soudain hâte de rencontrer cette femme...

* * *

Quand Charles posa le Cessna avec une assurance de chirurgien, Odile poussa un soupir de soulagement. Son baptême de l'air s'était passé en douceur, mais elle était quand même contente de retrouver le plancher des vaches! N'empêche que vu d'en haut son verger était magnifique et qu'elle aimerait bien le revoir au printemps, quand les pommiers seraient en fleurs. Et puis, la sensation de survoler le monde au lieu d'avoir les deux pieds plantés dedans était grisante! Elle fit part à Charles de ces observations et il lut avec bonheur l'enivrement dans les yeux de la jeune femme.

— Je vous ramènerai survoler le verger, le printemps prochain, si vous voulez!

Charles était joyeux comme un gamin en vacances; depuis qu'il avait retrouvé Odile, trois heures auparavant, ses jambes étaient un peu molles, mais sa tête était légère et un sourire était en permanence accroché sur sa figure. Il absorbait avec gratitude l'effet que cette femme avait sur lui; avec le recul, il s'avisait que la force d'attraction ressentie devant le pavillon de l'Iran était en réalité le magnétisme qu'Odile Salois avait déployé sans le savoir pour l'attirer jusqu'à elle. Les deux derniers jours d'attente avant cette visite avaient été douloureusement longs!

— C'est la première fois que j'emmène quelqu'un en avion avec moi...

— Pourquoi ne pas l'avoir fait avant?

— Parce que le pilotage, pour moi, c'est la liberté totale, comme la peinture, et que je ressens la liberté beaucoup mieux quand je suis seul... Sauf que cette fois-ci, c'était différent. Quelque chose me disait que vous alliez comprendre ce que je ressens quand je vole...

Odile hocha la tête et le regarda avec intensité comme si elle découvrait les profondeurs de son âme. Elle lut attentivement chaque ride qui marquait le visage de Charles comme autant de galons, étudia la luminosité de ses yeux qui conservait sa jeunesse à son visage tanné. Toujours assis dans le cockpit, les deux se faisaient face et tentaient de lire en l'autre une compréhension, une complicité sans lesquelles leur histoire ne pourrait aller plus loin. Charles tendit la main et, du bout des doigts, caressa la joue d'Odile. Celle-ci, dans un geste d'abandon, pencha la tête pour aller à la rencontre de sa main. Elle avait passé la semaine à tenter de faire comme si ce rendez-vous était sans importance, mais c'était peine perdue. Charles Dupuis avait ce qu'il fallait pour lui faire perdre la tête... Pendant quelques secondes, ils restèrent silencieux, échangeant des messages encore flous, les yeux rivés l'un à l'autre. Puis Charles tendit l'autre main et prit doucement celle d'Odile.

— Je me sens tellement bien avec toi... J'ai l'impression que pour la première fois de ma vie je rencontre quelqu'un avec qui j'ai envie de survoler le monde entier! Tu me donnes des ailes, ma belle Odile...

Il baisa doucement ses doigts, l'un après l'autre. La main de la jeune femme était un peu tremblante, mais complètement offerte. Enfin, Charles se pencha et embrassa la jeune femme avec une tendresse, une douceur qui ne pouvaient que l'amadouer. Au bout de quelques secondes, Odile répondit à son baiser avec ardeur. Dans le minuscule habitacle, ils étaient très proches l'un de l'autre, complètement isolés du monde, pratiquement invisibles. Dans ce cocon improvisé, coincés entre manettes et boutons, Charles et Odile refirent connaissance et le lien qu'ils tissèrent au cours de ces précieuses minutes était plus fort que tout ce qu'ils avaient ressenti auparavant.

Ils finirent par quitter l'appareil et, la main dans la main, retournèrent à la voiture de Charles. Malgré la disparité de leur stature respective, leurs pas s'accordaient parfaitement. Odile se souvint que, pendant les deux semaines où ils avaient sillonné Terre des Hommes, jamais elle n'avait eu besoin d'accélérer le pas pour coordonner son rythme à celui de Charles.

* * *

Au cours des semaines qui suivirent, les compagnons de travail de Charles virent s'opérer en lui une étonnante transformation. Charles parut se redresser, son torse se bomba légèrement comme s'il respirait mieux, sa démarche devint plus sûre, les traits de son visage se détendirent. Il semblait rajeuni de dix ans! Il devint plus volubile aussi, surtout avec Carl, notamment pour parler d'Odile et de leurs projets communs. Ils s'apprivoisaient doucement, par l'intermédiaire de la peinture qui était leur langage commun.

— En fin de semaine, on va aller s'installer sur le mont Saint-Hilaire avec nos chevalets. On va choisir un paysage et le peindre chacun de notre côté, sans se le montrer. Sais-tu à quel point personne ne voit les choses de la même manière?

Odile et lui s'inventaient des jeux, se lançaient des défis, pour le simple plaisir de voir jusqu'où l'autre irait, pour découvrir jusqu'à quel point ils étaient à la fois si semblables et si différents. Après ce premier dimanche pendant lequel ils s'étaient révélés l'un à l'autre, Charles prit toutes les semaines le chemin de Saint-Mathias, où Odile vivait. Tout était si simple, si facile, qu'il avait l'impression de se laisser porter par le vent jusqu'à elle. Il fit la connaissance de Marguerite Salois, une femme charmante et pleine d'humour qui paraissait ravie que sa fille ramène enfin un homme à la maison!

— Sortez-la donc un peu, ça va lui faire du bien! Odile s'imagine que je ne peux pas me passer d'elle, mais je peux très bien me débrouiller toute seule pendant quelques heures...

Il faut dire que la propriétaire du verger, toujours à l'affût des progrès technologiques qui pouvaient faciliter le travail et augmenter la production, s'intéressait aussi à ce qui pouvait simplifier ses déplacements dans la maison et alléger le fardeau de sa fille. Au fil des années, elle avait donc fait réaménager la vieille demeure de manière à pouvoir circuler librement et sans aide au rez-de-chaussée. Une salle de bains complète avait été installée à côté de sa chambre qui donnait sur la cuisine. Mais ces vieilles maisons du début du siècle ne se prêtaient pas facilement à toutes les nouveautés et la pauvre femme pestait souvent contre les dénivellations du plancher qui rendaient ardu le maniement de son fauteuil roulant. Dans ces moments-là, l'exaspération donnait une force supplémentaire à ses bras, qui poussaient vigoureusement les roues de son fauteuil pour franchir l'obstacle. Marguerite Salois était une femme forte, dans tous les sens du terme.

— Monsieur Dupuis, si ma fille avait passé deux semaines à Terre des Hommes juste pour vous rencontrer, ce serait déjà une bonne chose! Si elle continue de vivre comme une sauvage, toujours seule, elle va finir par me détester et par se détester elle-même. Moi, je ne crois pas qu'on doive sacrifier sa vie; c'est malsain. La vie c'est un cadeau, on n'a pas le droit de la gaspiller!

Odile protesta, gênée par le franc-parler de sa mère. Mais celle-ci n'était pas du genre à s'en laisser imposer. Son fauteuil d'handicapée, au lieu de la diminuer, semblait lui donner une position d'autorité qu'elle utilisait avec intelligence mais sans ménagement.

— J'ai encore quelque chose à dire, Odile, et tu vas me laisser parler. Je sais que vous vous connaissez depuis peu de temps et que c'est encore trop tôt pour penser à ces choses-là, mais si un jour il vous vient l'envie de demander ma fille en mariage et qu'elle vous répond qu'elle ne peut pas me laisser seule, je vous donne la permission de l'attacher et de l'emporter sur votre dos comme une poche de patates!

Pendant qu'Odile rougissait jusqu'au front et houspillait sa mère, Charles éclata de rire et poussa le fauteuil roulant de son hôtesse vers la table de la cuisine où les attendait un bon souper.

— Il va falloir que vous commenciez à m'appeler Charles, madame Salois. On sait jamais, peut-être que je finirai par m'installer ici avec vous deux!

La phrase lui avait échappée, dépassant de loin ce qu'il croyait avoir à l'esprit. Pourtant, une fois ces quelques mots prononcés, Charles n'eut aucune envie de les reprendre. Il savait, aussi sûrement qu'il connaissait sa propre adresse, qu'un jour où l'autre il finirait par vivre aux côtés d'Odile. Et qu'il n'aurait jamais peur de trop l'aimer... Il ajouta pourtant, dans une boutade:

— Je pourrais toujours amener Mme Charron avec moi. Ça vous ferait de la compagnie!

La rencontre hypothétique entre ces deux femmes lui parut si saugrenue qu'elle ajouta encore à sa bonne humeur. Mais sortir Laurette Charron de Pointe-Saint-Charles était une chose hautement aléatoire et sans doute peu souhaitable. L'ambiance quiète de cette maison en serait transformée à tout jamais.

Il se sentait déjà chez lui à Saint-Mathias, d'autant plus que la semaine précédente Odile lui avait proposé la chambre d'amis pour lui éviter de retourner à Montréal, en ajoutant que dorénavant on l'appellerait «la chambre de Charles». Adjacente à celle d'Odile, la petite pièce bleue, apaisante comme un nid, lui permit de prendre son mal en patience, en attendant que son amoureuse encore hésitante accepte de lui ouvrir sa porte. Il avait passé la dernière nuit à l'écouter respirer, tentant de dessiner dans son esprit les courbes du corps d'Odile.

Toujours confuse, Odile s'empressa de faire dévier la conversation et apprit à Charles qu'elle s'apprêtait à participer à une autre exposition de groupe, cette fois à Montréal, et que les organisateurs lui promettaient quelques bonnes ventes.

— Le directeur de la galerie dit que depuis le début de l'Expo ils vendent beaucoup. Les étrangers qui viennent à Montréal découvrent les artistes du Québec, et les gens d'ici s'intéressent à l'art plus qu'avant. On est déjà au début de septembre et l'Expo prend fin au mois d'octobre. Ça veut dire qu'il me reste à peu près un mois pour faire fortune!

Odile envisageait les choses avec optimisme. La perspective de vendre une petite toile de temps en temps, même si cela lui rapportait très peu pour l'instant, lui suffisait pour sentir son travail apprécié. Et Charles lui-même commençait à se laisser atteindre par cette contagion.

— Eh bien, j'ai une grande nouvelle : j'y ai longuement pensé et j'ai décidé de me lancer, moi aussi! Je vais peut-être exposer, pour la première fois de ma vie! Il y a plusieurs années, M. Umanski avait parlé de moi à quelques personnes, dont un homme qui organise des expositions dans les centres culturels. Je lui ai téléphoné et il va venir voir mes toiles la semaine prochaine. Il croit que je pourrais participer à une exposition avec deux ou trois toiles!

Charles se sentait enfin assez mûr, ou assez sûr de lui pour offrir son œuvre à l'œil du public. Sous l'influence bénéfique d'Odile, il avait fini par admettre que son travail méritait d'être vu et que, s'il avait passé vingt ans dans un chantier ferroviaire sans y trouver de satisfaction, ce gagne-pain lui avait au moins permis d'alimenter sa passion pour la peinture. Et il se sentait toujours endetté vis-à-vis de David Umanski; rendre publique une partie de sa production serait un hommage à son professeur, qui avait attendu ce moment pendant des années! Lui qui avait renoncé à faire entendre raison à son protégé aurait été ravi de connaître cette femme qui venait donner un nouveau sens à la vie de Charles. Et puis, Charles se disait que les encouragements conjugués d'Anna Boldini, de Mireille Duclos et de son ami Carl avaient sans doute leur raison d'être...

Odile, qui allait découper des tranches de rosbif, resta figée, ses ustensiles à la main. Elle évalua la portée de la décision de Charles et comprit que c'était un grand moment. Elle le connaissait encore peu mais sentait qu'elle pouvait lui confier sa vie, lui demander la lune et compter sur sa protection contre le pire des cataclysmes. Mais elle devinait aussi que toute cette force que Charles possédait lui était de peu de secours contre lui-même, contre ses incertitudes et ses doutes. Aussi, de le voir si confiant, enfin maître de son avenir, la fit le chérir encore plus. Il gagnait une bataille contre lui-même, et c'était le plus difficile des combats. Elle choisit néanmoins, par pudeur, de traiter la nouvelle comme allant de soi. Après tout, Charles était un grand artiste, il était donc tout à fait normal qu'il expose.

— C'est formidable! Vas-tu choisir des toiles anciennes ou les plus récentes?

— Il y en a trois ou quatre que j'aimerais montrer. Mais si j'ai assez de temps, j'ai quelques idées pour une toile que j'aimerais beaucoup finir avant l'exposition. Elle sera très différente de tout ce que j'ai fait avant. J'aimerais peindre une toile où le Québec prendrait la forme d'un oiseau qui s'envole vers son avenir.

Odile ne fut pas le moins du monde surprise par cette idée. Elle avait visité l'atelier quelques jours auparavant, retrouvant avec plaisir Laurette Charron. Elle avait découvert par la même occasion l'univers dense et chamarré de la peinture de Charles, savoura à leur juste valeur ses paysages hautement colorés, ses nus baroques, les œuvres surréalistes par lesquelles il exprimait sa vision du Québec et ses élans patriotiques. Elle ne l'en admira que plus; ses toiles reflétaient une telle intensité, une sensibilité si pure que son âme ne pouvait qu'être au-dessus de toute turpitude.

Elle avait la certitude que les trente-cinq premières années de sa vie, passées à se forger le caractère et à vaincre divers obstacles, avaient servi à la préparer à la rencontre d'un homme qui méritait ce qu'il y avait de meilleur en elle. Elle était prête à l'accompagner au bout du monde et à le laisser entrer jusqu'au plus profond de son propre monde. Elle trouverait le moyen de s'occuper de sa mère et d'aimer cet homme sans qui la vie serait désormais si vide... Étourdie par ces considérations, Odile sentit sa poitrine se dilater et crut manquer d'air. Mais cette légère crispation sous le sternum lui procura une douleur délicieuse qu'elle voulait ne jamais oublier. Elle garda les yeux fixés sur Charles jusqu'à ce qu'il lui rende son regard. Avec toute la force dont elle était capable, elle fit passer dans ses yeux tout l'amour qu'elle ressentait déjà, annonçant du même coup qu'il ne cesserait de grandir. Elle en avait en réserve des quantités infinies. Elle l'aimerait avec fierté, avec force, sans jamais faillir. Et cet amour la rendrait encore plus forte et plus fière.

Charles soutint son regard sans fléchir, reçut le message, sentit se déverser sur lui ce torrent nourricier et le but avidement. Toute sa vie, il avait remonté comme un saumon entêté une rivière pleine d'embûches; il s'était maintes fois écorché, avait parfois cru son voyage inutile. Mais voilà qu'il atteignait enfin la source : elle était plus belle, plus généreuse et plus vivifiante qu'il n'avait osé en rêver. Il avait cru aimer autrefois, mais alors que la belle Anna avait pris tant de place dans son décor qu'elle lui avait bouché la vue, Odile, au contraire, lui permettait de voir plus clair, plus grand, plus loin.

Ils restèrent ainsi, silencieux et figés, à se regarder de part et d'autre de la table pendant ce qui parut un siècle à

Marguerite. Le lien intime entre sa fille et Charles était si flagrant et si fort qu'elle se sentit aussi indiscrète que si elle les avait surpris au lit. À cet instant, elle maudit ses jambes mortes : elle aurait aimé se transformer en oiseau et s'envoler par la fenêtre, mais son lourd fauteuil manquait de discrétion. Elle baissa les yeux, gênée mais heureuse comme elle ne l'avait pas été depuis des années.

Enfin, Charles sourit doucement et demanda à Odile :

— Penses-tu que tu pourrais trouver quelqu'un pour te remplacer pendant quelques jours, ici? J'aimerais beaucoup te présenter à mon père...

* * *

Charles venait à peine de s'assoupir quand il entendit gratter à sa porte. Le cœur battant, il se redressa dans le lit et chuchota :

— Entre...

Apparition presque fantomatique dans sa chemise de nuit diaphane, Odile entra sur la pointe des pieds et avança jusqu'au lit. Charles se déplaça et souleva les couvertures pour l'accueillir.

— Je t'attendais...

Il l'enveloppa de ses bras et ils restèrent quelques secondes sans bouger, écoutant le silence de la maison. Puis ils éclatèrent de rire en sourdine, comme deux adolescents en fugue, à l'affût du moindre bruit qui pourrait les trahir. Sous la chambre d'Odile se trouvait celle de sa mère, qu'il valait mieux ne pas réveiller.

— Je t'attends depuis si longtemps, mon amour...

— Charles, si tu savais comme je me sens nerveuse et maladroite... J'ai trente-cinq ans et aucune expérience! À notre époque, c'est presque une infirmité... Mais je t'aime et j'ai envie d'apprendre! Il faut seulement que tu sois un peu patient...

Odile ne savait où mettre ses mains et maudit le léger tremblement qui l'agitait. Angoissée à l'idée de ne pas être à la hauteur, de montrer son ignorance, elle remettait depuis des semaines le moment où elle s'offrirait enfin à Charles. Mais cette nuit-là, elle n'arrivait pas à dormir et tout son corps se tendait de désir. Elle savait qu'il attendrait aussi longtemps qu'il le faudrait, mais le baiser qu'ils avaient échangé dans le couloir quelques minutes plus tôt, pendant que les mains de Charles l'exploraient avec habileté, avait fait tomber ses dernières résistances : son ventre avait besoin d'être comblé. Pourtant, ce grand corps lové contre elle l'effrayait encore et elle devait l'apprivoiser...

Elle inspira, le nez dans l'épaule de Charles, et son odeur de terre humide l'étourdit comme un gaz euphorisant. Elle se redressa d'un seul coup et dans un geste de défi, à genoux sur le lit, elle retira sa chemise de nuit prestement et resta dans cette position, offerte, luttant contre sa propre pudeur.

Charles sourit dans la pâle lueur du clair de lune, tendit la main et caressa ses seins avec vénération, mais du bout des doigts comme pour ne pas l'effaroucher. Ensuite il se dressa et s'agenouilla face à elle, se rapprochant jusqu'à ce que leurs corps se soudent, que pas un souffle d'air ne puisse se faufiler entre leurs ventres. Ils s'embrassèrent, puis, l'enlaçant, il l'entraîna dans un ballet défiant les lois terrestres.

Il traça sur le corps d'Odile et en elle des sentiers de plaisir, lui fit découvrir leur destination, refit maintes fois sur ces tracés mystérieux des allers-retours si intenses qu'Odile découvrit en une nuit l'étendue de ses capacités de jouissance. Il trouva dans chaque repli, au cœur de chaque courbe de son corps à la peau opalescente une infinité de motifs de bonheur. Le moindre soupir, le plus petit gémissement lui étaient source de surprise heureuse comme si avant Odile il n'avait jamais connu de véritable volupté, comme si c'était, pour lui aussi, la première fois.

Au bout de ce qui leur parut des heures, ils refirent surface avec la connaissance nouvelle et enivrante de la saveur de l'autre, du parfum de ses frissons, de sa musique secrète.

— Odile, je t'aime! Je t'ai attendue si longtemps... Merci d'être enfin là! J'ai l'impression que ma vraie vie commence...

Odile, étendue de tout son long sur lui, continua d'écouter battre le cœur de Charles contre son oreille, puis se redressa et l'embrassa longuement avant de murmurer :

— Je t'aime, Charles… et jusqu'à la fin de mes jours, ce sera ma principale activité ! Tu l'as échappé belle : si tu étais arrivé dans ma vie dix ans plus tôt, je t'aurais sans doute demandé de me faire des tas d'enfants.

— Tu pourrais me demander n'importe quoi. Ce ne sera jamais trop…

Charles et Odile s'endormirent ensemble dans un bien-être absolu.

* * *

Il était à peine cinq heures trente du matin quand Charles se faufila doucement à l'extérieur de la maison, marchant sur la pointe des pieds pour ne pas réveiller Odile. Il dormait de moins en moins depuis quelque temps et commençait à se demander comment il occuperait ses nuits d'insomnie. Le médecin l'avait prévenu : «Quand on vieillit, on dort pas beaucoup.»

Pour cette raison, Charles songeait à s'acheter un ordinateur, depuis que Mikael, le fils de Carl, lui avait montré toutes les possibilités d'Internet. Heureusement qu'ils avaient Mikael. Quand Odile était sortie de la clinique avec son diagnostic, deux ans auparavant, Charles avait tout de suite appelé Mikael, qui les avait rassurés; c'était une petite tumeur, facile à enlever et qui ne laisserait sans doute pas de trace… Il avait eu raison; Odile s'en était bien tirée. Une petite cicatrice, quelques traitements de chimiothérapie, et ils étaient retournés à leur vie, ou presque. Mais le souvenir de l'année 1994 lui donnait encore des frissons rétrospectifs et l'insomnie s'était installée… Depuis ce temps, Charles regardait dormir Odile, toutes les nuits, craignant de découvrir sur son visage les signes d'une récidive. Il ne pouvait envisager la vie sans elle.

Dans la véranda flottait encore l'odeur du vernis qui recouvrait depuis la veille les toiles qu'Odile devait livrer à une galerie dans les prochains jours. La nuit avait été particulièrement tranquille et tiède en ce mois de juillet, pas un souffle de vent n'avait traversé les moustiquaires pour chasser les effluves âcres du vernis. Charles jeta un coup d'œil rapide mais appréciateur sur les œuvres et se dit pour la millième fois que sa femme avait un talent exceptionnel.

Sa femme… Ils ne s'étaient jamais mariés pourtant; du moins, pas devant qui que ce soit. Mais un jour, au bord de la rivière, alors que Charles vivait déjà chez Odile depuis plus d'un an, ils s'étaient mutuellement promis de se faire confiance, de s'épauler et de se chérir jusqu'à ce que la mort les sépare. Quelques jours plus tard, ils avaient convié leurs plus proches amis, Carl et Sofia, Louis et Françoise, les trois meilleures amies d'Odile et leurs maris, de même que Laurette Charron et Marguerite Salois à une fête qui ressemblait à une noce.

Charles eut un regard tendre pour le couple de tourterelles qui séchaient dans un coin, si vivantes qu'elles paraissaient près de s'envoler. Il y avait quelques chose de la tourterelle chez Odile; une telle douceur dans le chant, une telle grâce dans le mouvement, un tel duveteux dans le plumage qu'il avait encore envie, à soixante-dix ans, de l'écouter rire et de la caresser. Même ses pleurs avaient une saveur. Il repensa à ses larmes de désarroi, de détresse même, le jour où elle avait vu Anna Boldini à la télévision. Elle et Charles venaient de tomber sur une émission de Télé-Italia et Charles ne put retenir un cri de surprise en voyant Anna animer avec éclat une banale émission de cuisine. Anna devait avoir autour de quarante ans à l'époque, si sa mémoire était bonne, et, avec quelques kilos en plus, elle resplendissait toujours de beauté.

— Tu la connais?

Charles s'était retourné vers Odile, surpris par le ton feutré de sa voix. Soudain, elle lui parut terriblement fragile et vulnérable, comme si sa beauté menaçait de s'effriter devant celle, plus spectaculaire, de la belle Italienne de l'écran.

— Oui, je l'ai bien connue. Il y a très longtemps, bien avant de te connaître…

— Elle est vraiment belle…

— Oui, c'est vrai, et c'était une femme formidable que j'ai rendue très malheureuse.

Il avait entouré Odile de ses bras pour ce qu'il avait à dire ensuite. Il se rendait compte qu'il ne lui avait jamais parlé d'Anna avant, parce que Anna avait beaucoup compté pour lui et qu'il ne voulait pas effrayer Odile avec ce beau fantôme. Mais s'il n'avait pas eu Anna dans sa vie auparavant, il n'aurait jamais pu aimer Odile comme il l'aimait.

— Elle m'a appris ce qu'était l'amour, le vrai, celui qui nous rend prêts à toutes les folies, à tous les sacrifices. Malheureusement, je n'étais pas encore prêt à recevoir la leçon. Je l'ai comprise beaucoup plus tard, quand je t'ai rencontrée... Donc, c'est un peu grâce à elle que nous sommes ensemble aujourd'hui.

Odile avait essuyé une larme dans un demi-sourire; elle se sentait à la fois confuse, furieuse d'avoir douté de Charles et rassurée de savoir qu'il n'avait pas revu cette femme depuis une vingtaine d'années.

— J'espère tout de même qu'on ne la rencontrera pas sur le trottoir!

Charles avait léché la dernière larme qui coulait sur sa joue...

La réputation d'Odile avait fini par dépasser les frontières du Québec; depuis le début des années 90, elle vendait régulièrement des toiles à Toronto et à Vancouver, et un acheteur de New York s'était montré intéressé à examiner son travail récent, ce qui promettait beaucoup. Quant à la production de Charles, elle restait marginale, tout comme son style. Mais quelques ventes à des amateurs de surréalisme avaient suffi pour faire circuler son nom là où il fallait et, bon an, mal an, il arrivait à vendre quelques toiles. Il lui était néanmoins difficile de s'en séparer et il les vendait presque toujours à contrecœur, comme si elles représentaient les enfants qu'en fin de compte ils n'avaient pas eus.

Il travaillait lentement et pouvait passer des mois sur le même projet. À vrai dire, Charles savourait le rythme ralenti de sa vie à la campagne avec Odile et, jusqu'à son décès à soixante-douze ans, avec Marguerite Salois qui avait été une belle-mère discrète et compréhensive. Depuis qu'il avait pris sa retraite anticipée à cinquante-cinq ans, Charles n'était jamais à court de projets ni d'occupations : il passait ses journées à peindre, sculpter, bricoler et voler. À soixante-dix ans, il se sentait parfaitement heureux et serein.

Il se dirigea vers sa vieille Volvo, fidèle et sans caprices depuis près de quinze ans. Repliant péniblement sa carcasse derrière le volant, il sentit ses genoux craquer et se fit la réflexion que la vie était mal faite : plus jeune, il se sentait bien dans son corps et mal dans sa tête; maintenant c'était le contraire! Charles s'était légèrement voûté ces dernières années; ses articulations lui semblaient aussi rouillées que les vieilles locomotives sur lesquelles il avait travaillé autrefois, et ses jambes raides se sentaient à l'étroit sous le tableau de bord. «Si j'avais su qu'elle tiendrait le coup jusqu'à mes soixante-dix ans, peut-être que j'aurais choisi une voiture plus grande...»

Avant de mettre la clef dans le contact, il admira encore une fois le paysage qui le ravissait depuis vingt-cinq ans qu'il était installé à Saint-Mathias. La vieille maison entourée d'érables majestueux et de rosiers sauvages aux couleurs exubérantes, le verger qu'Odile avait vendu au voisin quelques années auparavant et dont les pommiers avaient déjà commencé à fabriquer leurs fruits, et enfin la rivière, impétueuse mais paisible, dont le rythme vif le gardait fringant. Il aperçut son atelier, à mi-chemin entre la maison et la rivière; Charles avait aménagé une pièce dans la vieille grange et y travaillait souvent en écoutant le rythme soutenu du cours d'eau. Au printemps, quand la crue des eaux rendait le Richelieu un peu fou, Charles sentait ses pinceaux, ses ciseaux à bois et ses burins s'animer d'une vie plus intense. Il travaillait alors avec la fougue de sa jeunesse, se dressant devant son chevalet comme à l'époque emportée de ses trente ans.

Le domaine baignait encore dans la lueur rosée de l'aube, mais quelques minutes plus tard, à son arrivée au petit aérodrome, le ciel avait déjà pris des couleurs. Ce serait une journée idéale pour voler. Avec minutie, il procéda aux vérifications d'usage de son appareil. Le petit Cessna, acheté d'occasion après la vente de la vieille maison que lui avait léguée Laurette Charron, était la seule véritable folie qu'il ait faite de toute sa vie et à lui seul son entretien engloutissait une bonne partie de son chèque de pension. Mais jamais Charles n'avait regretté cette folie. Toutes ces années où il avait vécu chichement, mettant de côté presque tout ce qui restait après avoir payé son maigre écot à madame Charron et ses cours de peinture, lui permettaient de vivre une retraite sans soucis. D'autant plus que la maison d'Odile, qui était dans la famille depuis plusieurs générations, ne leur coûtait pas grand-chose à entretenir.

Charles prit les commandes de son appareil et amorça les manœuvres de décollage. Avec souplesse et une grande sûreté, le Cessna monta en effectuant une courbe douce. Après des centaines d'heures de vol, Charles ressentait encore une ivresse incroyable à dompter cette monture rétive et tenait les commandes avec la dextérité arrogante d'un cavalier de rodéo, ce qui lui avait d'ailleurs valu le surnom de «Cow-boy» parmi les membres de l'aéroclub. Il eut un sourire amusé à la pensée de ce sobriquet; il le portait fièrement et, chaque fois qu'il l'entendait, il ne pouvait s'empêcher de se rappeler la stupeur que ce surnom avait provoqué dans sa famille, chez son père surtout, quand il l'avait mentionné d'un air désinvolte. «Toi, Charles, cow-boy? Voyons donc. Tu as dû inventer ça, c'est impossible!»

La famille était bien décimée maintenant. Son père était décédé depuis vingt ans et, même si leurs relations s'étaient nettement améliorées pendant les dernières années de sa vie, Charles avait conservé face à Thomas une certaine retenue, une réticence. Il ne savait pas trop de quoi parler avec lui; à vrai dire, il se voyait mal partager avec son père de douloureux souvenirs d'enfance, ou chercher à le convaincre de son talent. Et surtout, il n'en ressentait plus le besoin. Ils avaient donc passé les dernières années à parler de politique, du Québec qui changeait de visage, avec entre eux deux la présence apaisante d'Odile. Pour Charles, le souvenir de Marie-Reine avait un peu pâli avec le temps. Il se rappelait à peine ses traits, conservant surtout en mémoire sa douceur et son constant désarroi. Mais Odile était assez petite, d'apparence assez frêle, pour que Thomas trouve en elle quelque chose de Marie-Reine et le vieil homme l'avait prise en affection. Il était toujours désarçonné quand Odile osait répondre par une boutade à ses coups de gueule. Mais Odile ne s'était jamais laissé marcher sur les pieds et cette attitude lui gagna le respect de Thomas.

Quant aux autres membres de la famille, Charles entretenait peu de contacts avec eux. Maurice vivait sa vie de retraité petitement entre un voyage en Floride et une opération de la prostate, Jeanne était l'une des rares religieuses de sa communauté à avoir refusé de porter des vêtements civils et restait presque cloîtrée, Fernande n'avait plus donné de ses nouvelles depuis de nombreuses années. Au fond, Louis restait son seul véritable lien avec la famille, mais ses fonctions de maire de Saint-Damien et ses rhumatismes en faisaient un frère bien lointain. Pour Charles, la famille s'appelait Odile.

L'avion atteignit bientôt son altitude de croisière. Charles le stabilisa et relâcha un peu son attention pour admirer le paysage. Le temps était si calme que même à cette altitude aucun vent ne venait déranger l'assise de l'appareil. Tout autour de lui régnait un calme inouï. Jamais il ne retrouverait ailleurs une telle paix, une plénitude aussi totale. Il sentit que ce vol serait l'un des plus beaux de l'été et décida d'aller survoler *sa* rivière, question de voir si elle était bien réveillée.

Il arriva bientôt au-dessus d'un magnifique ruban d'argent scintillant qui semblait se tortiller de plaisir dans un écrin de velours dont les nuances de vert offraient des textures, des jeux d'ombre et de lumière d'une grande beauté. Au loin, des forêts, des montagnes, quelques villages qui, vus du ciel, paraissaient coquets et prospères. Surplombant ce paysage féerique, le soleil encore bas teintait par endroits le ruban argenté de touches de rose, comme une fée penchée sur le berceau d'une petite fille. L'ensemble était d'une splendeur à couper le souffle. Charles, la gorge serrée d'émotion, s'imprégna de cette vision, l'une des plus belles, sans aucun doute, de sa carrière de pilote.

Il vola encore plusieurs minutes dans une béatitude sans tache, captivé par ces images féeriques, quand soudain il sentit son appareil secoué, déstabilisé par un choc à l'aile gauche. Il eut à peine le temps d'apercevoir l'oiseau, une buse, probablement, à cette altitude : ayant heurté de plein fouet l'appareil, elle venait d'être déchiquetée par l'impact. L'avion eut le temps de descendre de quelques mètres avant que Charles, tremblant, retrouve ses réflexes et le redresse. Il réalisa que pendant beaucoup trop longtemps son esprit avait été complètement absorbé par la rivière dans son écrin, au point d'en oublier les commandes. Il savait pourtant qu'en vol la moindre distraction pouvait être fatale. Il s'essuya le front et, sentant son cœur s'agiter follement, se massa la poitrine pour tenter de l'apaiser. Aurait-il pu éviter l'oiseau ? Pas sûr, mais il aurait pu au moins essayer. Il ne grimpait pas jusqu'à cette hauteur pour tuer des oiseaux, bon Dieu!

Sa sortie fut gâchée par l'incident et il décida de l'écourter. Quelques minutes plus tard, plongé dans des réflexions amères, il se posa sur la piste avec d'infinies précautions, comme s'il doutait soudain de ses capacités. Malgré un serrement de cœur, le moment semblait venu de prendre une décision grave.

En entrant dans le petit bureau de l'aéroclub, Charles salua le préposé à l'entretien des appareils, Robert, que tout le monde appelait Bob.

— Si jamais tu entends dire que quelqu'un cherche un Cessna, tu peux faire savoir que le mien est à vendre.

Bob travaillait à l'aérogare depuis plus de vingt ans et connaissait depuis longtemps la passion de Charles pour l'aviation. Il ne se laissa pas abuser par cette désinvolture et chercha à en savoir plus. Charles finit par lui raconter l'incident qui aurait pu avoir des conséquences graves.

— De toute façon, j'ai volé assez longtemps dans ma vie pour m'être rempli les yeux et le cœur. J'en ai profité pleinement. Mais je pense que je n'ai plus vraiment besoin d'un avion. J'ai dans la mémoire assez d'heures de vol pour être capable d'en revivre quelques-unes sans sortir de mon lit !

Il quitta les lieux sans se retourner, de peur que la vision magique de ce champ parsemé de petits appareils ne l'oblige à se raviser. Alors qu'il roulait vers la maison, Charles revécut ses derniers moments dans le ciel, et ne put s'empêcher de savourer, malgré l'incident malencontreux, la magnificence de ce qu'il avait vu, ce matin-là. Pour ne pas inquiéter Odile, il décida de ne pas lui souffler mot de l'affaire et de se contenter de lui décrire les images grandioses de ce petit matin.

Quand il la vit assise à son chevalet, il s'approcha sans bruit et prit le temps, comme il le faisait si souvent, de se repaître de cette vision apaisante d'Odile peignant. Elle avait soixante-quatre ans, et la sérénité qui l'avait toujours habitée faisait d'elle une magnifique «femme vieillissante» (personne n'aurait oser la décrire comme une vieille dame!). Ses cheveux toujours très courts étaient devenus tout blancs et son petit visage aux rides étoilées comme des feux de Bengale mettait en évidence ses yeux pétillants. Elle souriait la plupart du temps, sans même s'en rendre compte, comme si, à l'insu de tous, quelqu'un dans sa tête lui racontait une belle histoire. Seul Charles connaissait l'origine d'une certaine petite ride au front, née à la sortie de la clinique de mammographie. C'était la marque de sa lutte, une réminiscence de son maquillage de guerrière. Odile avait refusé tout net de se laisser avoir par un amas de cellules agressives et s'était battue férocement. Pour cette femme qui peignait les plus beaux oiseaux du monde et savait narguer le mal, Charles aurait voulu inventer des ailes qui ressembleraient à celles d'un ange...

Il prit un petit tabouret et vint s'asseoir près d'elle pour lui faire partager ses émotions matinales, du moins celles qui lui avaient laissé de bons souvenirs. Odile l'écouta avec ce sourire complice qui l'avait séduit dès le premier jour et continuait de susciter des déclarations d'amour très lyriques. L'âge n'y avait rien changé : il suffisait à Charles de la regarder pour qu'instantanément lui viennent à l'esprit des expressions si savoureuses qu'Odile les conservait comme des breloques sur un bracelet. Elle était son ange de la beauté, sa semeuse de bonheur, son joyau d'Orient. Elle seule le comprenait vraiment, elle seule pouvait apprécier cette flamme qui le consumait et lui faisait voir la vie sous des couleurs plus chatoyantes.

Elle avait quelques fois volé avec lui, pour le plaisir de l'aventure et le partage de l'émotion, mais n'aurait-elle jamais quitté le plancher des vaches qu'Odile la peintre, qui selon ses humeurs dessinait des oiseaux d'un réalisme étonnant ou bien les inventait pour mieux les parer, Odile l'intuitive, la planche de salut d'un homme que la vie avait à la fois trop et trop peu gâté, Odile aurait compris l'émotion de son Charles.

Elle posa son pinceau pour mieux écouter et n'eut plus un regard pour sa toile sur laquelle il n'y avait pour l'instant que l'esquisse au crayon d'un goéland et quelques touches de bleu.

— Si tu avais vu la rivière... C'était extraordinaire! Je n'ai jamais rien vu d'aussi beau!

Charles se massait la tête tout en parlant et Odile admira ses cheveux d'un blanc laiteux restés bien épais malgré les années, se demandant si ces massages frénétiques qu'il s'était toujours donnés n'avaient pas contribué à préserver sa tignasse.

— Bon, maintenant que je me suis rempli les yeux, il faut que je me remplisse la panse. J'ai une faim de loup! As-tu faim, ma belle Odile? Je vais nous préparer un beau gros déjeuner : omelette au fromage, saucisses, pain de ménage, tout le tralala!

Odile souriait toujours, alléchée par la proposition, et Charles, marchant vers la cuisine, s'amusa à répéter sur tous les tons «ma belle Odile». Il adorait l'appeler ainsi; la sonorité mélodieuse de ces mots accolés était pour lui une musique secrète et lénifiante. Et puis, «bellodile», c'était comme un nom de fleur créé juste pour elle... Il mit un temps fou à préparer le déjeuner; Charles cuisinait rarement et avec maladresse, mais il compensait son manque de connaissances culinaires par un enthousiasme presque enfantin à voir naître de ses mains une omelette ou une soupe de légumes...

Ils s'attablèrent devant un repas préparé avec amour et gourmandise, humant avec délice l'odeur du pain grillé. Dehors, on entendait des hirondelles se poursuivre joyeusement. Charles les écouta et, de but en blanc, annonça à Odile sa décision de ne plus voler, ajoutant qu'il préférait rester avec le souvenir de ce vol, l'un de ses plus beaux, et qu'il était temps de se poser pour de bon.

— Mon père a toujours dit que je n'avais pas les pieds sur terre. Il devait avoir raison, parce que c'est dans un avion, à presque quarante ans, que je me suis senti vraiment à ma place pour la première fois de ma vie.

— Alors pourquoi veux-tu arrêter de voler?

— Parce que j'en ai plus besoin. Les deux pieds dans la terre avec toi, ma belle Odile, je me sens parfaitement à ma place. C'est aussi confortable que dans le ciel!

— Eh bien, ça t'a pris du temps pour t'en apercevoir! Vingt-neuf ans!

— Tu me connais, je suis pas un rapide!

Ils éclatèrent de rire avec un semblant d'insouciance. Le ton léger de la conversation était une sorte de code pour dédramatiser une décision qu'ils savaient tous deux difficile. Odile n'était pas dupe et sentait, derrière le détachement de Charles, la gravité du moment.

— N'empêche que, maintenant que tu le dis, je suis plutôt soulagée. C'est jamais rassurant de voir partir quelqu'un dans un petit appareil comme ça. Pour se faire des cheveux blancs, il n'y a rien de mieux !

— Surtout quand c'est un vieux bonhomme comme moi qui part !

Charles sentit une vague d'émotion lui monter à la gorge et, pour cacher ses yeux humides, il se précipita vers la cuisine avec les assiettes sales. Une fois seul, il laissa ses épaules s'affaisser; les choses n'étaient pas aussi aisées qu'il l'avait laissé paraître et il avait grand-peine à ne pas regretter sa décision impulsive. Il avait cru que faire connaître ses intentions à Odile l'aiderait à mieux les accepter, mais il ne se sentait pas mieux, et une lourdeur lui barrait la poitrine. Il ressentit avec panique ce que son geste avait de... définitif. Mais il fallait savoir renoncer; cela aussi faisait partie de la vie. Quand il revint vers Odile, cette dernière sentit que l'atmosphère venait de changer. Elle savait que pour Charles, cesser de voler c'était céder à la vieillesse.

— Ma belle Odile, je vais encore avoir l'air d'un vieux fou, mais je viens de penser à quelque chose d'important : ça prend toute une vie pour apprendre à vivre...

Il ouvrit les bras dans un geste de résignation.

— Maintenant, oublie-moi pendant une petite demi-heure, je pense que je vais faire un petit roupillon pour digérer tout ça!

Odile le suivit des yeux avec tendresse et un peu d'anxiété tandis qu'il s'installait dans son fauteuil préféré, près de la fenêtre par laquelle il pouvait admirer la rivière. Elle vint lui poser un baiser sur le front et le couvrit de sa vieille veste de laine. Il lui vint à l'esprit un incident que Charles lui avait raconté quelques années auparavant. Après un incendie de son atelier à Pointe-Saint-Charles, alors qu'il avait à peine plus de vingt ans, il avait pris la décision de renoncer à la sculpture; il avait dû avoir alors ce même pli de douleur au front... Charles avait raison, c'était long d'apprendre à vivre et l'âge ne rendait pas nécessairement le renoncement plus facile. Il avait fallu une tumeur pour qu'à soixante-deux ans elle fasse enfin, dans le secret de son âme, son deuil de la maternité.

Odile ne pouvait s'empêcher de regretter que Charles et elle ne se soient pas connus plus tôt, qu'ils aient attendu si longtemps avant de vivre ensemble, de peur de choquer Marguerite et Laurette. Mais de toute manière, ils étaient déjà trop vieux pour avoir des enfants. Quand Laurette était décédée à la suite d'une série de petites crises cardiaques à l'âge de soixante-huit ans, elle avait chuchoté à Charles sur son lit d'hôpital : «J'espère que vous resterez pas tout seul dans la maison...» À l'époque, Odile et Charles se connaissaient déjà depuis trois ans.

Elle se demanda ce qui s'était passé, pendant le vol, pour que Charles s'impose une rupture aussi brutale avec l'aviation. Mais c'était inutile de lui poser la question : quand il serait prêt, il parlerait de lui-même. Elle se pencha encore vers lui et l'embrassa sur la bouche avec douceur. Sans même ouvrir les yeux, il répondit à son baiser. Quelques secondes plus tard, il s'était déjà enfui dans le sommeil.

Dans son rêve, il revécut son vol du matin. La rivière scintillante, les montagnes lointaines aux reflets mauves et le bleu rosé du ciel prirent une texture très définie dans son esprit comme si une caméra s'était chargée à son insu de filmer la scène pour la lui représenter, nette mais embellie. Quand il rencontra l'oiseau, il n'y eut pas, cette fois, de collision. Charles et la buse se firent un signe de reconnaissance et, d'un commun accord, décidèrent de voler ensemble et de monter plus haut, tout droit vers le zénith. Leur vol prit bientôt l'allure d'une compétition. Charles, de toutes ses forces, tenta de surpasser le volatile, en vitesse comme en hauteur. Il avait des ailes dont il ignorait jusque-là l'existence, des ailes vigoureuses, musclées, d'une envergure impressionnante. Il tourna la tête de chaque côté pour en mesurer l'ampleur et vit qu'au lieu de plumes ses ailes étaient recouvertes de pinceaux que le vent ébouriffait. Il arriva bientôt si haut qu'il n'y eut plus moyen de revenir en arrière. Charles accepta, entre la résignation et la gratitude, ce vol sans retour dont l'issue ne l'effrayait pas. Son vieux cœur fatigué avait décidé de rester là-haut, au milieu des autres oiseaux égarés...

IMPRESSION
IMPRIMERIE GAGNÉ

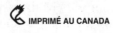

IMPRIMÉ AU CANADA